Katherine Center

Küssen und andere lebenswichtige Dinge

Buch

Ein Jahr liegt Helen Carpenters Scheidung nun zurück, und sie kann nicht behaupten, dass sie auch nur annähernd darüber hinweg ist. Um auf andere Gedanken zu kommen, lässt sie sich von ihrem jüngeren Bruder überreden, an einem Survivalkurs teilzunehmen. Sie hofft, dass es ihr fernab von Alltag und Zivilisation endlich gelingen wird, sich zusammenzureißen und eine neue Perspektive für ihr Leben zu finden. Doch dann stellt sich heraus, dass auch Jake, der nervige beste Freund ihres nervigen kleinen Bruders, bei dem Kurs dabei sein wird. Das Ganze kann ja nur eine Katastrophe werden! Und so beginnt das merkwürdigste Abenteuer in Helens bislang so wohlgeordnetem zweiunddreißigjährigem Leben: drei Wochen in der abgelegenen Wildnis eines Gebirgszugs in Wyoming, wo sie nicht nur Moskitoangriffe und einen Sommerblizzard, sondern auch die anderen gewöhnungsbedürftigen Reiseteilnehmer überleben muss. Drei Wochen, während denen Helen über sich hinauswächst und lernt, dass Angst zu haben einem beibringen kann, mutig zu sein – und dass man manchmal völlig vom Weg abkommen muss, bevor man zu sich selbst finden kann.

Autorin

Katherine Center wuchs in Houston, Texas, als mittlere von drei Schwestern auf. Sie studierte Englisch am Vassar College im Staat New York und absolvierte das *Creative-Writing*-Programm der University of Houston. Die Autorin lebt mit ihrem Mann und zwei sehr lieben Kindern in Houston, Texas. *Küssen und andere lebenswichtige Dinge* ist ihr erster Roman bei Blanvalet.

Katherine Center

Küssen und andere lebenswichtige Dinge

Roman

Deutsch von Uta Hege

blanvalet

Die Originalausgabe erschien 2015 unter dem Titel
»Happiness for Beginners« bei St. Martin's Press, New York.

FSC
www.fsc.org
MIX
Papier aus verantwortungsvollen Quellen
FSC® C014496

Verlagsgruppe Random House FSC® N001967

2. Auflage
Deutsche Erstausgabe September 2016

Redaktion: Ulrike Nikel
Umschlaggestaltung und -motiv:
© Johannes Wiebel | punchdesign, unter Verwendung
eines Motivs von Shutterstock.com
AF · Herstellung: kw
Satz: Uhl + Massopust, Aalen
Druck und Bindung: GGP Media GmbH, Pößneck
Printed in Germany
ISBN 978-3-7341-0269-1
www.blanvalet.de

Meinem Mann Gordon
in unserem zwanzigsten gemeinsamen Jahr.
Danke für deine Liebe.

1

Wenn ihr mich in die Hölle wünscht, schickt mich auf eine Party, wo ich kein Schwein kenne. Möglichst eine, auf der außer mir nur sturzbetrunkene Kids im Collegealter sind. Von denen jedes zweite mir etwas von seinem Drink über die Hose kippt. Wie damals, als diese Geschichte begann.

Ich trug eine alte, ausgebeulte Jogginghose, weil ich keine Ahnung hatte, dass dort, wo ich hinmusste, gerade eine Party stieg. Genauso unpassend wie die Hose waren mein blöder Pferdeschwanz und die leuchtend pinkfarbene Transportbox, in der ein schlecht gelauntes Zwergdackelweibchen saß.

Das heißt, lasst es lieber sein, denn sonst wärt ihr wie mein Bruder Duncan, der einen ständig in irgendwelche Kalamitäten bringt und einen Bock nach dem anderen schießt. Und ihr könnt mir eines glauben: Niemand will ernstlich wie Duncan sein.

Er hatte mir angeboten, meine Dackelhündin Pickle während meines Urlaubs zu hüten – obwohl er wusste, dass sie gerne Fremde in die Waden beißt und generell Menschen nicht mag, desgleichen keine anderen Hunde oder sonstigen Vierbeiner, eigentlich überhaupt kein Lebewesen außer ihr. Trotzdem schwor Duncan mir hoch und heilig, dass er sich um Pickle kümmern werde, redete sogar davon, anlässlich ihres Einzugs bei ihm ein paar Duftkerzen mit Fleischgeruch zu verbrennen, damit ihr die Eingewöhnung leichter falle, und so willigte ich am Ende ein. Zögernd zwar, denn schließlich kenne ich Duncan lange genug – seit er auf der Welt ist sozusagen.

Wir hatten vereinbart, dass ich sie ihm am Abend vor meiner Abreise bringen würde, aber bis dahin hatte Duncan unsere Abmachung vollkommen vergessen. Und so traf ich bei ihm »ein paar gute Freunde«, die sich gerade mit einem von seinem Freund und Mitbewohner kreierten Mixgetränk auf der Basis von schwarzgebranntem Schnaps abfüllten. Jake war ganz stolz auf diese Erfindung, weil allein schon der Duft, wie er mir irgendwann erklärt hatte, die Mädels ganz wuschig mache. Jetzt allerdings war von ihm nichts zu sehen, genauso wenig wie von Duncan.

Also saß ich plötzlich inmitten von gefühlt hundert Leuten in einer Wohnung, die mir in diesem Moment kaum größer als ein Kühlschrank vorkam.

Das Schlimmste war nicht so sehr, dass er mich mal wieder versetzt hatte, sondern dass ich mal wieder auf ihn reingefallen war. Und dass jetzt mein psychisch alles andere als stabiler Hund darunter zu leiden hatte. Ich machte mich auf die Suche, um ihm gründlich den Kopf zu waschen.

Sein Zimmer war leer. Was der falsche Ausdruck ist, denn zwischen den mit Postern barbusiger Mädchen bedeckten Wänden lagen jede Menge Klamotten herum, dazu schätzungsweise drei Wochen alte Pappschachteln mit Essensresten vom Chinesen. Auf dem Fernsehsessel in der Ecke, der vom Sperrmüll stammte, türmte sich die Dreckwäsche zwei Meter hoch, und die bunte Weihnachtslichterkette, die seit einem halben Jahr an einem krummen Nagel an der Wand hing, blinkte wie die Neonleuchtreklame eines Puffs.

Vom Herrn dieses Chaos jedoch keine Spur.

Ich kämpfte mich durch das ganze Gerümpel bis zu dem ungemachten Bett vor, stellte Pickles Box darauf ab, spähte hinein und sah ihr forschend ins Gesicht. Sie hatte die Lefzen bis über die Zähne zurückgezogen, ihre Ohren hingen schlaff herunter, und ihr Blick gab mir zu verstehen, dass sie sich wieder einmal auf das Schändlichste verraten fühlte.

»Du möchtest hier nicht bleiben, stimmt's?«

Zu meiner Überraschung antwortete eine Stimme hinter mir: »Mir macht das nichts aus.«

Sie gehörte Jake, Mitbewohner und seit Jahren Duncans bester Freund. Dennoch brauchte ich einen Moment, bis ich ihn erkannte. Und zwar nicht allein deshalb, weil er in der Ecke stand und nicht wirklich gut zu sehen war, sondern auch oder vor allem, weil er vollkommen verändert wirkte. Bei unserer letzten Begegnung hatte er noch komplett anders ausgesehen Wann war das gleich gewesen?

Keine Ahnung.

Jedenfalls musste es ziemlich lange her sein, sonst wäre er mir nicht plötzlich gut dreißig Zentimeter größer vorgekommen. Außerdem fiel mir auf, dass er an allen wichtigen Jungsstellen wie Schultern oder Armen deutlich Muskeln bekommen zu haben schien und sich eine neue Frisur zugelegt hatte. Guter Schnitt, eher kurz – zumindest im Vergleich zu früher – und über der Stirn modisch hochgegelt.

Er sah verdammt gut aus, dieser neue Jake.

Verblüfft, wie ich war, stellte ich ihm die total unsinnige Frage: »Bist du es, Jake?«

Er hob die Hand zum Gruß. »Hi, Helen.«

»Hast du dich hier versteckt?«

»Weshalb hätte ich mich wohl verstecken sollen?« Er schüttelte den Kopf. »Ich war in unserer Spielecke.«

»In eurer Spielecke?«

»Genau.« Er deutete hinter sich. »Wir haben den Wandschrank ein bisschen umgebaut: für Videospiele, zum Musikhören oder um uns zurückzuziehen, wenn wir in Ruhe lesen wollen.«

»Du und Duncan habt eine Spielecke?«, wiederholte ich fassungslos, doch er nickte mit total ernster Miene.

»Sie ist echt toll geworden. Sieht aus wie das Innere eines Raumschiffs. Willst du sie mal sehen?«

Verächtlich verzog ich das Gesicht. Ich hatte diesen Typen noch nie gemocht. Schließlich war er schuld daran, dass mich mein Bruder derart in den Wahnsinn trieb. Seit die beiden auf der Highschool Freunde geworden waren, hatte Duncan sämtliche schulische und häusliche Aufgaben und Pflichten um die Hälfte reduziert, die Zahl der Joints hingegen auf mindestens das Doppelte erhöht.

Deshalb hatte ich gehofft, das Ende ihrer Schulzeit würde auch das Ende ihrer Freundschaft bedeuten, aber sie hatten sich beide in Boston an einem College eingeschrieben und sich obendrein eine gemeinsame Wohnung gesucht, die sie inzwischen seit vier Jahren teilten. Im Gegensatz zu Duncan hatte Jake zwar seinen Abschluss bereits in der Tasche, was ihn allerdings nicht hinderte, dieses schwachsinnige, wenig zielgerichtete Leben weiter fortzusetzen.

Und was Duncan betraf, so war er wohl zu sehr vom Bau der Raumschiffecke beansprucht gewesen, um seine Studien energisch voranzutreiben, dachte ich mit einem Anflug von Zynismus.

Nein danke, diese Ecke wollte ich bestimmt nicht sehen.

Jake starrte mich an wie immer, wenn wir uns begegneten. Den Mund leicht geöffnet, ließ er den Blick nicht von mir, als würde er sich jede Einzelheit meines Gesichts genauestens einprägen. Was durchaus schmeichelhaft gewesen wäre, hätte jemand anderes als der blöde Lieblingskumpel meines blöden kleinen Bruders mich so angeschaut.

»Dein Pferdeschwanz ist weg«, stellte ich nach kurzem Schweigen fest.

»Yep.« Er nickte knapp. »Irgendwann habe ich mir eine große Schere geschnappt und ihn einfach abgesäbelt. Ging ratzfatz. Duncan hat ihn in einen Kaffeebecher gelegt und nennt ihn unser Haustier.«

O Gott. Ich verdrehte die Augen.

»Hast du dir die Haare abgeschnitten, als du mit dem College fertig warst?«

»Nein.« Jetzt schüttelte er nachdrücklich den Kopf. »Das habe ich gleich im ersten Jahr gemacht.«

»Du trägst die Haare bereits seit vier Jahren kurz? Habe ich dich so lange nicht mehr gesehen?«

»Doch, hast du. Sogar mehrmals.«

Ich hätte nicht zu sagen gewusst, wann wir uns zum letzten Mal begegnet waren. Auf jeden Fall war mir offensichtlich entgangen, dass er seine widerlichen Rastalocken gegen eine sorgsam gegelte Kurzhaarfrisur ausgetauscht hatte, die ihn wie den Hauptdarsteller des *Speed-Racer*-Films aussehen ließ. Manchmal hat man eben ein Bild von jemandem im Kopf, das stärker ist als das, was man tatsächlich sieht.

»Vielleicht liegt es ja an der Brille, dass ich dir anders vorkomme«, meinte er.

Ich runzelte die Stirn und musterte ihn genauer.

»Die Brille ist ziemlich neu«, sagte er und tippte gegen das Gestell. »Bis vor einem Jahr habe ich gar keine getragen.«

»O ja, stimmt.«

Inzwischen wurde mir – und sicherlich auch ihm – bewusst, dass ich ihn nie wirklich angesehen hatte, wenn wir uns gelegentlich begegnet waren. Ich hätte ihm nicht einmal widersprechen können, wenn er mir erzählt hätte, er habe statt der Brille bisher eine Augenklappe aufgehabt.

»Gefällt mir«, sagte ich.

»Sie sieht aus wie die Brillen der Politiker aus der Nixon-Ära«, erklärte er. »Seitdem ich sie trage, nennt mich Duncan fast nur noch Apollo dreizehn.«

Neue Frisur, trendige Brille und dazu jede Menge Muskeln, die sich auf geheimnisvolle Weise an genau den Stellen gebildet hatten, wo ein Mann sie haben sollte. Aller guten Dinge waren eben drei.

»Nun.« Verlegen wandte ich mich ab. »Auf alle Fälle siehst du jetzt viel besser aus.«

»Danke.«

Wieder folgte eine Pause, bis er schließlich fragte: »Suchst du Duncan?«

»Ja«, antwortete ich, und plötzlich fiel mir alles wieder ein, vor allem die Wut auf meinen Bruder.

»Er hätte auf meinen Dackel aufpassen sollen.«

»In der Box ist keine Katze?«

Als er durch das Gitter lugte, stieß Pickle ein feindseliges Knurren aus, das selbst die laute Musik aus dem Nebenzimmer nicht zu übertönen vermochte.

»Ich sollte sie ihm heute Abend bringen«, fügte ich hinzu. »Aber wie's aussieht, wird hier anscheinend gerade eine neue Folge *Schulmädchenreport* gedreht.«

»Sicher hat er bloß nicht daran gedacht«, versuchte Jake seinen Freund in Schutz zu nehmen.

»Natürlich hat er nicht daran gedacht. Ganz einfach deshalb, weil er Duncan ist. Ich werde am besten wieder gehen. Allerdings nicht, ohne mich vorher bei ihm zu bedanken, dass er mich mal wieder gnadenlos im Stich gelassen hat.«

Jake nickte verständnisvoll. »Er ist ziemlich groß darin, den Leuten seine Hilfe anzubieten, aber meistens hat er Schwierigkeiten, seine Versprechungen dann auch zu halten.«

Ich nickte. »Schön blöd von mir, auf sein Angebot überhaupt einzugehen. Ich hätte mir denken können, dass es wie immer nur leere Worte waren.«

»Nein.« Jake schüttelte den Kopf. »Ganz so ist es nicht, denn in dem Moment, wenn er es sagt, meint er es wirklich ernst. Trotzdem hält er seine Versprechen nicht. Deshalb ist es besser, sich anzutrainieren, bei jedem Hilfsangebot von ihm Nein zu sagen. Ich habe mir sogar ein Tattoo stechen lassen: *Sag zu Duncan immer Nein*.«

Ich starrte ihn mit großen Augen an. »Echt?«

»Nicht wirklich, war bloß ein Witz«, stellte er mit einem nachsichtigen Lächeln fest und deutete auf meine Frisur. »Übrigens ein wirklich schicker Pferdeschwanz«, sagte er, und ich wusste nicht so recht, ob es wirklich ernst gemeint war.

»Weißt du eigentlich, wo Duncan steckt?«

Er machte eine Kopfbewegung zur Tür. »In meinem Zimmer. Deswegen bin ich ja hier.«

So langsam verstand ich gar nichts mehr. »Und warum bitte seid ihr beiden nicht auf eurer eigenen Party?«

»Hm.« Jake überlegte angestrengt. »Ich bin gerade mitten in diesem tollen Buch und wollte wissen, wie es weitergeht. Deshalb habe ich beim Mixen eine kurze Pause eingelegt. Und Duncan hat wahrscheinlich eins der Mädchen abgeschleppt.«

Ich schlug die Hände vors Gesicht. »Bitte sag, dass das ein Witz war.«

»Leider nein«, erklärte er. »Deshalb halte ich mich ja in seinem Zimmer auf – bin gewissermaßen im Sexil.«

Konsterniert ließ ich meine Hände wieder sinken und blickte ihn fragend an.

»Das bedeutet, dass man nicht mehr in ein Zimmer kann, weil dort jemand Sex hat«, klärte er mich auf.

»Das Wort ist mir durchaus geläufig – das gab es schon zu meiner Collegezeit. Was ich nicht verstehe, ist etwas anderes, nämlich warum Duncan mit dem Mädchen in *dein* Zimmer geht.«

»Weil es dort weniger schmutzig ist als in seinem.«

Ich stieß einen Seufzer aus. Meinen Bruder zur Rede zu stellen, das konnte ich mir jetzt abschminken. Bei allem anderen hätte ich ihn gestört, nicht jedoch beim Sex.

»Kannst du ihm etwas von mir ausrichten?«, wandte ich mich deshalb an Jake.

»Sicher. Alles, was du willst.«

»Sag ihm, dass er ein Blödmann ist und mich mal gernhaben kann.«

Jake prägte sich die Nachricht ein. »Okay.«

»Nicht vergessen«, bat ich ihn und griff nach Pickles Korb.

Mit feierlicher Miene legte er die Hand aufs Herz.

»Auf keinen Fall«, versprach er. »Vor allem nicht den letzten Teil.«

Versuchte er etwa, mit mir zu flirten? Mit der Schwester seines besten Freundes, die zehn Jahre älter war als er? Für diese Dreistigkeit hätte er einen eisigen, herablassenden Blick verdient, aber angesichts der lobenswerten Tatsache, dass er sich von seinem ekligen Pferdeschwanz getrennt hatte, ging ich großmütig über die Anmaßung hinweg.

Ich war schon an der Tür, als er noch etwas sagte, das mich erstarren ließ. »Übrigens vielen Dank, dass du mich mitnimmst.«

Die Hand am Türgriff, drehte ich mich abrupt zu ihm um. »Dass ich dich mitnehme?«

Er runzelte scheinbar verwirrt die Stirn. »Morgen.«

»Tut mir leid. Ich verlasse morgen die Stadt und kann dich also schwerlich irgendwohin mitnehmen«, gab ich zurück. Nicht dass ich das andernfalls getan hätte. Nie im Leben. Was bildete der Kerl sich ein?

»Ich weiß, du fährst nach Wyoming. Machst dort eine Wanderung oder eher einen Survivalkurs.«

»Stimmt.« Es überraschte mich, dass Duncan sich so viele Einzelheiten gemerkt hatte, doch noch ehe ich mehr sagen konnte, ergriff Jake wieder das Wort.

»Ich will morgen ebenfalls nach Wyoming. Zum Wandern …«

Ehe er den Satz beendet hatte, begriff ich schlagartig und bekam prompt die Bestätigung.

»Und zu dem Survivalkurs«, hörte ich ihn sagen.

Ich stellte Pickles Korb wieder ab.

»Wie bitte?«

»Wir fahren an denselben Ort«, erklärte er, als ob das völlig logisch wäre. »Und dein Bruder hat gesagt, du würdest mich sicher gerne mitnehmen.«

Das ergab nicht den geringsten Sinn.

Weshalb sollte dieser Youngster ausgerechnet das Gleiche vorhaben wie ich? Dazu zur selben Zeit? So gemein konnte das Schicksal ja wohl nicht sein. Dieser Kurs war etwas, das ich alleine machen wollte, nur für mich. Ein Überlebenstraining in der Wildnis, knochenhart und schonungslos und alles andere als ungefährlich. War eine echt große Sache für mich. Eine Art spiritueller Reise. Ein Zeichen, dass die sechs mit Abstand schlimmsten Jahre meines Lebens ein für alle Mal überwunden waren. Dabei fehlte mir der vertrottelte Freund meines Bruders gerade.

»Das habe ich ganz allein für mich geplant – deshalb will und muss ich es auch alleine durchziehen«, belehrte ich ihn in dem ruhigen, nachdrücklichen Ton, den ich sonst bevorzugt bei meinen Erstklässlern anschlug.

»Nun«, erwiderte er. »Wir sind zwölf Leute plus Kursleiter, du wirst also kaum alleine sein.«

»Mit *alleine* meine ich, dass ich dort auf mich selbst gestellt sein werde.«

»Zusammen mit elf anderen Leuten und mit mir.«

Was vollkommener Wahnsinn war.

»Wie kommt es überhaupt, dass du dasselbe machst wie ich?«

»Im Grunde wäre es richtiger, dich zu fragen, warum du denselben Trip unternimmst wie ich. Schließlich hat Duncan bloß durch mich von diesem Kurs erfahren.«

Duncan. Wieder einmal.

Und erneut war alles seine Schuld.

»Trotzdem hat er dich mit keinem Wort erwähnt«, verteidigte ich mich.

»Wahrscheinlich, weil ich zu der Zeit dachte, ich könne nicht fahren. Was sich inzwischen geändert hat«, erklärte er und wirkte sehr selbstzufrieden.

So war das nicht geplant gewesen, ganz und gar nicht.

Seit sechs Monaten träumte ich davon, mit einer Handvoll Fremder in Wyoming ein aufregendes Abenteuer zu bestehen. Eines, das nicht nur mein Leben, sondern auch meine Persönlichkeit grundlegend verändern würde. Allein und ohne Hilfe die Welt – na ja: die Wildnis – erobern und als leidenschaftlichere, härtere Version der alten Helen heimkehren, so hatte mein Plan ausgesehen. Bei diesem Vorhaben ging es lediglich um mich und um niemand anderen.

Und am allerwenigsten um Jake.

»Es tut mir furchtbar leid«, sagte ich in einem gleichermaßen entschuldigenden wie bestimmten Ton, »ich kann dich wirklich nicht mitnehmen. Auf dem Weg dorthin will ich außerdem bei meiner Großmutter vorbeischauen.«

»Bei GiGi? Die ist ganz verrückt nach mir!«

»Das kann nicht sein«, wies ich seine Behauptung zurück, denn die alte Dame liebte keinen Menschen außer mir. Und meinem Bruder. Ab und zu.

»Auf jeden Fall. Das schwöre ich. Wenn du mir nicht glaubst, ruf sie einfach an.«

»Das werde ich ganz sicher nicht machen – ich habe nämlich Besseres zu tun. Und auf der Rückfahrt muss ich in Chicago noch zu einer Bar Mitzwa, auf der ich ein paar alte Freunde treffen will.«

Jake nickte. »Deinen Freund und deine beste Freundin von der Highschool, stimmt's? Aber warum solltest du die sehen wollen?«

Ich rang nach Luft – dieser Bursche wusste eindeutig zu gut über mein Leben Bescheid.

»Warum? Weil wir inzwischen wieder über Facebook Kontakt halten, weil ich von ihnen eingeladen worden bin und weil es einfach nicht gesund ist, wenn man einen alten Streit nicht irgendwann begräbt.«

»Ihr seid Facebook-Freunde?«

»Ja, obwohl ich im Grunde so gut wie nie bei Facebook bin.« Ich blinzelte. »Woher weißt du all diese Sachen überhaupt?«

»Duncan hat sie mir erzählt.« Er zuckte mit den Schultern. »Das mit dem Besuch bei deinen alten Freunden ist für mich okay. Ich wollte sowieso mit dir nicht zurückfahren.«

»Nein?«

Er schüttelte den Kopf. »Bevor ich wieder hier aufschlage, geht's erst mal nach Mexiko. Vier Tage nach Ende des Kurses fliege ich von Denver aus.« Er legte eine Pause ein, als würde er auf die Frage warten, was der Grund für diese Reise sei.

Als ich schwieg, rückte er schließlich freiwillig mit Informationen raus. »Ich habe eine Stelle als Forschungsassistent im Rahmen einer Feldstudie mit Walen ergattert.«

Ich starrte ihn aus großen Augen an.

»Wir werden in kleinen Fischerbooten mit Besuchern zu den Plätzen rausfahren, wo sie ihre Jungen aufziehen, und dort ihre Interaktion mit Menschen studieren.«

Meine Neugier gewann die Oberhand. »Warum?«

»Weil das unglaublich faszinierend ist.«

»Tatsächlich?«

»Sehr sogar. Die Wale kommen freiwillig so nah an die Boote heran, dass man sie problemlos streicheln kann.«

»Warum?«

Er runzelte die Stirn, begriff ganz offensichtlich mein ständiges »Warum?« nicht. Wirklich eine blöde Frage, dachte ich. Weshalb streichelt man schon einen Wal? Weil man es will. Was sonst?

»Es ist so überwältigend, dass die Whale Watcher richtiggehend ausflippen.«

»Inwiefern?«

»Die Leute reagieren entweder total gerührt oder verkünden pathetisch, dass diese Begegnung sie total verändert habe.«

»Ich weiß nicht, was an der Berührung eines Wals so toll sein soll«, wandte ich skeptisch ein.

Er sah mich reglos an. »Doch, das weißt du.«

»Nein, weiß ich nicht.«

Wir tauschten böse Blicke, als müssten wir unsere Kräfte messen. Dann kam er auf Wyoming zurück, als hätte die Geschichte von den Walen die Frage, ob ich ihn nun mitnehme oder nicht, endgültig geklärt.

»Es geht, wie gesagt, lediglich um die Hinfahrt. Du wirst gar nicht merken, dass ich da bin. Ich kann mich auch gern nach hinten setzen, wenn du willst. Oder du bindest mich aufs Dach. Eigentlich wollte ich noch etwas Musik zusammenstellen, aber wahrscheinlich hast du deine eigenen CDs dabei. Also werde ich einfach mucksmäuschenstill in deinem Auto sitzen und mir anhören, was dir gefällt. Meinetwegen sogar Carly Simon oder …«

»Nein«, schrie ich ihn an, denn plötzlich stieg Panik in mir auf. Weil wieder einmal mein Leben ohne meine Zustimmung einfach von jemand anderem verplant wurde. »Hör zu, ich weiß nicht, was mein Bruder dir erzählt oder versprochen hat. Egal, so oder so kannst du nicht mit mir nach Wyoming fahren. Tut mir leid. Buch einfach einen anderen Kurs, okay?«

»Ich habe bereits bezahlt und bekäme das Geld nicht zurückerstattet.«

Für einen Moment dachte ich krampfhaft nach. »Okay, dann nimm eben den Bus.«

»In Ordnung. Kein Problem«, lenkte er ein, ohne den Blick von mir zu wenden.

Ich atmete erleichtert auf. »Gut. Super! Also sehen wir uns in Wyoming.«

Ich bückte mich nach Pickles Korb.

»Warte, es gibt schon ein Problem, fällt mir gerade ein. Es ist nämlich so, dass …«

»Was?« Ungehalten richtete ich mich wieder auf. »Was bitte ist denn jetzt plötzlich problematisch?«

»Dass ich gerade ziemlich pleite bin«, erklärte er kleinlaut. »Ich glaube nicht, dass meine Kohle für die Busfahrt reicht.«

Resigniert kniff ich die Augen zusammen. »Du bist pleite?«

»Die Spielecke war teurer als geplant«, meinte er achselzuckend.

Missmutig wanderten meine Blicke zu dem umgebauten Wandschrank, bevor sie zu Jake zurückkehrten. »Und was ist mit deinen Eltern?«

»Meine Eltern? Ich habe nur noch meinen Dad.«

»Und der kann dir nichts leihen?«

»Er lebt inzwischen in Texas«, sagte er in einem

Ton, als läge dieser US-Staat auf dem Mars. »Außerdem weiß er nichts von dieser Wandertour.«

Ich stemmte meine Hände in die Hüften und sann über eine andere, über irgendeine Lösung nach, ohne dass mir eine rettende Idee kam. Zu meinen Füßen stieß der Hund in seiner pinkfarbenen Katzenbox ein leises Wimmern aus.

»Okay«, erklärte Jake. »Dann werde ich einfach trampen.«

»Nein!«

»Warum denn nicht? Das habe ich schon oft gemacht…«

Da mir kein triftiger Grund einfiel, kehrte ich mal wieder die keinen Widerspruch duldende Lehrerin heraus.

»Weil man nicht trampt«, verkündete ich quasi ex cathedra, und für einen Augenblick kam es mir vor, als hätte ich gesiegt.

Bis mir klar wurde, dass ich die Verliererin dieser Debatte war. Weil es jetzt gar keine andere Möglichkeit mehr gab, als ihn mitzunehmen.

Und genauso deutete Jake es. »Meinetwegen«, sagte er mit einem schiefen Grinsen. »Dann fahre ich eben mit dir.« Und noch während ich auf das phänomenale Grübchen starrte, das plötzlich auf seinem Kinn aufgetaucht war, fügte er hinzu: »Wenn du darauf bestehst.«

2

Von Boston bis nach Evanston in Illinois sind es gut tausend Meilen, die man laut Google an einem allerdings ziemlich langen Tag schaffen kann. In fünfzehn Stunden nämlich.

Genau deshalb hatte ich eigentlich vor Sonnenaufgang losfahren und Pickle am Vorabend zu Duncan bringen wollen. Bei dieser Planung wäre mir noch genug Zeit mit meiner Großmutter geblieben, die mich und Duncan großgezogen hatte, nachdem das Interesse unserer Mutter an ihren Kindern irgendwann erloschen war. Allein deshalb schon liebte ich meine Großmutter abgöttisch – eine sehr unkonventionelle Frau, die Kimonos trug und ihren Haarknoten immer mit zwei Essstäbchen feststeckte.

Jetzt aber musste ich warten, bis die Tierpension unseres Veterinärs öffnete, in der Pickle bis zu meiner Rückkehr bleiben sollte.

Meine Dackeldame war zwar generell selten glücklich, doch wenn sie zum Tierarzt musste, stieg ihre Verzweiflung ins Unermessliche. Als ich mich mit aufgesetzter Fröhlichkeit zum Gehen wandte, plagten mich Gewissensbisse, und ich fragte mich, ob ich sie trotz allem nicht lieber bei Duncan hätte lassen sollen. Nein, denn das hätte sie vermutlich nicht überlebt. Leider konnte ich ihr das nicht begreiflich machen, konnte ihr nicht erklären, dass ihr Leben ausgerechnet durch die verrückte Party gestern Abend gerettet worden war. Wäre sie nämlich wie geplant bei Duncan geblieben, hätte ich womöglich bei meiner Heimkehr in drei Wochen nichts als einen Haufen Fell und Knochen in seiner Bude vorgefunden. Und im Geiste meinte ich meinen Bruder zu sehen, wie er sich am Kopf kratzt und verwirrt feststellt: *Ich fand auch, dass sie ungewöhnlich ruhig war.*

Als ich aus der Tierpension zu meinem Subaru zurückkehrte, den ich in der Eile halb auf dem Randstein geparkt hatte, bemerkte ich sogleich Jake, der mit einem Starbucks-Becher in der Hand neben dem Wagen stand.

»Da hast du wirklich super eingeparkt«, stellte er fest und drückte mir den Becher in die Hand.

»Was machst du hier?«

»Ich dachte, ich erspare dir die Mühe, mich in meiner Wohnung abzuholen.«

»Und was wäre gewesen, wenn du mich verpasst hättest?«

»Dumm gelaufen, hätte ich dann gesagt«, räumte er ein. »Aber das ist ja nicht passiert.«

Ich unterzog ihn einer kurzen Musterung: Sein Haar war wild zerzaust, er trug eine Cargohose ohne Gürtel und ein enges Snoopy-T-Shirt, in dem seine breite Brust ausnehmend vorteilhaft zur Geltung kam. Neben ihm auf dem Boden lagen sein Rucksack und eine Reisetasche.

»Hattest du etwa Angst, ich könnte ohne dich verschwinden?«

Er verzog den Mund zu einem Lächeln. »Ein wenig schon.«

»Ich habe tatsächlich kurz darüber nachgedacht.«

Er wühlte in seinem Rucksack und zog ein Buch hervor, dessen Cover einen Wal zeigte.

»Ich werde die ganze Zeit brav lesen«, versicherte er. »Du wirst gar nicht merken, dass ich da bin.«

»Hoffentlich.«

»Und, bist du bereit?« Er sah mich fragend an.

»Nicht wirklich«, antwortete ich, schloss den Wagen jedoch trotzdem auf.

Während ich ihm dabei zusah, wie er seine Tasche in den Kofferraum zu meinen Sachen stopfte, fragte ich mich, wieso er wusste, wo sich die Tierpension befand. Schließlich fiel es mir ein: Ich hatte den Umschlag mit meinen Anweisungen für Pickles Aufenthalt bei Duncan gestern in der Wohnung liegen lassen, und darunter befanden sich auch Adresse und Wegbeschreibung zum Tierarzt.

Offenbar hatte Jake die Blätter entdeckt – oder sie von Duncan bekommen.

Ich hatte wirklich an die kleinste Kleinigkeit gedacht und Briefe für den Tierarzt vorformuliert, in denen ich Pickles diverse Probleme schilderte, und für Duncan eine mehrseitige Anleitung zum Umgang mit dem Hund aufgesetzt. Im Nachhinein fand ich es peinlich, dass Jake das vielleicht gelesen hatte. Er musste ja glauben, dass ich meinen Bruder für einen kompletten Idioten hielt. Was der Wahrheit allerdings sehr nahe kam.

»Soll ich fahren?«, bot Jake an.

»Nein.« Um Gottes willen, bloß das nicht.

Ging es nach mir, würde er sich neben seinen Rucksack auf den Rücksitz quetschen, und ich säße ganz allein vorne, um genüsslich die Musik zu hören, die ich extra für diese Fahrt zusammengestellt hatte: Joni Mitchell, Nina Simone, Indigo Girls. Ohne Begleitung hätte ich all die schönen Songs auf der Fahrt nach Westen lautstark mitgegrölt und Duette mit Annie Lennox und James Brown geschmettert. Hätte auf diese Weise die widersprüchlichsten Gefühle durchlebt und wäre hoffentlich bei meiner Ankunft in Wyoming damit durch gewesen.

Jakes Anwesenheit machte das bedauerlicherweise unmöglich. Vor einem Fremden oder vor dem Kumpel des kleinen Bruders grölte man keine Lieder. Undenkbar.

Ich sah ihn von der Seite an. Eintausend und eine Meile in liedloser Stille, während dieser Bursche irgendwelche Videospiele auf dem Handy machte, waren etwas völlig anderes als das, was ich geplant hatte.

Doch so war es nun einmal. Ausgerechnet das, was man sich wünschte, versagte einem das Leben oft.

Trotzdem war es langsam Zeit zu fahren. Also schnallten wir uns an, und ich fädelte mich in den fließenden Verkehr ein.

»Wir haben eintausend und eine Meile bis Evanston vor uns«, erklärte ich ihm.

»Genau eintausend und *eine* Meile?«

»Ungefähr.« Ich nickte knapp. »Angeblich braucht man dafür fünfzehn Stunden und zweiundzwanzig Minuten.« Ich blickte auf die Uhr im Armaturenbrett. »Neun nach elf. Dank Duncan sind wir verdammt spät dran und können uns das Abendessen bei Grandma abschminken. Wir müssten …«

»… irgendwann nach Mitternacht ankommen«, fiel Jake mir ins Wort.

»Genau.« Ich stieß einen leisen Seufzer aus und

fragte mich, ob ich bei GiGi anrufen und sagen sollte, dass es später würde. Denn obwohl sie für gewöhnlich spät zu Bett ging – bis in die Puppen blieb sie nicht auf.

»Ich wette, dass wir es wenigstens zu einem späten Abendessen schaffen können«, meinte Jake und begann zu rechnen. »Google geht davon aus, dass wir im Durchschnitt fünfundsechzig Meilen fahren. Aber wenn du etwas auf die Tube drückst und achtzig oder neunzig fährst …«

»Siebzig«, korrigierte ich. »Oder eben die jeweils zulässige Höchstgeschwindigkeit.«

»Okay. Dann halte du dich meinetwegen brav an die Geschwindigkeitsbegrenzungen, und beim Fahrerwechsel gebe ich Gas, damit wir auf einen Durchschnitt von etwa achtzig Meilen kommen.« Er drehte sich nach hinten um und nickte zufrieden. »Da ist ja die Kühltasche. Duncan hat mir nämlich prophezeit, dass du Snacks und Getränke mitnehmen würdest.«

Ich hatte das Gefühl, als nähme er mich auf den Arm, wusste jedoch nicht genau, inwiefern.

»Das ist gut«, fuhr er fort, »denn wenn wir nicht halten müssen, um etwas zu essen, sparen wir zusätzliche Zeit ein.« Er legte den Kopf in den Nacken und setzte die Berechnungen zu unserer Fahrtzeit fort. »Wenn wir die ganze Strecke mit achtzig Meilen in der Stunde fahren, sind wir in ungefähr zwölf Stunden dort. Und wenn wir unterwegs einfach in Flaschen pinkeln, kommen wir sogar noch schneller an.«

»Frauen können nicht in Flaschen pinkeln«, erwiderte ich empört.

Er sah mich von der Seite an. »Du bestimmt – du müsstest es einfach mal versuchen.«

Ich wusste nicht, ob das als Kompliment oder als

Beleidigung zu verstehen war. Was auch immer – ich schüttelte nachdrücklich den Kopf.

»Beim In-die-Flasche-Pinkeln ist für mich eine Grenze erreicht«, stellte ich kategorisch klar.

»Wahrscheinlich hast du recht«, stimmte er widerspruchslos zu.

»Aber der Rest des Plans ist wirklich gut«, gab ich ihm im Gegenzug recht und meinte das zu meinem eigenen Erstaunen tatsächlich ehrlich.

Sichtlich selbstzufrieden bedankte er sich für meine Anerkennung. Er schien eindeutig ein Optimist zu sein. Und ein freundlicher Gutmensch obendrein. Er hatte mir einen Cappuccino mitgebracht und war bereit, in eine Saftflasche zu pinkeln, damit ich einigermaßen rechtzeitig zu meiner Großmutter kam.

Vielleicht würde die Fahrt ja gar nicht so schrecklich wie befürchtet, dachte ich und sah entspannt hinaus in den sonnigen Tag.

Doch gerade als ich einen Schluck aus meinem Kaffeebecher nahm, sprach Jake ein völlig anderes Thema an.

»Wie ist das Leben eigentlich ohne deinen blöden Ex?«

Ich verschluckte mich so heftig an meinem Cappuccino, dass mir Jake den Becher abnahm und mit seiner freien Hand nach dem Lenkrad griff.

»Tut mir leid«, entschuldigte er sich, als ich wieder fahrtüchtig war. »Ich habe nicht bedacht, dass du bei dem Thema immer noch ziemlich empfindlich reagierst.«

»Nein«, erklärte ich und kämpfte heldenhaft gegen die aufsteigenden Tränen an. »Das tue ich ganz sicher nicht.«

Um meine Worte zu unterstreichen, zog ich aus meinem Repertoire eine weitere Lieblingslehrerinnenstimme hervor, die wie die von Mary Poppins klang und deutlich machen sollte, dass es für jedes Problem eine Lösung gab, dass die Welt im Grunde rundherum perfekt, tröstlich und angenehm war und dass man, sofern man genug Zuversicht an den Tag legte, vielleicht sogar eines Tages mit einem Regenschirm über den Atlantik fliegen konnte, um sich London anzusehen.

Ich bediente mich dieser Stimme immer, wenn ich über meine gescheiterte Ehe sprach, und richtete mich dabei gleichzeitig zu meiner ganzen, allerdings nicht sehr imposanten Größe auf.

»Mein Ehemann«, fuhr ich im Julie-Andrews-Tonfall fort, »entpuppte sich leider als Alkoholiker. Irgendwann wirkte sein Problem sich auch auf unsere Ehe aus, und obwohl ich ihm mehrfach Gelegenheit gab, unsere Beziehung durch einen Entzug zu retten, hat er diese Chancen nicht genutzt.«

Abschließend trank ich ohne Probleme einen Schluck Kaffee.

Ende der Geschichte! Alles klar? Und jetzt genieße ich ein feines Heißgetränk.

»Deshalb hast du dich schließlich von ihm scheiden lassen«, hakte Jake unbarmherzig nach.

»Ja, habe ich«, bestätigte ich, doch den Rest fügte ich lediglich stumm hinzu. *Weil ich nämlich im vierten Monat unser erstes Kind verlor und er nirgends aufzutreiben war.*

»Vor einem Jahr war das«, sagte er nickend, und erneut staunte ich, wie gut er über mein Leben informiert war.

»Richtig.«

Fast auf den Tag genau vor einem Jahr. Und jetzt ging es mir zum Glück wieder einigermaßen gut.

»Und wie kommst du damit klar?«

»Womit?«

»Mit dem Singledasein.«

»Gut. Hervorragend«, log ich, denn in Wahrheit war ich kein cooler Single, sondern schlicht und einfach einsam.

Jake schien seine Zweifel zu haben, wie ich an seinem Stirnrunzeln erkannte.

»Es geht dir also wirklich gut?«

»Ja, es geht mir immer gut.«

»Niemandem geht es immer gut.«

»Mir schon«, behauptete ich störrisch, um diese völlig sinnlose Diskussion zu beenden.

Dabei ging es mir ganz und gar nicht ständig gut, nicht einmal überwiegend. Trotzdem würde ich mich Jake, dem Erfinder fragwürdiger Liebestränke, als Allerletztem anvertrauen.

Als ich seinen Blick spürte, schaute ich weiter konzentriert auf die Straße vor mir, streckte den Rücken durch und versuchte, das Kinn genauso hoheitsvoll vorzuschieben wie Julie Andrews.

»Okay.« Er klang nicht überzeugt, war aber wenigstens so höflich, nicht weiter auf dem Thema herumzureiten. »Wenn du es sagst.«

»Das tue ich.«

»Ich hatte mich nämlich schon gefragt, ob du vielleicht lebensmüde bist.«

Unwillkürlich fing ich an zu husten.

»Ob ich lebensmüde bin?«, gab ich ungläubig zurück.

»Nun ja, wegen dieses Kurses. Was dachtest du dir

überhaupt dabei, dich für ein Survivaltraining anzumelden?«

»Keine Ahnung. Wahrscheinlich dasselbe wie du.«

»Auf keinen Fall«, erklärte er, als wäre bereits der Gedanke vollkommen absurd.

»Ich suche eine Herausforderung. Ich will etwas tun, das mich zwingt, an meine Grenzen zu gehen.«

»Bist du nicht doch ganz einfach lebensmüde?«

Ich sah ihn von der Seite an. »Nein, ich bin definitiv nicht lebensmüde.«

Er zögerte. »Immerhin kommen bei diesen Sachen dauernd Leute um.«

»Tun sie nicht.«

»Von allen Survivalkursen, die angeboten werden, hast du den mit Abstand furchteinflößendsten, gnadenlosesten und tödlichsten herausgesucht. Warum?«

»Das war Duncans Idee«, erklärte ich vage.

»Stimmt nicht, denn er hat dir nicht vorgeschlagen, *diesen* Kurs zu machen, sondern irgendeinen Kurs.«

»Er hat mir den Katalog gezeigt.«

»Komm, du hast auch sonst nie etwas befolgt, was auf seinem Mist gewachsen war.« Jake schüttelte den Kopf. »Warum also fängst du plötzlich damit an?«

Eine gute Frage, wenngleich ich bestimmt nicht nach Wyoming fuhr, weil mein Bruder als Erster die Idee aufgebracht hatte.

Den Ausschlag gab ein Artikel in der Zeitschrift *People,* auf den ich ein paar ruhelose Nächte später zufällig stieß. Es ging um einen Mann, der in Afghanistan ein Bein verloren hatte und durch genau diesen Kurs endlich sein Trauma überwand. Mit einem Bein hatte er das harte Training geschafft – und zwar so gut, dass er am Ende eine der begehrten Urkunden für die drei besten Teilnehmer erhielt. Der Bericht war mir nicht mehr aus dem Kopf gegangen und erst recht nicht die Worte des Veteranen. Er sei verloren gewesen, erklärte er dem Journalisten, aber dort draußen habe er sich selbst wiederentdeckt.

War ich ebenfalls verloren?

Nein, das wahrscheinlich nicht, doch verloren hatte ich etwas. Etwas, das ich nicht benennen konnte und dennoch seit einer Ewigkeit zu ergründen suchte. Wartete es vielleicht in der Wildnis von Wyoming auf mich? Vermutlich eher nicht, aber ich konnte meine Selbsterforschungen dort genauso gut fortsetzen wie an jedem anderen Ort.

Duncan hatte offenbar genau wie Jake niemals damit gerechnet, dass ich auch nur im Entferntesten einer Empfehlung von ihm folgen würde. Als er nämlich von meiner Anmeldung erfuhr, riss er entsetzt die Augen auf und bemühte sich, mir die Sache wieder auszureden. Für einen solchen Kurs sei ich ganz einfach nicht geeignet, warnte er mich eindringlich. Der sei viel zu extrem, und kein vernünftiger Mensch würde sich auf so was einlassen. Selbst Hardcoretrecker nicht. Die wüssten, was sie sich zumuten können und was nicht, und würden ihre Touren deshalb lieber selbst organisieren.

Dieser Survivalkurs hingegen spreche nur Möchtegernhelden an, die keine Ahnung von der Wildnis hätten und zu bequem seien, sich die notwendigen Kenntnisse anzueignen. Weshalb die Leute seiner Meinung nach nicht bloß unüberlegt und tollkühn, sondern zugleich faul und dumm seien.

»Du hast den Kurs schließlich ebenfalls belegt«, wandte ich mich wieder an Jake.

»Ich habe, seit ich drei war, jedes Jahr mit meinem Vater gecampt. Ich kenne mich also ein wenig mit diesen Dingen aus. Vor allem bin ich sehr anpassungsfähig.«

»Und ich bin das nicht?«

Er legte seinen Kopf ein wenig schräg zum Zeichen, dass dies exakt seine Einschätzung wiedergab, und ich schwieg erst einmal pikiert.

»Immerhin habe ich schon gezeltet«, führte ich schließlich als Rechtfertigung ins Feld.

»Wann?«

»Während meiner Highschoolzeit. Mit meinem damaligen Freund. In Colorado«, erklärte ich.

»Das hat mit Zelten in der Wildnis nichts zu tun. Das war ja wohl eher eine Pyjamaparty«, gab er ungerührt zurück. »Ich wette, dass ihr dort Marshmallowcreme auf Toast gegessen habt.«

»Haben wir nicht«, protestierte ich empört, weil Trockenfleisch und Oreo-Kekse immerhin etwas völlig anderes waren.

»Die Sache ist die«, fuhr Jake ernst fort. »Du bist einfach nicht der Typ für eine solche Tour.«

»Und warum haben sie meine Anmeldung dann angenommen?«

»Ganz einfach: Weil es ihnen egal ist, ob auf ihren Touren jemand verreckt.«

Es stimmte, dass auf Touren der BSCS, der Back Country Survival Company, bereits einige Teilnehmer umgekommen waren oder schwer verletzt geborgen werden mussten. Duncan hatte diese Horrormeldungen gegoogelt, um mich von meinem Vorhaben abzubringen und mich zu einer ganz normalen Wanderung zu bewegen. Oder zu irgendetwas anderem, das sich sicher und vernünftig anhörte. Vergeblich, denn was mich betraf, so war mir nicht nach sicher und vernünftig, sondern nach wagemutig und unvernünftig. Ich wollte alle Welt verblüffen und nicht zuletzt mich selbst. Immerhin hatte die Schocktherapie, wenngleich vielleicht in anderer Form, vor mir bereits anderen genützt.

»Inzwischen wurde bei BSCS das Management ausgewechselt«, wandte ich ein.

Jake wiegte zweifelnd den Kopf. »Ich glaube, es gefällt ihnen, wenn Leute bei den Touren draufgehen«, meinte er. »Diese Typen wollen Marktführer im Segment Hardcore-Überlebenstraining für Möchtegerndraufgänger werden, und es gibt genug Verrückte, für die die Gefahr, bei diesen Mutproben umzukommen, einen zusätzlichen Kick darstellt.«

War ich also verrückt?

Vielleicht.

Immerhin hatte ich Erklärung um Erklärung unterschrieben, dass der Veranstalter nicht dafür haften müsse, falls ich diesen Trip nicht überleben sollte – sei es, weil wir irgendwo von Bären angegriffen, von einer Lawine verschüttet oder an Unterkühlung draufgehen würden. Auch bei Krankheiten wie etwa heftigen Durchfällen, was in der Wildnis lebensbedrohlich werden konnte, übernahm man keine Verantwortung.

Nichts an diesem Kurs hätte mich reizen sollen, zumal die Tourguides berüchtigt waren für ihre rücksichtslose Härte. Sie wählten stets die steilsten Hänge und die steinigsten Pfade und überließen die Leute an den entlegensten Orten tagelang sich selbst. Um zu testen, ob sie kapiert hatten, wie man sich in der Wildnis schlug. Bei Google waren unter dem Veranstalternamen zahlreiche warnende Artikel über Verletzungen durch Steinschlag, gebrochene Schlüsselbeine, Bärenangriffe, vermisste Wanderer und Unterkühlung nachzulesen.

Auf diese Weise verschaffte man den Survivaltrainern praktisch den Nimbus von Schutzheiligen, die über die ihnen anvertrauten Abenteurer, Verrückten und die des Lebens Überdrüssigen wachten. Über lauter Leute also, die glaubten, nichts mehr zu verlieren zu haben. Zu Letzteren gehörte ich als brave Grundschullehrerin mit einem depressiven kleinen Hund bestimmt nicht – und verstand deshalb auch nicht, wieso Jake mir das unterstellte.

»Warum beschäftigt dich das alles überhaupt?«, ging ich zum Angriff über. »Zudem frage ich mich, was dich das Ganze überhaupt angeht.«

»Nun, es geht mich insofern etwas an, weil ich ebenfalls ein Teilnehmer dieser Wahnsinnstour bin.«

»Worum ich dich nicht gebeten habe«, giftete ich ihn an.

Er öffnete den Mund, als wollte er ein paar passende Takte zurückgeben, ließ es aber und blickte aus dem Fenster.

»Und am Schluss, du wirst sehen, werde ich eine Urkunde bekommen«, fügte ich trotzig hinzu.

»Du glaubst ernsthaft, unter den besten drei zu landen?«, fragte er in einem Ton, der an Deutlichkeit nichts zu wünschen übrig ließ.

»Auf jeden Fall.«

»Ich denke eher, dass du dich glücklich schätzen solltest, wenn du diese drei Wochen überlebst.«

»Falsch gedacht. Dein Fehler ist, dass du nach wie

vor die alte Helen siehst. Die hier«, sagte ich und tippte mir mit einem Finger an den Kopf. »Die neue Helen hingegen wird eine völlig veränderte Person sein. Eine, bei der du es nicht wagen würdest, so herablassend zu reden. Weil diese neue Helen dir nämlich die Augen auskratzen und anschließend zusehen würde, wie ihr Hund sie frisst.«

»Da bin ich mal gespannt.«

»Sie wird dein Leben ruinieren, Superman.«

»Davon bin ich überzeugt«, erwiderte er spöttisch, doch seine Stimme klang plötzlich rau, und ich konnte mich des Eindrucks nicht erwehren, dass meine Worte ihn irgendwie beunruhigten.

3

Wir ließen Boston hinter uns, und während Jake sich in sein Buch vertiefte, konzentrierte ich mich auf das schier unübersichtliche Gewirr der Ausfallstraßen. Ein Kommentar von Mike, meinem Ex, fiel mir ein, der einmal gespottet hatte, es müssten Frettchen und nicht Menschen gewesen sein, die dieses Verkehrsnetz ersonnen hätten.

Exmann.

War es mir nach unserer Heirat schwergefallen, Mike als meinen Mann zu titulieren, so tat ich mich jetzt schwer, an ihn als meinen Ex zu denken, und das Wort ging mir kaum über die Lippen. Wann immer ich an ihn dachte, zog sich meine Brust zusammen – als wäre all das Unglück des vergangenen Jahres nach wie vor darin verwahrt wie ein großes schwarzes Loch, das jederzeit erneut aufbrechen konnte.

Mike. Er war letztlich der Grund für dieses verrückte Projekt der Selbstfindung, obwohl ich nicht auf der Flucht vor ihm war, sondern auf der Flucht vor der Person, in die ich mich als seine Ehefrau verwandelt hatte.

Im vergangenen Jahr machte ich die Bekanntschaft von vielen Frauen, die bereits durch waren mit dem Kapitel Ehe. Alle hatten geschworen, dass ihnen nichts Besseres als die Scheidung hätte passieren können, und mich gemahnt, endlich ebenfalls zu einer dieser selbstbewussten Frauen zu werden. Es sei allerhöchste Zeit. Ich müsse etwas Wildes, Mutiges und völlig Neues tun. Was genau, das sagten sie nicht.

Wie ich dann ausgerechnet darauf verfiel, mich in der Wildnis zu beweisen, ist mir letztlich schleierhaft geblieben. Rückblickend betrachtet, finde ich es sogar absurd.

Allein schon der schrecklich klischeehafte Begriff Survivaltraining!

Doch nachdem ich mich nun mal für dieses Heilmittel entschieden hatte, war ich bereit, alles zu tun, damit die erhoffte Wirkung tatsächlich eintrat.

In Gedanken ging ich noch einmal meine Zielliste für die nächsten drei Wochen durch, die ich zu Hause Punkt für Punkt säuberlich notiert und mit Kästchen zum Abhaken versehen hatte.

In der Wildnis habe ich die Absicht, Folgendes zu tun:

- ☐ *eine tiefere spirituelle Verbindung zur Natur herzustellen,*
- ☐ *meine physischen und emotionalen Grenzen zu überschreiten,*
- ☐ *wie Phönix aus meiner eigenen Asche aufzusteigen,*
- ☐ *knallhart zu werden,*
- ☐ *eine beeindruckende Persönlichkeit zu entwickeln,*
- ☐ *es der Wildnis zu zeigen,*
- ☐ *mir eine verdammte Urkunde zu verdienen.*

Vor allem auf die Urkunde war ich erpicht, wollte unbedingt zu einem Menschen werden, der so eine Auszeichnung überhaupt beanspruchen konnte, ohne völlig lächerlich zu wirken. Mit diesem Stück Papier hoffte ich mir und aller Welt endlich zu beweisen, dass ich okay war.

Gut zu sein bei diesem Training, das erwartete ich von mir. Und kompetent und tough.

Und vor allem eine andere als die, dich ich bisher gewesen war. Ich war es einfach leid, als Mensch eine glatte Katastrophe zu sein und mich wie eine zertrampelte Blume zu fühlen. Endlich einmal Eindruck schinden – das war sicherlich nicht zu viel verlangt.

Als ich beschloss, eine To-do-Liste zusammenzustellen, hatte ich im Keller eine Reihe Kisten durchwühlt auf der Suche nach meinem alten Briefpapier aus Collegezeiten. Am oberen Rand war ordentlich mein Name aufgedruckt. *Helen Carpenter*. Mein Mädchenname, was ich ausnehmend passend fand, da ich die Rückerlangung meines alten Namens als neuen Anfang verstand. Allerdings schnitt ich am Ende den Briefkopf mit dem Namen weg. Es musste ja nicht jeder gleich sehen, wer hinter diesen ehrgeizigen Zielen steckte, falls ich die Liste mal verlieren sollte.

Was nichts damit zu tun hatte, dass ich gottfroh war, wieder Carpenter zu heißen. Überhaupt war der Namenswechsel die bisher mit Abstand beste Folge meiner Scheidung.

Wollt ihr wissen, wie Mike hieß? Dull. Was nichts anderes als langweilig, lahm und stumpfsinnig bedeutet. Nichts also, womit sich Eindruck schinden lässt. Allerdings hatte man den Namen früher, bevor der Urgroßvater aus der alten Welt hierhergekommen war, anders ausgesprochen – nicht *Dall*, sondern *Duul*. Aber inzwischen hatte die Familie es längst aufgeben, die Leute zu korrigieren.

Unglaublich, dass ich je bereit gewesen war, einen

so negativ besetzten Namen anzunehmen. Schließlich ist es heutzutage ganz normal, dass eine Frau nach der Hochzeit ihren Mädchennamen behält. Doch Mike hatte darauf bestanden, dass wir denselben Namen führten. Sonst könne man sich nicht als richtige Familie fühlen, meinte er. Und an unsere zukünftigen Kinder denkend, stimmte ich zu, denn eine richtige Familie zu sein, das war mir ebenfalls wichtig. Und zudem wollte ich meinem Ehemann in spe eine Freude machen. Vermutlich denken die meisten Paare so, wenn sie den sogenannten Bund fürs Leben schließen.

Duncan hatte mich mit meinem neuen Namen ständig aufgezogen.

Und wenngleich ich mich bemühte, die Sticheleien zu ignorieren, fand ich selbst, dass ich einen schlechten Tausch gemacht hatte. Helen Dull klang lange nicht so eindrucksvoll wie Helen Carpenter, sondern entsprach vielmehr voll und ganz der Bedeutung des Namens. Also hatte ich in jeder Hinsicht zu beweisen versucht, dass das keineswegs meinem Wesen entsprach.

Mit wenig Erfolg, denn in der Tat kam Helen Dull bei Weitem nicht so lebenstüchtig und so zäh daher wie einst Helen Carpenter. Obwohl es natürlich erheblich mehr als eines Namenswechsels bedurfte, um seine Identität so einschneidend zu verändern.

Vielleicht hatte ich deshalb all mein Herzblut und all meine Energie auf diese Liste verwandt und trug sie immer bei mir. Entweder in Taschen von Hosen, Röcken und Kleidern oder sogar auf der Haut in meinem BH. So auch an diesem Tag, als ich in Richtung Wildnis aufbrach.

Der zusammengefaltete Briefbogen mit der Liste

war ein Tribut an die Person, die ich einmal gewesen war, und ein Ansporn auf dem Weg zu der knallharten Superheldin, die ich werden wollte.

Wäre ich wie geplant allein nach Wyoming gefahren, hätte ich die Liste jetzt hervorgezogen, um sie mir noch einmal anzusehen. So musste ich mich darauf beschränken, sie im Kopf zu memorieren. Gerade noch rechtzeitig, bevor das Wesen, das mich zu dieser Zurückhaltung zwang, die Lektüre seines Buches beendete und ein Gespräch mit mir begann.

»Es hat mir übrigens gefallen, wie du mich vorhin angelächelt hast«, durchbrach Jake die angenehme Stille, und unwillkürlich zuckte ich zusammen.

»Wann?«

Er wedelte mit der Hand Richtung Rückfenster. »Bevor wir losgefahren sind. Da hast du mich angelächelt.«

»Wirklich? Das war keine Absicht.«

»Ich weiß«, stimmte er unbekümmert zu. »Und deshalb war es erst recht schön.«

»Okay.«

»Glaubst du, dass du noch mal lächeln könntest? Bei deinem Lächeln geht nämlich die Sonne auf.«

Er führte offenkundig etwas im Schilde. Bloß was?

»Ich will damit nur sagen, dass du öfter lächeln solltest.«

»Ich lächle doch ständig«, gab ich stirnrunzelnd zurück. »Eigentlich ununterbrochen von früh bis spät. So viel, dass sich davon manchmal sogar mein Gesicht verkrampft.«

Obwohl es ein Witz war und er das wusste, schien er ein wenig unsicher. Als würde er überlegen, ob sich hinter meinen Worten nicht ein Körnchen Wahrheit verbarg.

»Ich kann an einer Hand abzählen, wie oft du in meiner Gegenwart gelächelt hast«, erklärte er schließlich. »Angefangen mit dem Tag deiner Hochzeit.«

»Kein Wunder, denn bislang hast du mich bloß in Duncans Gegenwart gesehen. Und da finde ich wenig Grund zum Lachen. So wie mein Bruder mir auf den Keks geht.«

»Das stimmt. Allerdings bist du selbst die gemeinste große Schwester, die mir je begegnet ist.«

»Ich bin ganz sicher nicht gemein«, erklärte ich. »Im normalen Leben bin ich total nett.«

»Wenn du es sagst.«

»Ich habe Pickle gerettet, oder nicht? Ich lasse beim Autofahren ständig anderen die Vorfahrt, und im Theater klatsche ich immer besonders laut.«

»Ist das deine Vorstellung von Nettsein? Dass man im Theater wie verrückt klatscht?«

»Ich bin auch in vielen anderen Bereichen sehr nett.«

»Und wie sieht das gegenüber deinem Bruder aus?«

Wie zum Teufel waren wir plötzlich bei diesem Thema gelandet?

»Suchst du Streit?«, erkundigte ich mich.

»Nein. Ich betreibe lediglich Konversation.«

»Warum das mit einem Mal.«

»Weil ich mit meinem Buch fertig bin.«

»Hast du nicht noch ein anderes dabei?«

»Nein.«

»Dann muss *ich* jetzt über Duncan sprechen, weil *du* nichts mehr zu lesen hast?«

»Es ist ein weiter Weg bis Evanston.«

»Den du mit dieser Diskussion vollends unerfreulich machst.«

»Ich dachte einfach, das Thema sei recht ergiebig.«

»Nein, ist es nicht«, widersprach ich. »Ganz im Gegenteil.«

Er bedachte mich mit einem vielsagenden Blick, denn er wusste sehr wohl, dass das gelogen war.

»Liegt das an eurer Familiengeschichte?«

Alarmiert warf ich Jake einen flüchtigen Seitenblick zu. Wusste er etwa Bescheid?

»Was meinst du damit?«, fragte ich.

Eine Weile schien er zu überlegen, wie er es ausdrücken sollte.

»Nun, diese Tragödie«, murmelte er schließlich.

Er kannte die Geschichte also. Natürlich. Immerhin war er Duncans bester Freund.

»Was bitte führst du darauf zurück?«, tat ich dennoch arglos.

»Dass du Duncan nicht leiden kannst.«

Jetzt hatte Jake sich endgültig auf verbotenes Terrain gewagt.

»Unsinn«, fauchte ich ihn an. »Natürlich mag ich Duncan. Und ich habe ganz sicher nicht die Absicht, irgendwelche Familientragödien mit dir zu diskutieren.«

»Und warum nicht?«

»Weil ich mit niemandem darüber rede.«

»Vielleicht solltest du das mal«, schlug er vor.

Ich bemühte mich um einen möglichst ruhigen Ton. »Was bist du?«, fragte ich. »Ein Therapeut?«

»Nein«, gab er zurück. »Aber im Grunde wäre das eine echt gute Idee.« Er dachte kurz nach, sah mich dann wieder erwartungsvoll an. »Also, warum magst du deinen Bruder nicht? Rede dich bitte nicht auf seine Verrücktheiten raus.«

Ich seufzte. Wenn ich schon zwischen dem Thema *Duncan* und dem Thema *Tragödie* wählen musste, war Duncan gesprächstechnisch gesehen sicher das geringere Übel. »Die Sache ist einfach die, dass Duncan eine fürchterliche Nervensäge ist«, sagte ich in der Hoffnung, nicht weiter ins Detail gehen zu müssen.

»Das stimmt.«

»Er treibt mich echt in den Wahnsinn. Macht es dich etwa nicht verrückt, dass er ständig seine Schlüssel sucht, niemals auch nur ansatzweise pünktlich ist, nie etwas zu Ende bringt und niemals hält, was er verspricht?«

»Okay. Das sind nicht gerade seine Stärken.«

»Trotzdem bist du seit fünf Jahren sein bester Freund.«

»Seit sechs.«

»Warum?«

Jake überlegte kurz. »Er hat andere Qualitäten.«

»Welche zum Beispiel?«, hakte ich nach, da mir momentan keine einzige einfallen wollte.

»Wie zum Bespiel die, dass ich nie in meinem Leben einem witzigeren Kerl als ihm begegnet bin.«

Ich runzelte die Stirn, weil ich selbst nichts an Duncan witzig fand.

»Das kann nicht sein.«

Jake zuckte mit den Achseln. »Doch. Manchmal muss ich so über ihn lachen, dass mir das Essen durch die Nase wieder rauskommt. Einmal sogar eine lange Spaghetti. War ziemlich eklig.«

Ich verdrängte das unappetitliche Bild und durchforstete meine Erinnerungen, ob Duncan mich einmal zum Lachen gebracht hatte. Da mir absolut nichts einfallen wollte, schüttelte ich den Kopf.

»Mich bringt er nie zum Lachen«, erklärte ich düster.

»Liegt vermutlich daran, dass du ständig sauer auf ihn bist.«

»Das ist nicht wahr. Im Grunde genommen bin ich sogar die meiste Zeit *nicht* sauer auf ihn.«

»Aber nur, weil du so gut wie nie mit ihm zusammen bist.«

Touché!

»Okay.«

Er lächelte zufrieden und zeigte urplötzlich wieder diese verführerischen Grübchen.

»Du jedenfalls scheinst prima mit ihm auszukommen«, lenkte ich von mir ab.

»Ich habe keine Geschwister, vielleicht deshalb«, meinte er.

»Und deshalb hast du Duncan gewissermaßen als Ersatzbruder gewählt?«

»Eigentlich hat eher Duncan mich gewählt.«

Seine Erklärung erstaunte mich – so hatte ich das bislang nie gesehen.

»Er hat mich provoziert«, fuhr Jake fort. »Hat mit mir gewettet, dass ich es nicht schaffen würde, einen Tischtennisball gegen die Wand der Sporthalle zu werfen und ihn dann mit dem Mund zu fangen.«

»Und?«

»Ich habe es geschafft.«

»Und seitdem seid ihr Freunde? Wegen einer Wette?«

»Klar. Ich kann einer guten Wette einfach nicht widerstehen. Außerdem versprach er, mir Jonglieren beizubringen.«

»Duncan kann jonglieren?«

»Nein. Bis ich allerdings dahinterkam, war es bereits zu spät. Da war er bereits mein Freund.«

»Eine brüderliche Romanze«, sagte ich süffisant, um ihn zu ärgern, doch er nickte einfach.

»Die beste, die man sich wünschen kann.«

»Und Duncan ist wirklich ein guter Freund?«

»Der allerbeste. Er beschützt mich, wo er kann.«

Ich konnte mir nicht vorstellen, dass man Jake beschützen musste.

»Und wovor?«

»Hauptsächlich vor mir selbst«, erklärte Jake mit seinem unwiderstehlichen schiefen Grinsen.

»Und wovor beschützt du ihn?«

»Ich schätze, vor dem Tod.«

Ich fing an zu husten. »Vor dem Tod?«

»Ach, du weißt schon«, winkte Jake unbekümmert ab. »Wenn er zum Beispiel mitten in der Nacht von einer Brücke springen oder ein brennendes Streichholz in eine Packung Feuerwerkskörper werfen will – bei solchen und anderen Verrücktheiten bringe ich ihn immer wieder auf Linie.«

»Verstehe«, erwiderte ich nachdenklich. »Bei diesem ganzen Zeug dachte ich immer, es seien deine Ideen.«

»Um Himmels willen. Die hatte ausnahmslos der große D.«

»Dann bist du also der Vernünftigere von euch beiden.«

Er überlegte kurz. »Wenn's darum geht, uns vor dem Sterben zu bewahren, ja.«

»Ansonsten nicht?«

»Ich nehme an, wir wechseln uns bei anderen Dingen ab.«

Wie ernst er plötzlich war. Nie hätte ich mir träumen lassen, dass Jake so sein könnte.

»Dann steht Duncan also gewissermaßen ständig mit einem Bein im Grab?«

Er nickte. »Ja, man könnte sogar sagen, dass das sein Spezialgebiet ist.«

»Und was ist deines?«

Er hob die Schultern. »Alles andere. Wie man Mädchen beeindruckt. Oldfashioned Swing Dance. Verschiedene Akzente erlernen …«

»Wozu soll das gut sein?«

»Zu nichts, es macht einfach Spaß.«

In all den Jahren hatte ich so wenig über Jake gewusst, dass mich fast alles, was er sagte, überraschte. Er konnte mit verschiedenen Akzenten sprechen? Machte Swing Dance? Kannte sich mit Mädchen aus? Wer hätte das gedacht?

Ohne es zu wollen, schaltete ich in den Dialogmodus und feuerte wie bei einer Fernsehtalkshow eine Frage nach der anderen auf ihn ab. Zum Teil, damit ich selbst nicht erneut in den Mittelpunkt seines Interesses geriet, vor allem aber, weil meine Neugier geweckt worden war.

Während wir auf der Interstate Richtung Westen fuhren, erfuhr ich lauter Dinge über ihn, die mir bisher vollkommen unbekannt gewesen waren. Dazu gehörten auch so banale Dinge wie seine extreme Allergieanfälligkeit bei Mandeln und Pekannüssen, obwohl er beispielsweise Erdnüsse unbegrenzt essen konnte. Ferner die Information, dass er sich auf dem College neben seinem Hauptfach Englisch auf ein Medizinstudium vorbereitet hatte, zunächst jedoch die Welt bereisen wollte. Nicht allein Mexiko und die Kinderstube der Wale, sondern ebenso die berühmten Eishöhlen von Juneau, das chinesische Tianzi-Gebirge, das englische Cornwall mit seinen alten Bergarbeiterstädten, das indische Taj Mahal, den deutschen Schwarzwald und den skandinavischen Norden mit seinem Polarlicht. Wobei die Reihenfolge noch nicht feststand.

»Du nimmst dir also vor dem Studium ein Jahr Auszeit?«, erkundigte ich mich.

Er zögerte mit seiner Antwort »Vielleicht gehe ich überhaupt nicht mehr an die Uni.«

»Was soll das heißen?«

»Dass ich wahrscheinlich doch nicht studieren will.«

»Wie das?« Verdutzt schaute ich ihn an. »Du hast am College alle Vorbereitungskurse für ein Medizinstudium absolviert, obwohl du gar nicht Medizin studieren willst?«

»Sieht so aus.«

»Und warum nicht?«

Nachdenklich sah er aus dem Fenster. »Irgendwie wäre es nicht das Richtige für mich«, meinte er vage.

»Du hast Praktika gemacht, zahllose Kurse besucht, den Eignungstest abgelegt und bestanden, hast dich beworben und wurdest tatsächlich genommen – und jetzt gelangst du plötzlich zu der Erkenntnis, dass es irgendwie nicht das Richtige für dich ist?«

»Genau«, erklärte er, als wäre das total normal.

»Und was in aller Welt hat sich mit einem Mal geändert?«

»Ich.«

Jake sprach in Rätseln, und ich hätte gerne weiter nachgebohrt, aber jetzt war er es, der auswich. So wie ich nicht über meine schwierigen Familienverhältnisse zu reden wünschte, wollte Jake sich offenbar nicht über seine diffusen Zukunftspläne auslassen.

Und bevor ich ihm die nächste Frage stellen konnte, meinte er: »Ich muss mal«, öffnete das Fenster und kippte seine halb volle Wasserflasche aus.

»Was machst du da?«, schrie ich gegen das Rauschen des Fahrtwinds an.

»Ich leere die Flasche aus«, brüllte er zurück.

»Du wirst nicht in diese Flasche pinkeln!«

»Doch, werde ich.«

»Nein! Gleich da vorne kommt eine Ausfahrt.«

»Kein Problem. Ich kann echt super zielen.«

»Darum geht es nicht.«

»Für mich ist die Flasche okay.«

»Aber für mich nicht!«

Sobald die Flasche leer war, fuhr Jake das Fenster wieder hoch, und plötzlich war es in dem Wagen viel zu still.

»Ich könnte das Buch als Sichtschutz nehmen«, schlug er vor. »Dann kriegst du so gut wie nichts mit.«

»Hör auf«, fuhr ich ihn an. »Denk lieber erst gar nicht daran, deinen Hosenstall zu öffnen. Wir halten zum Pinkeln an. Ende der Diskussion.«

Er schüttelte den Kopf. »Das ist die reinste Zeitverschwendung.«

»Ist es nicht, denn ich muss auch mal für kleine Mädchen, und außerdem wäre es nicht schlecht, demnächst zu tanken«, hielt ich ihm entgegen, und das war nicht einmal gelogen.

»Oh.« Er nahm die Hände vom Reißverschluss seiner Hose. »Wahrscheinlich hast du recht.«

Ohne den Blinker zu setzen, schoss ich in die Ausfahrt.

Plötzlich kam mir der Typ an meiner Seite nicht wie ein normaler junger Mann von Anfang zwanzig vor, sondern eher wie ein kleiner Junge, der noch aufs Töpfchen ging.

Ich hatte kurzfristig vergessen, wer hier neben mir im Wagen saß.

Angesichts all seines Geredes über Nathaniel Hawthorne, diesen großen amerikanischen Schriftsteller der Romantik, und über das geplante oder nicht geplante Medizinstudium hatte ich eine grundlegende Tatsache vorübergehend verdrängt: dass ich mich niemals näher mit einem Kind einlassen würde. Und schon gar nicht mit einem, das voller Bewunderung für meinen grauenhaften Bruder war und neben mir auf dem Beifahrersitz ernstlich in eine leere Wasserflasche zu pinkeln beabsichtigte.

»Als ich sagte, ich würde beim In-die-Flasche-Pinkeln eine Grenze ziehen, habe ich auch dich gemeint«, stellte ich klar. »Wenn es zwischen uns weiterhin keine Probleme geben soll, musst du deine Hose anbehalten.«

Er sah mich mit einem unterdrückten Lächeln an, als hätte ich einen echt guten Witz gemacht.

»Verstanden?«, fragte ich streng, während ich den Wagen an einer Zapfsäule abbremste, doch am liebsten hätte ich ihm einen zärtlichen Klaps gegen den Hinterkopf versetzt.

»Verstanden«, antwortete er mit einem treuherzigen Lächeln und hob die Hand wie zum Salut an seine Stirn. »Ich schwöre, dass ich meine Hose anbehalten werde, bis du etwas anderes von mir verlangst.«

4

Wir übertrafen uns selbst und kamen bereits vor neun Uhr bei meiner Großmutter an.

Nach dem Tankstopp hatte Jake das Steuer übernommen und die langen Stunden bis Sonnenuntergang genutzt, um mit Tempo neunzig Zeit gutzumachen. Erst als es dunkel wurde, übergab er wieder an mich, da er, wie er gestand, im Dunkeln nicht sonderlich gut sehe. Inzwischen hatte er einen so beachtlichen Zeitvorsprung herausgeholt, dass wir trotz meiner vorschriftsmäßigen Fahrweise auf dem Rest der Strecke überpünktlich unser Ziel erreichten. Vor lauter Begeisterung klatschten wir ab: Give-me-Five, und versehentlich umarmten wir uns sogar kurz.

Als wir jedoch bei GiGi anklopften, machte sie nicht auf, und so holte ich im Garten den dort versteckten Schlüssel. Auch im Haus fanden wir sie nicht. Dabei hatte ich felsenfest damit gerechnet, meine weißhaarige Großmutter in ihrem roten Kimono, ein Glas Rotwein in der Hand mit dem Libellenring, in der Küche anzutreffen. Auf dem Tisch lag bloß eine Nachricht von ihr.

Duncan sagt, ihr wärt erst später losgekommen und würdet es deshalb nicht zum Abendessen schaffen. Ich bin in meinem Buchclub. Wartet nicht auf mich!
Küsschen, GiGi
PS. Helen, verwuschel dem süßen Jungen bitte von mir das Haar.

Jake las über meine Schulter mit. »Habe ich dir nicht gesagt, dass sie mich liebt?«

»Ich zerzause dir ganz sicher nicht das Haar.«

»Das werde ich petzen.«

»Es ist sowieso reichlich wirr – da brauche ich weiß Gott nicht mehr nachzuhelfen.«

Die Spaghetti Bolognese, die sie für uns vorbereitet hatte, waren im Ofen warmgestellt, und auf dem Tisch stand eine Flasche Rotwein für uns.

Jake warf einen Blick aufs Etikett. »Das ist ein wirklich guter Tropfen.«

»Ich bin zu müde, um noch Wein zu trinken«, winkte ich ab.

»Dafür kann man nie zu müde sein«, meinte er mit leichtem Tadel.

»Du kennst dich mit Wein doch gar nicht aus«, widersprach ich, verdrehte die Augen und ließ mich auf einen der Küchenstühle fallen.

»Da irrst du. Ich habe irgendwann mal einen Kurs belegt.«

»Warum denn das?«

Kaum hatte ich die Frage ausgesprochen, fiel mir die Antwort ein, und wie aus einem Mund sagten wir: »Weil man dann besser bei den Mädchen landen kann.«

»Genau«, bekräftigte er lachend. »Und aus diesem

Grund habe ich auch jonglieren gelernt, Unterricht im Swing Dance genommen und *Mythos Schönheit* gelesen.«

»Du hast ernsthaft solche Bücher gelesen, um bei den Mädchen zu punkten?«

»Na klar.«

Fassungslos schlug ich mal wieder die Hände vors Gesicht. »Du hast dieses Buch letztlich missbraucht, um als Frauenversteher durchzugehen?«

»Nein«, erklärte er. »Ich habe es gelesen, weil es wirklich zum Verständnis der weiblichen Psyche beiträgt. Wovon die Mädels durchaus profitieren.«

»Ich gehe lieber jetzt ins Bett«, erklärte ich kopfschüttelnd.

»O nein. Erst einmal essen wir.«

Bei diesen Worten füllte er zwei Teller, nahm sie wie ein Kellner und trug sie durch die Hintertür nach draußen.

»Nun komm schon«, forderte er mich auf, als ich ihm nicht folgte.

»Wo willst du denn hin?«, rief ich ihm hinterher.

Einen Moment später kam er zurück, um die Weinflasche zu holen.

»Wir machen ein Picknick.«

Er packte meine Hand und zog mich nach draußen zu dem alten Baumhaus am Ende des Gartens, das mein Großvater vor vielen Jahren für meine Mutter gebaut hatte.

Ich blieb am Fuß des Baumes stehen. Das Haus über mir war weniger weit vom Boden entfernt, als ich es in Erinnerung hatte, doch selbst für eine kleine Kletterpartie war ich zu erschöpft.

»Ich steige da nicht rauf.«

Bevor ich mich versah, hatte Jake meine Hüfte umfasst und mich nach oben gehievt. Dann schwang er sich neben mich und drückte mir, als wären wir ein eingespieltes Team, ein Glas Rotwein sowie einen Teller in die Hand.

»Du bist erschreckend munter«, sagte ich lahm.

»Ich liebe dieses Baumhaus«, erwiderte er. »Duncan und ich haben darin ganze Wochenenden zugebracht. Und hier habe ich auch meinen ersten Kuss bekommen.«

»Ich hoffe, nicht von ihm.«

»Von Leah Person, einem wirklich hübschen Rotschopf. Allerdings hat sie mich furchtbar in die Zunge gebissen.«

»Was mir die junge Dame gleich sympathisch macht.«

Durch das warme Essen und die erfrischende Abendluft kehrten wider Erwarten meine Lebensgeister zurück.

Ich nahm mein Glas und prostete Jake zu. »Auf die Zungenbeißerin.«

»Auf erste Küsse.«

»Darauf, dass du wie der Teufel Auto fährst.«

»Und darauf, dass du den nervtötenden Freund deines kleinen Bruders mitgenommen hast.«

»Kein Problem«, erklärte ich großmütig und erkannte plötzlich, dass ich die tausend Meilen in seiner Begleitung wirklich als angenehm empfunden hatte.

Wir verstummten und blickten in Richtung Haus. Ein echtes Frank-Lloyd-Wright-Haus, das meine Großeltern in den Sechzigern praktisch für einen Apfel und ein Ei erworben hatten, weil es sonst abgerissen worden wäre. Inzwischen waren die Bauten des berühmten Architekten, der mit seinen Präriehäusern einen originär amerikanischen Stil begründete, ein Vermögen wert und in der Gegend um Chicago zudem eine Touristenattraktion.

Mein Grandpa, den ich nicht mehr kennenlernte, war ebenfalls Architekt gewesen und hatte das Gebäude weitestgehend im Originalzustand von 1912 erhalten. Lediglich eine neue Küche sowie ein modernes Badezimmer waren eingebaut worden. GiGi hatte hier erst ihre eigenen vier Kinder großgezogen, später dann Duncan und mich. Das alte, ehrwürdige Haus hatte also schon einiges gesehen.

Ich war seit einer Weile nicht mehr hier gewesen.

Während ich den Grillen lauschte und mit den Beinen baumelte wie als Kind, tauchte ich in die Vergangenheit ein. Inzwischen waren der Mond und Myriaden von Sternen aufgegangen, und aus den Küchenfenstern fiel warmes Lampenlicht. Bereits vor der endgültigen Übersiedlung zu GiGi war ich oft zu Besuch gewesen und hatte im Baumhaus übernachtet. Erinnerungen an meine Kindheit kehrten machtvoll zurück.

»Danke, dass du mich hierhergeschleift hast«, sagte ich nach einem Augenblick. »An das Baumhaus hatte ich seit einer Ewigkeit nicht mehr gedacht.«

»Weißt du, woran ich mich in Zusammenhang mit diesem Baumhaus erinnern kann?«

»Woran?«

»An dich«, erklärte er. »Daran, wie du hinter deinem Fenster standest.«

»Du konntest von hier aus in mein Zimmer sehen?«

»Yep.«

»Habt ihr beiden mich etwa beobachtet?«

»Ich habe es zumindest versucht«, gab er zu. »Immer wenn ich bei euch zu Besuch war.« Er trank einen Schluck Wein und fügte hinzu. »Duncan nicht. Nur ich.«

»Und warum?«

Obwohl unsere Gesichter in der Dunkelheit lediglich zwei Schatten waren, spürte ich, dass er mich eindringlich anschaute.

»Weil ich in dich verschossen war.«

»Ach ja? Davon habe ich nie etwas gemerkt.«

Er nickte nachdrücklich. »Und wie.«

Ich schüttelte den Kopf. »Aber ich war damals bereits verheiratet.«

»Weiß ich. Schließlich bin ich dir an deinem Hochzeitstag zum ersten Mal begegnet.«

»Dabei warst du nicht einmal eingeladen.«

»Duncan hat mich als seine Begleitung mitgebracht.«

»Das hat er bloß getan, um mich zu ärgern.«

»Später habe ich das ebenfalls herausgefunden.«

»Ich war deshalb schrecklich sauer.«

»Nun, auf mich hatte es den gegenteiligen Effekt.«

»Du meinst deine Anwesenheit auf meiner Hochzeit?«

»Es war einfach unglaublich«, schwärmte Jake. »Du in dem Brautkleid aus weißer Seide mit Schleier und diesem Strumpfband, das irgendeine Bedeutung haben soll – und ich ein Junge von sechzehn, der neu in der Stadt war und vor einem Jahr erst seine Mutter verloren hatte.«

»Tut mir leid, das wusste ich gar nicht.«

»Braucht es nicht. Du hast mich an diesem Tag zu neuem Leben erweckt.«

»Wenn das so ist, hätte ich wohl netter zu dir sein sollen.«

»Du warst nett genug.«

»Vielleicht wäre es ja besser gewesen, ich hätte dir sofort deutlich zu verstehen gegeben, dass deine Schwärmerei vollkommen sinnlos ist.«

»Das funktioniert bei Schwärmereien nicht.«

»Nein, wahrscheinlich nicht.«

»Warum stand ich deiner Meinung nach wohl den ganzen Abend mit offenem Mund da?«

»Vermutlich dachte ich ganz einfach, dass du Schnupfen und eine verstopfte Nase hattest.«

»Nein«, gab er zurück. »Ich war vor Bewunderung wie gelähmt.«

Inzwischen war die Flasche fast leer, und ich hob mein letztes Glas zu einem neuerlichen Toast.

»Auf jugendliche Schwärmereien.«

»Auf Frauen in Hochzeitskleidern.«

»Und auf Teenager, die Hochzeitskleider toll finden.«

Wir stießen miteinander an, und Jake sah mir etwas zu lange in die Augen, bevor er den Rest seines Weins hinunterkippte.

Zurück in meinem früheren Mädchenzimmer stieg ich in ein altes Garfield-Schlafshirt, das noch in der Kommode lag, schlug die dicke Daunendecke zurück, krabbelte ins Bett und hatte es mir gerade auf dem einladend glatten, kühlen Kopfkissen bequem gemacht, als ein Klopfen an meine Ohren drang.

»Geh weg. Ich schlafe schon halb.«

Doch Jake streckte bereits den Kopf zur Tür herein.

»Es ist spät.«

»Gerade mal zehn Uhr.«

»Reicht das nicht?«

»Ich muss dich trotzdem noch etwas fragen«, erklärte er und trat unaufgefordert ein. Er war frisch geduscht, trug nur eine Pyjamahose, und verlegen wandte ich den Blick von seinem nackten, knackigen Oberkörper ab.

»Was willst du wissen? Im Gegensatz zu dir gehöre ich inzwischen zu den älteren Semestern und werde leicht müde, wenn man mir Alkohol zu trinken gibt.«

»Hättest du nicht vielleicht Lust auf eine Runde Scrabble?« Er hielt mir ein Reise-Scrabble hin.

Obwohl es mein absolutes Lieblingsspiel war, lehnte ich ab.

»Ich bin viel zu müde, um jetzt noch zu scrabblen«, sagte ich, aber er kam einfach näher und ließ sich auf den Rand des Bettes sinken.

Also setzte ich mich auf und stopfte meine Decke rund um meinen Oberkörper fest, denn ohne BH fühlte ich mich seltsam nackt. Jedenfalls zu unbekleidet für männlichen Besuch.

»Warum hast du das mitgebracht?«

Er zog die Brauen hoch. »Für den Fall, dass du Lust auf eine Partie bekämst.«

Ich stieß einen resignierten Seufzer aus, denn trotz allem fand ich Jake seltsam erfrischend.

»Ich liebe Scrabble«, gab ich zu.

»Ich auch.« Er schob die Schachtel zwischen uns, und von seinen Haaren tropfte etwas Wasser auf mein Bett.

»Willst du vielleicht ein T-Shirt anziehen?«

Verwundert sah er auf. »Sollte ich?«

»Vielleicht ist dir ja kalt«, erwiderte ich achselzuckend.

»Nein, ist es nicht.«

»Und du fühlst dich auch nicht nackt?«

Er schüttelte den Kopf, während ich erneut abgrundtief seufzte.

»Was mich betrifft, so brauche ich dich bloß anzusehen, um zu frieren und mich nackt zu fühlen.«

Lächelnd stand er auf, ließ mich mit meinen Scrabble-Steinen sitzen, stapfte in den Flur und tauchte nach ein paar Minuten in einem T-Shirt mit dem Wappen der Harvard University wieder auf.

»Das ging ja schnell.«

»Nun, ich möchte schließlich nicht, dass du bei meinem Anblick frierst oder dich nackt fühlst«, meinte er und suchte meinen Blick.

Flirtete er etwa abermals mit mir? Oder versuchte er lediglich, mich zu provozieren wie in den Jahren zuvor? Am besten ging ich wahrscheinlich einfach darüber hinweg.

»Nettes Shirt«, sagte ich nach einem Augenblick.

»Ich dachte mir, dass es dich beeindruckt«, entgegnete er und tippte sich mit seinem Zeigefinger an die Stirn.

»Das würde es vielleicht, wenn du tatsächlich dort gewesen wärst.«

»Ich war in Harvard.«

»Wie bitte?«

Er nickte nachdrücklich »Ich war wirklich dort.«

»Nicht wie Duncan am Boston College.«

»Nein.«

»Und wie konntet ihr euch eine Wohnung teilen, wenn ihr nicht am selben College wart?«

»Man muss ja nicht zwingend auf dem Campus leben«, erklärte er. »Viele Studenten wohnen in der Stadt. Außerdem hatten wir das mit der Wohnung bereits auf der Highschool abgemacht – bloß dass er dann eben nicht nach Harvard ging.«

»Natürlich nicht. Schließlich war er während des gesamten letzten Schuljahrs praktisch pausenlos bekifft.«

»Das stimmt.«

»Du übrigens genauso.«

Er schüttelte energisch den Kopf. »Nicht wirklich.«

»Du hast kein Dope geraucht?« Ich zog skeptisch die Brauen hoch. »All die Male, wenn ihr zwei in seinem Zimmer wart und der Rauch unter der Tür hervorquoll, war nur er allein dafür verantwortlich?«

Jake wand sich ein bisschen. »Muss wohl so gewesen sein, denn ich saß über meinen Hausaufgaben.«

»Im Klartext: Er hat gekifft, während du deine Hausaufgaben erledigt hast?«

»Na ja, vielleicht habe ich durchs Passivrauchen ein bisschen was abgekriegt. Was meinen Hausaufgaben zum Glück nicht geschadet hat.«

»Deinen Kursen in Harvard ebenfalls nicht?«

Wieder schüttelte er den Kopf. »Ich bin echt intelligent. Und ehrgeizig. Allerdings verbeiße ich mich manchmal zu oft in eine Sache.«

Ich starrte auf meine Scrabble-Steine.

»Bist du jetzt beeindruckt?«, erkundigte er sich.

»Ich bin zumindest nicht mehr ganz unbeeindruckt, falls es das ist, was du meinst.«

»Keine Angst. Ich werde spielen wie ein normaler Mensch.«

»Da bin ich ja froh.«

»Duncan und ich haben ein paar Besonderheiten eingeführt. So erlauben wir keine Wortgebilde, die grammatikalisch falsch sind«, erläuterte er die Regeln. »Es muss richtiges Englisch sein. Und ein Wort, das eine sexuelle Bedeutung hat oder so gedeutet werden kann, kriegt den doppelten Wert.«

Ich lachte leise und rieb mir die müden Augen. »Typisch Duncan.«

»Ja, schon. Trotzdem ist es eine wirklich tolle Regel, denn auf diese Art kannst du dir Punkte durch sprachliche Finessen verdienen.«

»Klingt gut«, stimmte ich zu. »Also ist ein Wort wie Hügel die doppelte Punktzahl wert?«

»Ja, genau. Perfekt. Hügel ist toll, dafür könnte man sogar den dreifachen Wortwert geben.« Er legte seinen Kopf schräg. »Sollen wir es so machen?«

»Ich werde nicht allein dank meiner Geschicklichkeit gewinnen, Superhirn.«

»Willst du denn gewinnen?«

»Aber hallo.«

»Gewinnst du oft?«

»Ja.«

»Dann bist du also ziemlich zuversichtlich? Obwohl auf meinem T-Shirt Harvard steht?«

»Es gibt neben Harvard-Absolventen durchaus auch andere schlaue Menschen auf der Welt.«

»Wollen wir wetten, wer gewinnt?«

Ich runzelte die Stirn. »Und um was?«

Seine hochgezogenen Brauen machten deutlich, dass er irgendwas im Schilde führte. Seine nächsten Worte verstärkten meinen Verdacht.

»Vielleicht darum, dass der Verlierer für den Gewinner irgendetwas tun muss.«

Ich musterte ihn mit zusammengekniffenen Augen. »Und was schwebt dir da beispielsweise vor?«

Mit einem unschuldigen Achselzucken meinte er: »Egal, einfach irgendwas. Jeder braucht schließlich irgendwann mal Hilfe.«

»Ich nicht.«

»Wetten, dass du spätestens bei der Tour darauf zurückkommst?«

»Und was willst du dann machen? Mich etwa tragen?«, spottete ich.

»Wenn es nötig ist, schon. Außerdem könnte ich dir beim Knoten des Seils behilflich sein oder dir zeigen, wie man eine Höhenlinienkarte liest. Es gibt jede Menge Know-how, das man in der Wildnis braucht und bei dem du von mir profitieren könntest. Immerhin bist du eine blutige Anfängerin.«

»Du willst also meinen Mangel an Erfahrung ausnutzen«, stellte ich fest.

»Ich will mich lediglich nützlich machen«, widersprach er.

»Und wobei in aller Welt sollte ich dir im Gegenzug helfen können?«

»Nun …« Er atmete tief durch.

»Was immer es sein mag«, kam ich ihm zuvor. »Ich werde es nicht tun, also behalt es für dich.«

Er ignorierte meinen Einwand. »Ich will, dass du mir beibringst, wie man richtig küsst.«

»Was?«

Mir fiel sozusagen die Kinnlade runter, und mit offenem Mund starrte ich ihn an

»Du hast schon verstanden«, fügte er hinzu. »Du sollst mir zeigen, wie man richtig küsst.« Er nickte leicht, als wäre diese Bitte vollkommen normal. »In dieser Hinsicht bin ich ein jämmerlicher Dilettant und brauche dringend Nachhilfe. Echt.«

Wie konnte ein so süßer und zudem hochbegabter Junge wie er ausgerechnet beim Küssen völlig talentfrei sein? Allein die Vorstellung war vollkommen absurd.

»Und wie kommst du auf die Idee, dass ich es besser kann?«

Er lächelte mich an. »Dazu muss ich dich nur ansehen.«

Ich dachte kurz nach und schüttelte vehement den Kopf. »O nein.«

»Und warum nicht?«

»Weil das der totale Wahnsinn ist. Und weil man Küssen auf diese Weise bestimmt nicht lernt.«

»Und wie lernt man es dann?«

»Indem man es mit einem Menschen, den man wirklich gernhat, übt.«

»Ich habe dich wirklich gern.«

»Du musst es mit deiner Freundin tun, Jake. Hast du davon schon mal was gehört?«

»Aber ich möchte vorher erst besser werden.«

Ein Argument, dem ich für einen Moment nichts entgegenzusetzen wusste. Doch rechtzeitig bekam ich die Kurve und wies sein Ansinnen zurück.

»Nein. Auf keinen Fall.«

»Weil du es nicht willst?«

»Du hast es erfasst.«

»Dann solltest du das Spiel um jeden Preis gewinnen – andernfalls bist du nämlich dran.«

So also lief der Hase.

»Gewinn einfach«, wiederholte er, »dann stehe ich in deiner Schuld und eile während der Survivaltour, sobald du völlig erledigt bist, zu deiner Rettung herbei.«

»O nein.«

Noch blieb ich hart, noch widerstand ich seinem unsittlichen Angebot.

»Denk bloß an all die Blasen, die du kriegen wirst. An die nassen Socken. Die schmerzenden Schultern. An die Erschöpfung nach stundenlangem Bergauflaufen, wenn du ganz sicher nicht zusätzlich weiterhumpeln willst, um Wasser aus einem Bach zu holen.«

Steter Tropfen höhlt den Stein, heißt es.

Und ähnlich erging es mir. Natürlich war ich eigentlich viel zu clever, um nachzugeben, aber die halbe Flasche Wein machte mich leichtsinnig, und ich begann, seinen Vorschlag ernstlich in Erwägung zu ziehen. Immerhin war der Deal eine Art Rückversicherung, und zudem ging ich nach wie vor davon aus, dass ich es beim Scrabble locker mit ihm aufnehmen konnte. Wenn er sonst immer mit Duncan spielte … Verglichen mit meinem Bruder war ich schließlich ein Crack.

»In Ordnung«, hörte ich mich sagen, »ich bin einverstanden. Allerdings nur, weil ich hundertpro gewinnen werde.«

Am Ende hatte ich nicht die geringste Chance, obwohl er nicht einmal schummelte. Er gewann, weil er wirklich gut und wesentlich erfahrener im Legen zweideutiger Wörter war als ich.

Zwar brachte ich es mit einem wunderbar platzierten »wogend« auf immerhin vierundsiebzig Punkte, doch schlug er mich um Längen mit den Wörtern »klebrig« und »geschwollen« sowie dem Ausdruck

»wulstig«, der auf einem roten Dreifach-Wortwert-Feld begann.

»Alles oder nichts.«

Ich wollte unbedingt eine Revanche, aber er streckte sich und riss den Mund zu einem riesengroßen Gähnen auf.

»Es ist schon spät.«

»Nicht mal elf«, funkelte ich ihn böse an

»Du hättest am liebsten bereits um zehn geratzt, wenn ich dich daran erinnern darf.«

»Dann säße ich jetzt wenigstens nicht derart in der Patsche.«

»Wettschulden sind Ehrenschulden.«

Er packte die Scrabble-Steine ein, stellte die Schachtel auf den Nachttisch und schob sich dicht an mich heran.

Ob ich wollte oder nicht – ich vermochte die Augen nicht von ihm zu wenden. Wie hatte ich in all den Jahren übersehen können, wie schnuckelig er war mit seinem dunklen, weich gelockten Haar, den braunen Welpenaugen, den vollen Jungenlippen und den strahlend weißen, regelmäßigen Zähnen, die bis vor Kurzem vermutlich noch von einer Drahtklammer verunziert worden waren.

Um es kurz und bündig zu formulieren: Er war ein attraktiver Bursche, dazu der Typ Herzensbrecher. Daran änderte auch die Tatsache nichts, dass er mir in den vergangenen fünf Jahren genau wie Duncan furchtbar auf den Geist gegangen war.

Als er den Kopf neigte und sein Gesicht so dicht an meines schob, dass sich unsere Nasen fast berührten, hielt ich den Atem an. Was taten wir hier bloß? Im Grunde war das alles vollkommen verrückt, und folgerichtig bewog mich die böse große Schwester in mir, schnell die Hand gegen seine Brust zu drücken.

»Okay«, erklärte ich. »Es geht ausschließlich darum, dass du etwas lernst.«

Er nickte zustimmend.

»Und kein Wort darüber zu Duncan«, befahl ich und pikste ihn zur Betonung meiner Worte unsanft mit dem Zeigefinger.

»Einverstanden.«

Wieder beugte er sich vor, doch meine Hand auf seiner Brust hielt ihn auf Distanz.

»Wer küsst übrigens wen?«

»Jetzt versuchst du, Zeit zu schinden.«

»Nein.«

»Falls du mich quälen willst, bist du Jahre zu spät dran.«

»Es geht darum, es richtig zu machen«, stellte ich klar.

»Okay, dann küsse ich dich«, entschied er und kam gleich zur Sache.

Er umfasste zärtlich meinen Kopf, vergrub seine Finger sanft in meinem Haar, sah mir ins Gesicht und hielt mit einem Mal den Atem an. Er zögerte so lange, dass ich schon befürchtete, er traue sich nicht.

Sollte ich nicht eigentlich froh sei, wenn ihn der Mut verließ?

Stattdessen fegte ich ihn genervt an. »Wird das heute noch was?«

»Du bist aber ganz schön ungeduldig.«

Ich zog herablassend die Brauen hoch, obwohl er durchaus recht hatte mit seiner Vermutung. Das allerdings durfte er unter keinen Umständen merken, sonst würde ich das Heft des Handelns aus den Händen geben. Und das bei einem jungen Kerl von gerade mal zweiundzwanzig Jahren.

Darüber hinaus galt für mich eigentlich die eiserne Regel, dass eine ältere Schwester niemals etwas mit den Freunden kleiner Brüder anfing. Zum einen machten sie sich aufgrund der prinzipiellen Unerreichbarkeit ständig unpassende Gedanken, zum anderen würden sie umgehend die Flucht ergreifen, falls das Objekt ihrer Begierde plötzlich sagen würde: »Los, wie sieht's denn aus mit uns beiden?«

Was selbstverständlich nie, nie passieren würde, weil die Freunde genauso pickelig und nervtötend waren wie die kleinen Brüder.

Dem eigenen Ego jedoch taten solche Bewunderung aus gebührender Distanz und das damit verbundene Gefühl, quasi auf einem anderen Stern zu leben, unendlich gut. Es war also eine Win-win-Situation. Zumindest solange man sich an die Regeln hielt.

Das hatte ich sechs Jahre lang getan und Jake niemals aus dieser Schublade herausgeholt. Und nun passte er dort plötzlich nicht mehr hinein. Mit einem Mal war ich mir nicht mehr sicher, ob er wirklich bloß der anstrengende Freund meines anstrengenden kleinen Bruders war.

Das merkte er offenbar und nutzte diesen Vorteil schamlos aus.

Bestimmt plante er, mich regelwidrig zu küssen. Und ich, ich würde es geschehen lassen, wenngleich das total unvernünftig und eine Überschreitung aller selbst gesetzten Grenzen war.

Aber vielleicht war die Vorstellung ja gerade deshalb so berauschend. Oder lag es ganz einfach daran, dass ich angetrunken war?

Gleich würde mir der Kumpel meines kleinen Bruders seine Zunge in den Mund schieben. Und was noch schlimmer war, ich freute mich sogar darauf. Schon neigte er seinen Kopf etwas weiter zu mir herunter.

»Okay. Los geht's.«

Seine Lippen waren lediglich einen Fingerbreit von meinem Mund entfernt, und sein warmer Atem strich bereits über meine Haut.

Ich schloss die Augen und holte zitternd Luft.

Bevor sich unsere Lippen allerdings berührten, hörten wir, wie erst die Haustür geöffnet wurde und dann meine Großmutter nach mir rief.

»Helen? Du kannst doch unmöglich bereits schlafen.«

Schreckensstarr verharrten wir in dieser Position.

»GiGi ist offenbar zurück«, flüsterte Jake.

»Sieht ganz so aus.«

Kaum hatte ich die Worte ausgesprochen, klopfte es an der Tür, und wir fuhren auseinander. Gerade rechtzeitig, bevor GiGi auf der Bildfläche erschien.

Sie trug eine eisblaue Jacke mit orangefarbenem Kragen, hatte ihren tief im Nacken sitzenden Knoten wie gewohnt mit Stäbchen festgesteckt und auf der Nase ihre Leopardenbrille, die ich besonders an ihr liebte.

Sie musterte uns, und ihr Lächeln verriet uns, dass sie wusste, was wir zwei getrieben hatten. Oder gerade hatten treiben wollen. Ich wäre nicht überrascht gewesen, wenn sie eine anzügliche Bemerkung vom Stapel gelassen hätte, aber sie beschloss, so zu tun, als wäre nichts geschehen.

»Mein Lieblingsmädchen. Sie streckte die Arme aus

und gab mir einen Kuss auf die Wange. »Du siehst fantastisch aus.«

Dann wandte sie sich an Jake und wuschelte mit der Hand durch sein Haar.

»Findest du nicht auch?«

Er nickte stumm, ohne mich anzusehen.

GiGi sah zwischen uns beiden hin und her, was meine Vermutung, dass sie Bescheid wusste, nur bestätigte.

»Nun.« Sie wandte sich zum Gehen. »Ich mache mir noch einen koffeinfreien Kaffee. Wollt ihr nicht kurz runterkommen, damit ich euch alles von meinem Seniorenbuchclub erzählen kann.«

»Ist das etwas Besonderes?«

Meine Großmutter blieb kurz stehen und zwinkerte uns zu. »Ich bin mit meinen sechsundachtzig Jahren das jüngste Mitglied, und wir brauchen schließlich irgendwas, wofür es sich in unserem Alter noch zu leben lohnt.«

Was genau sie damit meinte, schockierte mich dann doch. Fassungslos hörte ich mir in der Küche an, was für ein Schmuddelbuch GiGi momentan in ihrem Buchclub las. Es ging um irgendwelche halbseidenen Geschichten, die im mittelalterlichen England Geoffrey Chaucers angesiedelt waren.

»Ich bin durchaus für Sex, nicht dass ihr mich falsch versteht«, erklärte sie todernst. »Zudem muss man in meinem Alter nehmen, was man kriegen kann.«

Jake und ich – wir hatten in gebührendem Abstand voneinander Platz genommen – nickten bloß stumm, als sie uns die Vor- und Nachteile dieses Machwerks erläuterte.

»Die fehlende historische Genauigkeit bei der Beschreibung der Orgie unter dem Maibaum kann ich durchaus verzeihen.«

Nach wie vor brachten Jake und ich kein Wort heraus.

»Aber die fehlende Entwicklung der verschiedenen Charaktere stört mich schon sehr.«

Endlich fand ich die Sprache wieder. »Deshalb hast du mit der Lektüre aufgehört?«, hakte ich nach. »Weil die Entwicklung der verschiedenen Charaktere unzulänglich war?«

GiGi nickte. »Wahrscheinlich bin ich furchtbar altmodisch – den ganzen Kram mit Leder und Peitschen zu verstehen, das fällt mir nämlich sehr schwer.«

»Ihr lest in eurem Buchclub Sadomaso?«, hakte ich ungläubig nach.

»Mittelalterliches Sadomaso?«, fügte Jake hinzu.

Wieder nickte meine Großmutter. »Ich habe dieses Buch sogar selbst ausgesucht. Ich gebe zu, ich war ein bisschen neugierig. Und nachdem ich es gelesen hatte, kam ich mir vor wie eine langweilige, alte Frau. Ich finde einfach, dass es in der Welt bereits genug Schmerzen und nicht einmal annähernd genug Freude gibt. Und wenn jemand bereits unter Nierensteinen leidet, wie soll er sich da noch nach heißem Kerzenwachs auf seinen Brustwarzen sehnen.«

Sie fasste die Geschichte kurz für uns zusammen, und ich muss zugeben, dass ich durchaus beeindruckt war. Vor allem davon, in welch gleichmütigem Ton meine kultivierte Großmutter von Knebel- und Fesselspielen sprach.

Bevor wir uns versahen, war es Mitternacht und damit endgültig Zeit zum Schlafengehen. Gemeinsam gingen wir nach oben.

»Weckt mich morgen bitte nicht. Ich möchte ausschlafen«, bat GiGi, verschwand in ihrem Schlafzimmer und zog die Tür hinter sich zu.

Jake begleitete mich noch bis zu meiner Zimmertür.

Eine Hand auf dem Griff, blieb ich stehen. Obwohl wir den ganzen Tag vertraulich miteinander umgegangen waren, überfiel mich plötzlich eine solche Nervosität, als hätte er mich nach einem Date heimgebracht. Außerdem ging ich davon aus, dass er irgendwas Freches wie *Du schuldest mir noch einen Kuss* sagen würde, aber das tat er nicht.

Er beugte sich bloß unmerklich vor, hielt dann abwartend inne. Wahrscheinlich hätte er mich gerne geküsst, wollte jedoch nicht den Anfang machen. Weil ich schließlich die Erwachsene von uns beiden war. Da ich die Idee mit dem Küssen sowieso inzwischen nicht mehr sonderlich prickelnd fand – schon gar nicht in GiGis Haus –, machte ich ebenfalls keinerlei Anstalten. Ausgerechnet hier, wo wir jahrelang Unberührbare und Unberührter gespielt hatten, die Rollen plötzlich umzudrehen, wäre fatal.

Also reichte ich ihm die Hand und wünschte ihm »Gute Nacht«.

Er sah mich ungläubig an. »Im Ernst?«

Dann nahm er meine Hand, drehte sie seitwärts, und ich hielt erwartungsvoll den Atem an. Als er sie unvermittelt wieder losließ, war ich nicht nur überrascht, sondern ebenfalls irgendwie enttäuscht.

Um es zu verbergen, räusperte ich mich.

»Kannst du bitte den Wecker in Duncans Zimmer stellen? Auf fünf? Meiner ist nämlich kaputt«, brachte ich schließlich mit belegter Stimme hervor.

»Auf fünf Uhr?«

»Morgen ist ein wichtiger Tag.«

»Meinetwegen«, gab er sich geschlagen. »Also dann bis fünf.«

Er wandte sich zum Gehen und verschwand im Zimmer meines Bruders, das seit dessen Auszug unverändert war. An den Wänden hingen immer noch die Poster mit den halbnackten Pin-up-Girls, seine Kronkorkensammlung beanspruchte nach wie vor den größten Teil des Schreibtischs, und vor dem Fenster stand seit Jahren ein Terrarium, in dem kein Tier mehr leben könnte, weil die Pflanzen längst abgestorben waren.

In diesem Zimmer hatte Duncan einen Großteil seiner Highschoolzeit verbracht. Dort hatten er und Jake versucht, eine Guillotine aus Lutscherstielen zu bauen und im Kleiderschrank einen Regenwald anzulegen. Sie hatten Gipsabdrücke ihrer Füße hergestellt und ihr eigenes Videospiel kreiert, das BeastFeast hieß und dessen Helden irgendwelche schauerlichen Kannibalen waren. Ferner hatten sie wochenlang mit Trockeneis experimentiert und einen ganzen Sommer damit verbracht, aus einem Mülleimer, einem kaputten Rasenmäher und einem alten Computer eine funktionstüchtige Kopie von R2D2 aus *Star Wars* zusammenzubauen.

Als Jake durch Duncans Zimmertür verschwand, sah ich wieder den alten Jake vor mir und nicht den attraktiven Burschen, von dem ich mich um ein Haar hätte küssen lassen. Und in dem sicheren Gefühl, so gerade eben einer Katastrophe ungeheuren Ausmaßes entkommen zu sein, zog ich mich in mein Schlafzimmer zurück und sperrte vorsichtshalber von innen ab.

Am besten blieb alles so, wie es gewesen war. Ich würde in meinem Zimmer schlafen, während Jake in Duncans Zimmer schlief. Denn dort gehörte er schließlich hin.

5

Wir waren erst seit fünf Minuten wieder unterwegs, als Jake unvermittelt mit einem Vorschlag herausplatzte: »Wir sollten vielleicht über gestern Abend reden.«

»Oh.« Ich umklammerte fest das Steuer und starrte reglos geradeaus. »Muss das sein?«

»Lass uns einfach offen darüber sprechen.«

»Lieber nicht.«

»Ich wollte dir eigentlich bloß sagen, dass die Wette nicht mehr gilt.«

Verwundert drehte ich meinen Kopf zu ihm herum. »Ach nein?«

Er nickte.

»Super«, sagte ich, obwohl ich seltsam enttäuscht war. »Gut.«

»Okay, dann wäre das ja geklärt.«

Nachdem dieses heikle Thema abgehakt war, wandten wir uns ausnehmend uninteressanten, dafür völlig unverfänglichen Dingen zu: Donuts, *Pulp Fiction*, den besten Geburtstagspartys, die wir je gefeiert hatten, verborgenen Talenten, Ufos, Zeitreisen, Ländern, die wir irgendwann mal besuchen wollten. Selbst tiefschürfenden Fragen widmeten wir uns: etwa ob Politik nur Arschlöcher anzieht oder aus ganz normalen Menschen erst Arschlöcher macht, ob Wale atmen, wenn sie schlafen, und ob wir eher Hunde- oder Katzenmenschen waren. Ferner tauschten wir Kindheitsängste und Enchiladarezepte aus und diskutierten die globale Erwärmung.

Was wir jedoch mit keinem Wort erwähnten, waren der Wein, den wir getrunken hatten, Jakes Geständnis, dass er schon als Teenager für mich geschwärmt habe, und der Beinahekuss, der in letzter Minute von meiner Großmutter verhindert worden war.

Erst dachte ich, wir würden nicht darüber reden, weil es doch eine ziemlich prekäre Angelegenheit war. Aber als die Stunden vergingen, begann ich daran zu zweifeln.

Scheinbar völlig unbekümmert spulte Jake eine Geschichte nach der anderen ab: wie sein Dad, ein Schotte, seine Mom, eine Texanerin, getroffen hatte, dass *Herr der Ringe* und *Ruf des Adlers* seine Lieblingsbücher seien und dass er in seiner Abschlussarbeit über Nathaniel Hawthorne dessen geradezu schockierend freizügigen Liebesbriefe an seine Frau Sophia in den Mittelpunkt gestellt habe, und während ich meist schweigend zuhörte, fragte ich mich langsam, ob nicht vielleicht ich allein das Geschehen vom Vorabend wichtig nahm. Oder tat er nur so? Jedenfalls kam es mir vor, als würde er gar nicht mehr daran denken, und ich überlegte schon, ob ein Kuss für Leute seines Alters überhaupt noch dasselbe bedeutete wie für meine Generation.

Dabei war es gar nicht zu einem Kuss gekommen!

Egal, denn immerhin hatte er mich küssen wollen – zumindest war das mein Eindruck gewesen. Oder saß ich auch hier einem frommen Selbstbetrug auf, weil ich es war, die den Kuss wollte? Genau das war mein Problem und mein Dilemma. Schließlich hatte ich mich auf den Weg gemacht, um zu wachsen – stattdessen schien ich hinsichtlich meiner Persönlichkeitsentwicklung gleich am ersten Abend riesengroße Rückschritte verbuchen zu müssen.

Wenn ich für mich Ist- und Sollzustand meines Lebens und meiner Bewusstseinslage definiert hatte, so bewegte sich das zwischen tiefgründiger Haiku-Naturlyrik und dem spektakulären Aktionismus von Chuck-Norris-Filmen. Und nun war binnen vierundzwanzig Stunden alles auf die simple Frage reduziert worden: »Gefalle ich ihm wohl?«

O Gott, darum sollte es bei diesem Trip ganz bestimmt nicht gehen.

Ursprünglich hatte ich statt eines Überlebenstrainings eine Reise nach Paris geplant und dann die Stadt der Liebe gegen die Herausforderungen der Wildnis eingetauscht. Beides schien momentan weit entfernt – ich war, was meine Gefühlslage betraf, zurück in Highschoolzeiten gefallen.

Je länger wir fuhren, umso stärker wurde mir bewusst, dass ich mich gegen Jake immunisieren musste. Und zwar sofort. Indem ich alles vergaß, vor allem die verdammte Wette, und mich lieber darauf besann, dass ich im vergangenen Jahr durch die Hölle gegangen war und keine neue Beziehungstragödie gebrauchen konnte.

Ich dachte an den Abend, als ich Mike endgültig rausgeworfen hatte.

An jenem Tag war ich beim Ultraschall gewesen, aber statt mir einen kleinen Stapel hübscher Aufnahmen zu überlassen, die ich an den Kühlschrank hängen konnte, warnte mich der Arzt vor einer bevorstehenden Fehlgeburt, die sich bald mit scheußlichen Krämpfen ankündige werde. Offenbar hatte mein Körper die Versorgung des Fötus eingestellt.

Die fürsorgliche Schwester gab mir noch ein paar gut gemeinte Ratschläge mit auf den Weg. Ich solle dafür sorgen, dass sich ab sofort jemand um mich kümmere, im Idealfall mein Ehemann. Der mich auch zu diesem Ultraschalltermin hätte begleiten und demzufolge jetzt anwesend sein sollen, um sich das alles selbst anzuhören. Leider war ihm diese Verabredung völlig entfallen.

Wie ich ihm Nachhinein erfuhr, hatte er mittags ein paar Drinks bei einem Geschäftsessen gekippt, war am Nachmittag leicht angetrunken durchs Büro gewankt und hatte sich im Anschluss mit »ein paar Kollegen« auf den Weg in eine Bar gemacht. Die Happy Hour artete in ein stundenlanges Saufgelage aus, und als er endlich heimkam, lag ich bereits im Bett und schlief, nachdem ich den Nachmittag wie in Trance verbracht hatte. Und um dem Ganzen die Krone aufzusetzen, setzten am selben Abend bereits die Krämpfe ein. Als hätte mein verräterischer Körper nur auf die Erlaubnis des Arztes gewartet.

Am nächsten Vormittag weckte ich Mike, berichtete ihm, was Sache war, und erklärte, ich sähe keine Chance mehr für unsere Ehe. Innerhalb von zehn Minuten ohne Tränen, ohne Trauer, ohne Reue. All das setzte erst viel später ein. Mike war zu beschämt und außerdem zu verkatert gewesen, um zu protestieren. Er starrte bloß zu Boden und nickte stumm.

Ich selbst habe seit unserer Trennung keinen Augenblick an der Richtigkeit meiner damaligen Entscheidung gezweifelt.

Zwischen uns war es bereits seit Längerem schlecht gelaufen, sodass ich nie auf die Idee gekommen wäre, ihn zu bitten, es noch einmal zu probieren. Für mich war die Trennung das einzig Richtige. Und trotz einer Reihe von Telefongesprächen und diversen Treffen, bei denen wir die Modalitäten der Scheidung aushandelten, bemühte sich auch Mike nie ernsthaft darum, unsere Ehe zu reparieren.

Dennoch sollte ich in den folgenden Wochen und Monaten eine verstörende Erfahrung machen.

Obwohl ich ganz genau wusste, dass es mit Mike erheblich schlimmer sein würde als ohne ihn, fühlte ich mich schrecklich verloren und lebte andauernd in einem Gefühl der Panik. Weil ich null Ahnung hatte, was jetzt aus mir werden sollte. Zwar hat es bestimmt Augenblicke der Erleichterung gegeben, aber in der Erinnerung sehe ich mich immer mutterseelenallein im Neonlicht eines Supermarkts, berieselt von Hintergrundmusik, einen Einkaufswagen voller Tütensuppen und anderen Fertigprodukten mit quietschenden Rädern Richtung Kasse schieben. Und dabei half dieser Frustfraß nicht einmal wirklich.

Inzwischen hatte ich genug von Neonlicht und süßlicher Berieselungsmusik.

Mein Katzenjammer war vorbei, und ich war bereit, mich der Welt zu stellen und den nächsten Schritt zu wagen. Einen großen Schritt, verbunden mit einer außerordentlichen Tat. Jake und seine Lippen, egal wie verführerisch sie auch sein mochten, gehörten nicht dazu – zumal ich mir als erwachsener Frau sowieso verbieten sollte, einen einzigen weiteren Gedanken an diese Geschichte zu verschwenden.

Meine Vorsätze hielten bis zur abendlichen Ankunft im Motel.

Nachdem Jake das Gepäck in unser Zimmer getragen, es dort krachend fallen gelassen hatte, drehte er sich zu mir um, verschränkte die Arme vor der Brust und ruinierte mit seinen nächsten Worten alles.

»Weißt du noch, dass ich gesagt habe, die Wette gilt nicht mehr?«

Ich nickte knapp und wurde misstrauisch.

»Nun, jetzt gilt sie wieder.«

»Wie bitte? Du kannst nicht plötzlich wieder alles umwerfen.«

»Sicher kann ich das.«

Ich stemmte meine Hände in die Hüften und nahm meine souveränste Lehrerinnenpose ein.

»Das war ja nicht mal eine echte Wette. Vorher hast du mich mit Wein abgefüllt.«

»Ich habe dich bestimmt nicht abgefüllt. Das hast du ganz alleine besorgt.«

» Jedenfalls war ich betrunken.«

»Nein, warst du nicht – höchstens leicht beschwipst.«

»Jake«, begann ich vorsichtig. Wenn mich ein Beinahekuss schon derart durcheinanderzubringen vermochte, dann wäre es nach einem tatsächlichen Kuss wahrscheinlich endgültig um mich geschehen. Wie sollte ich ihm das begreiflich machen.

Mir fiel nichts Gescheites ein, und so blieb es bei einem lahmen »Das ist wirklich keine gute Idee«.

»Das sehe ich ganz anders.«

»Bitte, es ist lachhaft und total absurd.«

»Warum?«

»Darum! Weil du Duncans bester Freund bist. Weil ich dich kaum kenne. Weil wir zwei morgen zusammen in die Wildnis ziehen. Und weil du halb so alt bist wie ich.«

»Zweidrittel.«

»Wie auch immer.«

»Das sind alles keine echten Gründe.«

»Jake«, setzte ich erneut an und ließ eine faustdicke Lüge vom Stapel. »Ich habe einfach keine Lust.«

Damit hatte ich offenbar mein Ziel erreicht. Er sah zu Boden und seufzte resigniert.

»Okay. Das ist ein echter Grund«, meinte er. »Dann gehe ich erst mal duschen.«

Statt sein Shirt erst im Bad auszuziehen, zog er es absichtsvoll gleich über den Kopf und präsentierte mir seinen überaus ansehnlichen Oberkörper. Und das, wo wir mangels zusätzlicher Kapazitäten gezwungen waren, uns ein Zimmer zu teilen.

Es war mir vollkommen unmöglich, ihn nicht anzustarren, während er in seinem Toilettenbeutel wühlte und lässig-lasziv Richtung Bad schlenderte. Einfach rundum perfekt. Und bevor ich meinen Gedanken Einhalt gebieten konnte, stellte ich mir vor, wie er in einer knappen Badehose auf dem Zehner stand und mit einem eleganten Sprung ins Wasserbecken hechtete.

Grundgütiger.

Als Jake die Tür hinter sich schloss, schlug ich mir die flache Hand gegen die Stirn. Es nützte nichts. Weiterhin stand ich wie zur Salzsäule erstarrt da, mein Gehirn umnebelt, und so verharrte ich, bis Jake nach einer Weile in Pyjamahose und dem Harvard-Shirt aus dem Bad kam, die Haare im Nacken leicht gelockt von der Feuchtigkeit wie bei unserem gestrigen Scrabble-Match.

Er schlurfte dicht an mir vorbei, stieg ins Bett und schlug sein Buch über Wale auf, obwohl er es angeblich bereits durchgelesen hatte.

Und was tat ich?

Dachte bloß daran, dass ich mir wünschte, von ihm geküsst zu werden. Plötzlich war es mir völlig egal, dass die Idee als solche schrecklich, abwegig und was sonst war. Es half auch nicht, dass ich ins Bad ging, duschte, die Haare föhnte und die Zähne putzte. Als ich in meinem Schlafshirt frustriert ins Zimmer zurückkehrte, war mein Verlangen sogar noch gewachsen und eindeutig stärker als meine Vorbehalte. Und so wie man automatisch die Hand nach einer Süßigkeit austreckt, die man sich aus Vernunftgründen lieber versagen sollte, ging ich zielstrebig durch den Raum, bis ich direkt vor ihm stand.

Er blickte nicht einmal auf.

»Du liest dasselbe Buch wieder von vorn«, sagte ich, weil mir nichts Besseres einfiel.

Ohne den Blick von seiner Lektüre zu lösen, nickte er knapp.

Einen Augenblick beobachtete ich ihn, und dann merkte ich, dass er gar nicht richtig las.

»Komm her«, forderte ich ihn seufzend auf.

Endlich hob er den Blick, blieb jedoch weiter reglos liegen, als müsste ich ihm erst versichern, dass ich es ernst meinte.

»Nun mach schon, bevor ich es mir erneut anders überlege.«

Eilig setzte er sich auf und warf seine Alibilektüre achtlos auf den Boden.

»Am besten packen wir es wie in der Schule an«, hörte ich mich zu meiner eigenen Verwunderung sagen. »Erst die Theorie, bei der du dir im übertragenen Sinn Notizen machst, also dir merkst, was ich sage – und dann die Umsetzung des Gelernten in die Praxis.«

Er blickte mich mit seinem breiten, etwas schiefen Grinsen an. »Ich liebe gedankliche Notizen. Bin ein Riesenfan davon.«

»Es geht ausschließlich darum, dass du dir ein paar grundlegende Dinge aneignest.«

»Davon bin ich auch ein großer Fan. Außerdem bringe ich immer gute Noten heim.«

Er stieg aus dem Bett, blieb vor mir stehen, ganz dicht, und nie zuvor war ich ihm so nah gewesen. Glaubte ich zumindest, denn mir war derart schwindlig, wie es einem lediglich in einer Situation sein kann, die das ganze Leben verändert.

Würde ich ihm wirklich praktischen Unterricht im Küssen erteilen?

Und was zum Teufel sagte man in einem solchen Fall?

Nach längerem Überlegen begann ich mit einem Satz, der, wie ich hoffte, möglichst lebensklug und erfahren klang.

»Beim Küssen geht es um die Balance zwischen Festhalten und Loslassen.«

»Das klingt ja richtig philosophisch«, meinte Jake.

»Wie bei allem im Leben«, fuhr ich fort, »entsteht dabei ein Schieben und ein Ziehen. In der Mittelstufe hat mich mal ein Junge zu küssen versucht und mit seiner Zunge in meinem Mund herumgerührt wie mit einem toten Fisch. Das war kein guter Kuss.«

Jake nickte grinsend.

»So küsst du ja vermutlich nicht, nehme ich mal an.«

Völlig ernsthaft schüttelte er den Kopf.

»Gut. Beim Küssen geht es nämlich um Geben und Nehmen. Darum, dass man einander nahekommt und sich wieder voneinander entfernt. Es reicht nicht, einfach mit der Zunge Achter zu malen, denn das Schieben und Ziehen spiegelt die Gefühle wider.«

»Respekt, du hast wirklich gründlich über dieses Thema nachgedacht«, meinte er, und ich wusste nicht, was ich davon halten sollte.

»Ich habe bisher noch *nie* darüber nachgedacht«, stellte ich richtig. »Umso besser, wenn ich dir trotzdem Hilfreiches sagen kann.«

Erneut bedachte er mich mit diesem eigenartigen Blick.

»Und bleib nicht die ganze Zeit an einer Stelle«, fuhr ich fort. »Du musst beim Küssen auf Entdeckungsreise gehen.«

Er lenkte seinen Blick auf meinen Mund. »Du meinst vom Mund zum Hals?«

»Zum Hals, zu den Schlüsselbeinen, überallhin, wo du willst«, bestätigte ich und fügte nach einer kurzen Pause hinzu: »Und setz ruhig deine Zähne ein.«

»Ich soll die Frau beißen?«

»Nein, nicht wirklich. Bloß um den Kontrast deutlich zu machen. Lippen sind weich, Zähne hart.«

Ich konnte sehen, wie sich in seinem Kopf angesichts dieses unerwarteten Tipps die Rädchen drehten. Schließlich nickte er zum Zeichen, dass er die Anregung gespeichert hatte.

»Jetzt zu den Händen. Wohin gehen die?«

»Zum Busen?«, schlug er vor.

»Falsch! Überallhin: in den Nacken, ins Haar, auf den Rücken.« Ich hob mahnend einen Zeigefinger.

»Auf keinen Fall jedoch sofort auf den Busen. Diese Berührung musst du dir erst verdienen.«

Sein harvardtrainiertes Hirn verarbeitete auch diese Information und traf dann eine eigene Entscheidung. Langsam legte Jake seine Hände auf meine Hüften.

»Von Hüften habe ich nichts gesagt«, erinnerte ich ihn mit gepresster Stimme.

»Nein, aber ich küsse dich ja gar nicht«, erwiderte er nicht ganz unzutreffend. »Das ist einfach so, ohne Küssen.«

Mir schien es ratsam, nicht weiter darauf einzugehen, und wandte mich dem nächsten Punkt dieses schwachsinnigen Unterrichts zu.

»Und jetzt die große Quizfrage. Wie lange darf man einen Menschen küssen?«

Seine seelenvollen Augen blickten zur Decke, und er dachte angestrengt nach oder tat einfach so.

»Eine halbe Stunde?«

»Falsch«, erklärte ich. »Ein guter Kuss sollte niemals zu lange dauern.«

»Weil die Frau irgendwann noch andere Dinge machen will?«

»Wenn du es richtig anstellst, auf jeden Fall.«

»Sie sollte also nicht frustriert sein.«

»Frust in Maßen ist nicht schlecht«, dozierte ich, als würde ich vor einer Schulklasse stehen. »Natürlich darf man nicht übertreiben.«

Ein derart seltsames Gespräch hatte ich bisher noch nie geführt. Wir sprachen über eine hypothetische dritte Person, obwohl wir beide wussten, dass es nicht um eine Fremde ging, sondern um mich. Ich erklärte ihm, dass er frustrieren, beißen und erforschen sollte. Und mein Körper nahm auf, was meine Stimme sagte.

Hörte ganz genau auf jedes Wort. Und erwies sich als mindestens ebenso guter Schüler wie Jake.

Und plötzlich war selbst der vorherige minimale Abstand zwischen uns verschwunden. Er stand direkt vor mir, und ich spürte die Wärme seines Körpers und das leichte Flirren der Luft, wenn er atmete.

»Frustration zeugt von Begehren«, fuhr ich mit meiner Lehrerinnenstimme fort. »Wobei das Begehren immer schöner ist als das Besitzen.«

»Immer?«

»Immer«, versicherte ich und bedauerte zugleich, ihm diese eigentlich traurige Wahrheit enthüllen zu müssen.

»Klingt wie Folter.«

»Nein, nein, nein. Begehren ohne Hoffnung wäre Folter – Begehren voller Hoffnung hingegen ist die schönste Form der Vorfreude, die man sich denken kann.«

Er starrte erwartungsvoll auf meinen Mund. »Dann ist Küssen also eine Form der Vorfreude?«

Ich nickte und war mir seiner körperlichen Präsenz nur zu bewusst. Sein T-Shirt war ein bisschen ausgeleiert, als hätte er es bereits tausendmal gewaschen, und er roch nach Seife und nach Pfefferminz.

»Küssen ist die reine Vorfreude.«

»Und was ist dann die Vorfreude auf einen Kuss?«

Mit einem Mal ergab sich meine Stimme meinem Körper, und meine Gefühle gewannen die Oberhand über meinen Verstand. Mir wurde schwindlig unter seinem Blick. Zu schwindlig, um auf seine Frage einzugehen.

»Es gäbe eigentlich noch sehr viel zu sagen«, flüsterte ich. »Aber ich weiß gerade nicht mehr, was.«

»Ich auch nicht.«

In der kurzen Pause, die auf diese Worte folgte, gelangten wir an einen Punkt, an dem Worte überflüssig waren. Nach all der Frustration, dem Begehren und der Folter war da nichts mehr als freudige Erwartung.

Jake neigte seinen Kopf, bis sein Mund direkt vor meinen Lippen war, doch gerade, als ich dachte, es sei so weit, hielt er inne, und es kam mir vor, als präge er sich diesen Augenblick für alle Zeiten ein. Sein nach Zahnpasta riechender Atem strich über meine Lippen, und dann endlich legte er die Hand in meinen Nacken und küsste mich sachte auf den Mund. Seine Lippen waren genauso warm und fest und so sicher, wie man es von einem Musterschüler erwartete. Seine Zunge suchte meinen Mund, zog sich zurück und drang wieder ein, fuhr die Konturen meines Gaumens nach und wechselte zwischen Druck und sinnlicher Entspannung. Er küsste in einem wunderbaren Rhythmus, und ich hatte das Gefühl, als würden warme Meereswellen mich hin und her wiegen.

»O mein Gott«, entfuhr es mir. »Du lernst tatsächlich schnell.«

»Habe ich es nicht gesagt? Ich wollte dich übrigens schon küssen, als ich dir zum ersten Mal begegnet bin. Am liebsten wäre ich damals einfach auf dich zumarschiert und hätte dir die Lippen auf den Mund gepresst.«

»Du meinst auf meiner Hochzeit?«

Er nickte.

»Dadurch hättest du uns ganz schön in Verlegenheit gebracht.«

»Möglich. Trotzdem habe ich es immer bedauert, dass ich in dem Augenblick zu feige war.«

»Du bist viel zu jung, um bereits irgendetwas zu bedauern.«

»Glaub mir«, meinte er und klang ungewohnt ernst. »Das bin ich nicht.«

Dann küsste er mich abermals, und spätestens jetzt merkte ich, dass ich diesem Jungen nichts mehr beibringen konnte. In meinem ganzen Leben hatte mich nämlich noch kein Mann auf eine so phänomenale Art geküsst.

Als er mich aufs Bett drückte, ließ ich es bereitwillig geschehen, sank entspannt auf die Matratze und küsste ihn atemlos und hingebungsvoll zurück. Dann bahnte sein Mund sich einen Weg zu meinem Hals, ich spürte seine Lippen, seine Zähne, seinen Atem, und mein Körper sog begierig die Gefühle auf, die er in mir weckte.

Wie aus weiter Ferne hörte ich mich sagen: »Du hast mich belogen.«

»Was?«

Er stützte sich auf seinen Ellbogen ab und sah mich fragend an. Seine Augen wirkten verschleiert, sein Haar war zerzaust.

»Du hast behauptet, dass du nicht küssen kannst – ja sogar ganz grauenhaft küssen würdest.«

Er tat nicht einmal so, als hätte er mich nicht belogen, sondern erklärte leicht amüsiert: »Tatsächlich bin ich sogar ziemlich gut.« Dann presste er die Lippen abermals auf meinen Hals und zog mit seiner Zungenspitze Kreise auf meiner empfindlichen Haut.

War ich verärgert, weil er mich ausgetrickst hatte? *Meine Güte, nein.*

Seinen Mund an meiner Schulter, fuhr er mit gedämpfter Stimme fort. »Du hättest mich niemals einfach so zum Spaß geküsst. Und ebenfalls keiner Wette wegen, und erst recht nicht, weil du es eigentlich möchtest.« Er arbeitete sich wieder bis zu meinem Hals vor, glitt mit seinen Lippen sanft an meinem Kinn entlang und blickte auf. »Ich musste dich dazu bringen, Mitleid mit mir zu haben – dann, das wusste ich, würdest du es tun.«

Da hatte er nicht unrecht. »Du bist viel gewiefter, als ich dachte.«

Erneut küsste er mich auf den Hals. »Nur wenn's nicht anders geht. Und in diesem Fall blieb mir keine andere Wahl.«

Ehe ich mit ihm über die Richtigkeit dieser Feststellung diskutieren konnte, küsste er mich aufs Neue, bis die Welt um uns herum in völliger Bedeutungslosigkeit versank.

»Ich habe dich von Anfang an begehrt«, murmelte er mit heiserer Stimme. »Immer wenn ich dich gesehen habe, wenn ich etwas von dir hörte oder wenn ich nur ein Foto von dir in Duncans Zimmer sah.«

»Und was für ein Gefühl ist es, jetzt wirklich auf mir zu liegen?«

»Fast zu schön, um wahr zu sein. Und zugleich die reinste Qual.«

Ich dachte lieber nicht darüber nach, was er damit meinte, aber eines wusste ich mit Sicherheit: dass ich hoffnungslos verloren war. Falls das für ihn ein Spiel war – na schön, sollte er seinen Spaß haben. Falls er einfach die große Schwester seines Freundes erobern wollte – von mir aus. Was immer er vorhaben mochte, ich würde es geschehen lassen. Allerdings weckte sein ernster Gesichtsausdruck bei mir Zweifel, ob es für ihn wirklich nichts als ein Spiel war.

Ich verschränkte meine Arme hinter seinem Hals und zog seinen Mund zu mir herab. Nicht als Lehrerin, nein. Das war ein für alle Mal vorbei. Jetzt war ich einfach Helen – eine Frau, die in einen Jungen verliebt war. Ich liebkoste seinen Hals auf genau dieselbe Art wie er zuvor den meinen.

Er hob erneut den Kopf und bedachte mich mit einem ungläubigen Blick.

»Ich bin wirklich froh, dass du mich reingelegt hast«, sagte ich.

»Mir geht es genauso.«

»So etwas habe ich seit Jahren nicht mehr erlebt.«

»Ich auch nicht.«

»Dabei hast du sicher jede Menge Freundinnen, oder?«

Er schüttelte den Kopf. »In letzter Zeit nicht mehr. Das hat mich irgendwie nicht mehr interessiert.«

Dann stellte ich ihm eine Frage, die ich nur deshalb auszusprechen wagte, weil ich die Antwort zu kennen glaubte.

»An mir bist du aber noch interessiert?«

»Und wie«, erklärte er. »Mehr sogar als vor sechs Jahren.«

»Ich mag dich wirklich, Jake. Wie in aller Welt ist das passiert?«

Er bedachte mich mit einem beinahe ehrfürchtigen Blick. »Keine Ahnung.«

Wieder schaute er mich an, als präge er sich jedes noch so winzige Detail für alle Zeiten ein. Mit einem Blick wie diesem betrachtete ein Maler sein Modell, und damit gab er mir das Gefühl, begehrenswert zu sein.

Plötzlich fiel mir etwas ein.

Seit ich Mike kannte, und das war inzwischen ganz schön lange her, hatte ich mit niemand anderem geschlafen. Nicht einmal im letzten Jahr nach Trennung und Scheidung. Und das wollte ich jetzt unbedingt nachholen. Der Altersunterschied? Na und. Was störte es mich, dass man Jake vor zwei Jahren noch keinen Alkohol in amerikanischen Restaurants gab? Und dass er der beste Freund meines kleinen Bruders war? Ebenfalls geschenkt. Mich interessierte einzig und allein, das fortzusetzen, was wir begonnen hatten.

Ich fuhr mit einer Hand seinen Brustkorb entlang und tastete nach dem Band seiner Schlafanzughose.

Er unterbrach den Kuss und hielt den Atem an. »Was machst du da?«

»Ich öffne deine Hose.«

Er schüttelte den Kopf. »Tu das nicht. Ich bin mir nämlich nicht sicher, ob ich dann noch aufhören kann.«

»Weshalb solltest du das wollen?«, flüsterte ich leise und zog an dem Knoten.

»Helen.« Er griff nach meiner Hand. »Das geht nicht.«

»Doch, natürlich.«

»Helen, nein. Ich habe dich schließlich reingelegt. Schon beim Scrabble. Du hättest nie gewinnen können – ich war nämlich jahrelang in einer Scrabble-Mannschaft und habe sogar an Meisterschaften teilgenommen.«

»Soll ich mich sofort über deine Beichte lustig machen oder erst später?«

»Die Sache ist ganz einfach die: Du hattest bereits verloren, als ich mit dem Spiel in dein Zimmer kam.«

»Und?«

»Ich wusste, dass du leidenschaftlich gern scrabbelst. Das hat Duncan mir erzählt. Bloß deshalb hatte ich den Kasten überhaupt dabei.«

»Okay, das war nicht wirklich nett«, räumte ich ein. »Allerdings hast du genug Ehrgefühl besessen, mir einen Ausweg zu eröffnen.«

Dankbar küsste ich ihn auf den Mund.

»Trotzdem habe ich Skrupel.«

»Das will ich aber nicht«, murmelte ich dicht an seinem Hals, und endlich gab der Knoten des verflixten Hosenbands nach. »Du sollst dich nicht plötzlich wie der Ehrenmann par excellence aufführen.«

Er neigte seinen Kopf und küsste mich mit einer solchen Leidenschaft, dass ich kaum Luft bekam. Und mich beschlich die dunkle Ahnung, dass alles bislang Geschehene lediglich ein bescheidener Vorgeschmack war auf das, was mich erwartete. Was spielte es für eine Rolle, ob es richtig oder falsch war, was wir taten. Ich lebte den Augenblick und nahm außer seinen Berührungen und den Gefühlen, die sie in mir weckten, nichts mehr wahr. Ein Tornado des Verlangens begann in meinem Innern aufzuwirbeln.

Die Entscheidung war gefallen, und niemand würde sie ändern können.

Abgesehen vielleicht vom Läuten des Telefons.

Wir erstarrten, sahen einander an und warteten darauf, dass das Geläut verstummte. Was es zum Glück tat. Und doch hatten wir uns zu früh gefreut, denn bereits nach wenigen Sekunden klingelte es abermals. Reglos warteten wir auch das Ende dieses Anrufs ab. Beim dritten Mal gab ich entnervt auf und streckte die Hand nach meinem Handy aus. Schließlich konnte es sich ja um einen Notfall handeln.

War es jedoch nicht, außer man betrachtete Mike als Notfall.

»Geh nicht ran«, bat Jake.

Ich schüttelte den Kopf. »Das geht nicht.«

Und während sich mein jugendlicher Liebhaber geschlagen gab und sich auf den Rücken rollte, nahm ich das Gespräch entgegen.

»Mike?«

»Ellie?«

Ich hasste es, wenn er mich so nannte.

»Kann ich rüberkommen?«

»Ich bin nicht zu Hause. Was ist los?«

Das Zittern seiner Stimme machte deutlich, dass er in schlechter Verfassung war.

»Ich habe ein Schlückchen Whisky-Cola intus.« Sein Lieblingsdrink.

»Und warum rufst du dann bei mir an statt bei deinem Betreuer von den Anonymen Alkoholikern?«

»Der geht nicht ran.«

Ich drehte mich zu Jake um, aber als ich ihn entschuldigend anschaute, wandte er sich ab.

»Einen Moment«, sagte ich ins Telefon, stand auf, ging ins Bad und zog die Tür hinter mir zu.

»Und wie groß war das Schlückchen?«

»Nicht groß«, beteuerte er sogleich. »Ich war auf einer Party, und da stand neben der Spüle ein halb leeres Glas. Lauwarm. Na ja, das habe ich mir genommen, jedoch bloß einen kleinen Schluck getrunken.«

Egal, ob es die Wahrheit war oder nicht, versuchte ich ihn zu beruhigen.

»Dann ist doch alles okay. Super, Mike«, redete ich ihm gut zu und setzte mich auf den geschlossenen Toilettendeckel.

»Bloß fühle ich mich einfach erbärmlich.«

»Und wo bist du jetzt?«

»Ich laufe ziellos durch die Gegend – ich musste einfach an die Luft.«

Resigniert überdachte ich die veränderte Situation. Innerhalb von wenigen Sekunden hatte ich das warme, weiche Bett, wo mir ungetrübte Freuden in Gestalt des verführerischen Jake winkten, verlassen, um in der unbarmherzigen Realität eines kalten, wenig gemütlichen Bads zu landen, um mir dort das Gejammer meines leicht alkoholisierten Exmanns anzuhören.

Welch ein Absturz!

»Ich glaube, das gehört dazu, wenn man vom Alkohol wegwill – weil das einfach Teil des Prozesses ist«, erklärte ich vorsichtig, obwohl ich nicht die geringste Ahnung hatte, wie das wirklich ablief.

»Kann ich nicht kurz rüberkommen? Ich vermisse dich so sehr«, hörte ich seine wehleidige Stimme.

»Nein. Schon deshalb nicht, weil ich nicht zu Hause bin, sondern auf dem Weg nach Wyoming.«

»Warum das?«

»Das ist eine lange Geschichte – in erster Linie werde ich dort zum Wandern gehen.«

»Wandern?«, fragte er. »Das hast du früher nie gemacht.«

»Stimmt«, räumte ich ein. »Und genau das ist der Punkt. Es geht darum, dass ich etwas Neues machen will.«

Mike stieß einen abgrundtiefen Seufzer aus. »Du kannst dir nicht vorstellen, wie gut es mir tut, deine Stimme zu hören, Helen.«

Sofort wurde ich weich. »Tut mir leid, dass du es derzeit so schwer hast.«

Und in diesem Augenblick geschah etwas, das während unserer ganzen Ehe nie passiert war. Mike brach in Tränen aus und hörte gar nicht mehr auf, schluchzte derart hemmungslos, als brächen sich zum ersten Mal in seinem Leben die Gefühle, die er jahrelang im Alkohol ertränkt hatte, sintflutartig Bahn.

Und während er seinem Kummer ebenso freien Lauf ließ wie seinen Tränen, saß ich wie gelähmt auf dem Toilettendeckel und wartete darauf, dass beides versiegte. Als es endlich so weit war, hatte ich eine geschlagene Stunde im Bad verbracht.

Was soll ich sagen? Wenn der Exmann urplötzlich beschließt, die während einer sechsjährigen Ehe aufgestauten Emotionen rauszulassen, kann man sich dem kaum entziehen.

Aber warum ausgerechnet in diesem Moment?

Hatte er vielleicht gespürt, dass ich im Begriff war, mich in einen neuen Menschen zu verwandeln, die Vergangenheit endgültig hinter mir zu lassen und damit zugleich ihn? Besaß er ein inneres Radar, das ihn gewarnt hatte, es gebe da einen anderen für mich? Sein Timing war jedenfalls perfekt gewesen. Der Zeitpunkt für seinen Anruf hätte nicht besser sein können, wenn er unser Motelzimmer verwanzt hätte.

Als ich aus dem Badezimmer zurückkehrte, hatte Jake sich inzwischen erneut seinem Buch zugewandt und hielt einen Kugelschreiber in der Hand.

»Muss ja wirklich interessant sein.«

»Ich unterstreiche gerade die wichtigsten Sachen.«

Natürlich hätte ich mich problemlos einfach wieder an ihn schmiegen, meinen Mund auf seine Lippen pressen und dort weitermachen können, wo wir unterbrochen worden waren. Doch eine Stunde kann sehr lang sein. Vor allem wenn man wie ich mit seinem Ex telefoniert oder wie Jake mit seinen Gedanken allein ist.

Wir hatten folglich beide ausreichend Gelegenheit zum Nachdenken gehabt.

»Also, sollen wir, hm, da weitermachen, wo wir unterbrochen worden sind?«

Zwar stellte ich die Frage, aber die räumliche Distanz, die ich wahrte, schien etwas anderes zu signalisieren, denn ich erhielt nicht die Antwort, auf die ich trotz allem im Stillen gehofft hatte.

Jake löste nicht einmal den Blick von seinem Buch.

»Du willst nicht mehr«, stellte ich fest.

»Und ob«, gab er zurück. »Du hast ja keine Ahnung.«

»Wo liegt dann das Problem?«

»Ich hätte diese Sache nie beginnen dürfen. Das war furchtbar egoistisch«, erklärte er traurig.

»Meinetwegen sei ruhig egoistisch«, antwortete ich. »Das ist mir völlig schnuppe.«

»Das sollte es nicht sein. Weil du nach deinem schrecklichen Ex nicht wieder einen Egoisten brauchen kannst.«

Anscheinend wusste er durch Duncan bestens über Mike Bescheid.

»Okay, das letzte Jahr war ziemlich hart für mich, vielleicht sogar die ganze Zeit mit Mike. Habe ich da nicht gerade das Recht, mich endlich einmal zu amüsieren?«

»Sicher, allerdings nicht mit mir.«

»Du bist bloß sauer, weil ich ans Telefon gegangen bin.«

Er schüttelte den Kopf. »Nein, dass du das getan hast, verstehe ich durchaus.«

»Er bedeutet mir nichts mehr.«

»Natürlich tut er das noch.«

»Na ja«, räumte ich ein. »Irgendwie schon …« Ich unterbrach mich und suchte nach den richtigen Worten. »Aber ich liebe ihn nicht mehr.«

»Ich weiß. Das ist es nicht.«

»Was ist es dann?«

»Vermutlich hatte ich einfach zu viel Zeit zum Nachdenken.«

Innerlich aufgewühlt, begann ich im Zimmer herumzulaufen.

»Und deswegen sagst du jetzt plötzlich Nein? Du hast mit mir geflirtet, seit wir gestern früh in Boston losgefahren sind, hast permanent den Schwerenöter rausgekehrt, mich so sehnsüchtig wie deinen Lieblingsnachtisch angestarrt, und plötzlich ist Schluss mit alledem?«

Er tat es schon wieder. Fixierte mich, als präge er sich mein Gesicht für alle Zeiten ein.

»Jake? Macht du jetzt tatsächlich einen Rückzieher?«

»Ich muss«, sagte er, ohne sich näher darüber auszulassen.

»Wie krank bist du eigentlich?«, fuhr ich ihn böse an.

»Du hast jemand Besseren verdient«, erwiderte er geradezu erschreckend ernst.

»So hast du gestern nicht geredet – und selbst vor einer Stunde war von einem solchen Sinneswandel nichts zu merken.«

»Ich weiß nicht, wie ich es dir erklären soll.«

Jake richtete sich auf, und hastig trat ich einen Schritt zurück.

»Warte. War das Ganze womöglich nichts als ein schlechter Scherz?« Der Gedanke tat mir in der Seele weh. »Hat Duncan mit dir gewettet oder so?« Ich sah mich suchend um. »Hast du uns vielleicht fürs Internet gefilmt?«

»Nein«, rief er entsetzt und sah total unglücklich aus. »Ich hätte nie gedacht, dass du dich bloß ansatzweise auf eine Wette einlassen würdest. Vielmehr war ich felsenfest davon überzeugt, dass du bei meinem Vorschlag die Augen verdrehen und mir eine Abfuhr erteilen würdest. Dass du mich küsst – das schien mir trotz meiner flotten Sprüche völlig undenkbar. Und alles Weitere sowieso. Nie hätte ich mir träumen lassen, dass ich dir etwas bedeuten könnte und du mit mir ins Bett gehen würdest. Und ganz bestimmt habe ich mir nicht vorgestellt, dass es sich so toll anfühlt.«

Wieder stapfte ich im Zimmer auf und ab, wusste nicht, was ich davon halten sollte. Innerhalb einer Stunde hatte sich alles verkehrt, aus richtig war plötzlich falsch geworden. Ich trat ans Fenster und schaute hinaus.

»Du bist wunderschön«, hörte ich Jake sagen.

Schlagartig wurde ich wütend, drehte mich zornbebend um und fuchtelte mit meinem Zeigefinger in der Luft herum.

»Ach, sei doch still! Ich wollte eigentlich nach Wyoming, um endlich mein Leben in den Griff zu kriegen, und stattdessen habe ich jetzt zusätzliche Scherereien. Falls du mir nicht erklären kannst, was das alles zu bedeuten hat – und zwar in Worten, die man sogar versteht, wenn man kein Scrabble-Champion ist –, sind wir miteinander fertig. So sehr, dass ich nicht einmal mehr mit dir zu sprechen wünsche.«

Er blickte zu Boden, ohne dass ich zu sagen wusste, ob er nervös, bedrückt oder einfach ratlos war.

»Also?«, fragte ich, als er nach ein paar Minuten nach wie vor schwieg. »Wie sieht's aus?«

Er hob sein Gesicht und sah mich an, gab aber nach wie vor keinen Ton von sich.

Damit musste ich die Entscheidung treffen, für mich in dieser Situation eine Frage der Selbstachtung.

»Okay. Das war's dann wohl«, sagte ich gepresst und hörte selber, wie enttäuscht ich klang. Und dann fügte ich selbstquälerisch noch hinzu: »Ich hoffe, du und Duncan lacht euch schlapp, wenn du es ihm erzählst.«

Jetzt endlich fand er die Sprache wieder. »So ist es nicht. Ich werde Duncan nicht das Geringste verraten.«

Obwohl ich spürte, dass er traurig war – seine hängenden Schultern, die unglückliche Miene, der trostlose Ton seiner Stimme sprachen Bände –, setzte ich eins obendrauf und sagte kalt und unversöhnlich in boshaftester Große-Schwester-Manier: »Bitte erhebe dich von meinem Bett, damit ich endlich schlafen kann.«

6

Nach diesem Vorfall behandelte ich Jake wie Luft.

Ich ignorierte ihn, als ich ins Bett ging, und als uns das Schrillen meines Handyweckers aus dem Schlaf riss, ignorierte ich ihn ebenfalls. Egal, was wir taten – ob Zähne putzen, packen, frühstücken, das Auto startklar machen –, ich ignorierte ihn total, als wäre ich bereits die harte, toughe Frau, die ich eigentlich erst durch den Wyoming-Trip werden wollte.

Es war ein sonnenheller Morgen, und da Jake mir angeboten hatte, den Rest des Weges das Chauffieren zu übernehmen, quetschte ich mich auf dem Beifahrersitz so dicht wie möglich an die Tür, lehnte meinen Kopf gegen das Fenster, stopfte mir die Stöpsel meines nicht geladenen iPods in die Ohren und tat, als hörte ich Musik, während unser Motel und mit ihm die gesamte Zivilisation im Rückspiegel verschwand.

Inzwischen war ich überzeugt, dass Jakes Verhalten damit zu tun hatte, dass er mich nur so lange haben wollte, wie er mich für unerreichbar hielt. Offenbar gehörte er zu der Sorte Mann, die diesen Kick brauchten – war Mitglied in diesem Club der Sammler und Jäger, in dem man weibliches Entgegenkommen als No-Go betrachtete.

Ich kannte diesen Typ, denn mein Ex war einer von ihnen.

In all den Jahren hatte Mike sich nur dann um mich bemüht, wenn ich sehr beschäftigt, gerade auf ihn sauer oder anderweitig abgelenkt, also eigentlich nicht für ihn verfügbar gewesen war. Sobald ich ihm entgegenkam oder gar etwas von ihm wollte, fühlte er sich eingeengt.

Zu Beginn unserer Beziehung hatte ich mich sogar bewusst rar gemacht, mich ihm immer wieder entzogen, damit sein Interesse nicht erlahmte. Doch nach einer Weile hing mir dieses Spiel zum Hals heraus, und ich hatte mir nur noch gewünscht, er möge mich um Himmels willen endlich zur Strecke bringen.

Ihn hatte gereizt, dass ich anfangs nicht wirklich an ihm interessiert gewesen war, und mich daraufhin mit Blumensträußen, Essenseinladungen und Liebesbriefen bombardiert, um meinen Widerstand zu brechen. Aber genau in dem Moment, als ich mich auf seine Anrufe zu freuen begann, ließ er nichts mehr von sich hören, und ich wandte mich wieder anderen Dingen und anderen Verehrern zu, wodurch ich unversehens und völlig ohne Absicht sein Interesse neu entfachte.

Natürlich kamen wir in all den Jahren zwischendurch auch super miteinander klar, doch im Grunde hatte unsere Beziehung sich beständig zwischen diesen zwei Extremen bewegt. Was ich leider erst nach einer Ewigkeit wirklich durchschaute. Und da war es bereits zu spät – inzwischen waren wir verheiratet, und ich hatte erkannt, dass man Männer mit dieser Persönlichkeitsstörung nicht ändern konnte. Und so vermochte niemand, weder ich noch Mike noch unser Ehetherapeut, diesen Teufelskreis zu durchbrechen.

Manche Dinge waren eben unabänderlich.

Das Schlimmste bei der ganzen Sache war eigentlich, dass ich – obwohl das Problem eindeutig bei Mike lag – mich des Gefühls nicht erwehren konnte, der Auslöser für seine Schwierigkeiten zu sein.

Hatte ich vielleicht zu viel von ihm verlangt, ihn zu sehr gebraucht? Oder ihn mit zu viel Emotionen überschüttet und ihn damit überfordert? Meiner eigenen Einschätzung nach nicht, denn ich hielt mich nicht für sehr gefühlsbetont. Wobei es natürlich schwer, wenn nicht unmöglich ist, das aus der Perspektive eines anderen zu beurteilen.

Jetzt jedenfalls war es mir erneut passiert.

Ich war auf Jakes Avancen eingegangen, wo meine leidvollen Erfahrungen mir doch hätten sagen müssen, dass frau unweigerlich verlassen wurde, wenn sie sich ködern ließ. Genauso war es gekommen. Jake hatte mich gejagt, mich eingefangen und dann naserümpfend fallen gelassen wie eine heiße Kartoffel. Warum bloß zog ich ständig solche Kerle an.

Wer konnte das schon sagen?

Und, vor allem, wen interessierte das?

Vielleicht sollte ich sogar von Glück, von verdammtem Glück reden, dass Jake es sich in letzter Minute anders überlegt hatte. Jetzt gab es eine Sache weniger, mit der ich kämpfen musste oder die ich irgendwann bereuen würde. Trotzdem war ich wütend – weniger wegen des ausgefallenen Schäferstündchens als wegen der Tatsache, dass es überhaupt dazu gekommen war.

Solchermaßen in düstere Grübeleien versunken, hatte ich kaum einen Blick für die Schönheit der Landschaft und für die Berge in der Ferne. Sie leuchteten tatsächlich violett. Keine Ahnung, warum, aber sicherlich gab es dafür irgendeine physikalische Erklärung.

Bis wir nachmittags die alte Jagdhütte erreichten, die als Basislager der hier ausschwärmenden Wandergruppen diente, hatte ich es geschafft, innerlich eine Mauer zu errichten, die mich gegen und vor Jake schützen sollte, und zum ersten Mal, seit wir am Morgen losgefahren waren, sprach ich ihn an.

»Ich muss mit dir was klären.«

»Ja?«

»Tu mir einen Gefallen.«

Er sah mir ins Gesicht. »Natürlich, gern.«

»Wir kennen uns nicht.«

»Ach nein?«

»Wir sind auch nicht gemeinsam hergekommen.«

»Nein?«

»Und vor allem hast du mir nie die Zunge in den Mund gesteckt.«

Das musste er anscheinend erst einmal verdauen.

»Klingt ziemlich krass, in jeder Hinsicht«, meinte er schließlich.

»Hör zu, ich will hier etwas für mich sehr Wichtiges tun und nehme diese Wanderung sehr ernst.«

»Genau wie ich.«

»Und deshalb will ich nicht, dass der blöde Freund meines blöden kleinen Bruders mir bei meinem Vorhaben dazwischenfunkt.«

Er schrak zusammen, als hätte ich ihm eine Ohrfeige verpasst.

Dennoch nickte er. »Okay.«

»Was immer gestern zwischen uns passiert ist, spielt keine Rolle mehr«, erklärte ich und wusste zugleich, dass es nicht stimmte.

In Wirklichkeit war ich frustriert, weil ich trotz meiner vierstündigen Eigentherapie unverändert das Gefühl hatte, erniedrigt und zurückgewiesen worden zu sein. Ich fühlte mich genauso jämmerlich wie während meiner Zeit mit Mike und war von der toughen Superheldin, die ich werden wollte, meilenweit entfernt. Eher kam es mir vor, als hätte ich mich in einen Teenager zurückverwandelt, der vor Liebeskummer schniefend in der Ecke sitzt.

Ich musste einen Schlussstrich unter diese ganze Sache ziehen. Egal, auf welche Art.

»Ich habe dich nie wirklich gemocht«, behauptete ich also und fügte hinzu: »Ich wünschte, das gestern wäre nie passiert.«

Traurig wandte er sich ab. »Ich auch.«

Ich hatte kein Problem damit gehabt, diese harten Worte völlig emotionslos auszusprechen, doch sie aus seinem Mund zu hören, tat mir überraschend weh. Trotzdem gab ich mich betont munter.

»Super. Also machen wir es so, okay?«

Er runzelte die Stirn. »Was machen wir wie?«

»Wir tun so, als wäre nie etwas passiert.«

»Willst du das wirklich?«, fragte er und sah mir forschend ins Gesicht.

»Noch lieber wäre mir, wenn du von hier verschwinden würdest. Oder gar nicht erst hierhergekommen wärst.«

Resigniert zuckte er mit den Schultern.

»Da sich das aber nun mal nicht ändern lässt, will ich zumindest so tun, als ob wir uns hier zum ersten Mal begegnet wären.«

»Wir kennen uns seit Jahren«, protestierte er.

»Das weiß außer uns ja niemand.«

»Du willst also ernstlich so tun, als ob wir uns nie zuvor gesehen hätten?«

Ich nickte nachdrücklich. »Und zwar so konsequent, dass wir am Ende selbst daran glauben. Fast zumindest.«

Er atmete tief durch und schaute mich an, als wäre ich ihm plötzlich wirklich völlig fremd.

»Dir zuliebe bin ich bereit, so zu tun. Daran glauben allerdings werde ich nie.«

Sein ebenso eindringlicher wie ernster Tonfall brachte mich ein wenig aus dem Gleichgewicht.

»Okay, das reicht«, beendete ich rasch die Diskussion und reichte ihm die Hand. »Dann verabschieden wir uns vielleicht lieber hier.«

Nach kurzem Zögern nahm er meine Hand, flüsterte mit gesenktem Kopf »Mach's gut« und stieg aus. Als ich ihm mit meinen Blicken folgte, kam er mir tatsächlich beinahe wie ein unbekannter junger Mann vor.

Jake schien der geborene Schauspieler zu sein. Bei der Anmeldung hielt er gebührenden Abstand und schenkte mir keine Aufmerksamkeit. Machte auch keinerlei Anstalten, mir zu helfen, als ich alleine mein Gepäck nach oben in mein Zimmer schleppte. Desgleichen beachtete er mich nicht, als die Gruppe ein paar Stunden später zu einem Orientierungstreffen zusammenkam, sondern lief schnurstracks an mir vorbei und nahm ganz vorne in der ersten Reihe Platz.

Gut, sagte ich mir. Perfekt.

Nur leider fühlte es sich überhaupt nicht so an.

Während sich der Raum allmählich füllte, gewann ich zunehmend den Eindruck, im falschen Film zu sein, denn ich war von lauter Collegekids umgeben. Logisch. Die hatten schließlich jede Menge Zeit und wirkten überdies, hochgewachsen und schlank, wie die meisten waren, recht sportlich.

Bei den Mädchen fiel mir auf, dass sie teilweise fast geklont aussahen. T-Shirts mit dem Aufdruck ihres Colleges, Shorts und Turnschuhe in Neonfarben, eine gleichmäßige Sonnenbräune, identisches Augen-Make-up und identische halblange Fönfrisuren. Erst im Verlauf der nächsten Wochen sollte ich erkennen, dass die Unterschiede zwischen ihnen deutlich größer waren als die Ähnlichkeiten.

Zunächst jedoch kam ich mir wie ein krasser Außenseiter vor mit meinem blassen, sommersprossigen Gesicht, dem leicht gewellten rötlich-braunen Haar, das ich zu einem Knoten geschlungen hatte. Und erst recht mit meiner Kleidung: Niemand außer mir trug eine Yogahose und schlichte Flipflops, beides schwarz, niemand sonst hatte regenbogenbunt lackierte Zehennägel – und selbst der Neckholder mit Batikdruck, den ich bis dato außerordentlich hübsch gefunden hatte, war eher dazu angetan, mich als nicht wirklich zugehörig abzustempeln. Und ich selbst wusste allzu gut, dass das nicht allein an Äußerlichkeiten, sondern auch an meinem Alter und an meiner Lebenserfahrung inklusive Scheidung lag.

Ich war einfach völlig anders als diese Kids.

Und dem Untergang geweiht.

Wo waren die Erwachsenen? All die Typen in der Midlifecrisis? All die Börsenmakler mit Holzfällerfantasien? All die Hausfrauen und Mütter, die ihren privaten Fitnesstrainern irgendwas beweisen wollten?

Natürlich hatte Duncan mich eindringlich vor den Leuten, die bei solchen Kursen mitmachten, gewarnt. Aber hallo: Ich war auf Hippies und Naturfreaks gefasst gewesen, auf Bioladenklientel und Abonnenten irgendwelcher Outdoormagazine, auf Kiffer und Sportler. Vielleicht auf ein, zwei Philosophen. Jedoch bestimmt nicht auf einen Haufen Kids, Prototypen des modernen Teenagers, die so unbekümmert daherkamen, wie man es eben tat, bevor das Leben einem zeigte, wo der Hammer hing.

Ich war davon ausgegangen, wenigstens ein, zwei Leute meines Schlages zu treffen. Falsch gedacht. Dieses Überlebenstraining schien sich als eine riesengroße Collegeparty zu entpuppen, und es würde mich nicht wundern, wenn wir ein Fass Bier mit in die Wildnis schleppen müssten.

Nebenbei gesagt: Bis zu diesem Moment hatte ich mich keineswegs als zu alt für diese Tour betrachtet. Nicht mit zweiunddreißig. Da ist man lediglich erwachsen. Endlich. Und insofern erreichte man mit Anfang dreißig ein sehr angenehmes Alter, mit dem ich ausnehmend zufrieden gewesen war.

Jetzt nicht mehr.

Als einzige Erwachsene unter lauter Kids vom College stellte ich bereits nach wenigen Minuten fest, dass ich kein Fan dieser Girls und Boys werden würde. Weil sie viel zu selbstbewusst und furchtbar von sich eingenommen waren. Ihr ganzes Auftreten signalisierte ihre feste Überzeugung, dass sie rundherum fantastisch waren. Einfach toll. Wo blieben da die Selbstzweifel? Der Selbsthass und die Angst?

War ich tatsächlich der Oldtimer in diesem Trupp?

Verzweifelt wartete ich auf den Trainer und Wanderführer und hoffte inständig, dass wenigstens der ein Erwachsener war. Ein erfahrener Mann der Berge, mit von Wind und Sonne gegerbter Gesichtshaut, einem ausgeleierten Flanellhemd und einer von einer Bärentatze herrührenden Narbe unter seinem grauen Wallebart? Einen weisen, tröstlich ruhigen Grizzly-Adams-Typen – einen solchen Mann hätte ich mir gewünscht.

Aber auch dieses Glück blieb mir verwehrt.

Punkt fünfzehn Uhr steckte ein Typ Highschoolabsolvent den Kopf durch die Tür und lugte in den Raum. Ich wollte ihm gerade erklären, dass die Schulklasse auf Wanderausflug sich im Raum gegenüber treffe, als er nach vorne ging und sich als der für uns zuständige Koordinator vorstellte.

Ich rang erstickt nach Luft.

Mit dem weichen Flaum an seinem Kinn sah er wie höchstens sechzehn aus. Er war hoch aufgeschossen, schlaksig, war blass und ein bisschen pickelig und trug auf seinem fettigen Haar eine selbst gestrickte violettrote Mütze. Ich hätte ihn mir mühelos als Jungprogrammierer irgendwelcher Videospiele vorstellen können, als Getränkeverkäufer im Kino oder selbst als etwas sonderbaren Zeitungsjungen, aber nicht als die Person, in deren Hand ich mein Leben während dieses nicht ungefährlichen Trips gerne legte.

»Also, Leute«, meinte er mit einer Stimme, die so dünn war wie seine spärliche Gesichtsbehaarung. »Zeit für ein paar grundlegende Infos.«

Automatisch hob ich meine Hand. »Sind Sie derjenige, der die Gruppe führt?«

Er deutete auf den Aufnäher an seinem Rucksackgurt. »Ist das ein Bergführerabzeichen?«

»Ich weiß nicht«, gab ich zurück.

»Ist es«, antwortete er. »Was heißt, dass ich die Tour durchführe.«

»Und wie alt bist du?«, platzte es aus mir heraus.

Prompt richtete sich der junge Bursche zu seiner ganzen Größe auf. »Alt genug.«

Das allerdings war er meiner Einschätzung nach ganz und gar nicht.

Ich spürte ein nervöses Kribbeln im Genick, während er sich jetzt an die Gruppe insgesamt wandte.

»Mein Name ist Beckett, und für die nächsten Wochen hängt euer Überleben von mir ab.« Er verschränkte die Arme vor der Brust und fuhr selbstbewusst fort: »Bevor ich euch mehr über das Programm und die Wildnis erzähle, wüsste ich gern ein bisschen über euch. Name, Alter und den Grund für eure Teilnahme an diesem Überlebenstraining.«

Eine wirklich gute Frage.

Warum genau war ich gleich hier? Ganz klar war mir das nicht. Wie also sollte ich es diesem Haufen selbstbewusster Kids erklären? Also hielt ich mich zurück.

Schließlich hob ein Bademodenmodel im Tanktop seine Hand. Superschlank und ausnehmend hübsch wie ein Großteil der Mädchen, sah sie dennoch anders aus als die anderen Girlies. Sie trug ihre blonden Haare sehr lang, nicht kunstvoll geföhnt, und war völlig ungeschminkt, was sie auf angenehme Weise von den anderen abhob.

»Ich bin Windy«, sagte sie. »Und ich bin hier, weil mein älterer Bruder vor fünf Jahren diese Wanderung gemacht hat und hinterher behauptete, dass sie sein Leben vollkommen verändert habe. Obwohl mein Leben sich im Grunde nicht verändern muss.«

Beckett nickte. »Wie alt bist du, Windy?«

»Einundzwanzig.«

Offenkundig war das alles, was er hören wollte.

Unsere Lebensgeschichten, unsere Hoffnungen und Träume waren ihm vollkommen egal. Er wollte einfach unsere Namen und unser Alter wissen sowie einen kurzen Satz hören, warum wir hier waren. Was einerseits ganz einfach, andererseits jedoch zugleich ziemlich schwierig war.

Windy sah ihn an, als warte sie auf zusätzliche Fragen, aber Beckett wandte sich bereits dem nächsten Kandidaten zu, einem großen Kerl mit umgedrehter Baseballkappe auf dem Kopf.

»Ich heiße Mason und bin im ersten Semester an der Uni von North Carolina«, begann der Junge. »Und an diesem Training nehme ich einerseits teil, weil mir das zusätzliche Leistungspunkte bringt, und weil ich andererseits gerne mal eine Nahtoderfahrung machen möchte.«

»Wie viele von euch sind wegen irgendwelcher Leistungspunkte für das Studium hier?«, erkundigte sich Beckett.

So gut wie alle Hände schnellten in die Höhe, was mir endgültig verriet, warum derart viele Collegekids in die Wildnis strebten. Bei Erwachsenen entfiel dieser Anreiz.

»Mein Name ist Kaylee«, stellte sich das nächste Mädchen vor. »Ich bin im zweiten Studienjahr in Auburn, gehöre zur Pi-Phi-Schwesternschaft und hoffe, dass mich dieses Training härter und vor allem schlanker macht.«

Nach diesen ersten Wortmeldungen war ein Rahmen vorgegeben, an den sich die anderen Kids weitgehend hielten. Name, Alter, Uni, Bruder- oder Schwesternschaft sowie höchstens zehn Worte, um die Ziele zu umreißen, die man mit dieser Wanderung verfolgte.

Sie alle waren im ersten oder zweiten Studienjahr und kamen überwiegend von großen Südstaatenunis. Die Jungen hofften ausnahmslos darauf, sich zu beweisen, indem sie dem drohenden Tod ein Schnippchen schlugen, und die Mädchen motivierte die Aussicht, durch drei anstrengende Wochen in der Wildnis noch dünner zu werden. Sie alle waren aus vollkommen beknackten Gründen hier.

Alle außer mir, Windy vielleicht und möglicherweise Jake. Obwohl ich keine Ahnung hatte, weshalb er zu diesem Kurs erschienen war.

Ich wartete weiterhin ab, meldete mich nicht zu Wort. Mein Leben passte nicht in die Schablonen, und ich hatte Angst davor zu offenbaren, mich als anders zu outen. Mit Glück stellte sich Jake vor mir vor, und ich konnte mich unter Umständen an ihm orientieren. Nur dass er leider nicht daran dachte, mir den Gefallen zu tun, sondern mir offenbar den Vortritt lassen wollte.

Als allein wir beide übrig waren, sah uns Beckett fragend an. »Also? Wer kommt jetzt?«

Sofort wies Jake auf mich.

Alle wandten sich mir zu – die Jungs mit ihren *Life-is-good*-T-Shirts und ihren Haizahnlederbändern um den Hals und die Mädchen mit den solariumgebräunten Körpern und den bis zur Unkenntlichkeit geschminkten Augen.

Wer war ich noch einmal?

Und weshalb war ich hier?

Schließlich brachte ich krächzend ein paar Worte hervor. »Mein Name ist Helen, und ich gehe nicht mehr aufs College. Das habe ich bereits seit Jahren hinter mir. In eurem Alter war ich in Vassar, allerdings nicht Mitglied einer Studentenvereinigung, weil wir die dort nicht hatten.«

Ich merkte, dass ich für diese Kids von einem anderen Planeten kam.

»Ich bin zweiunddreißig«, fuhr ich fort und schaufelte damit endgültig mein eigenes Grab. »Irgendwie ist mir mein Leben letztes Jahr entglitten.«

Blinzelnd gaben sie mir zu verstehen, dass sie keine Ahnung hatten, was das hieß. Das konnte doch wohl nicht sein! Schließlich war kein Mensch, egal wie sorgsam er sich seine Augen schminkte, gegen Niederlagen und Enttäuschungen gefeit. Okay, natürlich kannte man sich, wenn man älter wurde, deutlich besser damit aus. Bestimmt war ihnen durchaus klar, dass es Rückschläge im Leben gab – bloß hatten sie im Unterschied zu mir selbst noch keine erlebt.

Aus welchem Grund auch immer und gegen alle Vernunft wollte ich sie plötzlich zwingen, das zu verstehen. Dabei hätte ich wissen müssen, dass Menschen Dinge erst begreifen, wenn es sie selbst betrifft.

»Ich bin geschieden«, hörte ich mich sagen. »Wir hatten gerade eine Familie gründen wollen, und dann ging alles schief.«

Jake schüttelte bei diesen Worten unmerklich den Kopf, als wolle er mir signalisieren: *Brich um Himmels willen sofort ab!*

Tat ich nicht, sondern rang vor diesen unnatürlich ruhigen, aber nicht wohlwollend ruhigen Kids weiter um Formulierungen, die meiner Präsentation vielleicht noch einen positiven Touch zu geben vermochten.

»Ich erinnere mich«, fuhr ich fort und senkte meine Stimme, um sie der allgemeinen Stille anzupassen,

»dass ich auf der Highschool wie verrückt für einen Jungen geschwärmt habe, der unerreichbar für mich war. Er sah wie ein griechischer Gott aus und passte nicht zu einer normalen, etwas unbeholfenen Sterblichen wie mir. Doch er hatte mir mal aufgeholfen, als ich auf der Treppe gestolpert war, und danach ging er mir einfach nicht mehr aus dem Kopf. Eines Tages in der Bibliothek dann, als ich immer wieder verstohlen zu ihm hinübersah, beschloss ich, ihn auf unserem Abschlussball zu küssen. Obwohl bis dahin noch drei Jahre Zeit waren, schwor ich mir das. Nicht weil ich hoffte, er werde sich urplötzlich in mich verlieben – nein, es war ein Geschenk für mich selbst. Ich wollte einfach etwas davon haben, wenn ich mich schon so lange und so schmerzlich nach ihm verzehrte. Immer wieder stellte ich mir diesen Kuss vor, legte mir verschiedene Strategien zurecht. Und wisst ihr was? Nach drei Jahren kam der Tag des Abschlussballs, und ich habe nichts getan. Nicht aus Feigheit, sondern mir war plötzlich aufgegangen, dass die Wirklichkeit niemals so schön sein würde wie meine Träume – und so ließ ich es bei meinen Fantasien bewenden. Und als ich ihn etwa vor einem Jahr zufällig an einer Tankstelle sah, habe ich ihn nicht mal angesprochen.« Ich hielt inne und blickte in die Runde. »Das könnt ihr noch nicht verstehen, aber es geschieht sehr oft im Leben, dass man Versprechen, die man sich mitunter selbst gibt, früher oder später bricht.«

Damit hatte ich die Talsohle erreicht. Mein Versuch, durch weise Worte bei den jungen Leuten Boden gutzumachen, wurde durch eisiges Schweigen bestraft. Wahrscheinlich wird man einfach ein bisschen realitätsfremd, wenn man sich monatelang nahezu ausschließlich mit einer ständig angepissten, nacktschwänzigen kleinen Hundedame unterhalten hat.

Ich versuchte, mich durch die Augen dieser jungen Leute zu sehen. Es war deprimierend und dennoch seltsam befreiend.

»Ich schätze also, deshalb bin ich hier«, schloss ich. »Um endlich stärker zu werden und die Dinge nicht mehr ganz so wichtig zu nehmen. Ich möchte wie ein stolzer Phönix aus der Asche meiner Existenz aufsteigen und dem Leben den Stinkefinger zeigen.«

Beckett sah mich an, sagte »Oooookaaaaayyyy« und wandte sich an Jake.

»Und wie steht es mit dir?«

Wir alle folgten seinem Blick, und zum ersten Mal bemerkte ich, dass Jake sich von den anderen Burschen, die etwa in seinem Alter waren, deutlich abhob. Statt Baseballkappe, Cargoshorts und Patagoniashirt trug er ein uraltes Hawaiihemd, eine ausgefranste Khakihose, Flipflops und einen verbeulten Anglerhut mit einer angesteckten Kunststofffliege und hätte eigentlich wie ein Trottel wirken müssen.

Warum nicht, war mir ein Rätsel.

War es seine beeindruckende Muskulatur? Oder seine Hipster-Brille, die ihn aussehen ließ wie Cary Grant in jungen Jahren? Oder womöglich sogar sein blöder Hut, der keinen Zweifel daran ließ, dass er sich um die Meinung anderer einen Teufel scherte? Auf alle Fälle dachte der gesamte Raum dasselbe: *Dieser Typ hier wird der Boss.*

Jake sah uns mit seinem breiten, einnehmenden Grinsen an.

»Warum ich hier bin?« Lässig streckte er den Daumen nach mir aus. »Aus demselben Grund wie sie.«

Der gesamte Raum brach daraufhin in ein entspanntes Gelächter aus, und ich selber lachte kurz mit, obwohl ich Gegenstand dieses Gelächters war.

»Im Ernst«, erklärte Jake, als wieder Ruhe herrschte, und musterte einen nach dem anderen. »Ich stimme mit dem Rotschopf überein.«

Blinzelnd schaute er mich an. »Na ja, eigentlich ist sie eher rotblond.«

Wieder wurde es vollkommen still, und einige der Kids drehten sich zu mir um.

»Ich weiß zwar nicht mehr, wie sie heißt, aber sie hat vollkommen recht. Das Leben wird uns allen noch gehörig in den Hintern treten. Jedem Einzelnen von uns. Und ich will lernen, wie man solche Tritte überlebt. Wie man sie wie ein Mann erträgt. Oder wie man einfach etwas gelassener damit umgeht.« Er lenkte seinen Blick zurück zu mir. »Wie sie.«

Er rettete mich sozusagen in letzter Minute.

»Oh, und übrigens, ich heiße Jake. Und ich war nicht in Vassar, sondern auf dem College in Harvard und habe dort graduiert.«

Erneut war es mucksmäuschenstill, doch dieses Mal drückte die Stille Ehrfurcht und Respekt aus.

Ab diesem Moment war Jake unbestritten das Alphatier der Gruppe. Das der Kids, weil er cool und selbstbewusst, hip und freundlich und schon mit dem College fertig war. Und meins, weil er mich trotz meiner Gemeinheiten ihm gegenüber vor der allgemeinen Verachtung bewahrt hatte.

Allein Beckett schien Jake die Rolle des Platzhirsches nicht zu gönnen. Rasch sprang er auf, um sich selbst in Szene zu setzen und seine Unentbehrlichkeit zu demonstrieren.

»Weiß irgendwer, wo wir hier sind?«, fragte er plötzlich in die Runde.

Alle sahen sich irritiert an. Wussten wir das nicht alle?

Beckett selbst ging ebenfalls nicht weiter darauf ein. Er wollte lediglich unsere Aufmerksamkeit, und die hatte er jetzt.

Und in dem sicheren Bewusstsein, dass alle wieder an seinen Lippen hingen, fügte er hinzu: »Weiß irgendwer, wohin wir gehen?«

»In die Wildnis«, sagte einer von den Jungs.

»Ins Hinterland«, ergänzte ein zweiter.

»Mitten ins Nichts«, schlug ein dritter vor.

»Sind wir etwa auf dem Weg nach Disneyland?« Beckett sah uns einen nach dem anderen herausfordernd an.

»Nein«, riefen wir wie aus einem Mund.

»Genau«, stimmte Beckett zu. »Wir werden das Gegenteil von Disneyland erleben. Nämlich die Absaroka-Berge, die man übrigens nicht so ausspricht, wie man sie schreibt. Ab-soar-kas, sprecht das nach.«

»Ab-soar-kas«, wiederholten wir im Chor.

»Es handelt sich um einen der steilsten, wildesten und gefährlichsten Gebirgszüge der Staaten. Sie fressen euch und spucken euch wie ausgelutschte Pfirsichkerne wieder aus. Dieses Training ist kein Spaß, Leute, und falls ihr es überleben wollt …«, er legte eine kurze Pause ein, um seinen nächsten Worten Nachdruck zu verleihen, »dann gehorcht mir aufs Wort.«

Ich fragte mich, ob er sich lediglich wichtig machen und uns auf ihn als einzige Leitfigur einschwören wollte oder ob das Training wirklich so gefährlich war.

»Nach dieser Besprechung erhaltet ihr in der Kleiderkammer die Ausrüstungsgegenstände, die euch unter Umständen noch fehlen, danach gehen wir in die Vorratskammer, um die Rucksäcke zu füllen, und nach einem ordentlichen Abendessen – ich empfehle euch den Mexikaner in der State Street – werdet ihr die letzte Dusche vor der Tour genießen, eure letzte Sitzung auf dem Klo abhalten und zum letzten Mal in einem Bett schlafen, bevor ihr morgen früh die Zivilisation verlasst.« Er wirkte richtig glücklich, als er sich nach Kräften bemühte, uns alle Illusionen zu rauben. »Dieses Training wird euch an eure Grenzen treiben. Schließlich habt ihr nicht in einem Luxushotel eingecheckt. Das schäbigste Motel am Straßenrand wird euch wie eine Luxusherberge vorkommen, wenn ich mit euch fertig bin. Denn wollt ihr wissen, wohin unsere Reise geht? In ein Land, in dem selbst Klopapier verboten ist.«

Als er merkte, wie entsetzt wir waren, nickte er zufrieden. »Ja, genau so ist es. In den kommenden drei Wochen wischt ihr euch den Hintern bestenfalls mit irgendwelchen Pinienzapfen ab. Und es wird nicht lange dauern, und ihr alle starrt vor Dreck. Weil's in der Wildnis schließlich keine Duschen gibt. Kein Deospray, kein Shampoo und kein Gel. Ihr werdet scheiße aussehen und riechen wie die Skunks. Ich weiß nicht, wofür ihr euch haltet oder weshalb ihr für eine solche Tour geeignet zu sein glaubt. Ihr denkt wahrscheinlich, dass ihr alle toughe Jungs und Mädels seid. Ich sage euch allerdings eines: Nur Mutter Natur ist in den Absarokas wirklich zäh und reißt euch sicherlich schon in den ersten Tagen ordentlich die Ärsche auf.«

Ich blickte mich verstohlen um. Den Kids schien

das Lachen vorübergehend vergangen zu sein, doch Beckett machte munter weiter mit seinen Horrorbildern, bevor er zum Thema Rucksack kam und mit uns durchging, was wir einpacken würden und was nicht.

»In die Absarokas nimmt man niemals etwas mit, was man nicht braucht. Denn wenn man sein ganzes Leben auf dem Rücken trägt, zählt jedes Gramm. Jeder von euch kriegt eine Zahnbürste, fünfzig Gramm Zahnpasta und eine Plastiktüte, um sie nach dem Putzen wieder auszuspucken. Sonnenmilch, Labello und ein Kamm sind ebenfalls erlaubt. Make-up, Bodylotion, Schmuck oder Elektronik jeder Art hingegen nicht. Außerdem lassen wir dort nichts zurück außer unseren Fußabdrücken. Alles, was wir mit ins Gebirge nehmen, bringen wir auch wieder raus. Falls also eine von den Damen gerade ihre Regel hat …«

»Igitt«, schrie einer von den Jungs.

»Packt sie ihre benutzten Tampons oder Binden selbstverständlich ein. Ich lasse es nicht zu, dass eine von euch ihre Hygieneartikel einfach im Wald entsorgt. Falls ich irgendwo ein Tampon liegen sehe, ist die Tour für die Besitzerin vorbei.«

War das tatsächlich ein Problem? Schleuderten die Frauen auf den Wanderungen ganz im Ernst irgendwelche alten Tampons in den Wald? Vermutlich ja, sonst würde Beckett nicht so drastisch auf das Thema eingehen.

So langsam dämmerte mir, dass ich dieses Abenteuer nicht bis in die letzte Konsequenz durchdacht hatte. Der Gedanke, mich wochenlang nicht waschen zu können oder kein Deo benutzen zu dürfen, war mir gar nicht gekommen, obwohl es völlig logisch war. Genauso wie das Problem Pinienzapfen statt Klopapier. Wenngleich sich meine Brust angesichts dieser grauenhaften Perspektiven unangenehm zusammenzog, dankte ich dem Himmel stumm dafür, dass mir zumindest die Sache mit der Periode erspart bleiben würde – die hatte ich nämlich gerade hinter mir.

Was zum Teufel hatte ich mir bei der Buchung dieser Tour bloß gedacht? Ich wanderte nicht gern und hielt mich nicht mal sonderlich gern in der Natur auf. Hingegen liebte ich weiche Betten, gute Bücher sowie große Becher dampfenden Kaffees. Und schon gar nicht wollte ich, dass mir Mutter Natur oder sonst jemand den Allerwertesten aufriss.

Warum hatte ich an all diese Widrigkeiten nicht eher gedacht?

Eigentlich war dieser Kurs so ungefähr das Letzte, wonach mir der Sinn stand, stellte ich fest. Ich hätte mit einer flotten Baskenmütze auf dem Kopf nach Frankreich fliegen und dort einen Kochkurs machen sollen. Weshalb hatte ich mir anstelle der vielen netten Fernsehköchinnen urplötzlich Little Bigfoot als Vorbild ausgesucht?

Ich blickte mich verstohlen um. Inzwischen hatten sich die Kids wieder gefangen und schienen sich in Vorfreude auf das Abenteuer einschließlich Pinienzapfen geradezu zu suhlen. Je wüster Becketts Schilderungen, desto entzückter wirkten sie.

»Eine kleine Kamera dürft ihr mitnehmen, sofern sie in die Vordertasche des Rucksacks passt«, erklärte er. »Außerdem sind erlaubt ein zweites T-Shirt, ein Ersatzpaar Socken, eine zweite Unterhose und ein Taschenbuch. Pflicht ist ein Notizbuch, das euch als Tagebuch dient. In der Kleiderkammer findet ihr alles, was ihr braucht. Ihr werdet eure Taschen nach meinen

Vorgaben packen und denkt am besten gar nicht erst daran, Deo oder Shampoo reinzuschmuggeln.« Er bedachte den gesamten Trupp, vor allem die Mädchen, mit einem strengen Blick. »Dadurch verschwendet ihr nur Platz und habt unnötiges Gewicht zu schleppen. Falls ich so etwas in einem Rucksack finde, stopfe ich es dem Betreffenden ins Maul.«

Als Nächstes entfaltete Beckett eine Karte und zeigte auf eine grüne Stelle, die von einer Reihe unregelmäßiger Linien überzogen war.

»In den kommenden drei Wochen werden wir diesen Höhenzug überqueren.« Er zog die Strecke mit der Spitze seines Kugelschreibers nach. »Wir bilden für Lager und Verpflegung Vierergruppen, stehen jeden Tag bei Sonnenaufgang auf, und nach täglich sechs bis zwölf Meilen in teilweise steilem Gelände werdet ihr total erledigt sein, wahrscheinlich jede Menge Blasen haben und euch selbst und alle anderen hassen. Was total normal und vollkommen in Ordnung ist. Sobald wir nachmittags unser Etappenziel erreichen, baut ihr die Lager und die Kochstellen auf.« Er hielt inne und dachte nach. »Ach ja, das müsst ihr noch wissen. Es wird sehr viel gefurzt auf einer solchen Wanderung. Findet ihr bestimmt schrecklich, passiert jedoch zwangsläufig, wenn man sich ständig von Trockennahrung ernährt. Am besten betrachtet ihr die Furzerei einfach als euren privaten Düsenantrieb.«

Das meinte er tatsächlich ernst, aber es sollte noch schlimmer kommen.

»Dieses Unternehmen ist nichts für Anfänger«, hörte ich ihn nämlich sagen.

Wie bitte? Mir wurde ganz anders.

»Tut mir leid«, erklärte ich. »Wieso hat man mich

bitte bei der Anmeldung nicht darauf hingewiesen? Immerhin habe ich mich ausdrücklich als Anfänger deklariert.«

Dieser Einwand war offenbar weder von ihm noch vom Veranstalter vorgesehen. Erst wirkte Beckett irritiert, dann blitzte er mich böse an.

»Du weißt schon, was ich damit sagen will«, meinte er vage.

Nein, das wusste ich im Grunde ganz und gar nicht, verkniff mir jedoch weitere Nachfragen und Kommentare.

»Okay«, erklärte er und klatschte in die Hände, um zu zeigen, dass es nichts mehr zu bereden gab. »Das wäre es erst mal. Gibt's noch irgendwelche Fragen?«

Hüne Mason hob die Hand. »Und das große Geschäft? Packen wir das auch in Plastiktüten ein?«

Becketts Miene wurde ernst. »Natürlich. Und die Tüten verstaut ihr in eurem Rucksack dort, wo sich die Lebensmittel befinden.«

Die gesamte Runde hielt den Atem an.

»War bloß ein Scherz«, klärte uns Beckett nach den längsten zwölf Sekunden meines Lebens auf. »Nein. Fäkalien müssen nicht entsorgt werden – die sind schließlich biologisch abbaubar. Ihr grabt ein Loch mit einem Stock, macht euer Geschäft, streut ein bisschen Erde drüber, rührt kurz um und deckt das Loch sorgfältig wieder zu. Mutter Natur erledigt dann den Rest.«

»Wir sollen wirklich mitten im Wald?«, wandte sich eins der Mädchen fassungslos an Beckett, der nicht minder fassungslos den Kopf schüttelte.

»Denkst du, wir fliegen euch jedes Mal mit einem Hubschrauber hierher, wenn ihr müsst? Sonst noch

Fragen?«, erkundigte sich unser pubertierender Komiker.

Zwar hätte ich so einiges gerne sehr viel genauer erklärt bekommen, verspürte jedoch keine Neigung, weiter mit diesem Typen zu diskutieren. Als alle anderen ebenfalls schwiegen, schlug sich Beckett krachend auf die Schenkel und stand auf.

»Also gut, dann lasst uns das Spiel beginnen«, meinte er und blickte uns mit einem letzten boshaften Lächeln an.

7

In der Kleiderkammer probierte ich nacheinander mehrere Paar Wanderschuhe an. Beckett hielt es für besser, geliehene eingelaufene Schuhe anzuziehen als eigene neue. Für mich kein Problem, denn ich hatte das nie anders vorgehabt.

Die zur Auswahl stehenden Schuhe waren ausnahmslos von unzähligen fremden Stinkefüßen bestens weich gewandert und so oft mit Feuchtigkeitsschutzmittel eingerieben worden, dass sich eine Schicht auf dem Leder gebildet hatte. Die Schnürsenkel waren ausgefranst, und jedes Paar tat mir an einer anderen Stelle meiner Füße weh.

Ich warf einen verstohlenen Seitenblick auf Jake, der gerade diesem hübschen blonden Mädchen, das mir bei der Vorbesprechung aufgefallen war, beim Schnüren ihrer Wanderschuhe half. Als Windy fröhlich lachte, wandte ich mich eilig ab.

Plötzlich sah ich die kommenden drei Wochen meines Lebens deutlich vor mir: Ich würde mir die Wanderung durch meinen übertriebenen Ernst, meine übertriebene Befangenheit und meine übertriebene Selbstkritik erschweren. Und Jake machte es mir bestimmt noch schwerer, weil er das genaue Gegenteil verkörperte.

Die gesamte Weiblichkeit schien bereits vollkommen hin und weg von ihm zu sein. Und selbst die Jungs hatte er für sich gewonnen. Erstaunlich. Wir waren gerade mal seit zwei Stunden hier, und schon war er der Leitwolf, der Chef des Rudels. Offensichtlich war er einer dieser Typen, die jeder mochte. Jake kam an, weil er immer etwas Lustiges oder einen dummen Spruch auf Lager hatte, weil er selbstbewusst war, ohne arrogant oder abweisend zu sein, dazu hilfsbereit bis zum Abwinken und grenzenlos sympathisch.

Lediglich ich hatte offenbar in Bezug auf ihn so meine Probleme – allerdings aus gutem Grund.

Mir war zwar durchaus bewusst, dass das totaler Schwachsinn war, aber je mehr die anderen ihn mochten, umso unsympathischer wurde er mir. Nach wie vor nahm ich ihm übel, dass er sich in meine Pläne eingeklinkt und stillschweigend das Kommando übernommen hatte.

Dadurch fühlte ich mich immer mehr zur Randfigur in meinem eigenen Abenteuer degradiert.

Manchmal kam es mir vor, als wären wir ein Paar, das sich getrennt hatte, und die Freunde müssten sich zwischen uns entscheiden. Nur dass wir nie ein Paar gewesen waren und es keine gemeinsamen Freunde gab. Dennoch bildeten wir in dieser Gruppe so etwas wie die entgegengesetzten Pole. Er der Anführer, ich die Außenseiterin. Und je mehr die anderen sich um ihn scharten, desto mehr geriet ich ins Abseits.

Sein Glück war mein Unglück.

Als Nächstes ging es in die Vorratskammer, wo wir die Trockennahrung für zehn Tage, fertige Gewürzmischungen, Milchpulver, Kakao und Limonade abwogen.

Kam anschließend eine Eselskarawane zu uns in die Berge und brachte Nachschub? Niemand fragte danach.

Wir bekamen sogar Butter und Käse für den ersten Teil der Wanderung, weil sich beides laut Beckett halten würde, ohne ranzig zu werden. Schätzungsweise rechnete er mit nicht allzu hohen Temperaturen. Wenn wir die Halbzeit erreicht hätten, würde uns mit Lasteseln Nachschub in die Wildnis gebracht, versprach unser selbst ernannter Chef.

»Mit einer Eselskarawane?«, hakte Mason nach.

»Autos gibt's dort oben nicht«, beschied Beckett ihn. »Dort ist nichts als wilde, unberührte Natur.«

»Und was passiert, wenn uns das Essen vorher ausgeht?«

Achselzuckend meinte Beckett: »Dann essen wir uns gegenseitig. Aber nun an die Rucksäcke!«

Wie viel jeder einpacken durfte oder musste, das hing von Gewicht und Größe der Teilnehmer ab. Die großen Jungs bekamen also deutlich mehr aufgebuckelt als die kleinen Mädchen, und obwohl ich weder einen Gaskocher noch eins der großen Käseräder schleppen musste, brummte mir Beckett eine ganze Menge auf. Neben meinen eigenen Sachen gehörten dazu Milchpulver und Mehl, Kakao und selbst gemischtes Müsli.

Anschließend übten wir das Aufsetzen der prall gefüllten Rucksäcke, was alles andere als einfach war. So ein Teil schnallte man sich nicht mir nichts, dir nichts auf den Buckel. Man kniete sich wie zu einem Heiratsantrag auf die Erde, zog den Rucksack erst auf den Oberschenkel, bugsierte ihn dann in Richtung Rücken und stand langsam wieder auf. Keine leichte Übung, bei der ich Blut und Wasser schwitzte, denn nach meinem verunglückten Auftritt bei meiner Vorstellung wollte ich mich nicht erneut blamieren.

Ich war davon ausgegangen, dass man uns zu Anfang eine einfache, verständliche Einführung über das Verhalten in der Wildnis geben würde. Falsch gedacht. Leider schien Beckett nämlich zu glauben, seine Wichtigkeit dadurch unterstreichen zu müssen, dass er in Rätseln sprach. Außerdem legte er immer wieder endlos lange Pausen zwischen seinen Sätzen ein, weshalb ich nach fünf Stunden lediglich mit Bestimmtheit wusste, dass man sich von Löwenzahn ernähren konnte, dass Gesang die Bären fernhielt und dass wir das Trinkwasser aus den Bächen und Flüssen stets mit Jod versetzen mussten, weil uns sonst ein Darminfekt drohte, bei dem es »an beiden Enden einfach so aus uns herausgeschossen komme wie aus einem Wasserschlauch der Feuerwehr«.

Als Beckett uns mit dem Befehl, am nächsten Tag um sechs Uhr gestiefelt und gespornt vor der Hütte zu stehen, zum Abendessen entließ, beschlich mich das ungute Gefühl, dass er uns den Großteil der Informationen, die wir brauchen würden, vorenthalten hatte.

Als ich ihn auf dem Weg zum Ausgang danach fragte, antwortete er kurz: »Das steht alles auf den Merkblättern, die ihr bekommen habt.«

»Auf den beiden kleinen Zetteln?«

»Du solltest dir nicht so viele Gedanken machen.«

»Ich befürchte einfach, dass uns jede Menge Infos fehlt.«

»Die Leute sammeln bei uns vor allem praktische Erfahrungen. Du wirst die Dinge in dem Moment lernen, wenn du sie brauchst.«

»Und was ist, wenn ich etwas wissen muss, worüber bis dahin mit keinem Wort gesprochen wurde?«

»Du findest schon raus, wie du dich verhalten musst.«

»Und was, wenn nicht?«

»Dann wirst du sterben.« Gleichmütig zuckte Beckett die Achseln. »Und ich werde mein Dynamit benutzen, um eine Steinlawine auszulösen – damit es aussieht, als wärst du von herabstürzenden Felsbrocken erschlagen worden.«

Ich nahm mein Tagebuch mit zu dem Mexikaner, um bei Guacamole noch ein paar bedeutungsschwere Sätze zu notieren, bevor es morgen in die Wildnis ging.

Kaum dass ich durch die Tür getreten war, drang fröhliches Gelächter an mein Ohr. Ich folgte dem Geräusch und entdeckte die ganze Wandergruppe mitsamt Beckett, die im hinteren Teil des Lokals an zwei zusammengeschobenen Tischen saßen und es sich bereits schmecken ließen. Schnell wandte ich mich ab und spähte vorsichtig über die Schulter zurück, ob sie mich bemerkt hatten. Doch niemand nahm Notiz von mir.

Erneut kam ich mir vor wie ein ungebetener Gast auf einem fröhlichen Fest.

Als würde ich die anderen stalken oder mich bei Leuten einzuschleichen versuchen, denen nichts an mir lag. Dabei kannten sich auch die anderen letztlich nicht, waren ebenfalls lauter Fremde, gottverdammt. Wie zum Teufel schafften sie es, bereits nach einem halben Tag wie eine eingeschworene Gemeinschaft aus Zechkumpanen zu wirken?

Vielleicht sollte ich mich kurzerhand dazugesellen.

Jake hätte das auf jeden Fall gemacht, wäre wie ein schokoladenbrauner Labrador mit wedelndem Schwanz an ihren Tisch geeilt. Nur dass ich kein schokoladenbrauner Labrador war. Eher kam ich mir in diesem Augenblick vor wie mein räudiges Zwergdackelweibchen, dem die schlechte Laune ins Gesicht geschrieben stand.

Vielleicht hatten wir uns deswegen ja gesucht und gefunden.

Wobei Pickle eine echte Hexe war. Weshalb ich sie in gewisser Weise sogar bewunderte. Wie all die Frauen, die sich stolz als Hexen bezeichneten und das sichtbar als Eigenwerbung mit sich herumtrugen oder spazieren fuhren. Süße Hexe, sexy Hexe, irre Hexe, Oberhexe, Yogahexe, Hexe auf vier Rädern, Hexe im Anflug oder einfach Hexe an Bord.

Allerdings kapierte ich nicht wirklich, weshalb man sich so was auf den Wagen klebte oder Klamotten mit einer solchen Aufschrift kaufte? Was versuchte frau damit zu sagen? War es so etwas wie *Warnung vor dem Hund*, um aller Welt kundzutun, dass mit ihr nicht zu spaßen sei? Irgendwie sah ich keinen Sinn darin. Musste ich mir extra mit Strasssteinchen ein solches Logo auf ein Shirt oder aufs Hinterteil meiner Hose kleben, wenn ich tough genug war, um als Hexe durchzugehen.

Pickle jedenfalls brauchte ganz sicher keinen zusätzlichen Warnhinweis. Sie war so tough, wie ich es selber gern gewesen wäre.

Da ich es jedoch nicht war, stand ich unschlüssig in dem Lokal und fragte mich, was schiefgelaufen war. Hatte mich die Gruppe absichtlich zurückgelassen oder einfach vergessen? Aber spielte der Grund überhaupt eine Rolle? So oder so hatte ich zwei Möglichkeiten: entweder den Rückzug anzutreten oder stolz erhobenen Hauptes an ihrem Tisch vorbeizugehen.

Von hinten drang erneut schallendes Gelächter an mein Ohr. Sollten sie doch. Schließlich war ich nicht nach Wyoming gekommen, um neue Freunde zu finden, sondern um meine Dünnhäutigkeit loszuwerden und mir ein dickes Fell zuzulegen. Außerdem hielt ich es ohnehin nicht für klug, am Vorabend der Wanderung Tequila in mich hineinzukippen. Diesen Selbstentdeckungstrip in die Wildnis mit einem Kater zu starten, wäre äußerst kontraproduktiv.

Was täte meine Hundehexe jetzt wohl – abgesehen davon, dass sie alle in die Waden beißen würde?

Die Antwort war ganz einfach: Sie würde, verdammt noch mal, einfach woanders essen gehen.

Leichter gesagt als getan, denn es gab außer dem Mexikaner bloß noch das Golden Corral Chinese Buffet and BBQ, und das hatte donnerstags geschlossen. Also kaufte ich mein Abendessen an der Tankstelle und wählte es nach zwei Kriterien aus: Zum einen wollte ich noch einmal etwas Gesundes zu mir nehmen und zum anderen jede Menge widerliche Junk-Food-Sachen in mich hineinstopfen, zum Abschied gewissermaßen.

Und so saß ich bei Sonnenuntergang auf einer Bank und legte eine Tüte Sonnenblumenkerne, eine Packung Beef Jerky mit Pfefferkörnern – ohne daran zu denken, dass ich die nächsten Wochen Trockenfleisch satt bekäme –, eine Flasche Mineralwasser und eine

Cola, eine Tüte Chips, einen Schokoriegel sowie einen Schokodoppelkeks mit Cremefüllung zum Nachtisch neben mich.

Der kleine Ort bestand im Wesentlichen aus einer Straße, an der sich Häuser im typischen Westernstil aufreihten. Dahinter erhob sich der Gebirgszug, der Ziel unseres Abenteuerurlaubs war, und in der Ferne inszenierte Mutter Natur gerade einen glutroten, dramatischen Sonnenuntergang, der Hollywoodsequenzen mühelos in den Schatten stellte.

Zeit, mich selbst ein wenig aufzumuntern, wenn es schon kein anderer tat, überlegte ich und zog die Liste mit meinen guten Vorsätzen aus dem BH.

Ich war am falschen Ort, so viel stand fest. Aber was machte das schon? Es wäre nicht das erste Mal, dass meine Entscheidungen sich im Nachhinein als falsch erwiesen. Und war ich nicht hier, um genau das zu ändern? Und um sämtliche Erwartungen – vor allem meine eigenen – zu übertreffen?

Konnte mir doch egal sein, wenn niemand einen Pfifferling auf meine Fähigkeiten gab.

Hauptsache, ich selbst glaubte an mich und bekam eine Urkunde. Selbst wenn ich nicht die beste Outdoorfrau des Universums war – mit dieser Horde Collegekids, die sich am Vorabend der Wanderung hoffnungslos betranken, konnte ich es bestimmt aufnehmen. Zumal sie in dem Irrtum lebten, dass allein sie zählten, dass das Leben meist fair war und es am Ende immer ein Happy End gab.

Im Gegensatz zu ihnen wusste ich, dass Gewissheiten sich plötzlich in Luft auflösten. Dass das Leben allzu oft schrecklich ungerecht war und man sich auf niemanden wirklich verlassen konnte außer auf sich selbst. Ich hatte also einen Vorsprung an Enttäuschungen und den Vorteil der Erfahrung.

Weshalb ich übrigens auch glasklar erkannte, dass die Zusammenstellung meines Abendessens total erbärmlich war.

Am Vorabend des großen Wagnisses saß ich also ganz allein mit meinem Junkfood und dem Notizbuch auf einer Bank und las die bisher einzige, eigentlich vollkommen sinnlose Eintragung. *Wenn dir irgendetwas nicht gleich gelingt – denk dran, dass du nicht Chuck Norris bist*, stand da als Mahnung, mich nicht mit diesem Idol des Actionkinos zu vergleichen.

Das Schrillen meines Handys riss mich aus den düsteren Gedanken über meinen offensichtlichen Mangel an Begeisterung für diese Wanderung. Hektisch wühlte ich in meiner Handtasche.

Mike.

Ohne jede Begrüßung fuhr ich ihn unwirsch an. »Warum rufst du schon wieder an?«

»Wieso ich?«, gab er zurück. »Du bist diejenige, die angerufen hat.«

»Habe ich nicht.«

»Hast du wohl. Oder dein Handy hat meine Nummer in den Tiefen deiner Handtasche gewählt.«

»Mein Handy soll deine Telefonnummer in meiner Handtasche gewählt haben?«, wiederholte ich.

»Vor etwa zehn Minuten. Das kommt ziemlich häufig vor.«

»Ach ja?«

»Ein-, zweimal pro Monat mindestens.«

»Und was machst du dann?«

»Ich sage *Hi, du hast mich angerufen*, aber das hörst du irgendwie nie.«

»Und dann?«

»Nachdem ich eine Weile gelauscht habe, beende ich die Verbindung.«

»Du *lauschst?* Bedeutet das, dass du bei diesen Anrufen etwas hörst?«

»Nun, an guten Tagen jedes Wort.«

»So etwas schickt sich nicht«, belehrte ich ihn und fragte mich, was er wohl bei solchen Gelegenheiten alles mitbekommen hatte.

»Also bitte«, protestierte er. »Du warst immerhin diejenige, die bei mir angerufen hat.«

»Nicht mit Absicht.«

»Trotzdem.«

»Habe ich jemals etwas gesagt, das …«

»Peinlich war?«

Ich nickte stumm.

»Nein«, erklärte er. »Du warst entweder im Supermarkt, beim Frisör oder hast mit deinem Hund geschimpft. Weil der die Möbel angeknabbert hat.«

»Ein Zwergdackelmädchen – ein echtes Mistvieh.«

»Schaff ihn dir vom Hals. Das Leben ist zu kurz, als dass man sich von einem Hund, der Möbel frisst, tyrannisieren lässt.«

»Warum hast du mir nicht längst einmal erzählt, dass mein Handy hin und wieder automatisch deine Nummer wählt?«

»Weil ich dachte, dass du nichts von mir hören willst.«

»Und jetzt denkst du offenbar, dass ich das will.«

»Ich hoffe es zumindest«, erklärte er. »Außerdem wollte ich dir für gestern danken – war wirklich nett von dir.«

»Nicht der Rede wert.«

»Für mich schon.«

Ich riss die Chipstüte auf und kippte mir dabei die Hälfte ihres Inhalts in den Schoß.

»Ihr seid wohl noch nicht gestartet.«

»Korrekt«, erwiderte ich und knabberte die ersten Chips.

»Bist du sicher, dass du dich mit dieser Tour nicht übernimmst?«

»Nein, bin ich nicht«, räumte ich unumwunden ein. »Trotzdem gibt's kein Zurück mehr.«

»Sicher gibt es das – es gibt immer ein Zurück.«

»Ich bezweifle, dass dem so ist.«

»Duncan macht sich echt Sorgen, dass dir während dieser Tour irgendwas passiert.«

»Du hast mit Duncan telefoniert?«

»Er sagt, dieser Anbieter habe einen ziemlich schlechten Ruf. Es heißt, das Leben der Kunden habe dort nicht gerade oberste Priorität. Außerdem nehmen sie angeblich Leute mit, die nicht über die nötige Ausdauer und Kraft verfügen, und überlassen sie dann vollkommen sich selbst.«

»So war das früher. Inzwischen haben sie dem Vernehmen nach die Führungsriege ausgewechselt.«

»Es gibt jede Menge ausgezeichnete Survivalkurse«, meinte Mike, als würde er sich bestens auskennen. »Der Kurs, den du gebucht hast, gehört nicht dazu.«

»Vermutlich hast du gelesen, dass einmal eine Gruppe nachts von Bären angefallen wurde.«

»Nein, ich meine den Unfall beim Abseilen. Bei dem ein Teilnehmer vom Steinschlag getroffen wurde und dann an Unterkühlung draufgegangen ist.«

»Mir wird schon nichts passieren«, versuchte ich

ihn abzuwimmeln, wenngleich ich mir da nicht so sicher war.

»Warum machst du diese Tour überhaupt?«

»Damit man mir, wenn ich überlebe, zum Abschluss vielleicht eine Urkunde verleiht.«

»Dir ist hoffentlich bewusst, dass das totaler Schwachsinn ist.«

»Ich will diese Urkunde um jeden Preis.«

»Obwohl du alles andere als eine Sportskanone bist?«

Das stimmte zwar, aber nett war seine Bemerkung nicht gerade.

»Ich habe über Monate für diese Wanderung trainiert«, erklärte ich ihm ziemlich gereizt. »Und bin jeden Morgen vor dem Frühstück drei Meilen gejoggt.«

»Du tust, als wäre dieser Kurs eine kleine Joggingrunde durch die Nachbarschaft. «

»Eine *Drei-Meilen*-Joggingrunde«, korrigierte ich ihn.

»Wenn dich bereits drei Meilen beeindrucken, beweist das nur, wie unsportlich du bist.«

»Haha.«

»Es ist mir wirklich ernst.«

»Sag nicht, ich würde es nicht schaffen«, wies ich ihn in seine Schranken.

»Helen, du kannst dich nicht plötzlich völlig umkrempeln.«

»Gewiss kann ich das.«

»Nein, du bist einfach nicht der Typ, der solche Dinge macht.«

»Womöglich *war* ich nicht der Typ für derlei Dinge«, gab ich zurück. »Nicht solange wir zusammen waren. Jetzt allerdings habe ich Blut geleckt.«

»Inwiefern?«

»Die Antwort willst du gar nicht hören.«

Ich bereute zwischenzeitlich, dass ich an den Apparat gegangen war.

»Helen«, insistierte Mike. »Du brauchst das nicht durchzuziehen.«

»Doch«, erklärte ich. »Das werde ich hundertpro tun.«

»Ich möchte, dass du nach Hause kommst.«

»Auf keinen Fall. Ich habe einen Plan, und dabei bleibt es.«

»Du verstehst mich falsch«, antwortete Mike. »Ich meinte, dass du wieder zum mir zurückkommen sollst.«

Entgeistert ließ ich mein Handy sinken, starrte es sprachlos an und hob es wieder an mein Ohr.

»Bist du noch da?«, fragte mein Ex.

»Ja, bin ich«, erklärte ich matt und einigermaßen ratlos.

»Es ist mir ernst, Ellie, vollkommen ernst.«

»Und ich hasse es, wenn du mich so nennst.«

Er ignorierte meinen Einwand. »Leg auf und komm zurück. Es ist der totale Wahnsinn, dass wir beide nicht mehr zusammen sind.«

Ich brauchte einen Augenblick, diese Ansage zu verdauen.

»Wir sind nicht mehr einfach *nicht zusammen*, Mike. Wir sind *geschieden*. Und zwar seit einem *Jahr*. Wir haben Papiere unterschrieben und offiziell nicht mehr das Geringste miteinander zu tun. Das scheinst du zu vergessen.«

»Weiß ich ja, aber trotzdem … Selbst wenn es aus einem bestimmten Blickwinkel irre erscheinen mag …«

»Egal aus welchem Blickwinkel man es betrachtet, dein Vorschlag ist total irre und absurd.«

»Wir haben damals die Trennung beschlossen, weil es nicht mehr anders ging. Inzwischen geht es mir viel besser. Natürlich war die Scheidung erst mal ein ziemlicher Schuss vor den Bug …«

»Du redest, als hätte es sich lediglich um einen Warnschuss gehandelt. Oder um einen Abmahnung. Unsere Trennung ist endgültig, gesetzlich zementiert.«

Das Piepsen meines Handys zeigte, dass der Akku fast am Ende war.

»Ich garantiere dir«, drängte Mike, »dass ich wieder ganz der Alte bin – eher besser. Bestimmt kann ich in Zukunft so für dich da sein, wie du es immer wolltest, Ellie.«

Müde lehnte ich mich auf der Bank zurück.

Typisch Mike, dass er erst jetzt, wo es vorbei war, die Dinge sagte, die ich früher hatte hören wollen.

»Im letzten halben Jahr war ich mit jeder Menge Frauen aus«, fuhr er mit belegter Stimme fort. »Und weißt du was? Keine konnte sich mit dir vergleichen.«

»Du warst in den letzten Monaten mit jeder Menge Frauen aus?«

»Hattest du etwa keine Dates?«, erkundigte er sich. »Angeblich bist du schon mit irgendwelchen Männern ausgegangen.«

»Mit einem einzigen Mann, wenn du es genau wissen willst.«

»Und sonst gab's niemanden? Wirklich nicht?«

Natürlich hatte es noch jemanden gegeben. Einen völlig unpassenden Typen, der von Mike aus meinem Bett vertrieben worden war.

Da er Jake von den jährlichen Thanksgiving- und Silvesterpartys bei GiGi kannte, hätte ich ihn durchaus mit meinem kleinen Geheimnis schockieren können, ließ es jedoch sein. Erstens, weil ihn das nichts anging, zweitens, weil mir meine Knutscherei mit Jake inzwischen ein wenig peinlich war, und drittens, weil die Sache mich trotz allem an einer verwundbaren Stelle getroffen hatte. So sehr, dass ich fürchtete, es könnte mir das Herz brechen.

»Ich hatte jede Menge Möglichkeiten«, gab ich deshalb vage zurück. »Bloß war ich einfach noch nicht so weit.«

»Verstehe«, sagte Mike.

Der Akku meines Handys piepste abermals.

»Komm nach Hause«, bat er erneut. »Warum musst du immer so hart gegen dich selber sein?«

Ich zögerte. Immer wieder die alte Leier. Leider gab es Menschen, die unverdientermaßen mit so etwas regelmäßig durchkamen und den anderen rumkriegten. Mike war so einer. Damit musste Schluss sein.

Es war an der Zeit, endlich eine toughe Frau zu werden.

Es war an der Zeit, endlich meine Zähne zu zeigen.

Es war an der Zeit, nicht einfach *Nein* zu sagen, sondern *Nein, verdammt noch mal.*

Ich atmete tief durch, um das alles ihm gegenüber zum Ausdruck zu bringen, aber wie aufs Stichwort war der Akku plötzlich leer.

»Mike?«

Wie erwartet, konnte er mich nicht mehr hören, und so fügte ich meinen geplatzten Auftritt als toughe Frau der langen Liste der Enttäuschungen mit Mike hinzu. Wenngleich er nichts dafür konnte, dass das

Gespräch beendet worden war, grollte ich ihm, fühlte mich von ihm um diesen ersten Triumph betrogen.

Verdammt, nach wie vor ließ dieser Typ mich einfach nicht gewinnen.

Wie in Zeitlupe schob ich mir die Reste meines Abendessens in den Mund. Mikes Vorschlag hatte mich aus dem Gleichgewicht gebracht, und vor einem halben Jahr wäre ich vielleicht sogar darauf eingegangen. Jetzt war es dafür definitiv zu spät. Und wie Chuck Norris wollte ich im übertragenen Sinne die Tür mit einem starken Abgang zuschlagen.

Den Mund voll mit den letzten Bissen Schokodoppelkeks und eine leere Cola-Dose in der Hand, war ich gerade im Begriff aufzustehen, um zur Jagdhütte zurückzukehren, als die Gruppe – meine Gruppe – auf mich zugeschlendert kam.

Dank des Alkohols, den sie intus hatten, waren sie bereits die besten Freunde, und die hübsche Windy, die nicht aufhörte, mit Jake zu flirten, rief mir im Vorbeigehen fröhlich zu: »Wir gehen noch aufs Dach und spielen Wahrheit oder Pflicht. Lust, mitzukommen?«

Unversehens und eigentlich gegen meinen Willen schaltete ich in den Pickle-Modus und verzog verächtlich das Gesicht.

»Ist das dein Ernst?«

Ich merkte selber, wie gehässig ich klang, aber sie hörte sowieso nicht zu, weil in dem Augenblick einer der Jungs sie von hinten packte und ihr lachend wie in einer Fernsehwerbung für Baccardi beide Arme um die Hüften schlang.

Ich hasste diesen Trupp schon jetzt.

Unauffällig musterte ich Jake. War er ebenfalls betrunken? Ging er mit aufs Dach? Ich erhob mich und ließ dabei die Reste meines Abendessens fallen. Verflixt und zugenäht. Doch ehe ich mich danach bücken konnte, hockte bereits Jake zu meinem Füßen und sammelte alles ein. Dann richtete er sich wieder auf, trat auf mich zu, und gerade als ich dachte, dass er mir den ganzen Müllberg in die Hände drücken würde, nahm er mir mit sanftem Griff die leere Cola-Dose ab und trug alles zu einem Mülleimer an der nächsten Straßenecke.

Nicht einer, einschließlich meiner Wenigkeit, der ihm nicht mit Blicken folgte – als wäre die Gruppe ohne ihn verloren.

Als er endlich wieder in Sichtweite kam, rief einer der Jungs: »Auf geht's, J-Dog«, und grinsend legte Jake einen Zahn zu.

J-Dog? Er war J-Dog wie der Leadsänger der Hollywood Undead?

Plötzlich hätte auch ich gern einen Spitznamen gehabt. Wäre auch gern die Art von Mensch gewesen, der von anderen Spitznamen bekam. Ob mein Leben wohl ein anderes wäre, wenn sie plötzlich alle H-Dog zu mir sagen würden? Okay, das klang bescheuert, aber es gäbe sicher andere Möglichkeiten.

Hatte ich überhaupt in meinem ganzen Leben jemals einen anständigen Spitznamen gehabt?

Duncan waren ein paar zu verdanken, die allesamt grässlich waren. Helena, Helenita, Holla, Sis, Sistah, Sister Sledge, Sister Mister, Big Mama, verrücktes Weib, La Loca, La Locita, Lena, Lane, Fast Lane. Da er zudem der Ansicht war, dass ich mit meinem wütenden Gesicht aussehe wie das Gürteltier, das abends manchmal durch den Garten huschte, hatte er mich in

Anlehnung an Armadillo gelegentlich als Dillo oder – ganz besonders schrecklich – Dildo tituliert.

Nicht einen einzigen dieser Spitznamen mochte ich. Und Mike? Er hatte mich nach unserer Hochzeit manchmal Mrs. Dull genannt, was bei mir eine Gänsehaut verursachte, obwohl es durchaus liebevoll gemeint war. Genauso wenig gefiel mir Ellie, was aus meiner Sicht nicht zu mir passte. Kaum jemand nannte mich Helen, selbst meine Großmutter nicht – für sie war ich immer Schätzchen. Dabei gefällt mir mein Name eigentlich.

Ich verfolgte, wie J-Dog zurück zur Gruppe joggte. Er wirkte sogar cool, wenngleich er gerade vom Müllwegbringen kam. Zu meinem Glück gerade rechtzeitig, bevor Beckett den ganzen Abfall entdecken konnte.

Er als erklärter Naturfreak hätte sicher meine Fast-Food-Orgie nicht gebilligt, weil das Zeug voller Chemikalien, obendrein in Plastikfolie eingewickelt und mit irgendeinem Lkw von weither nach Wyoming transportiert worden war, und vielleicht hätte er mein schlechtes Beispiel sogar zum Anlass genommen, den anderen einen Vortag über ungesundes Essen und die schreckliche Verschmutzung unserer Umwelt zu halten.

Die Gruppe drängte weiter.

Ich blieb bei meinem Entschluss, nicht mit den anderen aufs Dach zu gehen und zuzuschauen, wie ein Haufen blöder Kids ein blödes Spiel spielte. Und irgendwie hegte ich die leise Hoffnung, dass Jake sich ebenfalls nicht daran beteiligen würde, sondern bei mir blieb.

Aber natürlich ging er mit, verschwand mit ihnen

im Licht der untergehenden Sonne, um ein paar Bier zu trinken und so locker und so optimistisch ganz er selbst zu sein, wie es ihm dank seines jugendlichen Alters möglich war.

Und ich blieb mal wieder allein zurück.

Nicht einmal die kleinste Aufmerksamkeit wurde mir mehr zuteil, kein Blick, keine Berührung – und schon gar nicht die tröstliche Gewissheit, dass in diesem wilden, leeren Landstrich ein Mensch existierte, der sich für mich interessierte. Schnurstracks stapfte er an mir vorbei. Als ob wir beide völlig Fremde wären.

So wie ich es ihm befohlen hatte.

8

Ich schlief noch halb, als ich am nächsten Morgen in den alten, grün gestrichenen Schulbus stieg, auf dessen Motorhaube das BCSC-Logo prangte.

Ich suchte mir in einer der vorderen Reihen einen Platz am Gang, damit niemand auf den Gedanken kam, sich neben mich zu setzen. Oder damit ich mir nicht selbst einreden konnte, dass ich alleine saß, weil niemand neben mir sitzen wollte. Doch plötzlich zwängte sich ein dürrer Bursche namens Hugh an mir vorbei und beschlagnahmte den Fensterplatz.

Ich starrte ihn so lange an, bis er, obwohl er bereits saß, am Ende fragte: »War hier besetzt?«

»Nein.«

»Gut, dann kann ich ja bleiben.«

Ich sah an ihm vorbei durchs Fenster in die Dunkelheit hinaus.

»Du warst gestern übrigens urkomisch«, sagte er.

Ich zog die Brauen hoch. »Urkomisch?«

»Wie der traurige Clown, den man manchmal im Zirkus sieht.«

»Vielen Dank.«

»Na ja, deshalb bist du mir lieber als die anderen.«

»Wirklich?«, hakte ich wenig überzeugt nach, denn irgendwie klang seine Stimme, als würde er bei allem, was er sagte, das genaue Gegenteil meinen.

Er beugte sich ein wenig zu mir herüber und flüsterte mir zu: »Ich hatte ja keine Ahnung, dass ich hier auf einer riesengroßen Collegefete landen würde.«

Ich lächelte ihn an. »Dann geht es dir wie mir.«

Als die anderen Kids den Bus bestiegen, lehnte er sich erneut näher zu mir und bedachte flüsternd jeden Einzelnen von ihnen mit Beleidigungen, wobei er treffsicher die jeweils lächerlichsten Eigenschaften ins Visier nahm wie Knöcheltätowierungen, künstliche Bräune oder unter dem T-Shirt vorquellende Rettungsringe. Zweifellos besaß er einen scharfen Blick – und dass er dabei vielleicht etwas gemein war, nahm ich billigend in Kauf. Zum einen sollte ich aus gutem Grund bei der Auswahl meiner Freunde auf diesem Trip nicht allzu wählerisch sein, und zum anderen fand ich Hughs boshafte Charakterisierungen durchweg amüsant.

Den lärmenden Gesprächen nach zu urteilen, gewann man beinahe den Eindruck, dass die Kids es kaum erwarten konnten, endlich in ihr Nahtod- und Verschlankungsabenteuer zu starten. Offenbar war ich als Einzige völlig panisch, und bereits jetzt, bevor es überhaupt zur Sache ging, schoss Adrenalin durch meine Adern. Außerdem registrierte ich zu meinem Verdruss, dass mal wieder Jake der größte Spaßvogel von allen war, und je mehr ich mich bemühte, ihn zu ignorieren, desto weniger gelang es mir.

Kein Wunder, denn er saß direkt hinter mir.

Hauptthema im Bus war, was jeder zu lesen mitgenommen hatte. Schließlich sagte die Auswahl des einzigen erlaubten Buches sehr viel über einen Menschen aus. Die Jungs hatten zumeist Krimis mitgebracht und kamen überein, die Bücher untereinander zu tauschen. Bei den Mädchen hingegen ließ sich kein Einheitsgeschmack erkennen. Eine hatte ihre Bibel dabei, die nächste ein Gymnastikbuch und eine weitere ein Rezeptbuch für Cupcakes, die sie in der Wildnis allerdings kaum würde backen können. Wieder eine andere hielt *Anne auf Green Gables* hoch, ihr Lieblingsbuch aus Kindertagen und heute noch ihr Seelentröster, während Windys Wahl auf ein Psychologiefachbuch als Vorbereitung auf ihren Sommerkurs gefallen war.

Die hübsche Blondine saß hinter mir – neben Jake, den sie beim Einsteigen einfach auf diesen Platz gezogen hatte.

»Und welches Buch hast du dabei?«, wandte sie sich an mich.

Als ich mich umdrehte, stellte ich fest, dass alle im Bus gespannt in meine Richtung sahen.

»Gar keins.«

»Sie hat ihr Buch vergessen«, brüllte einer von den Jungs, als hätte ich einen großartigen Witz gerissen.

»Nicht vergessen«, belehrte ich ihn. »Ich habe absichtlich nichts zum Lesen mitgebracht.«

Was ihnen völlig unverständlich war. Einer der jungen Burschen kratzte sich verwundert im Genick.

»Wisst ihr, ich will mich ganz auf dieses Training konzentrieren und jeden Augenblick dort oben in den Bergen in mich aufsaugen und nichts verpassen«, dozierte ich mal wieder in meinem Lehrerinnentonfall und hörte selbst, wie total bescheuert das klang.

Und wie verlogen, denn im Grunde würde ich liebend gern die ganze Wanderung verpassen und schleunigst wieder nach Hause fahren, wo ich diesem Trupp nicht länger ausgeliefert wäre. Entschlossen wandte ich mich ab.

Das Mädchen hinter mir focht das nicht an, denn gut gelaunt streckte sie ihren Kopf zwischen meinem und Hughs Sitz vor. »Ich heiße übrigens Windy.«

»Das hast du gestern bereits gesagt.«

»Aber nicht, dass es mit i geschrieben.«

»Mit i?«

»Nicht Wendy wie in *Peter Pan*, sondern Windy – von Wind, verstehst du«, erklärte sie und wedelte mit den Armen durch die Luft und gab heulende Geräusche von sich, als wollte sie das Tosen von Windböen demonstrieren.

»Oh.«

»Und rate mal, wie meine kleine Schwester heißt?«, fragte sie und grinste verschmitzt. »Stormy.«

»Sicherlich mit einem o.«

»Genau.« Sie lachte über meinen Scherz. »Übrigens komme ich aus Kalifornien.«

Sie erwartete offenbar, dass ich das ebenfalls kommentierte, weil windig und stürmisch nicht eben typisch waren für den sonnenverwöhnten Golden State, doch als ich nichts mehr sagte, klinkte sie sich wieder in die allgemeine Unterhaltung ein.

Und ich saß, zumal mein Sitznachbar eingeschlafen war, erneut völlig unbeachtet da und starrte mit brav im Schoß gefalteten Händen reglos geradeaus.

Natürlich hätte ich so tun können, als ob ich den Gesprächen lauschte, aber dazu verspürte ich nicht die geringste Lust. Weil ich nicht verstand, dass sie alle derart unbekümmert waren. Mir hingegen wollte, als wir die gewundene Straße in Richtung Berge fuhren, Mikes Bemerkung nicht aus dem Kopf, dass ich keine Sportskanone sei.

Bald ließen wir die Zivilisation hinter uns und fuhren an Felswänden vorbei oder an Geröll- und Erdhaufen, die sich infolge von Steinschlägen und Murenabgängen seitlich der Straße aufgetürmt hatten.

Die Farben hier waren völlig anders als daheim. An der Ostküste waren Steine grau, die Landschaften insgesamt grün – hier gab es nur wenig Vegetation, sodass Grün kaum vorkam. Dafür sorgten Felsen und Erde für eine ungewohnte Farbpracht, schimmerten zwischen ocker, rot und purpurfarben oder orange. Irgendwie hatte ich das Gefühl, in einem fremden Land oder sogar auf einem anderen Kontinent zu sein.

Nach einer Weile erhob sich Beckett und blickte streng in die Runde.

»Heute geht's bergauf. Den ganzen Tag. Mit jedem Schritt. Also konzentriert euch, ja?«

Ich wandte mich ihm zu und zog sogar mein Notizbuch zum Mitschreiben hervor. Konzentrieren konnte ich mich, doch einen ganzen Tag bergauf marschieren? Nun, wir würden sehen.

Ich machte mir fieberhaft Notizen, während Beckett uns erklärte, dass wir tagsüber alle zusammenbleiben, nach der Ankunft am Etappenziel jedoch Vierergruppen bilden würden, die gemeinsam kochten und sich ein Lager teilten, ehe es am nächsten Tag gemeinsam weiterging.

»Schlafen wir in Zelten?«, wollte eins der Mädchen wissen.

»Ist gestern in der Kleiderkammer irgendjemandem ein Zelt ausgehändigt worden?«, fragte Beckett zurück, statt klipp und klar Ja oder Nein zu sagen.

Das Mädchen sah sich um.

»Nein«, nahm Beckett ihr die Antwort ab. »Ihr werdet nicht in Zelten schlafen, sondern unter Planen.«

Und dann begann er mit der Einteilung der Gruppen.

Stumm flehte ich *Nicht Jake,* überlegte es mir aber sofort anders und beschloss, dass ich mir lieber wünschen sollte *Bitte, ich will zu Jake.* Immerhin war er auf jeden Fall erheblich netter als die anderen. Das Problem war bloß, dass ich mich einerseits nach seiner Nähe sehnte und sie andererseits nicht ertrug.

Das Schicksal entschied gegen mich.

Manchmal wurde ich das Gefühl nicht los, als ob das Schicksal oder der liebe Gott große Freude daran zu haben schienen, immer das genaue Gegenteil von dem zu tun, was ich mir erbeten hatte. Jedenfalls kam Jake in Gruppe eins und ich in Gruppe drei – mit dem Hünen Mason, mit Windy und dem blonden Hugh, meinem Sitznachbarn.

Nachdem die Einteilung der Campinggruppen abgeschlossen war, zählte Beckett eine Reihe von Regeln auf, die wir unbedingt beherzigen müssten. Dazu gehörte, in jeder Pause etwas zu trinken, großzügig bei der Verwendung von Sonnenmilch zu sein und bei Fußproblemen sofort zu reagieren.

»Falls ihr irgendwo an euren Füßen eine heiße Stelle spürt, bleibt sofort stehen«, schärfte er uns ein »Haltet die Gruppe an und kümmert euch darum. Denn draußen in der Wildnis können Blasen zur Katastrophe werden. Zu Hause legt ihr euch gemütlich vor die Glotze, bis es wieder besser ist. Hier müsst ihr trotzdem tagelang weitermarschieren, und jeder Schritt ist eine Qual.« Er sah sich um. »Kapiert?«

»Kapiert«, bestätigten wir.

»Und jetzt die große Quizfrage. Was macht ihr, wenn ihr an einem eurer Füße eine heiße Stelle spürt?«

»Wir kümmern uns darum.«

Ich schrieb mir die Mahnung auf: *Heiße Stelle = Kümmere dich darum*, doch meine Brust zog sich angstvoll zusammen. Meine morgendlichen Joggingrunden, auf die ich so stolz gewesen war, hatte ich auf ebenen, glatten Straßen gedreht. Einen ganzen Tag durch unwegsames Gelände bergauf zu stapfen, würde mich vor ganz andere Herausforderungen stellen.

Was, wenn ich tatsächlich nicht die Kondition für diese Strecke aufbrachte?

Was, wenn mich auf halbem Weg die Kraft verließ?

Was, wenn ich das schwächste Glied der Kette war?

Als ich mich verstohlen umsah, kam mir das mit einem Mal durchaus wahrscheinlich vor.

Der Wind, der durch das halb geöffnete Fenster blies, zerzauste mir das Haar, und seufzend lehnte ich den Kopf gegen den Sitz.

Wie hatte ich bloß auf den Gedanken verfallen können, vielleicht sogar eine Urkunde zu ergattern? Vermutlich hielt ich nicht mal bis zum Ende durch.

Plötzlich fand ich die Idee, mein gesamtes Leben dadurch ändern zu wollen, indem ich etwas tat, wofür ich nicht geschaffen war, völlig absurd und kindisch. Schon früher beim Schulsport rangierte ich immer unter ferner liefen, erreichte beim Laufen erst Minuten nach den anderen das Ziel, und im alljährlichen Sommercamp pflegte ich mich vor dem Schwimmwettbewerb vor lauter Panik in den Schlaf zu weinen.

Seit dem Ende meiner Schulzeit hatte ich mich konsequent von derlei Dingen ferngehalten und mich erfolgreich jedem Druck entzogen. Als Erwachsener konnte man das – solange man sich nicht aus Gründen, die man selber nicht verstand, freiwillig in eine solche Situation begab.

Als die Straße endete, war der Ausgangspunkt unserer Wanderung erreicht, und wir verließen den Bus. Von hier an führten lediglich schmale Pfade in den dichten Pinienwald, der uns mit einem intensiven, harzigen Geruch empfing. Holzschilder mit gelber Aufschrift wiesen die Richtung. Die hohen Bäume, stumme Wächter der Natur, schienen bereits darauf zu warten, uns aufzunehmen. In wenigen Minuten würden wir in diesen Wald eintauchen und erst in drei Wochen wieder von ihm ausgespuckt werden.

Sofern wir Glück hatten.

Beckett kletterte mit einem Seil und einer Reihe Karabiner auf das Dach des Busses, um die dort verstauten Rucksäcke herunterzulassen, doch bevor wir sie aufsetzen konnten, gebot er uns Einhalt.

»Nicht so eilig, Leute. Geht vorher lieber noch mal aufs Klo.«

Ich sah mich suchend um, wollte etwas sagen, aber das Mädchen mit der dummen Frage nach dem Zelt kam mir zuvor.

»Und wo bitte?«

»Na, da draußen.« Beckett zeigte auf den Wald. »Willkommen auf dem riesengroßen Gratisklo der Wildnis. Sucht euch einen Platz. Marsch, Marsch!«

Der gesamte Trupp schwärmte aus.

Ich lief, bis ich niemanden mehr sehen oder hören konnte, fürchtete fast schon, mich verirrt zu haben und verloren zu gehen. Und während ich mich auf den Boden hockte und versuchte, nicht auf meine Wanderschuhe zu pinkeln, dachte ich neidvoll, wie viel leichter Jungs es in mancher Hinsicht doch hatten, und Jakes Plan mit dem In-die-Flasche-Pinkeln fiel mir ein. Es kam mir vor, als wäre das inzwischen hundert Jahre her, und ein Teil von mir begann sich schmerzlich zurückzusehnen zu diesem irgendwie sorglosen Tag, an dem die tausend Meilen unser größtes Problem gewesen waren.

Aber Autofahren konnte ich wenigstens.

Als wir Mädchen zum Sammelpunkt zurückkehrten, waren die Jungs schon startklar.

Ich nahm meinen grün-orangefarbenen Rucksack, kniete mich auf den Boden und versuchte ihn so auf meinen Rücken zu schieben, wie wir das am Tag zuvor gelernt hatten. Heute tat ich mich schwerer, fühlte mich durch die Jungs, die ungeduldig auf ihre Uhren klopften und uns mehr oder weniger unfreundlich antrieben, unter Druck gesetzt. Zudem lähmte mich die Angst, den Anforderungen nicht gewachsen zu sein, so sehr, dass ich zitterte wie Espenlaub.

Mit der Folge, dass ich beim Aufsetzen des Rucksacks das Gleichgewicht verlor und unsanft mit einem Knie auf die scharfe Kante eines großen Steins schlug. Tapfer verbiss ich mir meinen Schmerz und verkniff mir einen Fluch. Obwohl ich spürte, wie das Blut warm an meinem Bein herunterlief, hievte ich den Rucksack doch noch auf den Rücken und rappelte mich mühsam auf. Chuck Norris würde schließlich auch so tun, als wäre es bloß ein kleiner Kratzer, und entschlossen losmarschieren.

In diesem Moment bemerkte Beckett meine Blessur.

»Wartet«, wies er die anderen an und wandte sich dann an mich. »Wie in aller Welt ist das passiert?«

»Ich bin okay«, versicherte ich.

»Das bist du ganz sicher nicht«, fuhr er mich ungehalten an. »Wie hast du das angestellt? Dabei sind wir nicht mal losgelaufen.«

»Ich bin hingefallen, als ich meinen Rucksack aufsetzen wollte.«

»Wer hat den Verbandkasten?«, rief er den anderen zu.

»Ich«, ertönte eine Stimme hinter mir. Natürlich die von Jake.

»Lass uns einfach gehen«, bat ich.

Beckett rief die anderen herbei. »Wenn ihr eine solche Wunde ignoriert«, erklärte er und blickte mich strafend an, als wäre ich ein ungezogenes Kind, »dann habt ihr, bevor ihr euch verseht, eine so üble Infektion, dass man euch mit dem Hubschrauber evakuieren muss. Wenn nicht Schlimmeres passiert. Also setzt die Rucksäcke noch einmal ab, damit ich die Lady verarzten kann.«

Einige der Jungs hatten bislang gar nicht mitbekommen, was geschehen war, reagierten jetzt verärgert angesichts der Verzögerung und warfen mir giftige Blicke zu.

Betroffen und schuldbewusst starrte ich zu Boden.

Und als ich wieder aufsah, stand Jake vor mir.

Er trug die Sachen, die er in den kommenden drei Wochen täglich tragen sollte: dunkelgrüne Cargoshorts, ein leuchtend blaues Baseballshirt mit marineblauem Kragen unter einem blau karierten Westernhemd mit Druckknöpfen aus Perlmutt, diesen bescheuerten Anglerhut mit angesteckter Fliege und die Brille mit dem dicken dunkelgrauen Gestell, die zur Sicherheit an einem tarnfarbenen Neoprenband hing.

Er musterte mich mitfühlend.

»Setz erst mal deinen Rucksack ab.«

Ich hockte mich auf einen Stein, und er stieß einen leisen Pfiff aus, sobald er die Wunde in Augenschein nahm.

»Der Schnitt ist ganz schön tief«, konstatierte er und kippte zum Desinfizieren Wasserstoffperoxid darauf. »Und dazu direkt auf der Kniescheibe. Wenn wir in der Stadt wären, würde ich dich umgehend zum Nähen schicken.«

»Sind wir aber nicht.«

»Nein«, stimmte er zu. »Also muss es auch so gehen. Und die Narbe, die dir bleiben wird, betrachtest du einfach als Tattoo – oder als Ehrenzeichen, das die Wildnis dir verliehen hat.«

Warum war er bloß derart nett zu mir?

Ohne meinen Unfall hätten wir uns sicherlich weiterhin nach Kräften ignoriert. Ich wäre im Hintergrund geblieben, um still und heimlich mein angeknackstes Ego irgendwie zu kurieren, und er vermutlich dem Rudel als Leitwolf voranmarschiert. Stattdessen kniete er jetzt vor mir, redete mit mir und berührte sanft die Haut rund um mein Knie.

»Warum hat dir Beckett den Verbandkasten gegeben?«, fragte ich und schloss meine Augen.

»Weil ich eine Ausbildung als Sanitäter habe.«

Natürlich, was sonst?

Stocksteif saß ich da. Seine Hände bewegten sich ruhig und sicher, während er das Pflaster in verschieden lange Streifen schnitt und ein Polster aus Watte rund um den Schnitt legte, damit die Wunde beim Beugen des Knies nicht mit dem Verbandsstoff in Berührung kam.

»Können wir endlich los?«, schrie Mason, der Hüne, ungehalten zu uns herüber.

»Gleich«, gab Jake zurück und klebte schnell noch ein paar weitere Pflasterstreifen über den Verband. Dann half er mir auf, wollte mir ebenfalls mit dem Rucksack behilflich sein, doch ich schüttelte stumm den Kopf und setzte ihn unter den neugierigen Blicken der Wandergruppe alleine auf. Endlich.

Im Gänsemarsch ging es über einen der Pfade in den Wald.

Ich atmete erleichtert auf. Wenngleich die Überquerung dieses Höhenzugs bestimmt die reinste Folter war, nahm von nun an die Zahl der Schritte, die vor mir lagen, beständig ab. Wie viel allerdings vor mir lag, daran wollte ich bei diesem frommen Selbstbetrug lieber nicht denken.

Meine Erleichterung hielt nicht mal zehn Minuten an.

Nicht mehr Zeit war nämlich vergangen, bis ich die erste Reibung an den Füßen wahrnahm. Die verdammten Wanderschuhe drückten. Und zwar praktisch überall. Anfangs dachte ich, ich würde mir das vielleicht einbilden, aber nach einer halben Stunde spürte ich tatsächlich die ersten Blasen.

Und das bereits so kurz nach dem Start.

Also tat ich … nichts. Um nicht schon wieder die zu sein, die jammerte und alle anderen warten ließ, denn selbst ohne meine diversen Wehwechen war ich eindeutig eine der Langsamsten in unserem Trupp. Das Mädchen vor mir hatte ich bereits nach ein paar hundert Metern aus den Augen verloren, und inzwischen war ich von fast allen, die hinter mir gewesen waren, überholt worden.

Nur zwei Mädchen waren noch langsamer als ich.

Zwei Stunden später machten wir unsere erste Pause, die ich eigentlich hätte nutzen sollen, zu Jake zu gehen und mir die geschundenen Füße versorgen zu lassen. Blöd wie ich war, verzichtete ich aus lauter Heldenmut darauf. Niemand außer mir schien schließlich Blasen zu haben.

Also ignorierte ich sie ebenfalls. Mein Schneckentempo allein war hinderlich genug, weil ich die anderen damit aufhielt. Eine Gruppe konnte nämlich laut Beckett lediglich so schnell sein wie ihr schwächstes Glied – und während er das sagte, hatte er geradewegs auf mich und auf die beiden anderen Mädchen gedeutet.

»Ich weiß, es nervt, wenn man nicht schnell machen kann«, wandte er sich jetzt an die Jungs. »Und vielleicht habt ihr das Gefühl, die Mädels, die nicht in Form sind, halten euch unnötig auf. Aber denkt dran, dass nicht zuletzt auch Teamgeist in der Wildnis wichtig ist.«

Seine Worte verfehlten jedoch ihre Wirkung.

Einige der Jungs waren eindeutig gemein, kindisch und vor allem blöd. Und bis zum Mittag war mir klar, dass es insbesondere mit Mason Ärger geben würde. Diesem Riesenkerl bereitete es anscheinend große Freude, andere mit ihren Schwächen aufzuziehen.

Als ein Junge namens Ron etwa zum wiederholten Mal von Beckett wissen wollte, was die vielen Linien auf der Karte zu bedeuten hätten, hänselte Mason ihn gleich damit, dass er schwer von Begriff sei. Und nachdem Hugh einmal über einen Ast gestolpert war, hielt er ihm beständig irgendwelche Zweige vor die Beine und grölte: »Fall nicht!« Die Mädchen in der Gruppe pflegte er, ob es nun stimmte oder nicht, als Dickmamsell zu titulieren, was für die sensiblen Schlankheitsfanatikerinnen eine glatte Beleidigung darstellte.

Leider war dieser Fiesling ausgerechnet in meiner Campinggruppe.

Der Pfad verlief gut eine halbe Meile ziemlich eben, bis die erste Steigung kam. Anfangs war es, als würden wir auf einer Rampe laufen, aber bald schon kam es mir wie das Erklimmen einer steilen Treppe vor. Hier traten erneut die Unterschiede zwischen Männlein und Weiblein zutage und bestätigten mich in meiner Überzeugung, dass selbst der Natur nicht wirklich an Gerechtigkeit gelegen war. Wir Mädchen waren einfach kleiner, hatten nicht so lange Beine und mussten deshalb mehr Schritte machen und mehr Kraft aufwenden.

Bald schon teilte sich die Wandergruppe in drei Untergruppen auf: die ausgesprochen hochgewachsenen, kräftigen Burschen bildeten die Spitze, die mittelgroßen Jungs und die größeren Mädchen hielten sich in der Mitte, und die Kleinen fielen immer mehr zurück. Mit meinen eins zweiundsechzig gehörte ich zumindest hier in den Absarokas zu diesem traurigen Rest.

»Drückt bei jedem Schritt die Beine durch«, forderte Beckett uns auf. »Dann tragen auch die Knochen und nicht allein die Muskeln das Gewicht.«

Ich befolgte die Anweisung, ohne einen erkennbaren Vorteil zu spüren.

Den beiden anderen Schlusslichtern war das egal. Ihnen fehlte offenbar jeder Ehrgeiz. Sie waren und sahen sich ähnlich, sodass sie stets in einem Atemzug, nie einzeln genannt wurden: »Kaylee und Tracy«. Sie selbst sprachen von sich als Schwestern, weil sie Mitglieder derselben studentischen Schwesternschaft waren, und entsprachen exakt dem Klischee typischer Mädchen. Sie kreischten, sobald sie einen Käfer sahen. Weigerten sich rundheraus, sich auf einen Baumstamm zu setzen, der mit Moos bewachsen war, und empfanden es als Zumutung, dass Make-up jeglicher Art auf dieser Tour einem absoluten Verbot unterlag. Es war mir ein Rätsel, was die zwei sich gedacht hatten, an diesem Höllentrip teilzunehmen, denn sie passten noch schlechter in die Wildnis als ich.

»Es ist mir egal, was Beckett sagt«, hörte ich eine der beiden hinter mir sagen. »Ich werde mir auf jeden Fall die Haare waschen.«

Offenbar hatten sie heimlich, trotz Becketts Verbot, Shampoo eingeschmuggelt. Und desgleichen schienen sie seine Mahnungen, die er auf der Busfahrt nochmals ausdrücklich darauf wiederholt hatte, nicht zu kümmern. Baden und Waschen in Flüssen und Bächen waren nämlich ein generelles No-Go für ihn.

Warum? Weil allein die Bakterien, die wir am Körper mit uns herumschleppten, ausreichen würden, das ökologische Gleichgewicht der Gewässer nachhaltig zu stören. Und Shampoo oder Seife betrachtete er sogar als gefährliche Mordinstrumente. Erst würden sie die Nahrung der Fische vergiften, dann die Fische selbst und schließlich Raubvögel und Raubtiere schädigen, die sich von Fischen ernährten.

»Also bitte«, hatte daraufhin eine der Schwestern eingewandt. »Bloß weil sich ein Mädchen die Haare wäscht, wird ja nicht gleich die ganze Wildnis in die Knie gehen.«

»Was glaubst du denn?«

»Weiß ich nicht. Jedenfalls will ich nicht in ein paar Tagen wie ein Stinktier riechen.«

»Waschen könnt ihr euch meinetwegen«, gestand Beckett ihnen großmütig zu. »Allerdings nicht *in* einem Gewässer, sondern mit Wasser, das ihr euch holt. Seife jedoch bleibt tabu.«

»Und womit spülen wir das Geschirr?«, wollte jemand anders wissen.

»Mit Dreck«, lautete Becketts Antwort. Was hoffentlich ein schlechter Scherz war.

Dass ich notgedrungen mit den beiden Mädchen allein hinter den anderen herzockeln musste, schlug für mich dem sprichwörtlichen Fass den Boden aus. Immerhin war ich wegen der Natur hier, um eine andere zu werden und ganz sicher nicht, um mir von früh bis spät Geschichten über Ungerechtigkeiten innerhalb der Schwesternschaft, irgendwelche Diättips oder allerlei Promitratsch anzuhören. Unbeschadet der dünnen Bergluft, in der sie wie alle anderen keuchten, brachten es Kaylee und Tracy nämlich fertig, unentwegt zu schwatzen.

So wusste ich inzwischen unter anderem, dass eine der beiden gerade eine Kur zur Darmreinigung mit Pampelmusen und Abführmitteln hinter sich hatte und dadurch endlich ihre Akne losgeworden war – und dass die andere sich ausgiebig mit den gesundheitlichen Vorzügen des Entsaftens sämtlicher Gemüse-, Obst- und Fleischsorten beschäftigte und dieses Zeug tatsächlich trank.

Vor allem aber begriff ich an diesem ersten Tag,

dass es Grauenhafteres gab als den Makel, Schlusslicht zu sein. Und das war die Gesellschaft dieser beiden Mädchen.

Endlich erreichten wir am Nachmittag das erste Camp, wo uns Beckett die Benutzung der Kocher und den Bau von Unterständen mittels Planen erklärte.

»Weiß jemand, was das ist?«, fragte er und hielt einen Beutel hoch.

Wir hatten uns auf einer Lichtung voller Wildblumen zu unserer ersten Einführung in Sachen Überleben versammelt, und wieder schrieb ich eifrig mit. Die Streberin in mir war einfach nicht totzukriegen.

Mason hob die Hand. »Man muss sein Essen nachts zwischen zwei Bäumen aufhängen, damit die Bären es nicht fressen.«

»Richtig«, bestätigte Beckett. »Und warum sollen sie das nicht tun?«

»Weil man es selber essen will, oder?«, gab der Hüne mit gerunzelter Stirn zurück.

»Und weil man die Bären nicht ins Lager locken soll«, fügte Hugh, offensichtlich ebenfalls ein Streber, hinzu.

»Genau. Vor allem sollen sich die Bären gar nicht erst daran gewöhnen, dass der Mensch ihnen etwas zu fressen gibt.«

Etwas an der Art, wie er das sagte, verriet mir, dass ihm erheblich mehr an Bären als an Menschen lag.

»Also, wer hängt den ersten Bärenbeutel auf?«

Niemand meldete sich, alle schienen zu erledigt. Bis auf Jake.

»Guter Mann«, lobte ihn Beckett, wenngleich es

ihm sichtlich gegen den Strich ging, seinen Konkurrenten um die Gunst der Truppe solchermaßen auszuzeichnen.

Nach dem Abendessen verstand ich, warum niemand sich hatte melden wollen.

Nachdem wir sämtliche Lebensmittel ordentlich in einem großen Nylonsack verstaut hatten, machten wir uns auf die Suche nach einem geeigneten Platz, um den »Bärenbeutel« aufzuhängen.

Es reichte nämlich nicht, das Essen einfach irgendwo an einen Ast zu hängen – nein, es musste völlig unerreichbar für die schlauen Bären deponiert werden. Also würde ein Seil in einiger Höhe zwischen zwei Bäumen gespannt, in dessen Mitte dann der Beutel baumeln sollte. Nur ein Bär, der sich auf Seiltanz verstand, würde da noch rankommen.

»Seht uns zu und passt gut auf«, mahnte Beckett, was aufgrund der einbrechenden Dunkelheit ein bisschen schwierig war.

Wir hatten für das Aufhängen der Planen und die Zubereitung unseres Abendessens zu seinem Missfallen eine halbe Ewigkeit gebraucht, und so mussten er und Jake sich sputen, das Seil anzubringen, solange sie überhaupt noch etwas sahen. Behände kletterten sie beide ihren jeweiligen Baumstamm hoch, begleitet von den anfeuernden Rufen der Gruppe.

»Ich wette, dass Jake schneller ist«, sagte Hugh neben mir.

»Ich auch«, stimmte ich zu, und mit offenen Mündern und vor der Brust verschränkten Armen verfolgten wir die Kletterkünste der beiden.

Auf halber Höhe angekommen, banden sie ihre Seile mit speziellen Knoten um die Stämme. Anschließend hängte Beckett unseren Lebensmittelsack mit einem Karabiner an das Seil und schob ihn an. Langsam glitt er bis zur Mitte, wo er auspendelte, und während wir den beiden Kletterern applaudierten, legten sie den Rückwärtsgang ein und machten sich an den Abstieg.

Vielleicht lag es an der zunehmenden Dunkelheit, vielleicht war es ganz einfach Pech.

Auf jeden Fall verpasste Jake auf halber Höhe einen Ast, verlor das Gleichgewicht und stürzte die letzten beiden Meter nach unten. Ich rang erstickt nach Luft, als ich das Rascheln hörte, zumal er sich ein paar endlose Sekunden nicht vom Fleck rührte.

Nach einer Weile jedoch erhob er sich und riss zum Zeichen des Triumphes beide Arme in die Luft. Mit dieser einen Geste deutete er das Geschehen vollkommen um. Er war nicht vom Baum gefallen, sondern hatte sich fallen lassen, um als Erster unten zu sein. Er war der Sieger bei diesem Wettstreit.

Ich war voller Bewunderung. Unglaublich, wie er einen Sturz vom Baum mit cooler Geste in einen Triumph umzuwandeln wusste.

Zurück im Camp, legte ich meinen Schlafsack neben den von Windy – und zwar so, dass außer ihr noch Hugh zwischen mir und Mason lag.

Im Grunde war ich zu erschöpft, um mein Nachtzeug, eine kurze Hose und ein T-Shirt, anzuziehen, doch Beckett hatte uns gewarnt, die Sachen, in denen wir stundenlang gewandert waren, anzubehalten. Selbst wenn sie sich trocken anfühlten, seien sie voller Feuchtigkeit und Schweiß, und wir würden die ganze Nacht frieren.

Zum ersten Mal in meinem Leben musste ich mich in einem Schlafsack umziehen.

»Du siehst wie ein Frettchen aus«, erklärte Windy und richtete den Strahl ihrer Taschenlampe auf mich. »Wie ein Frettchen mit nervösen Zuckungen.«

»Genauso fühle ich mich auch.«

Den Kopf auf ihren Arm gelegt, verfolgte sie weiter meinen Kampf mit den Shorts, und als ich endlich meine Tagesklamotten aus dem Schlafsack zerrte und auf meinen Rucksack warf, sah sie mich fragend an.

»Du hast echt kein Buch dabei?«

Ich schüttelte den Kopf. »Leider nein – inzwischen bedauere ich das«, gab ich zu. »Eigentlich hatte ich mir die Wanderung ein bisschen anders vorgestellt?«

»Du kannst dir mein Buch ausleihen, wenn du willst«, bot sie mir an.

»Das Fachbuch?«

»Ist echt faszinierend.«

»Davon bin ich überzeugt«, meinte ich, was glatt gelogen war.

»Es ist für mein Seminar in Positiver Psychologie.«

»Ist das eins von deinen Hauptfächern?«

Sie nickte. »Das und Soziologie.« Lächelnd sah sie mich an. »Ich will nämlich Tierpsychologin werden.«

»Echt?«

»Ja, speziell für Hunde.«

»Gibt's das als Beruf?«

»Allerdings. Und damit verdient man jede Menge Geld.«

»Ich habe einen Hund.«

Nachdenklich legte sie den Kopf schräg. »Lass mich raten. Einen Cockerspaniel, stimmt's?«

»Nein.«

»Einen Labradoodle?«

Nein.«

»Normalerweise bin ich wirklich gut darin, jemandem einen Hund zuzuordnen«, meinte sie. »Einen Havaneser, den Nationalhund der Kubaner.«

»Nein.«

»Ich gebe auf.«

»Es ist ein Dackel«, gestand ich. »Ein teilweise kahler Drahthaardackel, der so fett ist wie ein Otter und so hässlich wie die Nacht.«

Windy runzelte die Stirn. »Als Dackelmenschen hätte ich dich nicht eingeschätzt.«

»Vor allem ist Pickle eine fürchterliche Wadenbeißerin«, fuhr ich fort. »Und sie frisst alles, was ihr vor die Schnauze kommt. Klopapierrollen, Schwämme, Tampons, Lutscherstiele, Haarspangen und Textmarker. Ich kann dir gar nicht sagen, wie oft ich deshalb schon mit ihr beim Tierarzt war. Sie hat nicht den geringsten Selbsterhaltungstrieb, dafür leider eine Hautkrankheit«, fügte ich hinzu. »Ihr Schwanz ist so nackt wie der einer Ratte. Sie sieht einfach schrecklich aus.«

»Das glaube ich dir deiner Schilderung nach aufs Wort«, erwiderte Windy verständnisvoll.

»Und wenn ich Salbe draufschmiere, leckt sie sie ab und bekommt Durchfall. Den sie meist auf meinen schönen Seegrasteppich tropfen lässt.« Ich schüttelte den Kopf. »Ich habe jede Menge anderer Teppiche im Haus, aber ausgerechnet den sucht sie sich aus.«

Im Schein meiner Taschenlampe sah ich Windys mitfühlend verzogenes Gesicht.

»Manchmal haben sie eben einen Lieblingsplatz zum Kotzen oder für Durchfall.«

»Außerdem knabbert sie Möbel und Kabel an und hasst alles, was vier oder zwei Beine hat. Sie knurrt jeden an, der in die Wohnung kommt oder draußen an ihr vorbeigeht. Ich muss mit dem Gassigehen immer warten, bis alle anderen Leute mitsamt ihren Tieren schlafen. Vor allem wegen der Waden. Sie ist so gemeingefährlich wie ein Piranha.«

»Das klingt alles andere als gut.«

»Ich dachte, mit einem Hund käme ich öfter raus. Du weißt schon: Leute aus der Nachbarschaft treffen oder andere Hundefreunde, mit denen man ins Gespräch kommt. Stattdessen bin ich noch isolierter als zuvor. Weil sie ein solches Biest ist. Andererseits habe ich prompt Schuldgefühle, wenn ich alleine weggehe und sie in der Wohnung lasse.«

Windy verzog das Gesicht. »Klingt echt, als hättest du ein Problem.«

»Das ist leicht untertrieben. Sie macht mir das Leben zur Hölle und ist das schlimmste Haustier, das man sich denken kann.«

»Aber jetzt ist es zu spät, oder?«, fragte Windy lächelnd.

»Genau.« Ich nickte. »Jetzt ist es zu spät, denn ich liebe sie bereits.«

»Ist Liebe nicht was Schreckliches?«, gab sie kopfschüttelnd zurück.

Ich hätte es dabei belassen sollen, doch Windy konnte einfach super zuhören, und so kam es, dass ich ihr die ganze traurige Geschichte erzählte. Dass ich besessen von der Vorstellung gewesen war, mir einen Hund zuzulegen, und über Monate hinweg allabendlich im Internet die Portale mit armen Hunden, die einen guten Platz suchten, angeklickt und mir Bilder,

Videos und Persönlichkeitsprofile angesehen hatte. Besonders alles, was als süß, flauschig, gesellig und möglichst hypoallergen angepriesen wurde.

Windy lag richtig mit ihrer Einschätzung meiner Hundevorlieben: Ich hatte mir in erster Linie Labradoodles, Spoodles, Golden Doodles, Maltipoos und Schnoodles angeschaut. Hatte Listen mit den Eigenschaften meines Idealhunds erstellt und meine Suche wahlweise nach Farbe, Fellart, Temperament, Alter und der Entfernung zwischen meinem Haus und der jeweiligen Pflegestelle ausgerichtet. Bei einigen Hunden war ich schon kurz davor gewesen, sie mir aus der Nähe anzusehen – sie hatten ausnahmslos alle helles Flauschefell, süße Seehundaugen und ein freundliches Gesicht.

Und dann stieß ich eines Abends auf den rundum perfekten Hund.

Ich hatte gerade eine dieser Hunderettungsgruppen wegen eines süßen Welpens namens Lola kontaktiert, das Formular auf der Homepage ausgefüllt und einen Kennenlerntermin vereinbart, als ich Pickle entdeckte, die auf dem Bürgersteig direkt vor meiner Tür an einen Laternenpfahl angebunden worden war.

Mit ihrem kahlen Schwanz und dem räudigen Fell sah sie aus wie eine Beutelratte, aber sie war ausgesetzt und womöglich misshandelt worden. Ihr Fell war stumpf, die Haut verschorft, und eine Schar von Fliegen krabbelte auf ihr herum. Ihr Kampfgeist schien erloschen, und sie bellte weder mich noch sonst jemanden an.

Ich konnte sie unmöglich dort sitzen lassen. Also suchte ich eine Tierklinik auf, die abends geöffnet hatte. Dort stellte man fest, dass neben all den anderen Blessuren ein Bein gebrochen war. Wofür allein dreihundert Dollar fällig waren.

Auf meine Frage, was geschehe, wenn ich mir diese OP nicht leisten könne, sah der Tierarzt erst auf Pickle, dann wieder auf mich.

»Unter diesen Umständen wäre es das Gnädigste, sie einzuschläfern.«

Also zahlte ich für die Operation, und sie wurde zu meinem Hund.

Je mehr sie sich erholte, umso stärker begann sie ihren Hass auf alle anderen Lebewesen auszuleben. Theoretisch fand ich ihren Mut durchaus bewundernswert, in der Praxis allerdings war sie schlicht und einfach hinterhältig.

»Klingt nach einer posttraumatischen Belastungsstörung«, stellte Windy fest.

»Wir sprechen von einem Hund«, rief ich ihr in Erinnerung.

»Wer immer sie an den Laternenpfahl vor deinem Haus gebunden hat, ist an ihrem Verhalten schuld. Die Verteidigungsstrategien, die sie wahrscheinlich in einer Zeit größter Gefahr entwickelte, ergaben damals durchaus einen Sinn – bloß hat sie verlernt, dass es auch anders geht.«

»Wollen wir jetzt etwa die Psyche meines Hundes analysieren?«

»Hallo? Das wird schließlich später mein Beruf sein.«

»Nun. Ich glaube nicht, dass man ihr helfen kann. Der Hundetrainer, bei dem ich für siebzig Dollar in der Stunde war, hat einen Plan für mich ausgearbeitet, und obwohl ich mich haarklein daran gehalten habe, hat's nicht funktioniert.«

»Hat er dir gesagt, dass du ihr zeigen sollst, wer die Chefin ist?«

»Ja.«

»Und warum hat das deiner Meinung nach nicht hingehauen?«

»Weil sie die Chefin ist«, erklärte ich lapidar. »Und das ist sie, weil sie viel gemeiner ist als ich.«

»Falsch«, belehrte Windy mich. »Es hat nicht funktioniert, weil du die falsche Art von Chefin bis.«

Perplex sah ich sie an, hatte null Ahnung, was das bedeutete.

»Die meisten Theorien über Hunde leiten sich von Experimenten mit Wölfen ab«, erläuterte sie mir. »Nur dass Hunde keine Wölfe sind. Wölfe sind nach wie vor nicht domestiziert, Hunde hingegen bereits seit Tausenden von Jahren. Wölfe suchen die Gesellschaft anderer Wölfe, Hunde sind lieber mit Menschen zusammen.«

»Meiner lediglich begrenzt.«

»Menschen hassen die Wölfe seit Urzeiten. Jede Kultur hat ihre Mythen über den großen, bösen Wolf, und immer wurden diese Tiere gejagt und getötet.« Windy machte eine kleine Pause. »Wie also hat es einer der erbittertsten Feinde der menschlichen Rasse im Laufe der Evolution angestellt, zu seinem besten Freund zu werden?«

Da ich keinen blassen Schimmer hatte, schwieg ich und überließ meiner blonden Nachbarin das Reden.

»Wölfe haben sich seit jeher am Rand menschlicher Siedlungen herumgetrieben und nach Essbarem gesucht. Diejenigen, die zu aggressiv waren, wurden umgebracht oder vertrieben. Tiere hingegen, die es schafften, mit den Menschen auszukommen, veränderten sich durch diese Selektion mit der Zeit, wurden zutraulicher, und aus ihnen entwickelte sich schließlich der Hund.«

»Dann hatten also die sanftmütigen Tiere einen Vorteil?«

Windy nickte. »Das ist wissenschaftlich belegt. Und während bei den Wölfen nach wie vor das dominanteste und stärkste Tier das Rudel führt, ist es bei Hunden genau andersherum. Chefs sind bei ihnen jene, die die meisten Freunde haben«, erklärte sie mir, und automatisch dachte ich an Jake, der Beckett mit purem Nettsein als Alphatier und Anführer unserer kleinen Gruppe mühelos ausgestochen hatte.

»Hunde haben Freunde?«, hakte ich nach. »Meiner ganz sicher nicht.«

»Mag sein. Allerdings dürfte Pickle wegen all der schlimmen Dinge, die ihr zugestoßen sind, ein Sonderfall sein.«

In meinen Augen stiegen Tränen auf. Natürlich wusste ich, dass Pickle ein schlechtes Leben gehabt hatte, ohne mir je konkret vorzustellen, wie schlimm genau es gewesen sein mochte. Was die früheren Besitzer ihr wohl alles angetan haben mochten?

»Dann denkt sie also, alle Menschen hätten es auf sie abgesehen?«

»Wahrscheinlich.«

»Aber ich will ihr doch nichts tun.«

»Ich nehme an, das weiß sie. Hast du nicht erwähnt, dass sie oft sogar bei dir schläft?«

»Das sind die einzigen Momente, in denen sie wirklich lieb ist.«

»Dann vertraut sie dir immerhin bis zu einem gewissen Grad.«

»Vielleicht weil ich sie gerettet habe?« Ich zögerte. »Sofern sie da überhaupt einen Zusammenhang herstellt. Was denkst du?«

»Das tut sie bestimmt.«

»Irgendwie gefällt mir ihre Unerbittlichkeit sogar«, räumte ich nach einer Weile ein, weil ich zur Abwechslung mal etwas Gutes über meinen Hund sagen wollte. »Niemand wagt es, sich mit ihr anzulegen.«

»Nur dass ihre Angst völlig unbegründet ist – ihr will schließlich niemand etwas zuleide tun. Zumindest jetzt nicht mehr.«

»Das stimmt.«

»Sie hat die Fähigkeit verloren zu vertrauen, und da liegt ihr Problem.«

»Kriegt man das wieder hin?«

»Ja, indem du ihr zeigst, dass sie keine Angst zu haben braucht, und sie davon überzeugst, dass sie bei dir sicher ist.«

»Und wie stelle ich das genau an?«

»Das ist nicht ganz einfach«, gab Windy zu. »Du musst nämlich ihr Gehirn neu programmieren. Was ziemlich lange dauert und ziemlich mühsam ist. Vielleicht funktioniert es am Ende nicht mal … Wie alt ist sie überhaupt?«

»Die Tierärzte haben sie auf drei geschätzt.«

»Dann würde sich die Mühe allemal lohnen.«

»Glaubst du echt?«

»Zumindest eine Besserung halte ich für möglich.«

Wir lagen ein paar Minuten schweigend da, und ich stellte mir Pickle vor, wie sie sich hinter dem Klo verschanzt und die Zähne bleckt, während ich mit einem Leckerli vor der Toilette auf den kalten Fliesen hocke und sie mit zuckersüßer Stimme locke: *Los, mein Schatz. Wir programmieren dein Gehirn gemeinsam um.*

Plötzlich hörte ich Windy fragen: »Hast du außer ihr noch Familie?«

»Ja. Einen Bruder, eine Großmutter und zu allem Überfluss einen Exmann«, zählte ich auf, aber selbst in meinen Ohren klang das ziemlich armselig. Ich hätte natürlich meinen Vater, eine Stiefmutter, zwei Halbgeschwister, die in Kalifornien lebten, und eine aus meinem Leben verschwundene Mutter hinzufügen können, bloß hätte das die Sache nicht besser gemacht.

Trotzdem überlegte ich eine Weile, Windy all diese Dinge zu erzählen – diese Tragödie meiner Familie, die uns völlig unerwartet in verschiedene Himmelsrichtungen geweht hatte, bis am Ende jeder irgendwie alleine war.

Doch ich tat es nicht, hielt mich gerade noch rechtzeitig zurück. Weil die Geschichte einfach viel zu traurig war für ein Plauderstündchen unter einer Plane mitten in der Wildnis.

Stattdessen machte ich auf munter.

»Und ich habe natürlich jede Menge Freundinnen«, fügte ich hinzu. »Zum Beispiel die anderen Lehrerinnen an der Schule. Einmal im Monat machen wir einen Mädelabend, und außerdem besuchen wir gemeinsam irgendwelche Kurse.« Ich hielt inne und kam dann zum Anfangsthema zurück. »Wobei Pickle zugegebenermaßen meine engste Freundin ist.«

Und das war die Wahrheit.

Vor allem meine böswillige, missmutige und alles andere als gewinnende kleine Hundefrau hatte mir geholfen, das schwere letzte Jahr zu überstehen – indem sie jeden Abend in mein Schlafzimmer gewatschelt kam, mit ihrem nackten Schwanz wedelte und mich vorwurfsvoll anstarrte, bis ich sie schuldbewusst aufs Bett hob.

Ohne sie hätte mich die Einsamkeit wahrscheinlich umgebracht.

Insofern hatte ich nicht nur sie gerettet, sondern war selbst zugleich von ihr gerettet worden. Denn trotz all ihrer Schwächen war sie wenigstens bisweilen eine überraschend liebevolle, tröstliche Gefährtin.

9

Am nächsten Morgen wachte ich stocksteif und mit verquollenen Augen auf. Oberschenkel, Waden, Schultern und Rücken taten weh, mein Knie war heiß und pochte, ich hatte zwei leuchtend blaue Hämatome von dem viel zu engen Bauchgurt meines Rucksacks, und die Blasen an den Füßen brannten, als hätte ich Säure darüber gekippt.

Ich hüllte mich in meine Fleecejacke und humpelte in meinen Flipflops zu Jakes Gruppe, die noch beim Frühstück saß. Er schenkte gerade allen Kaffee ein, und als er aufsah und in meine Richtung schaute, durchlief es mich heiß und kalt. Ich weiß nicht, ob es ihm ähnlich ging, zumindest schaute er hastig weg.

Während ich ihn beobachtete, fielen mir die dunklen Barstoppeln auf seinen Wangen auf. Da Rasieren nicht gestattet war, würden früher oder später alle männlichen Teilnehmer Bärte haben. Warum nicht? Ich mochte Männer mit Dreitagebart, das ließ sie wild und irgendwie leidenschaftlich aussehen. Und zudem älter und reifer – sodass Jake beinahe passend wirkte für eine Frau wie mich.

Während ich meine Schläfen massierte, um solch sinnlose Gedanken zu vertreiben, blickte Jake erneut zu mir hin.

»Höhenkopfschmerz?«

»Ich fürchte, ja«, sagte ich und stellte fest, dass es sogar stimmte, denn mein Schädel brummte nicht allein, weil ich ständig an ihn dachte.

Ganz der Sanitäter, trat er auf mich zu.

»Dann musst du heute mehr trinken als sonst. Und falls es schlimmer wird, habe ich Paracetamol.«

»Okay.«

Als er sich zum Gehen wandte, hielt ich ihn zurück.

»Da wäre noch etwas. Könntest du mir vielleicht bei meinem Knieverband behilflich sein?«

Da seine Gruppe interessiert unsere Unterhaltung verfolgte, blinzelte er kurz.

»Entschuldige, wie war gleich dein Name?«

»Helen.«

»Ellen?«

Ich blähte meine Nasenflügel auf. »Helen«, sagte ich. »Mit H.«

»Ach ja, richtig. Dann hole ich am besten den Verbandskasten, Helen-mit-H. Ich bin übrigens Jake. Kaffee?«

Er hielt mir die Kanne hin, als sollte ich direkt daraus trinken, doch ich schüttelte den Kopf.

»Nein danke«, erwiderte ich und hätte gern einen falschen Namen angehängt, nur dass mir keiner einfiel, der ähnlich wie Jake klang.

Also stopfte ich die Hände in die Jackentaschen und wartete, bis er mit dem Verbandszeug zurückkam und mich zu einem umgestürzten Baum führte.

Einem von den vielen, die hier in der Wildnis herumlagen.

Eigentlich war es ganz normal, dass Bäume wuchsen, lebten, starben und schließlich umkippten. In der Stadt, in Parks und Kulturwäldern sah man sie bloß deshalb nicht, weil tote Bäume umgehend gefällt und abtransportiert wurden – hier hingegen griff man nicht in die natürlichen Prozesse ein. Dennoch hatte Beckett uns vor diesen abgestorbenen Bäumen, die er »Witwenmacher« nannte, gewarnt.

»Baut euer Lager niemals in der Nähe eines solchen Baumes auf«, so seine Worte. »Ein ordentlicher Windstoß und das Ding fällt einfach um.«

Und selbst wenn sie lagen, waren sie gefährlich. Gestern beispielsweise, als ich auf einem entlangbalancierte, hatte ich sogleich Beckett auf den Plan gerufen.

»Habt ihr mitbekommen, welchen Unsinn Ellen gemacht hat?«, rief er in die Runde. »Sie klettert auf die umgefallenen Stämme auf dem Weg.«

»Helen bitte«, korrigierte ich ihn. »Nicht Ellen.«

Kalt lächelnd ignorierte er meinen Einwand und fuhr mit seiner Belehrung fort.

»Wer will ihr erklären, warum sie das nicht machen darf?«

»Weil ein paar der Stämme verrottet sind«, meldete sich ausgerechnet Jake zu Wort und bedachte mich mit einem vorwurfsvollen Blick. »Wenn du Pech hast, tragen sie dein Gewicht nicht, und du brichst mit deinem Fuß durchs Holz.«

»Genau«, hatte ihm Beckett zugestimmt. »Und das bedeutet ein gebrochenes Bein und dass man dich evakuieren muss.«

»Tut mir leid.«

»Unterlass es also in Zukunft.«

»Okay.«

Ich hatte gekränkt das Gesicht verzogen und mir mühsam die Bemerkung verkniffen, dass eine solche

Information vor Beginn der Exkursion in die Wildnis sinnvoller gewesen wäre. Eingedenk meines gestrigen Fehlverhaltens musterte ich allerdings misstrauisch den Baumstamm.

»Du kannst dich ruhig setzen«, versicherte Jake. »Dein Hintern ist viel breiter als dein Fuß und …«

»Vielen Dank.«

»Und deshalb verteilt sich das Gewicht viel gleichmäßiger auf dem Stamm. Außerdem hast du keinen Rucksack auf dem Buckel und bist leichter.«

Ich setzte mich – und brach tatsächlich nicht ein.

»Außerdem kann man sich den Hintern schwerlich brechen«, fügte Jake grinsend hinzu und machte sich daran, den Verband zu lösen.

Der Schnitt war gut zwei Zentimeter lang und so dunkel, dass er beinahe schwarz aussah. Auch die Haut, die ihn umgab, hatte sich inzwischen verfärbt.

»Sieht übel aus, oder?«, erkundigte ich mich alarmiert.

»Nein, es ist okay«, beruhigte er mich. »Ist gut verheilt, nicht infiziert und kaum angeschwollen. Das hast du sauber hingekriegt.«

»Wieso ich? Du hast mich doch verarztet.«

»Ich habe gerade mit mir selbst gesprochen«, gab er feixend zurück.

»Ich muss dir noch etwas gestehen«, nahm ich Anlauf zu einem weiteren Geständnis. »Vielleicht habe ich außerdem ein paar Blasen.«

»Echte Blasen?«, fragte er, und als ich nickte, meinte er: »Das kann nicht sein. Schließlich hast du jedes Wort von Becketts Hütet-euch-vor-Blasen-Vortrag eifrig mitgeschrieben. Wie konnte es da so weit kommen?«

Als er lediglich ein vages Achselzucken zur Antwort erhielt, seufzte er und wusste Bescheid.

»Egal, dann zeig sie mir am besten mal.«

Ich streckte meine Füße aus, und als er die vier blutig roten, widerlichen Beulen sah, entfuhr ihm ein leiser Pfiff.

»Deinen Ehrgeiz in allen Ehren, aber damit hättest du dich eher melden müssen.«

»Ich wollte die Gruppe nicht schon wieder aufhalten.«

»Wir haben doch jede Menge Ruhepausen eingelegt.«

Erneut zuckte ich verlegen mit den Achseln, und er schüttelte den Kopf.

»Ich weiß, dass wir uns eigentlich nicht kennen. Trotzdem solltest du dir von mir helfen lassen.«

Ich salutierte knapp zum Zeichen, dass ich mich geschlagen gab, und er versorgte meine Blasen auf dieselbe fürsorgliche Weise wie zuvor die Schnittwunde an meinem Knie. Nur dass er diesmal meine Füße sanft auf seine Oberschenkel zog.

Erst in diesem Augenblick bemerkte ich, dass er ein kurzärmliges Shirt trug.

»Ist dir nicht kalt?«, erkundigte ich mich.

Es war nämlich eisig, und alle anderen hatten warme Jacken an.

»Doch«, erklärte er und pinselte Desinfektionsmittel auf meine Blasen.

»Und warum trägst du dann keine Jacke?«

»Weil ich vergessen habe, sie anzuziehen, als du kamst.«

»Dann ist es also meine Schuld?«

»Nein.« Er riss das erste Päckchen mit Verbandszeug auf. »Ich wollte dich einfach nicht warten lassen.«

»Geh und hol deine Jacke.«

»Ich bin beinahe fertig.«

»Du hast ja schon eine Gänsehaut.«

Ich sah ihn mir genauer an und entdeckte einen blauen Fleck und einen dunkelroten Kratzer, die beide knapp unter dem Ärmel hervorlugten.

»Ist das von deinem Sturz gestern Abend?«, erkundigte ich mich. »Du hast dir schon wehgetan, oder?«

»Halb so schlimm«, versicherte er, ohne aufzusehen. »Ich bin ja nicht richtig gefallen, sondern das letzte Stück gesprungen.«

»Und dabei gestürzt«, stellte ich lapidar fest.

Er saugte seine Unterlippe ein. »Okay, ich bin gefallen.«

»Darf ich mir deinen Arm mal ansehen?«

»Nein.«

»Vielleicht brauchst du ja ...«

»Ich brauche nichts. Das ist nichts als ein kleiner Kratzer.«

Ich zog meinen zweiten, fertig bandagierten Fuß zurück und schlüpfte wieder in meine Flipflops.

»Du darfst mir also einen Vortrag halten, dass ich leichtfertig mit meinen Blasen umgehe, aber wenn du einen kapitalen Sturz vom Baum hinlegst, ist das nicht der Rede wert?«

»Du sagst es.«

»War es zu dunkel?«

»Was? Nein!«

»Ich meine, wegen deiner Nachtblindheit. Daran musste ich gleich denken, als du auf den Baum geklettert bist. Schließlich ist das nicht ganz ohne, wenn man im Dunkeln nicht richtig sieht. Hast du den Ast, auf den du hättest treten müssen, übersehen?«

Er beugte sich ein wenig zu mir vor.

»Ich bin ausgerutscht, sonst nichts«, betonte er, bevor er mich eindringlich ansah. »Bitte erzähl niemandem etwas von meiner Nachtblindheit, okay?«

»Und warum nicht?«

»Weil wir für die anderen Fremde sind und du deshalb nichts davon wissen kannst.«

»Stimmt«, räumte ich ein.

»Und außerdem soll niemand mitbekommen, dass mein Gesundheitscheck nicht ganz hundertprozentig war«, gestand er kleinlaut

»Waaas?«, entfuhr es mir.

Er zuckte mit den Schultern.

»Ein Freund von mir, der Medizin studiert, hat die Bescheinigung für mich gefälscht.«

Mir fehlten die Worte. Also schüttelte ich erst mal bloß den Kopf und fragte schließlich einfältig: »Warum denn das?«

»Damit ich dieses Survivaltraining machen konnte, natürlich. Was denkst denn du«, gab er mir zur Antwort.

Ja, warum sonst wohl?

»Ist das nicht schrecklich riskant?«

»Alles ist gefährlich. Das Überqueren einer Straße ebenso wie Schwimmen im Meer oder ein Burger, an dem man sich verschlucken kann.«

»Das ist nicht dasselbe.«

Er senkte seine Stimme zu einem Flüstern. »Kein Problem. Wir wandern ja nicht nachts. Mir wird nichts passieren, keine Sorge.«

Mir schauderte bei dem bloßen Gedanken, dass ihm

etwas zustoßen könnte. Schließlich waren wir uns alles andere als fremd, wenngleich wir so taten. Und gleichgültig war er mir schon gar nicht. Nicht auszudenken, ohne ihn in dieser Gruppe sein zu müssen.

»Was zum Teufel hast du dir dabei gedacht?«

Jetzt senkte er den Kopf noch tiefer und sprach so leise, dass er fast nicht zu verstehen war.

»Ich musste diese Tour einfach machen.«

Gegen dieses Argument kam ich nicht an. Weil es schließlich auch für mich keinen vernünftigen Grund für dieses Abenteuer gegeben hatte. Nur dieses Gefühl, es tun zu müssen.

An diesem Tag zwang Jake mich während jeder Pause, die Wanderschuhe auszuziehen, und versorgte meine Blasen.

Als Beckett meine Füße sah, war er außer sich. »Das ist ja wohl ein Witz! Hast du während meines Vortrags nicht zugehört?«

»Sie hat sogar alles mitgeschrieben«, verteidigte Jake mich und zupfte vorsichtig die Mullbinden zurecht.

»Du hast mitgeschrieben?« Beckett wirkte ebenso neugierig wie geschmeichelt. »Und weshalb sehen dann deine Füße so aus?«

»Ich hatte gestern das Gefühl, dass die Gruppe bereits zu oft von mir aufgehalten worden war.«

»Damit liegst du eindeutig richtig«, meinte er und zögerte nicht, mich erneut als abschreckendes Beispiel vorzuführen. »Seht hin, Leute. Das passiert, wenn ihr nicht auf mich hört. Ellen hat vier Blasen – vier echt widerliche Dinger. Und das, obwohl wir erst einen Tag gewandert sind.«

»Helen« korrigierte ich. »Nicht Ellen.«

Er konnte es sich einfach nicht merken. Oder wollte er nicht?

Jetzt blinzelte er irritiert. »Helen?«

»Ja genau, mit H«, rief Hugh, der etwas abseits stand, ihm zu, und ich nickte zur Bestätigung.

»Egal«, fuhr Beckett fort. »Seid jedenfalls keine *Helen.* Wenn euch irgendwo die Schuhe drücken, kümmert euch darum. Und zwar sofort.«

Rückblickend betrachtet, wurde ich von Beckett spätestens in diesem Augenblick als Was-man-in-der-Wildnis-niemals-machen-sollte-Prototyp erkoren, denn seitdem verging kein Tag, an dem er mich nicht benutzte, um irgendwelche Fehler anzuprangern. Ob es sich nun um das Marschtempo, den Sitz des Rucksacks oder um die Trinkmenge in den Pausen handelte, um das Knoten der Seile, das abendliche Kochen, um mangelnden Humor, fehlendes Verständnis für die Natur oder generell um die Einstellung zum Wandern.

Irgendwann bekam ich Albträume, die mit: »In Ordnung, Leute, kommt mal her«, begannen und an deren Ende es hieß: »Seid keine Helen.«

Wobei es mich nicht tröstete, dass Beckett meinen Namen endlich richtig hinbekam.

Einmal, nachdem er mich erneut niedergemacht hatte, setzte ich mich zur Wehr.

»Ich würde meine Sache sicher besser machen, wenn ich zur Abwechslung mal ein Lob zu hören bekäme«, hielt ich ihm vor.

»Okay«, gab er zurück. »Dann tu irgendwas, wofür du eines verdienst.«

Das Beste an der ersten Woche war Windy, die nach unserer Unterhaltung über Hunde im Allgemeinen und Pickle im Besonderen durchaus gern mit mir zusammen zu sein schien. Sie ließ sich sogar oft zurückfallen, um neben mir zu laufen – sie, die Schnellste und mit Abstand Fitteste der ganzen Truppe.

Vor allem aber war sie ein Mädchen, das das Herz auf dem rechten Fleck hatte.

»Was machst du denn hier?«, hatte ich sie gefragt, als sie zum ersten Mal hinten auftauchte. »Du gehörst eindeutig nach vorne.«

»Zusammen mit Mason und seinen Anhängseln? Nein, danke«, erklärte sie grinsend.

Warum mochte ich Windy eigentlich? Meistens entwickelte man nicht gerade Sympathien für Geschlechtsgenossinnen, die einem deutlich überlegen waren. Was bei Windy eindeutig zutraf. Im Gegensatz zu mir war sie rundum perfekt. Groß und schlank und mit Rundungen da, wo sie hingehörten.

Doch sie verfügte eben nicht allein über körperliche Vorzüge, sondern ebenfalls über ein angenehmes, ausgeglichenes Wesen. Nie wirkte sie überfordert oder gar erschöpft, bewältigte die Märsche ebenso spielend wie die Aufgaben im Camp und sah überdies trotz der mangelnden Pflege und Hygiene immer vergleichsweise frisch aus.

Und sie war die einzige Person aus der Gruppe, die konsequent freundlich zu mir war.

Dafür war ich unendlich dankbar. Desgleichen für ihre Bereitschaft, mit mir das Schlusslicht zu bilden, obwohl mich das ein bisschen verlegen machte. Weil ich nicht wollte, dass sie für mich Opfer brachte, die sie womöglich bald bereute.

Aber wie hatte Grandma GiGi mir geraten?

Wenn man neue Menschen kennenlernt, geht man

am besten erst einmal offen auf sie zu und fragt sie, was sie so machen, was sie gerne tun und so weiter. Und genauso machte ich es jetzt.

»He. Erzähl mir mehr von deinem Job.«

»Du meinst, von meinem *zukünftigen* Job.«

»Braucht man dafür ein abgeschlossenes Studium?«

»Wenn du wirklich gut sein willst, schon.«

»Und du willst gut sein, nehme ich an.«

»Selbstverständlich«, antwortete sie. »Ich will in allem, was ich mache, richtig gut sein.«

Während wir uns unterhielten, beobachtete ich, wie sich die Muskeln in ihren Beinen wechselweise anspannten und wieder lockerten, und kam zu dem Schluss, dass sie selbst beim Wandern alles genau richtig und wirklich gut machte. Einfach perfekt. Allerdings hätte ich es ein bisschen seltsam gefunden, mich als Frau über die Beine einer anderen Frau zu äußern, und so wandte ich mich lieber einem anderen Thema zu.

»Erzähl mir von dem Buch, das du mit auf die Wanderung genommen hast.«

»Es ist, wie gesagt, eine Vorbereitung für ein Seminar über Positive Psychologie.«

»Was ist das genau?«

»Das Studium des Glücks, um es vereinfacht auszudrücken.«

»Kann man so was auf dem College lernen?«

»Natürlich«, antwortete sie. »Die Psychologie dreht sich normalerweise um Probleme. Du weißt schon, um Neurosen, Krankheiten und Störungen. Weil man bisher dachte, dass man sich vor allem mit dem Leid befassen muss, wenn man den Betroffenen helfen will.«

»Sicher. Das leuchtet mir ein.«

»Inzwischen gibt es einen neuen Ansatz. Und zwar geht man bei dieser Theorie umgekehrt an die Sache heran und versucht herauszufinden, wie zufriedene, ausgeglichene Menschen sich verhalten.«

»Und darum geht es in dem Buch?«

Sie nickte. »Die Frage ist ganz einfach die, was diese Menschen richtig machen.«

»Und was ist das?«

Plötzlich fand ich unsere Unterhaltung wirklich interessant.

»Sie machen eine Menge richtig. Deshalb ist das Buch ja so dick.«

»Okay. Und was zum Beispiel?«

»Nun, zum Beispiel empfinden Menschen umso mehr Freude, je glücklicher sie sind. Wenn man zwei Menschen nimmt, deren Tag je zur Hälfte gut und schlecht war, erinnert sich der Unglückliche eher an den schlechten Teil, der Glückliche an den guten.«

»Es verhält sich also ähnlich wie mit dem halb leeren Glas.«

»Nur dass es dabei nicht allein um die Einstellung der Betroffenen geht, sondern ebenfalls um die Frage, wie ihr Gedächtnis funktioniert. Wer unglücklich ist, erinnert sich überwiegend an die negativen Dinge. Du könntest jetzt sagen, dass er die positiven ignoriert – aber das ist es nicht. Er speichert sie erst gar nicht ab.«

»Liegt das an der Hirnverdrahtung?«, fragte ich und überlegte bereits, zu welchem Typ ich wohl gehörte.

»Ja, wobei man die Verdrahtung offenbar verändern kann. Experimente, bei denen Menschen üben sollten, sich an positive Dinge zu erinnern, haben das gezeigt. Je häufiger man positive Dinge registriert, umso öfter denkt man daran, und umso besser prägen sie sich einem ein. Und da das Einzige, was uns von der Vergangenheit auf Dauer bleibt, unsere Erinnerungen sind …«

»Schreiben wir auf diese Weise die Geschichte unseres Lebens selber um.«

Windy drehte sich kurz um und nickte zustimmend. »So ist es. Am besten notierst du jeden Abend vor dem Einschlafen drei schöne Dinge, die dir seit dem Morgen widerfahren sind.«

»Und dann werde ich glücklich?«

»Zumindest ein bisschen glücklicher. Also, was hast du heute Schönes erlebt?«

»Auf die Schnelle fällt mir da nichts ein.«

»Vielleicht kannst du dich bloß nicht erinnern.«

»Oh, das könnte ich bestimmt.«

»Versuch es wenigstens. Es muss ja kein Hauptgewinn beim Lotto sein oder etwas anderes Sensationelles. Irgendwelche Kleinigkeiten reichen völlig aus. Ein Moment, den du genossen hast. Eine kühle Brise, die dir durchs Haar gestrichen ist.«

Ich dachte lange nach, doch erst als Windy sagte: »Hallo, Helen? Lebst du noch?«, fiel mir etwas ein.

»Es ist schön, dass du mit mir zusammen läufst.«

»Siehst du? Das ist gut. Den ersten Punkt hast du schon mal.«

»Der Haferbrei beim Frühstück war nicht ganz so gummiartig wie der gestrige.«

»Das ist nicht wirklich passend. Grab ein bisschen tiefer«, forderte mich Windy heraus.

Ich seufzte, und dann fiel mir plötzlich etwas wirklich Schönes ein.

»Ich liebe das Gefühl, wenn ich morgens in meinem Schlafsack liege und mein Körper mollig warm ist, während gleichzeitig kalte Nachtluft über mein Gesicht streicht.«

»Genial«, beglückwünschte mich Windy. »Du bist ein Naturtalent.«

»Und wie steht es mit dir?«, erkundigte ich mich. »Welche schönen Dinge haben sich dir heute eingeprägt?«

»Bisher? Der Cowboykaffee, den es heute Morgen aus den angeschlagenen Emaillebechern gab. Das Rascheln der Pinienzweige im Wind. Der Moosgeruch, der über allem hängt. Das Plätschern des Baches, ein kleines Vergissmeinnicht am Ufersaum. Die frische, klare Luft. Der herzförmige Stein, der neben unserer Plane lag. Das Brennen meiner Muskeln, wenn's bergauf geht. Das leise Klatschen unserer Schuhsohlen auf dem Weg. Das zufriedene Gefühl, wenn man den Gürtel des Rucksacks schließt. Dieser verrückte rote Vogel, der eben an uns vorbeigeflattert ist.«

»Du bist mir unheimlich«, sagte ich voll bewunderndem Staunen. »So gut kann man doch gar nicht sein.«

»Ich habe einfach Übung«, wehrte sie bescheiden ab. »Auf Dauer kriegst du das bestimmt ebenso gut hin.«

»Ganz sicher nicht«, erwiderte ich im Brustton der Überzeugung, denn schließlich blieb ich auch weiterhin ich selbst.

»Ich habe mir vor dieser Tour vorgenommen, alles positiv zu sehen«, ergriff Windy erneut das Wort. »Komme, was da wolle. Deshalb habe ich als Motto gewählt: *Genieß alles, was du tust und siehst.*«

Ich fragte mich, wie mein Motto derzeit lauten könnte.

Mir doch egal.

Lasst mich in Ruhe.

Nervt mich nicht?

»Ein Motto wäre nicht schlecht«, hörte ich mich sagen.

»Wenn du möchtest, übernimm einfach meins.«

»Ich versuche lieber, selber eins zu finden. Trotzdem vielen Dank.«

Eine Weile liefen wir schweigend weiter, bis Windy plötzlich langsamer wurde und sich zu mir umdrehte.

»Es gibt noch etwas, das ich nicht vergessen werde.«

»Was?«

»Dass ich total verschossen bin.«

»Du bist verschossen?«, fragte ich. »Bereits nach so kurzer Zeit?«

»Es war so was wie Liebe auf den ersten Blick«, erklärte sie schlicht.

»Und wer ist der Glückliche?«, erkundigte ich mich ahnungsvoll.

»Kannst du dir das nicht denken?«

O doch, das konnte ich. Ich wusste ganz genau, in wen wahrscheinlich alle Mädchen unserer Gruppe verschossen waren. Trotzdem hoffte ich, dass ich mich irrte.

»Beckett!«

»Igitt. Auf keinen Fall«, protestierte sie.

»Wahrscheinlich auch nicht Mason oder einer seiner Speichellecker.«

»Nein.«

»Hugh?«, fragte ich sie in hoffnungsvollem Ton.

»Der ist nett, vermutlich allerdings vom anderen Ufer«, klärte mich Windy mit verschwörerischer Flüsterstimme auf, obwohl der Abstand zu den anderen sowieso zu groß war, um uns zu verstehen.

»Nun«, zögerte ich und hätte am liebsten an dieser Stelle das Thema beendet. »Sonst fällt mir niemand ein.«

»Echt nicht?«

»Nein.« Ich schüttelte den Kopf.

Sie wartete, bis ich zu ihr aufgeschlossen hatte, und raunte leise: »Jake.«

»Wer soll das sein?«, erkundigte ich mich und hatte das Gefühl, als hätte sie mich längst durchschaut.

»Du kennst doch Jake! Den Sanitäter. Der dein Knie und deine Blasen so fachmännisch behandelt hat.«

»Oh! Ich dachte, er heißt Jack.«

»Ist der nicht unglaublich süß?«

Sie machte wieder mehr Tempo und setzte sich vor mich.

»Ich weiß nicht«, antwortete ich. »Ja, vielleicht.«

»Keiner von den anderen ist nur halb so süß wie er.«

»Wenn du es sagst.«

»Findest du das denn nicht?«

Ich schüttelte den Kopf. »Für mich sehen sie alle wie Kinder aus.«

»Darf ich dir davon erzählen, wie es war, als wir uns zum ersten Mal begegnet sind?«

»Hm. Okay.«

»Ich habe meine Tasche fallen lassen, am ersten Tag in der Jagdhütte auf der Treppe. Sie kullerte die Treppe runter, und ich wollte gerade hinterherlaufen, als er sie einfach auffing. Und als er nach oben kam und sie mir in die Hand drückte, schoss mir plötzlich der Gedanke durch den Kopf, dass er der Mann fürs Leben sein könnte.«

Verdammt und zugenäht.

»Weißt du, was ich damit sagen will? Du siehst

einen völlig fremden Menschen und weißt einfach, dass du ihn liebst.«

»Ich glaube nicht, dass das so funktioniert«, widersprach ich und gab die personifizierte Stimme der Vernunft. »Liebe muss wachsen, man muss sich zunächst sehr gut kennenlernen – und das erfordert Zeit.«

»Bei mir nicht.«

»Meinst du nicht, dass es lediglich eine Schwärmerei ist?«

»Wusstest du, dass er jonglieren kann und Swing Dance tanzt und den schottischen Akzent beherrscht?«

»Das alles hat er dir erzählt, als er dir deine Tasche auf der Treppe zurückgab?«

»Nein. Das weiß ich erst, seit ich im Bus neben ihm saß.«

»Aha.«

»Außerdem habe ich bei Wahrheit oder Pflicht sehr viel aus ihm herausgekriegt. Er war immer eher für Wahrheit, bis er irgendwann von uns zur Pflicht gezwungen wurde.«

»Und was musste er da tun?«

»Lauter verrückte Dinge.« Wieder drehte sie sich zu mir um und wackelte bedeutungsvoll mit den Brauen. »Am Ende lief's auf einen regelrechten Fressflash raus.«

Auf einen Fressflash? Hatten sie dort oben auf dem Dach etwas zu essen dabeigehabt?

»Was ist passiert?«

»Das kann ich dir nicht erzählen. Tut mir leid. Was auf dem Dach passiert ist, darf das Dach nicht verlassen. So ist die Regel.«

Am liebsten hätte ich sie angeschrien: *Was, verdammt noch mal, ist auf dem Dach passiert?*

Schweigend lief sie weiter und genoss wahrscheinlich das Geräusch ihrer Schuhsohlen.

»Ich glaube trotzdem nicht, dass das, was du für diesen Jack empfindest, Liebe ist – nicht nach zwei Tagen.«

»Jake.«

»Wie auch immer. Es braucht mehr, als Wahrheit oder Pflicht zu spielen, um wahre Liebe zu entfachen«, belehrte ich sie spröde. »Egal, was auf dem Dach geschehen ist.«

Erneut wandte sie sich zu mir um, und ich sah auf ihrem Gesicht das seligste Grinsen, das sich denken lässt.

»Das sagst du so, weil du nicht dabei warst«, erklärte sie strahlend.

10

Im Verlauf der Woche passten wir uns immer mehr den Gegebenheiten an. Wir gewöhnten uns an das Gewicht unseres Gepäcks, an die Trockennahrung, an die Pinienzapfen, an die Höhe und die dünne Luft, durchquerten den ersten kalten Fluss, sahen in der Ferne einen Elch, bei den Jungs sprossen die Bärte, und bei den Mädchen wuchs die Beinbehaarung nach.

Abends nach dem Essen stand oft noch Theorie an: über die Konstellation der Sterne, das Lesen von Karten oder das Deuten von Tierspuren, die wir im Wald entdeckten. Wir erklommen unseren ersten Pass, der »U-Turn« hieß, weil offenbar die meisten Wanderer dort kehrtmachten, sobald sie sahen, wie schwierig das Terrain dahinter war.

Wir aber folgten weiter unserem Weg, kamen immer mehr in Schwung und wurden langsam eins mit der Natur.

Ich fand sogar eine Lösung meines Problems, dass ich ohne Buch in dieses Abenteuer gestartet war, denn Beckett lieh mir das offizielle BCSC-Survival-Handbuch. Ich las es in zwei Tagen durch, fing noch mal von vorne an und machte mir beim dritten Durchgang zahlreiche Notizen zu den Dingen, die mir besonders wichtig schienen.

Wozu natürlich nicht zuletzt der Abschnitt über die

Leistungen gehörte, die Voraussetzung für eine Urkunde waren.

Allerdings hatte ich, korrekt wie ich war, Bedenken, dass es regelwidrig sein könnte, wenn ich mir auf diese Weise einen Wissensvorsprung verschaffte, und wandte mich an Beckett.

Jeder könne das Handbuch ausleihen und sich informieren. Wer es nicht tue, sei selber schuld, gab er ungerührt zur Antwort.

Ich jedenfalls fand die Lektüre tröstlich. Denn dort hieß es, die Urkunden würden nicht unbedingt den toughsten oder schnellsten Teilnehmern verliehen, sondern denen, die sich ganz besondere Mühe gaben und Teamgeist bewiesen. Also durfte ich mir tatsächlich eine Chance ausrechnen, oder?

Im Bemühen war ich schließlich groß, wenngleich der Erfolg mitunter auf sich warten ließ.

Unsere Tage liefen alle nach dem gleichen Muster ab: sechs Uhr aufstehen, anziehen, Frühstück machen, Besprechung des Tagesplans, Lager abbauen, neun Uhr Abmarsch und dann ohne größere Pause wandern, bis wir zwischen zwei und drei Uhr nachmittags unser nächstes Ziel erreichten, das sich immer in der Nähe eines Baches befand. Ohne Wasser ging nichts.

Nachdem wir das Lager aufgeschlagen hatten, wurde gekocht und gegen fünf zu Abend gegessen. Um sieben war Zapfenstreich, und wir mummelten uns in unsere Schlafsäcke unter den Planen ein. Niemand wäre auf die Idee gekommen, länger aufzubleiben, denn alle waren vollkommen erschöpft.

Inzwischen wussten wir, warum Wanderermitternacht bereits um neun Uhr abends war.

Mein verletztes Knie und meine Blasen waren dank Jakes Fürsorge inzwischen gut verheilt, doch führte Beckett mich auch weiter permanent als abschreckendes Beispiel vor. Obwohl die anderen ebenfalls Fehler machten, kritisierte er ausschließlich an mir herum. Meine Haltung war zu steif. Meine Sonnenbrille hatte nicht genug UV-Schutz. Meine Sachen waren unkorrekt verstaut. Irgendwas fand er immer.

Meine stille Hoffnung, irgendwann zumindest immun gegen die dauernden Sticheleien zu werden, erfüllte sich leider nicht.

Die anderen waren inzwischen eine verschworene Gemeinschaft, was sich schon daran zeigte, dass sie sich ziemlich flächendeckend Spitznamen verpassten.

Da anscheinend alle Jungs für Windy schwärmten, war sie die »Herzensbrecherin« oder einfach HB, und es wurden sogar Herzensbrecherpunkte verteilt. Zwanzig für den, der einen Platz an ihrer Seite ergatterte, fünfzig, wenn sie sich mit einem unterhielt, und mit hundert wurde belohnt, wer zufällig einen Blick auf einen ihrer ganz besonderen Körperteile erhaschte. Dieses Punktesystem war ein offenes Geheimnis, und die Jungs gaben den jeweiligen Punktestand lautstark bekannt.

Falls HB beispielsweise stolperte und gegen einen der Typen fiel, schrie der sofort: »Tausend Punkte, sie hat mich berührt!«

Windy fand das amüsant, ohne aber einzuschreiten oder diesen Blödsinn zu kommentieren. Als Traumfrau war sie vermutlich an derartige Dinge hinlänglich gewöhnt.

Auch die weniger bemerkenswerten Mitglieder unseres Wanderzirkus hatten Spitznamen bekommen.

»Schwester eins« und »Schwester zwei« wurden zu »Uno« beziehungsweise »Dosie«; das Mädchen mit dem Strasslogo *Go Gators*! auf dem Hinterteil ihrer Shorts – offenbar eine Hommage an eine Footballmannschaft aus Florida, die einen bösartig blickenden Alligator als Wappentier gewählt hatte – nannte man fortan wenig charmant »der Hintern«, während die beste Köchin im Team respektvoll als »Küchenchefin« tituliert wurde.

Hüne Mason, der nach wie vor nicht gelernt hatte, sein Tempo an die Gruppe anzupassen, hieß folgerichtig »Flash«, der Blitz, und den anderen verpasste man aus weniger nachvollziehbaren Gründen Spitznamen wie »Vegas«, »Bluthund« oder »Höhlenmensch«. Dem schweigsamen Hugh, der abgesehen von mir mit keinem Menschen sprach, wurde sogar die Ehre zuteil, »Huey Lewis« getauft zu werden. Mir schleierhaft, denn ich kapierte nicht, was er mit dem fast legendären Bandleader zu tun haben sollte.

Egal. Er jedenfalls hatte einen Spitznamen, während ich noch immer bloß Helen oder – mindestens genauso häufig – »Ellen« war.

Ein Spitzname sagt sehr viel über einen Menschen aus, weil er in der Regel eine entweder offensichtliche oder verborgene Bedeutung hat. Und er zeigt, dass andere einem eine wie auch immer geartete Persönlichkeit zubilligten – die ich in den Augen der Gruppe demzufolge offensichtlich nicht besaß.

Den meisten schien es bereits schwerzufallen, sich an meinen Namen zu erinnern. Was einfach deprimierend war. Wenn mich ein riesiger Raubvogel unversehens packen und in sein Nest tragen würde, dürfte das von den anderen völlig unbemerkt bleiben.

Die folgenden drei Tagesmärsche verliefen so ereignislos, dass ich mir während des gesamten Weges gut und gerne den Kopf hätte zerbrechen können, warum die anderen mich derart konsequent nicht zur Kenntnis nahmen oder warum, was zutreffender war, ich für sie gar nicht existierte. Aber dann dachte ich an Windys Worte, dass das, worauf man sich konzentrierte, am Ende das ganze Denken bestimmte. Und ganz und gar negativ werden, war schließlich das Gegenteil von dem, was ich mir von dieser Tour versprach.

Also versuchte ich, die verdammten Spitznamen und mein Gefühl, dass ich ausgegrenzt wurde, zu vergessen und mich an den zahlreichen Wundern zu erfreuen, die die Wildnis zu bieten hatte.

Etwa an dem Wasserfall, auf den wir unerwartet stießen, an einer Elchlosung neben dem Bach und an dem Lachs, der einen Luftsprung machte, ehe er wieder ins Wasser abtauchte, oder an dem irren Sonnenuntergang, der mit einem geradezu überwältigenden Farbspektrum aufwartete.

Und die Tatsache, dass ich, obwohl völlig verdreckt, den Schmutz in meinem Gesicht nicht einmal mehr spürte, erfüllte mich gleichermaßen mit Freude wie mit Stolz. Nie, nie im Leben hätte ich so etwas für möglich gehalten. Und erst recht nicht, dass ich mich in der Wildnis langsam wirklich heimisch zu fühlen begann.

Und was Jake betraf, bemühte ich mich, einfach so zu tun, als wäre der tolle J-Dog gar nicht mit von der Partie.

Außer natürlich, wenn ich mal wieder über einen Ast, eine Wurzel oder was weiß ich stolperte. Wie an jenem Abend, als ich nach dem Abendessen auf dem

Weg vom Bach zurück zu unserem Lager auf einem steilen Abhang stürzte und bestimmt rasend schnell nach unten gekullert und bei meinem Glück mit dem Kopf auf einem Stein gelandet wäre, wenn nicht plötzlich ein starker Arm meine Talfahrt beendet und mich vor schweren Verletzungen, wenn nicht gar dem sicheren Tod bewahrt hätte.

Unnötig zu sagen, dass es Jake war.

Damals allerdings war er ganz und gar nicht nett zu mir.

»Verdammt Helen – pass doch auf«, schimpfte er nach meiner gelungenen Rettung. »Könntest du nicht wenigstens fünf Minuten lang versuchen, dich nicht umzubringen?«, fügte er hinzu und zog seinen Arm, der mich noch immer hielt, so schnell zurück, als hätte er sich an mir verbrannt.

Irgendwie kränkte mich seine Reaktion. Hatte ich nicht, nachdem ich gerade dem Tod entronnen und nach wie vor zu Tode erschrocken war, ein bisschen Mitgefühl verdient?

»Ich habe aufgepasst«, verteidigte ich mich und bemühte mich um ein selbstbewusstes Auftreten.

»Nein, hast du nicht.«

»Doch, habe ich sehr wohl.«

»Nein«, beharrte er und sah mir fest in die Augen. »Und immer, wenn du irgendwelchen Blödsinn machst, muss ich dich retten.«

»Wenn dir das nicht passt, lass es einfach sein«, kanzelte ich ihn schnippisch und ziemlich undankbar ab.

Woraufhin er sich zum Gehen wandte und mir schweigend einen letzten zornigen Blick zuwarf.

»Du brauchst mich nicht zu retten«, rief ich ihm

trotzig nach, als würde ich es darauf anlegen, ihn total zu verärgern.

Er hingehend schüttelte bloß den Kopf, musterte mich von Kopf bis Fuß und ließ mich mit einem »Doch, das muss ich« einfach stehen.

Eines Abends nach dem Erste-Hilfe-Kurs, der mit einer gewissen Regelmäßigkeit stattfand, erklärte Beckett: »Auch wenn das nicht im Programm steht – morgen teile ich euch auf.«

Wir sahen uns verwundert an. Was meinte er damit?

Ich hatte gerade eine halbe Stunde lang Erste-Hilfe-Maßnahmen zu allen Katastrophen und Verletzungen notiert, die überhaupt im Bereich des Möglichen lagen, mir offene Brüche bildhaft vorgestellt und mir Szenen ausgemalt, wie man Ertrinkende aus einem kalten Fluss zerrt, und war folglich komplett auf eine Schreckensbotschaft programmiert.

Nicht zu Unrecht, denn dass uns Beckett in Gruppen auf eigene Faust weiterwandern lassen wollte, war schon ein starkes Stück. Fand ich zumindest und fühlte mich dadurch bestätigt, dass in dem Handbuch von solchen Extravaganzen keine Rede war. Obwohl ich unseren Boss nicht sonderlich mochte, betrachtete ich ihn dennoch als eine Art Risikolebensversicherung, auf die man nicht verzichten sollte.

Er selbst hingegen sah das anders und bestand darauf, dass eine solche Übung zu unserem Besten sei.

»Ihr folgt mir wie die Lemminge und habt im Kartenlesen bisher alle jämmerlich versagt. Wenn ihr euch nicht endlich mehr Erfahrung aneignet, seid ihr bei den Abschlusstouren total aufgeschmissen.«

Letztere waren das Finale unseres Trips, einschließlich Übernachtung, und eine Art Prüfung, bei der wir beweisen sollten, dass wir in der Lage waren, allein klarzukommen. Nicht ganz alleine, sondern in Vierergruppen. Dennoch war es mit Sicherheit ratsam, wenn jeder Einzelne über so viel Know-how verfügte, um sich notfalls sogar als Einzelkämpfer durchzuschlagen. Jetzt also sollten wir das üben. Vermutlich um uns auf Vordermann zu bringen, damit wir – und sei es aus Angst – für den Rest der Wanderung spurten.

Eine Methode, die zumindest bei mir ihre Wirkung nicht verfehlte.

»Also«, wiederholte er. »Morgen teilen wir uns auf. Zwar gehen wir denselben Weg, brechen aber im halbstündigen Abstand auf. Und dann werden wir sehen, was passiert, wenn ihr mir nicht einfach ohne nachzudenken folgen könnt.«

»Ist die Einteilung wie bei den Campinggruppen?«, fragte ich.

»Das ist eine gute Frage, Ellen. Nein. Die vier Schnellsten«, Beckett deutete auf Mason und seine Gefolgschaft, »bilden eine Gruppe, dann kommen die mittleren vier«, er zeigte unter anderem auf Jake und Windy, »und schließlich unsere Schlusslichter.« Damit waren die Schwestern, Hugh und ich gemeint. »Die schnellste Gruppe geht zuerst und die langsamste zuletzt. So gibt es keinen Stau.«

»Und mit wem läufst du?«, erkundigte sich Mason.

»Vermutlich mit Gruppe eins.«

Irgendetwas an der Geschichte kam mir nicht ganz sauber vor, und ich fragte mich, was Beckett wirklich bezweckte. Wollte er einfach mal auf die Tube drücken, weil er unser Schneckentempo leid war? Dagegen sprach, dass er keine sonderlich schwierige Route ausgewählt hatte. Oder sollten wir bei diesem Experiment, genau wie er sagte, lediglich gezwungen werden, uns selbstständig zu orientieren?

Was das anging, lag nämlich in der Tat einiges im Argen.

Wann immer er uns im Kartenlesen zu unterweisen versuchte, dösten die meisten entweder gelangweilt oder steckten heimlich die Nase in ein spannendes Buch. Andere nahmen die Gelegenheit wahr, für kleine Mädchen oder kleine Jungs zu gehen. Wahrscheinlich war ich die Einzige, die aufpasste und mitschrieb.

Einmal Streberin, immer Streberin. Und Lehrerin dazu. Da konnte man einfach nicht anders.

Im Übrigen schien ich in puncto Kartenlesen ein Naturtalent zu sein. Wo andere lediglich wirres Gekritzel und bunte Flecken sahen, ergaben bei mir die Höhenlinien ein vorstellbares Bild in 3D. In diesem Punkt zumindest war ich den anderen um Längen überlegen. Dass ich diese Fähigkeit bislang nicht eingesetzt hatte, lag an meiner Bequemlichkeit. Es war eindeutig weniger anstrengend, einfach wie alle anderen hinter Beckett herzutrotten, als ständig nach dem richtigen Weg zu suchen.

Und so beschwor der Gedanke, einen Tag lang ohne professionelle Führung laufen zu müssen, trotz allem einen Anflug von Panik herauf, und wie in einer Endlosschleife gingen mir verschiedene Katastrophenszenarien durch den Kopf. Die ich damit zu bekämpfen suchte, indem ich mir einredete, das alles könne ja wohl nicht so dramatisch sein.

Eine begrenzte, überschaubare Strecke, eine fast in

gerader Linie verlaufende Route, völlig ebenes Terrain – was sollte da groß passieren?

Am nächsten Morgen, kurz bevor er mit der ersten Gruppe aufbrach, registrierte Beckett, dass in einer Ecke unseres Camps ein Stück Abfall lag.

»Moment, Jungs«, gebot er mit erhobener Hand Einhalt, lief über unseren Lagerplatz und hob das weiße Viereck so angewidert auf, als handle es sich um ein totes Tier.

»Also wirklich, Leute.«

Wir alle starrten das Corpus Delicti an. Ein weißes, zusammengefaltetes Papier, bei dessen Anblick mir mit einem Mal der grauenhafte Gedanke kam, es könne sich um meine Liste handeln, die mir unbemerkt aus dem BH gefallen war.

»Wie oft haben wir davon gesprochen, die Natur zu respektieren und keine Spuren zu hinterlassen?«, hörte ich Beckett sagen. »Trotzdem zieht ihr praktisch eine Spur aus Abfall hinter euch her, als hättet ihr noch nie etwas von Umweltschutz gehört.«

Er faltete den Zettel auseinander, und ich wollte gerade gestehen, dass er mir gehörte und ich ihn nicht achtlos weggeworfen, sondern einfach verloren hatte, als er bereits vorzulesen begann.

In der Wildnis habe ich die Absicht, Folgendes zu tun:

☐ *eine tiefere spirituelle Verbindung zur Natur herzustellen,*

☐ *meine physischen und emotionalen Grenzen zu überschreiten,*

☐ *wie Phönix aus meiner eigenen Asche aufzusteigen …*

Ich hörte schon nicht mehr zu, denn ich wusste schließlich genau, was ich da aufgeschrieben hatte. Doch als er zu ein paar Sätzen kam, die ich erst neulich hinzugefügt hatte, wäre ich am liebsten im Boden versunken.

Staunen über die rohe Kraft und grenzenlose Schönheit der Natur. Auf die Knie fallen vor lauter Ehrfurcht vor dem Zauber dieser Welt. Teil von etwas werden, das viel größer ist als ich …

Mason und die anderen Riesenkerle lachten grölend, Beckett hingegen blieb weiterhin todernst.

»Will jemand dieses Blatt zurückhaben?«

Ich hielt den Mund und sprach ein stummes Dankgebet, dass ich, einer Eingebung folgend, vor meiner Abreise aus Boston den oberen Rand mit dem aufgedruckten Namen abgeschnitten hatte. So blieb mir zumindest die Peinlichkeit erspart, mich zu den pathetischen Zeilen bekennen zu müssen.

»Was habe ich euch gleich am ersten Tag gesagt?«, fragte Beckett streng.

»Dass Müll in der Wildnis nicht geduldet wird«, gab Mason grinsend zur Antwort wie ein Erstklässler.

»Und was habe ich noch gesagt?«

Alle sahen sich um, bis schließlich Dosie zaghaft das Wort ergriff: »Dass für denjenigen, den du erwischt, die Tour zu Ende ist.«

»Genau das habe ich euch angedroht für den Fall, dass ihr irgendwelchen Müll in die Natur werft.« Drohend schwenkte er den Propananzünder für die Kocher durch die Luft und hielt ihn schließlich an meine Liste. »Will irgendjemand diesen Zettel haben?«

Bestimmt nicht.

Und während wir auf die Flamme starrten, hielt Beckett das Blatt fest, bis er sich fast daran verbrannte. Erst dann ließ er es zu Boden fallen, trat das Feuer mit dem Stiefel aus, hob den letzten kleinen Fetzen auf und steckte ihn entschlossen ein.

»Die Welt ist keine Müllhalde, Leute«, erklärte er und sah sich um. »Wenn ihr das noch mal macht, fackle ich alles ab, dann wird's wirklich ernst.«

Nach dieser letzten Drohung wandte er sich ab und verschwand mit seiner Gruppe.

Sobald sie außer Sicht waren, atmeten wir anderen erleichtert auf.

Hugh trat neben mich. »Das mit dem Abfackeln klingt ziemlich kontraproduktiv«, stellte er fest.

Ich lächelte ihn an.

»Ich liebe es, wenn Beckett Sachen anzündet. Das ist echt heiß«, fügte er hinzu.

»Im wahrsten Sinne des Wortes«, erwiderte ich mit einem leisen Lachen.

Nachdem Hugh sich entschuldigt hatte, um noch einmal die »Toilette« aufzusuchen, blieb ich allein zurück und stocherte mit der Schuhspitze in dem kleinen Aschehaufen herum, der von meiner Liste übrig geblieben war.

Plötzlich tauchte Jake neben mir auf.

»Dieser Beckett ist total durchgeknallt.«

Ich zuckte mit den Achseln.

»Das war deine Liste, stimmt's? Das Blatt, das du die ganze Zeit in deinem BH mit dir herumgetragen hast.«

Woher wusste er davon?

»Wahrscheinlich ist es sowieso allmählich Zeit

für eine neue Liste«, entgegnete ich achselzuckend. »Windy unterrichtet mich nämlich derzeit im Glücklichsein.«

»Ach ja?« Jetzt klang er ehrlich interessiert. »Sie ist echt der Hit, oder?«

Ich nickte. »Sie ist ein tolles Mädchen, und man muss sie einfach gernhaben.«

»Ja, ist sie«, stimmte Jake zu und wechselte rasch das Thema. »Wie dem auch sei, ich habe ein Geschenk für dich. Als Ersatz für deine alte Liste«, sagte er und reichte mir ein Blatt.

»Und was ist das?«

»Ein Gedicht.«

»Du hast ein Gedicht geschrieben?«

»Nein. Es ist von Pablo Neruda. Mein Lieblingsgedicht von meinem Lieblingsdichter.«

»Und das hattest du die ganze Zeit im Rucksack?«

Er schüttelte den Kopf. »In der Hosentasche – schließlich habe ich keinen BH, sonst hätte ich es dort versteckt.«

»Und jetzt willst du das Gedicht nicht mehr?«

»Ich möchte, dass du es hast. Unter einer Bedingung.«

»Und die wäre?«

»Dass du es nicht liest.«

Ich runzelte die Stirn. »Ich bekomme es nur, wenn ich es nicht lese?«

»Das ist eine private Angelegenheit zwischen mir und Pablo«, erklärte er ziemlich geheimnisvoll.

»Was nützt mir ein Gedicht, das ich nicht lesen darf?«

Grinsend wedelte er mit dem Zettel. »Damit dein BH nicht plötzlich leer ist.«

Flirtete er etwa mit mir?

»Versprich mir, dass du es nicht liest«, bat er. »Dann gehört es dir.«

»Okay, ich werde es nicht lesen«, willigte ich ein, obwohl ich nicht die geringste Ahnung hatte, was Jake mit dem Ganzen eigentlich bezweckte.

Ein Gedicht, das ich nicht lesen durfte, aber über meinem Herzen tragen sollte. Toll!

»Manchmal ist es einfach nett, etwas zu haben, an das man sich klammern kann«, meinte er, bevor er sich zum Gehen wandte. »Sieh es einfach so.«

»Und woran klammerst du dich künftig?«

»Mir fällt schon was ein«, gab er lapidar zurück.

Kurz darauf brachen wir auf. Meine Gruppe wie verabredet als Letzte. Und je länger wir unterwegs waren, desto mehr fehlte mir Windy. Zwar erwies sich Hugh als netter Kumpel, doch da er eher mundfaul war, liefen sämtliche Gesprächsversuche meinerseits nach kurzer Zeit ins Leere.

Folglich blieben mir nur die beiden Schwestern, die ohne Punkt und Komma redeten, sich in Tagträumen von Shampoos und Gesichtsmasken ergingen, stundenlang darüber debattierten, ob sie bereits schlanker als zu Anfang waren, und so begeistert über die gesamte Wandergruppe tratschten, dass sie nicht einmal merkten, wie Hugh sie überholte und die Führung übernahm.

Ich selbst hatte keinen Platz zu verteidigen, war das erklärte Schlusslicht und trottete mit gesenktem Kopf hinter ihnen her und hörte mir stillvergnügt an, was die beiden über die einzelnen Gruppenmitglieder zu berichten wussten. Unter anderem dass Beckett und

Mason derzeit solo waren, frisch getrennt, und dass sie Hugh für schwul hielten.

»Du bist vom anderen Ufer, stimmt's?«, rief Uno.

»Schwul und Single«, gab er gut gelaunt zurück.

»Dann bist du also noch zu haben?«, erkundigte sich Dosie.

»Bloß leider nicht für uns«, fügte Uno gespielt traurig hinzu.

Überhaupt schien die geringe Aussicht auf romantische Abenteuer für die beiden ein Riesenproblem zu sein. Beckett irre, Mason unreif, Hugh schwul – was blieb da noch? Endlos lamentierten sie über dieses Elend und erwogen ein ums andere Mal, womöglich doch ihr Glück bei Mason zu versuchen, der immerhin durchaus gut aussah.

Noch während ich mich fragte, weshalb sie Jake nicht in Betracht zogen, drehte Hugh sich plötzlich zu den Schwestern um.

»Und wie steht es mit J-Dog? Der ist meines Wissens schließlich ebenfalls noch frei.«

»Das ist wirklich tragisch«, seufzte Dosie, und ich spitzte gespannt die Ohren.

Was war tragisch? Hatte er der Gruppe während des verdammten Wahrheit-oder-Pflicht-Spiels womöglich irgendwas erzählt? Wussten die beiden Dinge über Jake, die ich wissen sollte?

»Was ist tragisch?«, hakte Hugh nach.

»Nun, das ist folgendermaßen«, bequemte sich Dosie zu erklären. »Er ist eindeutig der beste Küsser der gesamten Gruppe …«

»Amen«, fiel Uno ihr ins Wort, und ich fragte mich bange, ob ihn etwa *alle* Mädchen auf dem Dach geküsst hatten.

»Und weiter«, drängte Hugh.

»Leider ist er schon vergeben«, schloss Dosie.

Er war vergeben?

Ich atmete tief durch. Was hatte ihnen Jake erzählt? Und aus welchem Grund? Damit sie ihn in Ruhe ließen? Weil er von Frauen im Allgemeinen die Nase voll hatte? Oder weil er tatsächlich vergeben war? An mich womöglich?

Zum allerersten Mal gestand ich mir ein, dass ich mich immerhin an ihn vergeben fühlte. Trotz dieser lächerlichen Scharade, dass wir beide taten, als wären wir Fremde.

In Wahrheit träumte ich Tag und Nacht von den Stunden mit ihm, und die Erinnerung daran war derart fest in meinem Hirn verankert, dass ich fast alles, was ich tat, mit ihm in Verbindung brachte. Wenn ich mir die Zähne putzte, dachte ich ans Zähneputzen an jenem Abend im Motel. Beim Schlafengehen dachte ich ans Schlafengehen im selben Raum wie Jake. Wenn ich irgendwelche Leute lesen sah, dachte ich an Jakes Walbuch. Und so weiter und so fort.

Ich konnte den Erinnerungen nicht entkommen.

Und im Grunde war das gar nicht schlecht.

Mein Herz vollführte einen kleinen Freudentanz. Ich brauchte mich nicht in Chuck Norris oder Pickle zu verwandeln, sondern konnte einfach von der angehenden Hundepsychologin Windy lernen, glücklich zu sein. Vielleicht zusammen mit dem wunderbaren Jake.

Hughs Stimme beendete meine seligen Glücksfantasien und ließ sie schließlich platzen wie Seifenblasen.

»An wen ist er denn vergeben?«

Einen Augenblick lang hoffte ich noch zu hören: *An eine geheimnisvolle Frau zu Hause, die er seit Jahren liebt*, aber die dämliche Dosie zerstörte meine Illusionen endgültig.

»Na, an die Herzensbrecherin, an wen sonst«, verkündete sie triumphierend.

»Er hat etwas mit Windy?«, mischte ich mich in die Unterhaltung ein.

»Sie mochte ihn von Anfang an, und jetzt mag er sie offenbar ebenfalls.«

»Und woher wisst ihr das?«

»Wir haben ein Gespür für so etwas.«

Gerade als ich ihnen widersprechen wollte, mischte Hugh sich erneut ein.

»Großartig«, erklärte er. »Die zwei sind das perfekte Paar.«

»Das finde ich ein bisschen übertrieben«, widersprach ich, und er zog überrascht die Brauen hoch.

»Beide sind sehr verbindlich, können sich gut ausdrücken und so. Er ist ein attraktiver Bursche, und sie sieht einfach umwerfend aus. Beide sind schlank und sportlich, haben eine tolle Figur, super Waden, schöne Zähne. Dazu hat Jake diese Kinnpartie, der absolute Wahnsinn. Sorry, Mädels, ein hübscheres Pärchen als die beiden gibt es einfach nicht. «

In dem Moment wurde mir klar, dass Hugh im Grunde gar nicht schweigsam war. Er hatte sich bisher ganz einfach nicht für unsere Gespräche interessiert.

»Sie segeln außerdem beide gerne«, fiel Uno ein.

»Und ihre Familien haben beide Ferienhäuser in Maine.«

»Und sie lieben beide Schäferhunde.«

»Und Waffeln.«

»Und beide mögen kein französisches Essen.«

»Und so gut wie sie hängt kaum jemand die Bärenbeutel auf.«

»Wow«, entfuhr es mir. »Die besten Bärenbeutelaufhänger des Trupps! Ich frage mich, warum sie nicht schon längst ein Ehepaar sind.«

»Eine gute Bemerkung«, meinte Hugh spöttisch. »Am besten fragen wir sie heute Abend, ob es bereits einen Termin für ihre Hochzeit gibt.«

Dazu sollte es allerdings nicht kommen. Und zwar weil Hugh urplötzlich etwas tat, das er nie hätte tun dürfen. Er nicht und kein anderer. Vielleicht hatte er es kurzfristig vergessen, vielleicht war er abgelenkt gewesen, oder vielleicht hatte Beckett uns auf derart viele potenzielle Gefahren hingewiesen, dass wir taub für seine Warnungen geworden waren.

Während Hugh und die Schwestern sich nach wie vor damit vergnügten, die Hochzeit von Jake und Windy zu planen, stieg Hugh gedankenverloren auf einen der vielen Stämme, die auf diesem Streckenabschnitt unseren Pfad wie einen Hindernisparcours bedeckten.

»In einem Smoking sähe er echt super aus«, schwärmte Uno.

»Er wird keinen Smoking tragen.«

Hugh trat auf den nächsten Stamm und sprang auf den Weg zurück.

»Natürlich keinen Spießersmoking von der Stange«, verteidigte Uno ihren Vorschlag und setzte sich rittlings auf einen der umgestürzten Baumriesen, um ihn vorschriftsmäßig zu überwinden. »Sondern so einen mit Schalkragen, wie Cary Grant ihn getragen hat.«

Hugh setzte seinen Fuß auf einen weiteren Stamm.

»Nein. Für einen Smoking ist er viel zu cool. Er wird eine braune Weste, eine locker gebundene Krawatte und ein Hemd mit aufgekrempelten Ärmeln tragen.«

»Oder lieber eine lässige Fliege?«

»Nein, eine Krawatte«, insistierte Hugh und nahm den nächsten Stamm in Angriff.

»Ich finde Fliegen schöner.« Dosie gab ebenfalls nicht nach.

»Zu einer Fliege bräuchte er auf alle Fälle Hosenträger und ganz sicher keinen Smoking. Aber da er selbst weiß, was ihm steht, zieht er ganz bestimmt eine Krawatte an. Mit einem Windsorknoten.«

»Warum ist der Knoten so wichtig?«, wollte Uno wissen.

»Warum sind die ganzen anderen Sachen so wichtig?«, konterte Hugh leicht gereizt und stellte seinen Fuß bei diesen Worten auf den nächsten Stamm.

Ich hatte ihn die ganze Zeit beobachtet, wie er gegen die Vorschriften über die Stämme lief, ohne ihn an Becketts Regeln zu erinnern. Schließlich war ich weder seine Mutter noch die Chefin unserer Gruppe. Er musste selbst entscheiden, was er tat – genau wie wir anderen auch. Dass diese Einstellung nicht tauglich für die Wildnis war, bedachte ich nicht. Mir war einfach nicht klar, wie abhängig jeder nicht allein von den eigenen Entscheidungen war, sondern ebenfalls von denen der anderen.

Später, im Rückblick, habe ich mir mehr als einmal gewünscht, ich hätte mich nicht ausgerechnet an jenem Tag derart in Zurückhaltung geübt.

Genau, als es passierte, hob ich meinen Kopf und

schaute in seine Richtung. Wie in Zeitlupe verfolgte ich, dass er den Fuß erneut auf einen Baumstamm stellte, und registrierte im Bruchteil einer Sekunde, dass die morsche Rinde zerbröselte und unter ihm einbrach. Sah, wie er das Gleichgewicht verlor und hart auf dem nächsten Stamm aufschlug.

Sein Schrei gellte durch den Wald, hallte von den Hängen wider und überdeckte alle anderen Geräusche. Dann war es totenstill.

Hastig riss ich mir meinen Rucksack von den Schultern und durchforstete mein Hirn nach allem, was mir aus den Erste-Hilfe-Kursen in Erinnerung geblieben war. Bei einer Kopfverletzung durfte man den Verunglückten nicht bewegen, fiel mir als Erstes ein.

O Gott, was sollten wir in diesem Fall bloß tun?

Eins nach dem anderen, versuchte ich mich zu beruhigen – dabei hatte ich keine Ahnung, welcher Schritt der erste und welcher der zweite sein könnte. Von den Schwestern war kaum Hilfe zu erwarten. Die starrten bloß wie gelähmt auf Hugh, der bäuchlings auf den Stämmen lag und sich nicht rührte.

Jemand musste die Initiative ergreifen, und das war eindeutig ich.

Also beschloss ich, ihn zunächst einmal von seinem Rucksack zu befreien, und löste die Schultergurte. Sobald ich jedoch die Hände unter ihn schob, um an die Bauchgurte zu kommen, schlug er die Augen auf und begann zu schreien.

»Nein, nein! Hör auf!«

Trotzdem löste ich den Gurt und zog vorsichtig den schweren Rucksack zur Seite.

»Okay.« Schwer atmend trat ich einen Schritt zurück. »Kannst du aufstehen?«

Er versuchte, sich mit beiden Händen auf dem Baumstamm abzustützen, zuckte aber vor Schmerz zusammen und ließ sich wieder nach vorne fallen.

»Nein.«

Was jetzt? Wie sollten wir drei kleinen, zierlichen Weiber den zwar dünnen, doch ziemlich großen Hugh hochwuchten?

»Rucksäcke runter«, befahl ich als Erstes. »Wir müssen ihn bewegen.«

»Neiiin«, schrie er voller Entsetzen.

»Wir können dich ja nicht gut so liegen lassen«, ermahnte ich ihn streng und hoffte auf seine Einsicht.

Vergeblich.

»Fasst mich bloß nicht an«, protestierte er erneut.

»Soll man Verletzte überhaupt bewegen?«, gab Dosie zu bedenken und blickte stirnrunzelnd auf Hugh, nahm aber zumindest ihren Rucksack ab.

»Keine Ahnung«, gab ich zu. »Eines allerdings weiß ich mit Sicherheit: Ihn einfach hier so liegen zu lassen, das geht auf keinen Fall. Irgendetwas müssen wir unternehmen.«

Die beiden Mädchen nickten zum Zeichen ihres Einverständnisses. Wenigstens das!

»Ihr beiden packt die Schultern, ich packe die Beine, dann drehen wir ihn um und bringen ihn dort hinüber.«

Ich deutete auf einen kleinen baumstammfreien Flecken.

Dann gingen wir in Stellung, fassten ihn wie besprochen an Schultern und Beinen, und ich gab das Kommando.

»Auf drei heben wir ihn an«, sagte ich. »Eins! Zwei! Drei!«

Ich glaubte, meine Trommelfelle würden platzen – so gellend schrie er, als wir ihn umzudrehen versuchten.

Heiliges Kanonenrohr, der zaundürre Kerl war schwer wie Blei, doch die Angst verlieh uns ungeahnte Kräfte, und wir schafften es, ihn ohne Rempler umzudrehen, von den Stämmen herunterzuziehen und ihn so sanft wie möglich ins weiche Gras zu legen.

Da waren seine Schreie bereits wieder erstorben, weil ihn erneut eine gnädige Ohnmacht umfangen hatte.

Ich nutzte die Gelegenheit und tastete seinen Schenkel und seine Hüfte ab. Wobei ich mir nicht sicher war, wonach genau ich suchte. Nach herausstehenden Knochen? Großen Klumpen geronnenen Blutes? Und noch weniger Ahnung hatte ich, was ich machen sollte, wenn ich etwas Verdächtiges feststellte.

Aber ich fand nichts.

Alles fühlte sich ganz normal an. Vielleicht war es ja gar nicht so schlimm.

In diesem Augenblick trat Dosie einen Schritt zurück und fragte: »Findet ihr nicht, dass eins von seinen Beinen länger ist als das andere?«

Ich richtete mich auf und sah mir seine Beine an. O Gott, sie hatte recht.

»Das ist bestimmt kein gutes Zeichen«, flüsterte Uno.

»Pst«, machte ich, weil Hugh langsam wieder zu sich kam. »Kannst du mich hören?«

»Verdammt, verdammt, verdammt.«

»Hört sich ganz so an, als wärst du einigermaßen verhandlungsfähig.«

»Irgendwas ist gebrochen«, stöhnte er. »Ich habe es krachen hören.«

»Kannst du dein Bein ein kleines bisschen bewegen?«

Er schüttelte den Kopf.

»Willst du es nicht wenigstens versuchen?«

»Ich versuche es die ganze Zeit«, beteuerte er, und ratlos betrachtete ich sein Bein, in dem nicht mal ein Muskel zuckte.

»Okay. Vielleicht hast du dir das Bein gebrochen. Oder die Hüfte. Oder das Becken.«

Sachte pikste ich ihm in die Brust, erneut schrie er vor Schmerz auf und schloss keuchend die Augen.

»Oder ein paar Rippen.«

»Warum bist du überhaupt auf diesen Stämmen herumgeklettert?«, fragte ich und suchte nach dem Paracetamol, das wir als einziges Schmerzmittel dabeihatten. »Hast du nicht mitbekommen, wie mir Beckett gleich am ersten Tag deshalb den Kopf gewaschen hat?«

»Beckett sieht doch ständig schwarz.«

»Nun, jetzt wissen wir, dass er zur Abwechslung mal recht hatte.«

Es stand nicht gut um Hugh. An der Tablette erstickte er fast, seine Hautfarbe war von ungesunder Blässe, und wenngleich er sich eher kalt anfühlte, waren Stirn und Wangen schweißbedeckt. Typische Anzeichen eines Schocks, das wusste sogar ich.

Ich besprach das Problem mit den Schwestern.

»Einer von uns muss Hilfe holen. Wer geht?«

»Du«, gaben die beiden wie aus einem Mund zurück.

Ich widersprach nicht, sondern traf gleich alle Vorkehrungen. Kurz überlegte ich, einen Teil des schweren Gepäcks zurückzulassen, entschied mich aber dagegen. Es war gefährlich, sich ohne gute Ausrüstung in die Wildnis zu wagen. Also schulterte ich meinen Rucksack, nahm die Karten und schickte mich zum Gehen an.

»Und was machen wir?«, fragten die Mädchen, die vor lauter Angst fast so bleich waren wie Hugh.

»Keine Ahnung«, rutschte es mir unversehens heraus.

Die Schwestern erstarrten. Ich musste ihnen irgendeine Aufgabe geben, an die sie sich klammern konnten, bis ich zurück war.

»Sorgt dafür, dass er genügend Wasser trinkt. Haltet ihn warm, setzt euch neben ihn und nehmt seine Hand.«

Sie nickten, und ich gab ihnen das Notfallpäckchen mit Verbandszeug und Tabletten.

»Wenn euch irgendetwas an ihm auffällt, schreibt es auf«, schärfte ich ihnen ein. »Sprecht mit ihm. Muntert ihn auf. Plant weiter die Hochzeit, wenn ihr wollt.«

Dosie griff nach meiner Hand und flüsterte: »Und was ist, wenn er stirbt?«

»Er wird nicht sterben«, versicherte ich und legte eine Zuversicht an den Tag, die ich nicht empfand. »Ihr müsst jetzt tapfer sein. Ich werde Hilfe holen und komme so schnell wie möglich zurück.«

Ich winkte ihnen noch einmal zu und war weg.

Schon bald merkte ich, dass die Umgebung völlig anders aussah als das Bild, das ich mir beim letzten Kartenstudium eingeprägt hatte. Wann war das gewesen? Eine halbe Ewigkeit, bevor die Sprache auf das Traumpaar unseres Trupps gekommen war. Anscheinend hatte mich dieses Thema stärker abgelenkt, als gut war. So stark, dass wir, statt einfach immer weiter geradeaus zu gehen, in eine Schlucht hinabgestiegen waren. Ich blieb stehen und faltete die Karte auseinander, um mir unsere Route erneut anzusehen.

Offenbar waren wir seit geraumer Zeit in der falschen Richtung unterwegs. So lief es eben, wenn man nicht aufpasste, dachte ich verbittert und verfluchte gleichzeitig die Nationalparkverwaltung, dass sie so wenig Wegweiser aufstellte.

Schließlich waren die nirgendwo so überlebenswichtig wie mitten in der Wildnis.

Wenn ich diesen Höllentrip überlebte, würde ich mich bei den Verantwortlichen beschweren.

Ich machte kehrt und lief zurück zu den Schwestern und Hugh.

»Wir waren in der falschen Richtung unterwegs«, keuchte ich, da ich ein für meine Verhältnisse scharfes Tempo angeschlagen hatte.

Wieder taten die Mädchen nichts anderes, als mich entgeistert anzustarren.

»Bin so schnell wie möglich wieder da«, rief ich ihnen im Weiterlaufen zu. »Wahrscheinlich morgen«, fügte ich hinzu, als ich so weit entfernt war, dass sie es nicht mehr hörten.

Zwanzig Minuten später bog ich endlich auf den richtigen Weg ein, aber ich machte mir keine großen Hoffnungen, zumindest die mittlere Gruppe einzuholen – die waren längst über alle Berge.

Obwohl ich gewaltig Gas gegeben hatte, kam ich erst um sechs Uhr abends im Camp an. Natürlich waren wir bereits vermisst worden, und so kamen alle gleich auf mich zugestürzt. Auch Jake. Und trotz allen Elends durchlief mich bei seinem Anblick wieder dieses Kribbeln, als hätte ich einen leichten Stromschlag bekommen. Viel zu leicht, um wehzutun, doch stark genug, um alle Sinne zu aktivieren.

»Wo zum Teufel habt ihr so lange gesteckt?«, fuhr mich Beckett ungehalten an.

»Wir haben eine Abzweigung verpasst, und es hat etwas gedauert, bis wir es bemerkt haben.«

»Und wo ist der Rest eurer Gruppe?«

»Hugh hat sich bei einem Sturz verletzt.«

Beckett wandte sich an Jake, der immer noch in einiger Entfernung zu uns stand. »J-Dog«, brüllte er und winkte ihn zu sich heran.

»Bei einem Sturz?«, vergewisserte er sich, als hätte er sich verhört.

»Er ist auf einen umgestürzten Stamm geklettert, eingebrochen und mit voller Wucht auf einen anderen Stamm geknallt.«

»Habe ich euch nicht mehrfach eingeschärft, dass ihr diesen Unsinn lassen sollt?«

Ich nickte. »Doch.«

Jake gesellte sich zu uns, und endlich schaffte ich es, ihn anzusehen.

»Es ging alles so schnell, dass ich es nicht richtig mitbekommen habe«, erklärte ich. »Schätzungsweise ist er auf der linken Hüfte aufgeschlagen.«

Jake und Beckett sahen einander besorgt an.

»Es geht ihm gar nicht gut«, ergänzte ich kleinlaut. »Ich glaube, er steht unter Schock.«

»War er bei Bewusstsein?«, wollte Jake, jetzt ganz Sanitäter, wissen.

»Ja, zumindest teilweise. Anfangs war er ohnmächtig, und als wir ihn bewegt haben, hat er erneut das Bewusstsein verloren.«

»Und warum habt ihr ihn bewegt?«

»Er lag bäuchlings auf zwei Stämmen, den Rucksack auf dem Rücken, und sein Kopf hing nach unten. Das schien mir nicht gut sein, oder?«

»Nein, das wäre es nicht gewesen«, versicherte Jake und erkundigte sich, ob Hugh das Bein bewegen konnte.

Ich verneinte das genauso wie die meisten anderen Fragen. Ob Blut aus seinem Mund geflossen sei, ob ich seinen Puls gemessen hätte, ob er seine Zehen bewegt habe und lauter solche Dinge.

»Tut mir leid, dass ich dir nicht mehr sagen kann.«

»Wie sah er aus, als du gegangen bist?«

»Bleich, verschwitzt und hundeelend.«

Jake sah Beckett an. »Wir müssen zu ihm.«

»Heute Abend noch?«

»Je eher, desto besser.«

Wollte Jake im Ernst versuchen, meine Wandergruppe mitten in der Nacht zu finden? Nicht mal Menschen, die nicht nachtblind waren, würden sich bei Dunkelheit auf diesem Weg orientieren können.

Zum Glück schüttelte Beckett den Kopf. »Dafür ist es viel zu dunkel. Wenn sie sich nicht verlaufen hätten, könnte man es wagen, aber unter diesen Umständen nicht. Schließlich wissen wir nicht einmal, wo genau sie sich befinden.«

Ich wusste es zwar, enthielt mich jedoch eines Kommentars.

»Die Evakuierung kann sowieso erst morgen früh in die Wege geleitet werden. Und wahrscheinlich machen ein paar Stunden mehr oder weniger keinen großen Unterschied.«

Die Entscheidung war gefallen. Wir würden erst bei Sonnenaufgang aufbrechen.

»Dies ist keine Übung, Leute, sondern bitterer Ernst«, verkündete Beckett den anderen. »Wir müssen morgen eine Evakuierung durchführen und brechen ohne Frühstück um Punkt fünf Uhr auf. Ihr könnt später an der Unfallstelle essen, während Jake und ich uns um den Verletzten kümmern.« Er sah uns nacheinander an. »Morgen wird ein harter Tag. Am besten haut ihr euch sofort aufs Ohr und ruht euch so gut wie möglich aus.«

Auf Becketts Anweisung sollte ich die Nacht bei Gruppe zwei verbringen. Da die anderen sich bereits unter der Plane eingerichtet hatten, mussten sie für mich nachträglich Platz schaffen – und obwohl ich das nicht gewollt hatte, rückten sie so, dass ich direkt neben Jake zu liegen kam.

Während ich versuchte, im Schlafsack meine Sachen für die Nacht anzuziehen, bombardierten sie mich mit Fragen, doch da ich nur einsilbige Antworten gab, verstummten sie bald und machten die Augen zu.

Ich hingegen war viel zu aufgewühlt.

Flach auf dem Rücken liegend, machte ich Entspannungsübungen. Es klappte nicht, nicht einmal meine bewährte Massage der Handballen. Ich konnte einfach nicht aufhören, daran zu denken, dass der arme Hugh bleich, zitternd und elend in der Wildnis lag und sicher fürchterliche Schmerzen litt. Wenngleich

ich mein Möglichstes für ihn getan hatte, kam ich mir unzulänglich vor und quälte mich mit Selbstvorwürfen.

»Das hast du wirklich gut gemacht«, flüsterte mir Jake plötzlich ins Ohr.

Plötzlich fühlte ich mich viel besser.

»Ich habe schreckliche Angst, dass Hugh die Nacht nicht überlebt«, sagte ich ganz leise, und meine Stimme drohte zu kippen.

»Denk nicht darüber nach. Wir werden alles, was in unserer Macht steht, für ihn tun. Er kommt wahrscheinlich wieder auf den Damm.«

»Wahrscheinlich?«

»Es sei denn, die Schwestern quatschen ihn tot«, scherzte er, um mich ein wenig aufzumuntern, und ich dankte es ihm mit einem schwachen Lächeln.

»Weißt du, letztlich hatte ich keinen Plan, was ich tun sollte. Nichts außer den paar armseligen Notizen aus dem Erste-Hilfe-Kurs.«

»Alle anderen wären ungleich hilfloser gewesen als du.«

»Mit Ausnahme von dir.«

»Okay, aber ich habe auch eine Ausbildung als Sanitäter.«

»Und jetzt liegt er dort auf dem Weg, und wir sind hier. Wie soll ich da ein Auge zukriegen«, stieß ich zittrig hervor.

»Trotzdem musst du schlafen«, mahnte Jake. »Denn morgen wird es echt brutal.«

»Hätte Beckett uns nicht suchen müssen, als wir zur errechneten Zeit nicht im Lager eintrafen? Er konnte sich schließlich denken, dass etwas nicht in Ordnung war.«

»Er wollte sich nach dem Abendessen aufmachen.«

»Nach dem Abendessen? Nicht früher?«

»Er wollte erst auftanken, wie er sagte. Im Übrigen wirkte er nicht sonderlich besorgt. Schätzungsweise dachte er einfach, ihr hättet …«

»Schlappgemacht?«

»Getrödelt«, korrigierte er mich leise lächelnd. »Trotzdem hast du recht. Sein Verhalten war nicht unbedingt professionell.«

»Auf wie alt schätzt du ihn?«

»Wenn ich nicht wüsste, dass man für diesen Job einundzwanzig sein muss, würde ich auf siebzehn tippen.«

»Ich auf fünfzehn – auf alle Fälle ist er noch unreif.«

»Mal so, mal so. Manchmal überrascht er mich«, meinte Jake und rollte sich auf die Seite, um mich anzusehen. »Während wir vorhin auf euch gewartet haben, hat uns Beckett eine wahnsinnig gefühlsbetonte Übung machen lassen. Er hat sich sogar dafür entschuldigt. Angeblich hat er sie selbst bei seinem allerersten Kurs absolviert.«

Interessiert drehte ich mich ebenfalls auf die Seite. »Und?«

»Er sagte, dass wir an einen Menschen denken sollten, der uns liebt oder den wir lieben. An einen Menschen, der uns erdet. Der an uns glaubt. Der bereit wäre, für uns zu leiden.«

»Das hat Beckett von sich gegeben?«

Jake nickte. »Außerdem hat er gesagt, irgendwann im Leben werde der Tag kommen, an dem alles so hoffnungslos erscheint, dass uns lediglich der Gedanke an diese Person die Kraft zum Weitermachen gibt.«

Ich bedachte ihn mit einem nachdenklichen Blick.

»Erzählst du mir das, weil du befürchtest, dass mir morgen womöglich einer dieser hoffnungslosen Tage bevorsteht?«

Er nickte. »Ja, zum einen – und zum anderen, weil du momentan ziemlich down bist. Vielleicht solltest du an diesen Menschen denken, der dich erdet und der an dich glaubt.«

»Wer ist dieser Mensch für dich?«

Er zögerte keine Sekunde. »Es war meine Mutter.«

»Nicht dein Vater?«

»Oh, mein Vater ist ein wunderbarer Mensch«, antwortete er, »aber eben nicht meine Mom.« Fragend sah er mich an. »Und an wen denkst du?«

»An meinen Bruder«, antwortete ich ebenfalls spontan.

Überrascht zog Jake die Brauen hoch. »An Duncan? Echt?«

Ich hätte heucheln und »Ja, genau« sagen können, doch irgendwie wollte ich diesmal meinen richtigen Bruder nicht totschweigen. Den, über den ich sonst niemals sprach.

Vielleicht lag es ja daran, dass es so still und dunkel war und wir uns so dicht gegenüberlagen und bereits die ganze Zeit mit Flüsterstimmen sprachen, um die anderen nicht zu wecken. Keine Ahnung. Jedenfalls empfand ich es aus irgendeinem Grund mit einem Mal als gar nicht mehr so schlimm, ihm ehrlich zu erzählen, was mir seit Jahren auf der Seele lag.

»Ich meine nicht Duncan«, fuhr ich nach kurzem Zögern fort. »Da gab es noch einen Bruder.«

»Den, der gestorben ist?«

»Genau an den denke ich. Er hieß Nathan.«

Jake und ich sahen einander an.

»Weißt du über ihn Bescheid?«

Ich war mir niemals sicher, was er alles wusste und worüber Duncan mit ihm gesprochen hatte.

Er zuckte mit den Achseln. »Nur dass ihr euch sehr nahegestanden habt. Und dass er ein knappes Jahr vor Duncans Geburt starb.«

Ich nickte. »Im Grunde verdankt Duncan sein Leben dem Tod dieses Bruders.«

»Es war ein Unfall, stimmt's?«

»Ja, er ist ertrunken.«

Als ich diese Worte aussprach, überkam mich erneut das heulende Elend, und ich überlegte bereits, an diesem Punkt das Thema zu beenden. Ich tat es nicht, richtete mich stattdessen auf, kreuzte im Schlafsack die Beine zum Schneidersitz und begann zu erzählen.

Die ganze traurige Geschichte – die Tragödie unserer Familie, die bei allen tiefe Narben hinterlassen hatte.

»Wir waren im Strandhaus von Freunden meiner Eltern. Die Erwachsenen haben gebechert und sich amüsiert. Wir waren eine ganze Horde Kinder und sollten uns eigentlich alle gemeinsam ein Video anschauen, aber Nathan wollte runter zum Hafen, zu den Segelbooten. Er bettelte und flehte mich an mitzugehen, doch ich hatte keine Lust – also zog er ohne mich los, ganz allein. Mir war damals der Film so wichtig, und heute weiß ich nicht einmal mehr, wie er hieß oder worum es ging. Man sollte eigentlich meinen, ein solches Detail würde sich einem ins Gedächtnis einbrennen. Ich hingegen habe es vergessen. Manchmal liege ich im Bett, starre zur Decke hoch und versuche mich krampfhaft daran zu erinnern. Und ich habe sogar schon daran gedacht, die anderen, die Kinder von damals, anzurufen und sie nach diesem blöden Film zu fragen. Im letzten Moment weiche ich zurück – man kann schließlich nicht zwanzig Jahre später irgendwelche Fremden kontaktieren. Es wird also eine der großen unbeantworteten Fragen meines Lebens bleiben.«

Jetzt rückte Jake, der sich ebenfalls in seinem Schlafsack aufgesetzt hatte, so dicht an mich heran, dass unsere Knie sich berührten.

»Leise«, raunte ich ihm zu und blickte auf die Schläfer links und rechts von uns. »Sonst weckst du noch die anderen auf.«

»Machst du Witze?«, gab er im Flüsterton zurück. »Die würden nicht mal von einer Sirene wach werden.«

Lächelnd blickte ich auf meine Hände, die ich im Schoß gefaltet hatte.

Nach kurzem Schweigen ergriff Jake erneut das Wort. »Du weißt, dass es nicht deine Schuld war, oder?«

»Natürlich war es meine Schuld. Schließlich war ich die große Schwester.«

»Du hast nichts falsch gemacht.«

»Ich hätte mitgehen sollen.«

»Wie alt warst du damals? Neun?«

Natürlich hatte Jake vom Standpunkt der Vernunft her recht. Ja, ich war neun und als Kind kaum für meinen ein Jahr jüngeren Bruder verantwortlich. Aber ich sah das anders, machte mir selbst nach der langen Zeit noch Vorwürfe. Es war für mich eine Art der Selbstbestrafung.

»Es tut mir leid«, sagte er leise.

»Meine Mutter drehte damals völlig durch. Sie rannte zum See und suchte nach ihm. Und selbst nachdem sie ihn gefunden hatten, suchte sie weiter. Nacht für Nacht wurde sie wach und stapfte durch das Haus. Und zwei Monate später war sie schwanger.«

»Absichtlich?«

»Ich glaube, ja. Sie hoffte offenbar, den toten Sohn ersetzen zu können, bloß war Nathan unersetzlich.«

Jake sah mich mit einem schiefen Lächeln an. »Statt eines zweiten Nathan hat sie also Duncan auf die Menschheit losgelassen.«

Trotz meines Elends musste ich grinsen.

»Oft verstehen sich Geschwister nicht«, fuhr ich mit belegter Stimme fort. »Nathan und ich allerdings waren echte Freunde. Natürlich haben wir gestritten, uns aber ganz schnell wieder versöhnt. Wir sind gemeinsam draußen herumgezogen, haben Festungen gebaut. Die Gegend erkundet – erforscht, nannten wir das. Was wir auch unternahmen, wir waren immer füreinander da.«

»Es war also genau das Gegenteil von dem, was zwischen dir und Duncan läuft.«

Ich zuckte mit den Achseln. »Mir unverständlich, was meine Mutter sich gedacht hat. Bevor wir uns versahen, war da dieses neue Baby, das rund um die Uhr geschrien hat wie ein abgestochenes Schwein. Neugeborene sind wahrscheinlich zunächst immer eine ziemliche Belastung, doch Duncan war einfach unerträglich. Mein Vater hat sich hinter seinem Job verschanzt, während meine Mutter ihre Teilzeitstelle als Bibliothekarin kündigte, um ganz für das Baby da zu sein. Dabei hätte sie eigentlich aus dem

Haus gemusst. Stattdessen hockte sie den ganzen Tag mit einem schreienden Säugling mutterseelensolo zu Hause rum. Und ich …«

»Und du?«

»Ich wurde über alldem irgendwie vergessen.«

Jake beugte sich noch etwas weiter zu mir vor. »Und dann?«

Ich atmete tief durch, bevor ich weiterredete. »Meine Eltern trennten sich innerhalb des ersten Jahres. Dad zog nach San Diego und gründete dort eine neue Familie. Ich sehe ihn fast nie. Und Mom blieb zwei weitere Jahre in unserem Haus in Evanston und versuchte, mich und Duncan alleine großzuziehen, aber sie packte das nicht. Außerdem reichte das Geld vorne und hinten nicht, ständig kamen irgendwelche Mahnungen, und andauernd wurden Strom oder Wasser abgedreht. Irgendwie wuchs ihr alles über den Kopf. Überall lag Wäsche – derart viel, dass sich die saubere von der Schmutzwäsche am Ende nicht mehr unterscheiden ließ. Und meine Mutter weinte nur und vergaß darüber, Abendbrot zu machen oder Haus und Garten zu pflegen. Nach einer Weile war das Gras im Garten beinahe einen Meter hoch und das Wasser in unserem Schwimmbecken von einer dicken Algenschicht überzogen. Zwar bemühte ich mich, ihr ein paar Dinge abzunehmen: Ich legte die Wäsche zusammen, lernte Suppe aufzuwärmen und Käse zu grillen, doch es nutzte nichts. Eines Morgens kurz nach meinem dreizehnten Geburtstag brachte sie uns zu unserer Großmutter und verschwand.«

»Zum Glück ist GiGi eine wirklich tolle Frau«, meinte Jake und fügte nach kurzer Pause hinzu: »Siehst du deine Mutter ab und zu?«

»Hin und wieder treffen wir uns irgendwo auf einen Kaffee, und ich nicke brav, wenn sie von ihrem Job erzählt. Sie ist jetzt Designerin und Yogalehrerin – und wenn sie sich nach mir erkundigt, behaupte ich, dass es mir super geht.«

»Weil es dir immer super geht.«

»Genau.«

»Wenn ich mich recht erinnere, war sie nicht auf deiner Hochzeit, oder?«

Ich schüttelte den Kopf.

»Und dein Vater?«

»Meinen Dad hatte ich eingeladen, denn auf ihn war ich weniger wütend. Wobei ich mir allerdings nicht ganz sicher bin, woran das lag. Vielleicht waren meine Erwartungen an ihn von vornherein geringer.«

»Zum Altar hat er dich aber nicht geführt.«

»Nein, ich fand es passender, alleine zu gehen.«

»Ich erinnere mich daran.«

»So, jetzt weißt du es«, erklärte ich abschließend. »Ich habe alle verloren.«

»Nicht ganz, Duncan ist dir geblieben«, erwiderte Jake leise. »Er liebt dich, wobei das Wort Liebe nicht ausreicht, um seine Gefühle für dich zu beschreiben. Er betet dich an, und auch wenn du ihn nur schwer erträgst – er würde sein letztes Hemd für dich geben.«

»Das ich gar nicht haben möchte.«

»Trotzdem würde er es tun.«

Erneut holte ich tief Luft, dachte über alles nach und sprach etwas aus, das mir wahrscheinlich immer schon bewusst war.

»Vielleicht habe ich ihm einfach nie verziehen, dass er nicht Nathan ist.«

Der Satz klang selbst in meinen eigenen Ohren völlig irreal.

Jake sah mich an. »So sieht es aus. Denk mal daran, dass er nicht darum gebeten hat, auf die Welt zu kommen. Er wurde genau wie du rein zufällig in diesen Shitstorm reingezogen, ob er wollte oder nicht.«

Für mich als Kind hatte sich das ganz eindeutig dargestellt: Duncan war an allem schuld. Zwar nicht an Nathans Tod, aber an allen anderen, was danach schieflief. Nach seiner Geburt verschwand mein Dad, meine Mom drehte vollends durch, und ich wurde völlig ignoriert. Und das Baby, das aufgrund von Koliken pausenlos schrie, entwickelte sich erst zu einem nervigen Kleinkind und danach zu einem wilden Draufgänger, der kaum zu bändigen war.

Und obwohl GiGi uns von Herzen liebte, war ihre Geduld im Umgang mit Kindern eher begrenzt, sodass ich mich um diesen ungeliebten Bruder auch noch kümmern musste. Erst mit Beginn des Studiums konnte ich das leidige Thema abhaken. Ich zog weg, und es ging mir endlich gut. War befreit von Duncan, dessen Nähe ich nicht ertrug. Weil er schuld an allem war.

Durch das Gespräch mit Jake sah ich die Dinge plötzlich aus einer anderen Perspektive. Erkannte, dass Duncan als mutterloses Kind, das niemand wirklich gewollt hatte, so sehr nach Aufmerksamkeit gehungert haben musste, dass er lauter verrückte Dinge tat. Beispielsweise fuhr er mit acht Jahren mit GiGis Auto spazieren – Hauptsache, man beachtete ihn. Meine Mutter betrachtete ich jetzt ebenfalls mit anderen Augen. Sie war vor Kummer und Schuldgefühlen völlig blind gewesen und hatte nicht die Kraft gefunden, nach dem schrecklichen Unglück für ihre anderen Kinder da zu sein. Zumal mein Vater ihr offenbar keine echte Hilfe gewesen war. Er war lieber geflohen. Allein ich musste bleiben und den Zerfall der Familie mit ansehen.

Der Einzige, der das hätte verhindern können, wäre Nathan gewesen – und sein Tod war es dann, der die Lawine ins Rollen brachte.

Jake merkte offenbar, dass die Geschichte mich nach wie vor nicht zur Ruhe kommen ließ.

»Du wirst morgen viel Zeit zum Nachdenken haben«, meinte er tröstend.

Seine Worte brachten mich in die Gegenwart zurück. »Wie spät ist es?«

»Neun«, erklärte Jake. »Mitternacht für Wanderer.«

»Dann sollten wir jetzt vielleicht besser schlafen«, schlug ich vor.

Also legten wir uns wieder hin, die Gesichter einander zugewandt, und sahen uns eine ganze Weile an.

»Übrigens vielen Dank«, flüsterte ich.

»Wofür?«

Ich wusste nicht, wo ich beginnen sollte.

Dafür, dass er mit mir aufgeblieben war.

Dafür, dass er meine Blasen und mein Knie verarztet hatte.

Dafür, dass er meine Partei ergriff, wenn Beckett mich mal wieder auf dem Kieker hatte.

Dafür, dass er sich um Duncan kümmerte und obendrein mit ihm befreundet war.

»Für alles«, antwortete ich schlicht und fand, dass es ein letztlich positiver Ausklang dieses schrecklichen Tages gewesen war.

Jake bewegte sich. »Helen?«

Ich wandte mich ihm wieder zu. »Ja?«

»Es gibt da etwas, das ich dir die ganze Zeit schon sagen wollte.«

Bitte nicht.

»Diese … Kussgeschichte tut mir wirklich leid.«

»Was meinst du damit?«

»Ich hatte gerade eine schlechte Nachricht bekommen«, druckste er herum. »Eine Nachricht, die mir an dem Tag ziemlich zu schaffen machte und im Grunde immer noch zu schaffen macht.«

Ich wartete schweigend ab.

»Und in dieser Situation habe ich ein paar dämliche Entscheidungen getroffen.«

»Was für eine schlechte Nachricht?«

»Eben eine schlechte.«

»Du willst mir nicht erzählen, um was es sich dabei handelt? Ich habe immerhin gerade mein gesamtes Leben vor dir ausgebreitet, da solltest du eigentlich ebenfalls Vertrauen zu mir haben.«

»Im Grunde kam diese Nachricht bereits im Herbst. Bloß hoffte ich eine Zeitlang, es wäre vielleicht nicht ganz so schlimm. Aber dann stellte sich heraus, dass es leider doch so ist. Das erfuhr ich drei Tage, bevor wir in dem Motel gelandet sind.«

Seine Ausführungen verwirrten mich. Versuchte er mir damit zu eröffnen, dass unsere Knutscherei auf dem Bett lediglich eine Ablenkung oder ein kurzer Trost für ihn gewesen war?

»Sag mir endlich, um was für eine Nachricht es sich handelt«, drängte ich ihn.

Er musterte mich nachdenklich und schüttelte schließlich den Kopf.

»Das ist nicht fair«, warf ich ihm vor. »Vor allem weil du das Thema von dir aus angesprochen hast.«

»Lediglich als Teil meiner Entschuldigung.«

»Um die ich dich nicht gebeten habe.«

»Das war auch nicht nötig. Ich weiß selber, dass ich dir eine schuldig bin.«

»Du bist mir gar nichts schuldig.«

»Ich wollte dir nur erklären, dass ich mich an diesem Abend niemals so benommen hätte, wenn diese Nachricht nicht gekommen wäre.«

Was meinte er damit?

Obwohl ich zu gerne weiter nachgebohrt hätte, unterließ ich es aus gekränkter Eitelkeit.

»Egal«, erklärte ich schroff. »Ist ja ohnehin ewig her.«

»Gerade mal eine Woche.«

»Eine sehr lange Woche allerdings, in der du offensichtlich sehr beschäftigt warst.«

Er runzelte die Stirn.

»Die Schwestern haben mir erzählt, was zwischen dir und den Mädchen auf dem Dach gelaufen ist.«

Kaum hatte ich die Worte ausgesprochen, merkte ich, wie eifersüchtig sie klangen.

»Das war ein Spiel, sonst nichts.«

»Hast du wirklich *alle* geküsst?«

»Ich weiß es nicht mehr.«

»Dann hast du also so viele geküsst, dass du den Überblick verloren hast?«

»Wie gesagt, es war ein *Spiel*.«

»Wie Scrabble?«

»Nein, völlig anders.«

Das hoffte ich sehr, mochte es aber nicht eingestehen und flüchtete mich erneut in vorgebliche Gleichgültigkeit. Tat so, als würde es mich null tangieren, ob und wann er mit wem herummachte.

»Lass gut sein, es interessiert mich nicht wirklich«, sagte ich von oben herab und fügte als kleine Spitze hinzu: »Übrigens habe ich, während ihr euch auf dem Dach amüsiert habt, einen bemerkenswerten Telefonanruf gekriegt.«

Zu meiner Freude schluckte er den Köder.

»Was für einen Anruf?«, erkundigte er sich leicht alarmiert.

»Von meinem Ex, der mir schwor, ich sei das einzig Gute, das ihm in seinem Leben jemals widerfahren ist. Nett, oder? Und dann flehte er mich noch an, nach Hause zu kommen.«

Abrupt richtete Jake sich auf, und trotz der Dunkelheit merkte ich, dass er mich intensiv musterte.

»Und mit welchem Zweck und Ende? Um die Scheidung rückgängig zu machen?«

»Keine Ahnung«, erwiderte ich nicht ganz ehrlich. »Vielleicht will er ja bloß mal mit mir ausgehen.«

»Ausgehen? Du willst dich doch wohl nicht auf so etwas einlassen?«

»Und warum nicht?«

»Weil das Leben nun einmal nicht rückwärtsläuft.«

»Nun, zumindest bekäme es dadurch wenigstens irgendeine Richtung.«

Er atmete tief durch. »Und was hast du geantwortet?«

»Das verrate ich dir, wenn du mir beichtest, was es mit der schlechten Nachricht auf sich hat.«

»Das ist nicht fair.«

»Das Leben ist nun mal nicht fair.«

Jake sah mich reglos an. »Helen, du kannst nicht …«

»O doch, ich kann machen, was ich will«, unterbrach ich ihn und kehrte ihm, bevor ihm eine passende Erwiderung einfiel, kurzerhand den Rücken zu.

11

Beckett weckte uns um halb fünf, schweigend bauten wir unser Lager ab, bevor die Sonne überhaupt ans Aufgehen dachte. Im Dunkeln stolperte ich über eine Zeltschnur, einen Stein und einen abgebrochenen Ast.

Ich rechnete damit, dass Beckett mit Gruppe eins und Jake vorausging, um so schnell wie möglich die Unfallstelle zu erreichen, während wir anderen mehr oder weniger uns selbst überlassen blieben, doch es kam anders.

Beckett rief mich nämlich unvermutet zu sich und gab eine neue Order.

»Helen, du gehst heute vorne und zeigst uns den Weg.«

»Was?«, protestierte Mason. »Dann kommen wir ja nie dort an.«

»Sie hat Hugh nach seinem Sturz versorgt und die Schwestern instruiert, was sie während ihrer Abwesenheit tun sollen. Hat alleine auf den richtigen Weg zurückgefunden und sich alleine zu uns durchgekämpft. Also führt sie heute die ganze Gruppe an.«

»Aber sie ist die Langsamste von uns.«

»Die Drittlangsamste«, korrigierte ich ihn.

»Beckett …«, setzte der gekränkte Hüne erneut an, doch unser Anführer machte dieser Bezeichnung zur Abwechslung einmal Ehre.

Gebieterisch hob er die Hand und verbat sich Masons Einmischung.

»Schluss, ich entscheide. Und ich wünsche, dass du heute das hintere Ende sicherst und aufpasst, dass niemand zurückbleibt.«

Ich war mir nicht sicher, ob es mir gefiel, die Gruppe anzuführen, denn definitiv kämen die Jungs mit einem anderen Tempomacher schneller voran. Und den genauen Ort hatte ich ohnehin auf der Karte markiert. Da eine Fortsetzung der Diskussion allerdings nur noch mehr wertvolle Zeit kosten würde, hielt ich den Mund und stellte mich an die Spitze. Gefolgt von Windy, Jake und Beckett – in welcher Reihenfolge der Rest sich aufreihte, bekam ich nicht mit.

Wir kamen überraschend gut voran. Der Gedanke, dass der arme Hugh womöglich sterben könnte, trieb mich an. Außerdem wollte ich es Mason, der mich als lahme Schnecke tituliert hatte, beweisen – und wirklich schien es, als würde die Beleidigung mich beflügeln.

Hin und wieder geschahen doch noch Zeichen und Wunder, dachte ich mit Genugtuung.

Anfangs sprach niemand ein Wort. Während sonst permanent gelacht, geredet und gesungen wurde, war es während dieses Marsches gespenstisch still. Jeder schien in Gedanken versunken zu sein. Ich ebenfalls. Trotz des Unfalls hatte es am vergangenen Tag Positives gegeben, und zwar in mehrfacher Hinsicht.

Erstens hatte ich Hugh angemessen, heißt: den Möglichkeiten entsprechend, versorgt, zweitens mittels der Karte zum Camp gefunden und drittens erhellende neue Einsichten über die Beziehung zwischen mir und meinem Bruder und über unsere Familie insgesamt gewonnen.

Nicht schlecht für den bisher mit Abstand schlimmsten Tag der Tour.

Dahinter traten die negativen Dinge, die es ebenfalls gegeben hatte, eindeutig zurück. Genau, wie es laut Windy sein sollte. Dazu gehörte der Schreck, als Hugh stürzte. Ferner meine Unsicherheit und Panik in dieser Situation, die Erkenntnis, dass jetzt alles von mir abhing, sowie mein Frust, weil wir falsch gelaufen waren. Aber das alles wurde letztlich überlagert durch die Erfolge.

Lediglich die Vorstellung, dass Windy möglicherweise mit Jake zusammen war, ließ sich nicht ins Positive verkehren.

Das nagte an mir, und wenn ich mich nicht gerade zwang, an etwas anderes zu denken, tauchte automatisch dieses von den Schwestern und Hugh beschworene Bild eines perfekten Paares vor meinen Augen auf. Klar, das waren sie wirklich, und ich sollte es den beiden eigentlich nicht verübeln, wenn sie sich zusammentäten … Aber genau das tat ich. Weil ich Jake für mich wollte, was allein aufgrund unseres Altersunterschieds völlig idiotisch war.

Hatten die Schwestern recht gehabt?

War Jake tatsächlich vergeben? Hatte sich in den vergangenen Tagen wirklich etwas zwischen ihm und Windy angebahnt? Hatte er mich, meinem Wunsch folgend, abgehakt? Obwohl er noch vor etwas mehr als einer Woche angeblich total in mich vernarrt war?

Vielleicht war er ja ein Heuchler, der mit allen Frauen so umging und ihre Sehnsüchte für seine Zwecke ausnutzte. Okay, gegen seinen Charme war kein Kraut gewachsen, das hatte ich schließlich selbst erlebt. Er gab einem das Gefühl, bewundert und begehrt zu werden. Das war sein Trick, auf den alle reinfielen.

Sogar Frauen, die es besser wissen sollten.

Frauen wie ich.

Selbst wenn es so war, wie ich ihm in meiner Eifersucht unterstellte, dass er reihenweise Frauen verführte, musste ich ihm eines lassen: Von dieser Schwäche abgesehen, war er ein durch und durch anständiger Bursche, den ich mochte. Und zwar sehr. Das wurde mir an diesem Morgen während unseres stillen Marsches endgültig klar.

Wann immer er mich ansah, wann immer er mich zufällig oder absichtlich berührte, wann immer er mich gegen andere in Schutz nahm, erfasste mich ein unbeschreibliches Glücksgefühl.

Und wenngleich mir hundeelend bei dem Gedanken wurde, er könnte Windy heiraten und mit ihr Scharen hübscher, wohlgeratener Kinder zeugen, war ich ihm dankbar. Er hatte mich aus der Taubheit des letzten Jahres gerissen, mir das Gefühl gegeben, wieder lebendig zu sein. Was machte es da letztlich, wenn ich seinetwegen jetzt litt?

Auch Schmerzen waren schließlich ein Zeichen, dass man lebte.

Plötzlich hörte ich, wie sich das Objekt meiner Sehnsüchte hinter mir angeregt mit Windy unterhielt.

»Also, das *Vergnügungs*system des Gehirns unterliegt der Steuerung durch Opioide. Das sind Neurotransmitter, die helfen, Unbehagen auszublenden und die schönen Dinge im Leben zu genießen. Das Verlangen hingegen wird von Dopamin gesteuert, das uns oft kribbelig und reizbar macht.«

»Mit anderen Worten: Diese beiden Dinge schließen sich gegenseitig aus«, beendete Jake ihren Gedankengang.

»Richtig. Zu großes Verlangen verhindert oft, dass man Freude und Befriedigung empfindet. Man muss eine Balance finden.«

Ich wusste nicht einmal genau, wovon sie sprachen, und trotzdem mischte ich mich ein.

»Ist nicht für manche Männer das Verlangen das Wichtigste? Ich denke dabei an all jene, die vor allem Frauen wollen, an die sie nicht rankommen?«

Windy nickte. »Das ist wie bei einer Sucht. Man ist nie zufrieden mit dem, was man hat, will ständig mehr oder Neues.«

»Kann man das kurieren?«

»Angesichts der Komplexität des menschlichen Gehirns ist theoretisch alles möglich«, antwortete sie. »In der Praxis allerdings ist das nicht so einfach. Voraussetzung wäre auf jeden Fall, zu erkennen und zu akzeptieren, dass man nicht automatisch glücklich wird, wenn man alles bekommt, was man sich wünscht.«

»Ach nein?«

Sie schüttelte den Kopf. »Und wenn, dann lediglich für kurze Zeit. Wahres Glück hat mit Wertschätzung zu tun und nicht mit Habenwollen.«

»Oh.«

Ich war verwirrt, hatte ich doch bisher gedacht, glücklich sein hieße, das zu bekommen, was man sich wünscht. Offenbar war das ein Denkfehler.

Als ich keine weiteren Fragen stellte, wandte Windy sich wieder an Jake.

»Also, deshalb bin ich während meines ersten Jahres in Barnard zum Buddhismus konvertiert.«

»Finde ich echt bewundernswert«, meinte er. »Das überlege ich nämlich selbst seit geraumer Zeit.«

»Wirklich? Ich kann dir ein paar Tipps geben, wenn du willst.«

»Super, gerne.«

Windy war Buddhistin? Und zudem eingeschrieben an einem der besten Colleges in den Staaten? Sie steckte weiß Gott voller Überraschungen. Was mich aber am meisten beeindruckte, war die Tatsache, dass sie dennoch den Eindruck erweckte, ein ganz normales, nettes Mädchen zu sein. Man musste sie ganz einfach mögen, ob man wollte oder nicht.

»Vielleicht könnten wir uns ja an unserem nächsten Ruhetag darüber unterhalten«, hörte ich sie sagen.

In diesem Moment fragte ich mich, ob ich sie tatsächlich uneingeschränkt mögen musste, und machte sogleich ein paar Abstriche.

Wir brauchten fast drei Stunden, bis wir Hugh erreichten. Bei unserer Ankunft war er bei Bewusstsein und schlürfte Tütensuppe aus einem Kaffeebecher, den ihm eine von den Schwestern an die Lippen hielt.

Jake machte sich sofort ans Werk, schnitt Hose und Strümpfe auf, um sich ein Bild vom Ausmaß der Verletzung zu machen. Windy und Mason schickte er los, um einen Ast zu suchen, der sich als Schiene verwenden ließ.

»Für sein Bein?«, erkundigte sich der Hüne.

Jake schüttelte den Kopf. »Ich werde seinen ganzen Körper schienen, also sucht bitte nach einem möglichst langen und dicken Ast.«

Den Rest der Truppe versammelte Beckett um sich und teilte uns zur Vorbereitung des Transports in zwei Gruppen auf. Außerdem mussten drei Leute ihre Rucksäcke mit Aluminiumrahmen zur Verfügung stellen, und nachdem der Inhalt auf andere Gepäckstücke verteilt war, zog Jake das Gestänge aus dem Stoff.

»Was machst du da?«, erkundigte ich mich.

»Eine Trage für Hugh bauen.«

Fasziniert beobachtete ich, wie er ein paar der flachen Nylonseile, die wir bei uns hatten, so zwischen die Stangen spannte, dass eine solide Liegefläche entstand. Obendrauf kam ein Schlafsack, und dann legte er sich zur Probe selbst auf die improvisierte Trage.

»Nicht schlecht«, meinte er zufrieden. »Ist zwar nicht gerade superweich, aber für unsere Zwecke reicht es.«

Vor dem Aufbruch durften wir wie versprochen noch frühstücken, und Jake nahm die Gelegenheit wahr, uns kurz über Hughs Zustand in Kenntnis zu setzen. Sein Oberschenkel war inzwischen schwarz verfärbt, das verletzte Bein konnte noch immer nicht bewegt werden und war deutlich länger als das gesunde – was die Vermutung nahelegte, dass die Hüfte ausgekugelt und gebrochen war. Zumindest war er voll ansprechbar, und das sei, so Jake, immerhin ein gutes Zeichen.

Anschließend wandte er sich direkt an mich.

»Hugh hat mir gesagt, dass du seine Heldin bist.«

»Das hast du wirklich gut gemacht, Mädchen«, stellte sogar Beckett anerkennend fest, bevor er uns den Plan für den heutigen Tag erläuterte.

Die Hälfte der Gruppe – also sechs – würden die Trage schleppen, die anderen mussten den Abtransport sämtlicher Rucksäcke bewältigen und zweimal den Weg machen. Insofern war ich fast froh, den Trägern zugeteilt zu werden.

Rund drei Meilen seien es bis zum nächstgelegenen Parkausgang, fuhr Beckett fort, und dort warte bereits eine Ambulanz auf Hugh, die ihn umgehend ins Krankenhaus bringen werde.

»Wir setzen ihn einfach dort ab und kehren in den Wald zurück?«, erkundigte sich Mason.

Beckett schüttelte den Kopf. »Nein, ein Mitarbeiter des BCSC wird ebenfalls dort sein, um Hugh ins Hospital zu begleiten und sich um alles zu kümmern.«

Halb zehn. Langsam wurde es höchste Zeit zu starten.

Ich sah die Sache optimistisch, denn drei Meilen waren schließlich nicht die Welt. Vielleicht würde dieser Tag ja gar nicht so schlimm, doch Beckett nahm mir sämtliche Illusionen.

»Das wird der längste Tag eures bisherigen Lebens werden, Leute«, gab er uns mit auf den Weg. »Aber ganz egal, wie fertig ihr seid, denkt stets daran, dass es für Hugh zehnmal schlimmer ist. Gut, dass wir gestern Abend unsere kleine Übung in innerer Stärke gemacht haben. Heute ist nämlich einer dieser Tage, an dem ihr aus den Gedanken an die Menschen, die euch lieben, Kraft ziehen müsst. Sonst schafft ihr es nicht.«

Obwohl er mal wieder arg dramatisch klang, musste ich ihm irgendwie recht geben.

Inzwischen schickten sich die Jungs an, Hugh auf die Trage zu hieven. Sie sollten die Hände unter den Verletzten schieben und dann auf Jakes Kommando hören.

»Wird das wehtun?«, fragte Hugh ängstlich.

Jake nickte. »Tut mir leid, Kumpel. Sehr sogar.«

Er sah die anderen Burschen an. »Seid ihr bereit?«

»Wartet«, schrie Hugh panisch, der angesichts dessen, was ihm bevorstand, Zeit zu schinden versuchte.

Ich trat zu ihm und nahm seine Hand.

»Drück meine Hand und lass deine Schmerzen an mir aus«, sagte ich, um ihn abzulenken, und in diesem Moment gab Jake das Kommando.

»Eins! Zwei! Drei!«

Der arme Hugh schrie wie am Spieß, ließ all seinen Schmerzen, seiner Verzweiflung und seiner Furcht freien Lauf. Als er verstummte, wusste ich, dass er zu seinem Glück erneut das Bewusstsein verloren hatte.

Um ihn zu wärmen und zu schützen, zogen wir den Reißverschluss des Schlafsacks zu, bevor wir ihn auf der Trage festbanden.

»Gut, dass er für den Augenblick nichts merkt«, meinte Jack. »Lasst uns das nutzen. Seid ihr startklar?«

Wir nickten und nahmen unsere Plätze an der Trage ein. Aus irgendeinem unerfindlichen Grund hatte ich angenommen, wir würden Hugh auf unsere Schultern hieven, wie es Sargträger machen, doch ich wurde eines Besseren belehrt. Wir durften, laut Becketts Anweisungen, die Trage höchstens auf Hüfthöhe bringen, mussten sie also mit angewinkelten Armen halten.

»So ist es nicht unbedingt einfacher für euch, aber sicherer für den Patienten«, erklärte Beckett.

»Sicherer?« Ich sah ihn fragend an.

»Falls uns die Trage aus der Hand gleitet, fällt er nicht so tief«, meinte er und fügte beruhigend hinzu: »Was allerdings bestimmt nicht passieren wird.«

Um diesen Fall definitiv auszuschließen, waren zusätzlich sechs Gurte an der Trage angebracht worden, die wir uns über die Außenschulter hängen sollten. Das erhöhte die Sicherheit und verteilte gleichzeitig das Gewicht besser. Sollte es zumindest, wovon ich nicht wirklich überzeugt war.

Mit gutem Grund, wie ich kurz darauf leidvoll spürte.

Nachdem wir nämlich auf Becketts »Eins, zwei, drei!« die Trage angehoben und uns die Gurte umgehängt hatten, begann mir zu schwanen, was es bedeutete, dieses Gewicht drei Meilen bergauf und bergab über Stock und Stein und Baumstämme schleppen zu müssen.

Schon jetzt schrien meine Muskeln: »Nein! Lass sofort los!«

Natürlich ließ ich nicht los. Genauso wenig wie die anderen, denn wir hatten keine Wahl.

»So mickrig und trotzdem so schwer«, seufzte selbst der Hüne.

»Vergiss nicht das Gewicht der Trage, das kommt noch hinzu«, gab einer seiner Kumpel zu bedenken.

»Na ja, er ist sehr groß und dürfte es dadurch auf achtzig Kilo bringen«, schätzte Beckett. »Mit den Rahmen sind es dann mindestens neunzig.«

»Das macht also für jeden von uns fünfzehn Kilo.«

»Hört sich gar nicht so schlimm an.«

Doch es war mehr als schlimm.

Noch bevor wir die Abzweigung zu unserer ursprünglichen Route erreichten, brannten meine Schultern von dem Gurt, und meine Hand, um die das Gurtende geschlungen war, war violett verfärbt. Beckett hatte nicht übertrieben, als er prophezeite, dass wir den ganzen Tag bis zum Parkplatz brauchen würden.

Nie zuvor war meinem Körper eine solche Kraftanstrengung abverlangt worden.

Ich versuchte mich abzulenken, indem ich, Becketts Rat befolgend, all meine Gedanken und Sinne auf einen ganz besonderen Menschen richtete. Bloß auf wen? Sollte ich mir Nathan vorstellen, der am Rand des Pfades stand, um mich anzufeuern wie bei einem Marathon? Das war zum einen nicht so einfach und kam mir zum anderen ziemlich dämlich vor. Überhaupt fand ich Becketts Vorschlag unter praktischen Bedingungen eher abwegig. Ich besaß einfach nicht die Energie, mich bei dieser Plackerei auch noch in Träumen zu ergehen.

Ob ich wohl die Einzige war, der es an solcher Multi-Tasking-Fähigkeit mangelte, fragte ich mich.

Wir stolperten gerade bergauf, rempelten uns immer wieder an und waren außerstande, die Trage mit dem armen Hugh ruhig zu halten, als Jake plötzlich befehlsgewohnt wie ein richtiger Sergeant, der seine Rekruten drillt, »Links! Links! Links, rechts links!« kommandierte und ein Marschlied anstimmte, in das die anderen Jungs zu meiner Verwunderung einfielen und voller Begeisterung mitsangen oder mitsummten.

Sang man solche Lieder heutzutage noch auf dem College?

Mein Rücken schmerzt, der Stiefel drückt, bald macht mich dieser Scheiß verrückt.

Alle lachten.

»Links, rechts, links«, schrie Jake, bevor er zum Refrain ansetzte.

Das Einz'ge, was mich aufrecht hält: das tollste Mädchen dieser Welt.

Bei diesen Worten blickte er mich vielsagend an.

Um dann spöttisch hinzuzufügen: »He, Helen-mit-H, sing mit. Du bist Teil dieses Trupps.«

Also fiel auch ich ein, und irgendwann tat das Singen seine Wirkung.

Es kam mir vor, als würden uns der Klang der abgehackten Rhythmen und der steten Kommandos »Links, rechts, links«, sowie die Texte über das harte Soldatenleben, dessen einziger Lichtblick das Mädchen war, beflügeln und uns schneller vorwärts durch den Wald treiben.

Und bestimmt war es bloß ein Ausrutscher, dass mir die Textstellen über das Elend am besten gefielen.

Die Kiste Schrott, die Glotze tot, die Freundin schimpft mich als Idiot.

Mein Köter beißt, die Frau flippt aus, will nur noch raus aus diesem Haus.

Mein Kopf ist kahl, die Frau ist weg, ich lebe jetzt allein im Dreck.

Ich hatte keine Ahnung, ob man das so bei der Army sang oder ob alles frei erfunden war. Jedenfalls passte Jake die Texte mit einem Mal aus dem Stehgreif an unsere Situation an.

Keine Latte, kein Big Mac, nur Hugh auf seinem blöden Bett.

Die Arme schwer, die Füße wund, allmählich wird es mir zu bunt.

Der Weg ist steil, ich kann nicht mehr, schickt also endlich Hilfe her.

Einmal mehr bewunderte ich Jake. Zum einen wegen seines Ideenreichtums und seiner Kreativität, zum anderen weil er erneut bewies, dass er Menschen mitzureißen verstand. Obwohl körperlich vollkommen am Ende, hellte sich meine Stimmung durch den kuriosen militärischen Singsang merklich auf.

Kurz bevor wir unser Ziel erreichten, erwachte Hugh aus dem Halbdämmer, in dem er sich die ganze Zeit befunden hatte.

»Ich bin wohl in der Hölle«, murmelte er nach kurzem Überlegen.

»Noch nicht, aber bald«, scherzte Mason rechts von seinem Kopf. »Weil ich nämlich furzen muss.«

Alle lachten, und auch Hugh versuchte es.

»O Gott, das Lachen tut entsetzlich weh«, jammerte er. »Hört bloß auf, Witze zu reißen.«

»Du musst dich entscheiden – lachen oder weinen«, gab ein anderer seinen Senf dazu.

Hugh verzog das Gesicht. »Am besten keins von beidem, denn beides schmerzt höllisch.«

Es sollte noch dauern, bis der Ärmste diesen Transport hinter sich hatte, zumal uns auf dem Rest der Strecke so einige Probleme erwarteten.

Einmal mussten wir eine Stelle passieren, die infolge eines sommerlichen Regenschauers total aufgeweicht und glitschig war. Bei jedem Schritt rutschten wir mit unserer Trage ein Stück nach hinten und hatten das Gefühl, auf der Stelle zu treten. Und als wäre das nicht genug, erreichten wir kurz nach unserer Mittagspause einen Fluss, der für die Jahreszeit extrem viel Wasser führte. Den Jungs ging es bis zu den Oberschenkeln, ich hingegen versank bis zur Hüfte. Und das mit der Trage, die jetzt fast auf Kopfhöhe gehievt werden musste.

»Gut so, Leute«, feuerte uns Beckett an. »Hugh soll

sich schließlich neben all seinen anderen Verletzungen nicht auch noch verkühlen.«

Als wir über eine Viertelstunde später endlich wieder aus dem Wasser stiegen, waren meine Beine taub und rot vor Kälte, und meine Schultern schmerzten vom Anheben und Halten der Trage oberhalb der Wasserlinie.

Nachdem wir unsere Last am anderen Ufer abgesetzt hatten, um unsere Muskeln etwas zu lockern, kam Jake zu mir.

»Du hast es mit den Schultern, stimmt's?«

Ich nickte stumm.

»Dann wird dir das helfen«, sagte er und begann, mit meinen Armen Entlastungsübungen zu machen.

Ich ließ ihn gewähren – hätte nicht einmal widersprochen, wenn es mir nicht recht gewesen wäre. Dazu war ich einfach zu kaputt. Selbst den kräftigsten Burschen wie unserem Hünen schien es nicht viel besser zu gehen. An niemandem war die Anstrengung spurlos vorübergegangen, alle hatten zerschundene Hände und blutige Blasen vom Halten der Gurte.

Als könnte er meine Gedanken lesen, sagte Hugh unvermittelt: »Danke, dass ihr mich nicht einfach habt liegen lassen.«

»War doch Ehrensache, Mann«, sagte einer der anderen, die sich am Ufer ausgestreckt hatten.

Beckett hingegen kommentierte die Sache auf seine Art.

»Mir geht seit Stunden eine Frage durch den Kopf«, begann er und schaute in die Runde. »Nämlich ob irgendwer aus dieser Gruppe je wieder auf einen umgestürzten Baumstamm treten wird.«

Um drei Uhr nachmittags erreichten wir unser Ziel. Also trotz aller Widrigkeiten sogar etwas früher, als von Beckett vorausgesagt, der mehr oder weniger den ganzen Tag veranschlagt hatte.

Leider sahen wir auf dem Parkplatz weder einen Krankenwagen noch die angekündigte BCSC-Unterstützung, weshalb Beckett anordnete, mit dem Aufschlagen des Lagers und den Vorbereitungen fürs Essenkochen zu beginnen. Zu diesem Zweck mussten alle wieder eine halbe Meile in den Wald zurück – auf dem Parkplatzgelände neben zahllosen Wohnwagen zu kampieren, ging unserem Naturfreak gegen die Ehre.

Natürlich galt das nicht für Hugh. Er sollte an Ort und Stelle mit Jake auf die Ankunft des Krankenwagens warten. Und mit mir.

»Weil Hugh dich offenbar am liebsten mag«, begründete Beckett seine Entscheidung.

Was der Verletzte, der sich, seit er nicht mehr durch die Wildnis geschaukelt wurde, deutlich besser fühlte, mit leisem Spott kommentierte.

»Mögen ist vielleicht ein bisschen übertrieben – dazu kenne ich dich zu wenig. Fakt ist allerdings, dass du mir lieber bist als die meisten anderen.«

Na, wenn das mal nichts war!

Als Dritte im Bund stellte Beckett Windy ab – als Springer sozusagen, damit Hugh nie alleine war.

Dann waren wir allein und nahmen erst mal die Gelegenheit wahr, uns umzuschauen.

Anders als der Parkplatz, von dem aus wir unsere Tour gestartet hatten, verfügte dieser über allerlei zivilisatorische Annehmlichkeiten wie Toiletten, Snack- und Getränkeautomaten sowie über Stromanschlüsse. Was bedeutete, dass überall um uns herum Familien vor ihren Wohnmobilen saßen, gemütlich Burger grillten und jede Menge Abfall hinterließen.

Schokoriegelpapier, Bierdosen und leere Chipstüten, so weit das Auge reichte. Für uns nach einer Woche in der jungfräulichen Wildnis ein schockierender Anblick. Was war nur mit den Leuten los? Plötzlich konnte ich Beckett verstehen, der mir zuvor total paranoid vorgekommen war.

Um Hugh weitestgehend abzuschirmen, hatten wir seine Trage in einer der offenen Holzlauben abgestellt, die sonst für Picknicks und dergleichen genutzt wurden, und warteten darauf, dass die verdammten Sanitäter endlich kamen. Nachdem wir uns sprichwörtlich die Ärsche aufgerissen hatten, um ihn einigermaßen heil hierherzubringen, waren wir jetzt sauer über die ebenso unnötige wie unverständliche Verzögerung.

Hatte Hugh nicht schon genug durchgemacht?

Zum Glück schien er, nachdem er ein paar Cracker gegessen hatte, erneut schläfrig zu werden und schloss die Augen. Ich wollte es ihm gleichtun, streckte mich neben ihm aus und legte den Kopf auf meinen Rucksack in der Hoffnung, ein bisschen Schlaf zu finden.

Vergeblich.

Aufgewühlt von den Ereignissen der letzten beiden Tage und dem Gespräch der letzten Nacht, fand ich einfach keine Ruhe. Und so hörte ich, ob ich es wollte oder nicht, wie Jake und Windy sich an einem der Picknicktische unterhielten, die überall auf dem Areal standen.

Sie erzählte ihm von der Domestizierung wilder Füchse durch einen russischen Wissenschaftler, was mich derart faszinierte, dass sogar meine Müdigkeit und meine Erschöpfung verflogen.

Hingegen stellte sich blankes Entsetzen ein, als ich sie plötzlich sagen hörte: »Küss mich, Jake.«

»Jetzt?«

Er klang nicht im Geringsten überrascht.

»Ja, jetzt.«

»Findest du, dass das ein guter Zeitpunkt ist?«

»Ich finde sogar, dass er perfekt ist.«

Ungläubig riss ich die Augen auf. Wenigstens ein Mindestmaß an Taktgefühl mir gegenüber hätte ich von ihnen erwartet. Mit ihrer Ungeniertheit gaben sie mir nämlich das Gefühl, ein Gaffer zu sein, ein Voyeur – und das, obwohl sie wussten, dass ich lediglich ein paar Meter hinter ihnen lag. Gut, sie drehten mir den Rücken zu, aber reichte das als Entschuldigung? Oder hatten sie meine Anwesenheit glatt vergessen?

Trotz meiner Empörung spitzte ich die Ohren.

»Wenn du mich fragst, stört mich der Schmutz, den wir nach diesem Marsch mit uns herumschleppen.«

Ich sah, wie sie den Kopf schüttelte.

»Mein Mund ist sauber, deiner bestimmt ebenfalls – und das ist die Hauptsache.«

»Es ist dir also egal, dass ich wie ein Stinktier rieche?«

»Ja.«

»Dann küssen wir uns also wirklich?«

Er versucht, Zeit zu schinden, dachte ich, doch Windy nickte einfach.

Die Schwestern hatten tatsächlich recht gehabt. Zwischen den beiden lief etwas, ob ich es nun wahrhaben wollte oder nicht. Und wenngleich ich es mit meinen eigenen Ohren hörte und es mit meinen eigenen Augen sah, sträubte sich alles in mir dagegen, es zu glauben. Nach wie vor klammerte ich mich an die Vorstellung, dass es zwischen uns noch nicht aus war und anderslautende Behauptungen auf Missverständnissen beruhten.

Mein dummes, stures Herz bestand weiterhin darauf, dass Jake und mich etwas durchaus Ernstes verband. Nicht bloß ein kleiner Flirt.

In dem Augenblick allerdings, als Jake sich vorbeugte und seine Lippen sanft auf Windys Mund presste, gerieten alle Gewissheiten ins Wanken. Plötzlich konnte ich nicht einmal mehr atmen und hatte das Gefühl, an der frischen Luft zu ersticken. Erst als ich meinen Blick von den beiden löste, verging der Anfall.

Ich atmete tief durch, bevor ich erneut zu ihnen hinsah. Nach wie vor waren sie schwer beschäftigt, küssten sich leidenschaftlich, schoben einander die Zungen in den Mund und schienen nichts von dem wahrzunehmen, was um sie herum vorging. Als wären sie ganz allein auf der Welt.

Erstarrt beobachtete ich sie, bis eine Stimme neben mir mich zusammenfahren ließ.

»Das ist wirklich Pech«, sagte Hugh mitleidig und blickte ebenfalls in Jakes und Windys Richtung. »Ich dachte immer, dass er dich will und nicht sie.«

Ich runzelte die Stirn. »Das hörte sich gestern aber ganz anders an.«

»Gestern habe ich bloß Spaß gemacht.«

Er trank ein paar Schlucke aus der Wasserflasche, die ich ihm hinhielt.

»Das alles tut mir furchtbar leid«, murmelte er.

»Mir auch. Bleib einfach am Leben, ja?«

Er blickte mich mit einem schiefen Grinsen an.

»Dito.«

Als ich wagte, nochmals Richtung Picknicktisch zu spähen, saßen Jake und Windy wieder da, als wäre nie etwas geschehen. Gleichzeitig bog der Krankenwagen um die Ecke und hielt kurz darauf direkt vor unserer Laube.

Jake sprang auf und lief auf die beiden Sanitäter sowie die sie begleitende Vertreterin des Reiseveranstalters zu. Sie hatte das Haar zu einem Pferdeschwanz gebunden und trug eine Fliegersonnenbrille.

Als sie Hugh auf seiner improvisierten Trage sah, schüttelte sie fassungslos den Kopf.

»Das wird sicher in die Zeitung kommen«, meinte sie und wandte sich an Jake. »Wie ist das passiert?«

»Er ist auf einen umgestürzten, verrotteten Baum getreten und daraufhin schwer gestürzt.«

»Wurde Ihnen etwa nicht gesagt, wie gefährlich das ist?«

»Sogar mehrfach«, antwortete ich an Jakes Stelle.

Die BCSC-Mitarbeiterin stieß einen Seufzer aus. »Dann kann man uns also keine Vorwürfe machen.«

»Trotzdem sollten Sie sich um eine optimale Versorgung kümmern – sein Vater ist nämlich Anwalt«, dämpfte Jake ihre Erleichterung.

»Danke für den Hinweis«, erwiderte sie und eilte zu den Sanitätern, die Hugh bereits untersuchten.

Nachdem sie sich vergewissert hatten, dass offenbar keine akute Gefahr bestand, legten sie ihn auf die richtige Trage und schoben ihn in den Krankenwagen.

Bevor sie mit ihm davonfuhren, hauchte ich einen Kuss auf seine Wange.

»Sei tapfer.«

»Immer«, erwiderte er ein wenig gepresst, denn das Umlagern hatte ihm erneut Schmerzen bereitet. »Mach's gut.«

»Ich würde dir ja gerne versprechen, dass ich dich nach Ende der Tour im Krankenhaus besuche, doch vermutlich bist du bis dahin längst wieder draußen.«

»Klar, in Miami Beach oder sonst wo.«

»Pass auf dich auf«, ermahnte ich ihn und drückte ihm die Hand.

»Du auch.«

Ich ließ seine Hand los, sprang aus dem Rettungswagen und winkte, bis die Türen geschlossen wurden.

»Was für ein beschissener Abgang«, meinte Jake.

Als ich ihn ansah, musste ich daran denken, dass der Mund, der diese Worte aussprach, erst vor Kurzem Windy nach allen Regeln der Kunst geküsst hatte.

Brüsk wandte ich mich ab.

Der Weg zum Camp kam mir erheblich weiter als eine halbe Meile vor, und meine Erschöpfung wurde noch dadurch verstärkt, dass Windy offenbar putzmunter war. Sie und Jake liefen voraus, während ich immer mehr zurückfiel. Wie konnten sie bloß so frisch sein nach diesem Tag?

Mir jedenfalls tat alles weh. Meine Hände pochten, meine Schultern und mein Nacken schmerzten, und meine Wanderschuhe waren schwer wie Blei.

Neidisch schaute ich auf Windy, deren Pferdeschwanz fröhlich wippte, als sie locker eine Anhöhe hinaufhüpfte. Und missmutig beobachtete ich, wie sie Jake kichernd auf den Arm schlug. Was sie redeten, verstand ich nicht. Wenn ich die beiden so sah, fühlte ich mich, als wäre ich tausend Jahre alt.

Jake blieb zwar immer wieder stehen, damit der Abstand zu mir nicht zu groß wurde, aber ich winkte jedes Mal ab. So auch jetzt.

»Geht ruhig vor. Ich gehe nicht verloren.«

»Wir lassen dich doch nicht allein zurück«, antwortete Windy.

Natürlich meinte sie es gut, und dennoch schmerzte mich das Wir – es war, als hätte man mir ein Messer in die Brust gestoßen.

»Das macht mir echt nichts aus«, versicherte ich, denn tatsächlich war ich momentan froh, wenn ich meine Ruhe hatte.

Windy ließ nicht locker.

»Aber uns«, gab sie zurück und wollte mich umarmen, was ich verhinderte, indem ich schnell unter ihrem Arm hindurchtauchte.

»Lasst uns weitergehen, ja? Wenn ich stehen bleibe, rühre ich mich sicher nicht noch mal vom Fleck.«

»Du siehst echt schrecklich aus«, erklärte Jake.

Du kannst mich mal, hätte ich am liebsten zurückgegeben und trottete schweigend weiter hinter ihnen her.

Das war's also.

Zwar schien die Nachricht, die er vor unserer Abreise erhalten hatte, schlecht genug zu sein, um auf Distanz zu mir zu gehen, jedoch nicht so schlecht, um dasselbe ebenfalls bei Windy zu tun.

Und als ob das nicht genug wäre, liefen sie zu allem Überfluss ganz unbekümmert vor mir her. Damit ich nur ja aus nächster Nähe mitbekam, wie vertraulich sie miteinander umgingen, während ich deprimiert über mein verpfuschtes Leben nachdachte. Zumindest Jake sollte eigentlich wissen, wie weh er mir damit tat.

Jake und Windy.

Konnte ich ihm tatsächlich verdenken, wenn er sich für diese nette, stets gut gelaunte, hoffnungsvolle angehende Hundepsychologin entschied, die zudem Glücklichwerden und Glücklichsein als Spezialgebiet hatte, statt für eine desillusionierte, abgestumpfte Zweiunddreißigjährige, deren gesamte Lebenseinstellung als eher negativ bezeichnet werden musste?

Es war schließlich nicht seine, sondern höchstens meine Schuld, wenn ich da nicht mitzuhalten vermochte.

Auf einen einfachen Nenner gebracht, stellte sich das Problem folgendermaßen dar: Ich wünschte mir sehnlichst, Jake würde in mir genauso viel Gutes, Freundliches und Wertvolles sehen, wie ich es bei ihm tat. Inzwischen war ich nämlich davon überzeugt, dass Jake der rundum positivste und liebenswerteste Mensch war, den man sich denken konnte. Ein Traummann sozusagen. Und dann ich! Mir dämmerte, dass ich erst mal an mir arbeiten musste, wenn ich meinerseits als Traumfrau wahrgenommen werden wollte.

Und am besten fing ich umgehend damit an.

Wir hatten das Camp beinahe erreicht, als Jake von Windy wissen wollte, woher ihr Interesse am Positivismus rühre.

»Es begann nach der Brustkrebserkrankung meiner Mutter« erklärte sie. »Da fing meine Schwester plötzlich an zu rauchen und zu trinken und jede Menge Scherereien zu machen Also habe ich nach einer Möglichkeit gesucht, sie aus diesem Sumpf wieder herauszuziehen – was am Ende vor allem mir selbst geholfen hat.«

»Brauchtest du denn Hilfe?«, erkundigte sich Jake.

»Wie man's nimmt. Ich habe niemals über die Stränge geschlagen, war eher übertrieben brav und sehr ehrgeizig. Du weißt schon, immer die besten Noten, eine Eins in Sport und die Hauptrollen in jedem Schultheaterstück. Außerdem wollte ich in allem, was ich tat, perfekt sein.«

»Und hast du das geschafft?«

»Ja, habe ich«, antwortete sie. »Aber ich war trotzdem unglücklich und hatte sogar leichte Anwandlungen von Magersucht. Bis ich mir irgendwann sagte: *So, jetzt reicht's. Wenn ich nicht etwas ändere, wird irgendwann alles in meinem Leben schieflaufen.*«

O Gott. Wie sollte ich jemanden hassen, der so freimütig über die eigenen Schwächen sprach, schoss es mir durch den Kopf.

Am heutigen Tag hatten wir genau die Hälfte der Strecke hinter uns. Jetzt wäre es zurück ebenso weit wie zum geplanten Ziel. Als ich mir das klarmachte, empfand ich mit einem Mal ein noch dringlicheres Verlangen als zuvor, mich zu ändern. Nicht allein stärker und selbstbewusster, sondern insgesamt ein besserer Mensch zu werden. Dazu gehörte ebenfalls, großzügig zu sein statt missgünstig und neidisch.

Ja, ich musste mich bemühen, Jake und Windy ihr Glück ehrlich zu gönnen. Aus vollem Herzen sagen zu können: Na und – sollen sie sich doch gernhaben, sollen sie sich doch küssen.

Hinzu kam, dass Windy mich inspirierte. Verdammt noch mal, ihre Einstellung zum Leben wünschte ich mir! Genauso wollte ich sein. Mich nicht länger wie Chuck Norris oder mein neurotischer Dackel gegen die ganze Welt stellen, sondern einen Weg finden, anderen und mir selbst nett, liebevoll und mutig zu begegnen.

Wie Windy es tat. Sollte ich sie dafür etwa bestrafen? Ihr diese Freundlichkeit übel nehmen? Oder sie gar hassen, weil sie ein besserer Mensch war als ich selbst?

Wenn ich nicht bald etwas änderte, würde es irgendwann zu spät sein und mein Leben endgültig eine einzige Katastrophe werden.

Nein. Ich würde Windy und Jake umarmen, sobald wir im Lager eintrafen, ihnen alles Gute wünschen und die Umsetzung meiner Ziele in Angriff nehmen, die ich mir vor meiner Abreise gesetzt hatte.

12

Eigentlich hatte auf unser Allein-durch-die-Wildnis-Experiment ein Ruhetag folgen sollen, doch Beckett verspürte keine Neigung, kostbare Zeit in der Nähe eines Camperparadieses zu verplempern. Ihn drängte es zurück in die Einsamkeit, in die Natur.

Fort von der Zivilisation mit ihren Hinterlassenschaften, die sein Auge ebenso beleidigten wie seine Prinzipien.

Zudem schwebte ihm bereits ein idealer Platz für die nächste Auszeit vor. Eine Wiese, die als Painted Meadow weithin bekannt sei und wirklich aussehe wie gemalt. Dass wir von diesem Traumziel drei Tagesmärsche entfernt waren, störte ihn nicht weiter. Es lohne sich, wurde er nicht müde zu versichern. Es sei der mit Abstand schönste Ort in diesem allgemein prachtvollen Gebirgszug der Rockies.

Wir würden schon sehen.

Unsere Gruppe hingegen bot einen ganz und gar nicht prächtigen Anblick, sondern ein Bild des Jammers. Die Pritschenträger hatten sämtlich Blasen an den Händen und von den Gurten aufgescheuerte Schultern, und die Rucksackträger sahen nicht viel besser aus. Wir schafften es nicht mal, beim Essen mit geradem Rücken zu sitzen.

»Sollte man sich nicht nach einem derartig anstrengenden Tag erst mal ausruhen, Boss?«, wagte Hüne Mason auszusprechen, was viele dachten.

»Ihr wisst ja gar nicht, was echte Anstrengung ist«, belehrte Beckett uns ungerührt und gab den Befehl zum Aufbruch.

Falls alles nach Plan verlief, würden wir genau zur Sommersonnenwende auf der Wiese ankommen. Um dort einen Ruhetag einzulegen, am Abend die Sonnenwende sowie das Ende unserer zweiten Wanderwoche zu feiern und für die bevorstehenden Abschlusstouren Kraft zu tanken.

An all das konnte ich vorerst nicht denken, denn ich musste meine ganze Energie mobilisieren, um während der kommenden drei Tagesmärsche überhaupt einen Fuß vor den anderen zu setzen.

Weshalb ich naturgemäß wenig Verständnis für Becketts Entscheidung hatte, die dringend benötigte Pause hinauszuschieben. Hielt nicht er uns ständig Vorträge darüber, dass man in der Wildnis auf sich achten sollte? Ich verstand ihn einfach nicht und stellte seine Führungsqualitäten einmal mehr infrage. Allerdings heimlich, denn zweifelsfrei hatte er das Sagen.

Und das hieß bei ihm meist »Weitergehen, hopphopp«.

Ich war derart erschöpft und demoralisiert, dass ich mich am liebsten hingelegt hätte und nicht mehr aufgestanden wäre, damit sie mich ebenfalls evakuieren mussten. Wie Hugh, den ich mehr als einmal verwünschte, weil sein Abtransport mir schließlich den Rest gegeben hatte.

Aber Becketts unerbittliche Rufe trieben mich voran. »Hopphopp!«

Am Ende dieses Tages hatte ich meinen Spitznamen weg. Als Beckett uns zum Wasserholen schickte und uns ermahnte, viel zu trinken, drehte er sich zu mir um und sagte: »Das gilt auch für dich, Hopphopp.«

Sein Beispiel machte Schule, und hauptsächlich die Jungs zogen mich damit auf.

»Nun mach mal hin, Hopphopp.«

»Warum drehst du den Spieß nicht einfach um?«, schlug Windy vor. »Warum gibst du nicht die harte Frau und knallst die Kerle, die dir dämlich kommen, einfach ab?« Sie hob ihre Hände und zielte mit imaginären Pistolen: »Peng! Peng!«

Ich schüttelte den Kopf. »Alle wissen, dass ich keine toughe Lady, sondern ein verschrecktes Huhn bin.«

»Die Menschen sind vergesslich.«

»So vergesslich sicher nicht.«

»Versuch es trotzdem, wenn einer dieser Steinzeitmenschen dir dumm kommt.« Sie demonstrierte es erneut: »Peng! Peng!«, bewegte die Hände wie ein Revolverheld, der seine Pistolen herumwirbelt, bevor er sie wieder einsteckt, und feixte mich an.

»Das könnte ich niemals.«

»Doch, natürlich«, beharrte sie und fügte hinzu: »Oder soll ich es an deiner Stelle probieren? Einfach um zu sehen, wie es wirkt? Als Experiment sozusagen?«

»Von mir aus«, gab ich achselzuckend mein Okay.

Von da an setzte Windy jedes Mal, wenn sie meinen Spitznamen benutzte, ihre Hände wie Pistolen ein.

Entweder sie feuerte in die Luft und schrie: »Hat irgendwer Hopphopp gesehen?«, zielte aus der Hüfte auf die Spötter und fragte: »Na, wo ist Hopphopp?«, oder sie streckte drohend einen Arm wie eine Waffe aus und befahl: »Holt Hopphopp!«

Kaum zu glauben, aber es funktionierte.

Was vorher boshaft und geringschätzig gewesen war, wurde zu einem einzigen Spaß, und ich avancierte zur Annie Oakley unseres Wanderzirkus.

»Annie get your gun«, hieß es, und auch ansonsten wurde geredet wie im Wilden Westen oder zumindest wie in dessen Adaptionen à la Hollywood.

Wenn ich abends kochte, schrien sie: »Feiner Schmackofatz, Hopphopp.«

Wenn ich beim Aufhängen des Bärenbeutels half, feuerten sie mich begeistert an: »Yeehaw, Hopphopp! Bind das Drecksding fest!«

Wenn ich morgens nur langsam in die Gänge kam, riefen Mason, Vegas oder der Höhlenmensch: »Schwing dich in den Sattel, Hopphopp. Wir müssen weiter!«

Wenn wir einen besonders steilen Hang erklimmen mussten, brüllte Beckett: »Gut, Hopphopp! Setz deine Sporen ein!«

Und schon nach Kurzem begannen andere ebenfalls imaginäre Waffen zu ziehen, wenn sie mir entgegenkamen. Grüßten dazu mit einem knappen »Hopphopp« oder streckten die Zeigefinger aus und sagten laut: »Peng! Peng!«

Und Jake alias J-Dog oder Archer, wie die anderen ihn plötzlich nannten, tippte sich mit einer Fingerwaffe an die Krempe seines imaginären Stetson, den sein Anglerhut jetzt darstellte.

»Warum nennen sie dich neuerdings Archer?«, fragte ich am Morgen vor unserer Ankunft auf der sagenhaften Wiese.

Er starrte mich entgeistert an. »Weißt du das wirklich nicht?«

»Nein. Archer, Bogenschütze. Kannst du vielleicht Bogenschießen oder so?«

Er schüttelte den Kopf. »Archer ist mein Nachname. Wie kommt es, dass du das nicht weißt?«

»Dein Familienname? Ich dachte, du heißt ...«

Ich verstummte, weil ich keinen Schimmer und zudem nie darüber nachgedacht hatte, wie er heißen mochte.

»Archer«, wiederholte er. »Jacob Samuel Archer.«

»Jacob J-Dog Samuel Archer.«

»Ja. Allerdings hatte ich schon bessere Spitznamen.«

»Und die wären?«

Er blickte auf. »Mein Vater nennt mich Doc. Und dann gibt's noch Big J, J-Money, Jägermeister, Cash, Vollhirn, Matrix, Club Med, Falke und Honigdachs.«

»*Honigdachs?* Im Ernst?«

»Lass dich von dem süßen Namen bloß nicht täuschen – so ein Honigdachs kann richtig grausam sein.«

»Und wie nennt dich Duncan?«

»Die Namen kann ich gar nicht alle aufzählen, bestimmt sind es an die hundert. Er ist ein echtes Spitznamengenie.«

»Wie zum Beispiel?«

»Alles, was ihm gerade einfällt. Limodose, Krebsgänger, Big Daddy, Mighty Max. Vom ihm stammt unter anderem Naked Jake.«

»Weil du nackt warst oder weil sich *naked* irgendwie auf deinen Namen reimt?«

»Beides.«

»Und wie nennst du Duncan?«

Jake stieß einen Seufzer aus. »Niemals Duncan, das steht fest. Dunk, Dunkers, Dunkin Donut, D-Zug, Saftsack, Schätzchen, Chuck, Charles.«

»Warum Charles?«

Jake zuckte mit den Schultern. »Weil er so nicht heißt.«

»Also kann man praktisch jedes Wort aus irgendeinem Grund als Spitznamen verwenden.«

»Ja, genau.« Er nickte, als wäre das Thema damit abgeschlossen, fügte dann aber hinzu: »Einen Standardspitznamen haben wir übrigens beide.«

»Und der wäre?«

»Bro.«

Das fand ich eigentlich süß, doch Jake schränkte das sogleich ein.

»Bloß wird daraus am Ende oft Brot oder Brötchen, Brummbär, Brathähnchen, Bierdose oder Blödmann.«

Er warf mir einen abwartenden Blick zu.

Noch vor vierzehn Tagen hätte ich den Kopf geschüttelt über so etwas. Inzwischen wusste ich aber, dass Spitznamen mitunter durchaus wichtig und aufschlussreich waren und dass sie, wie bei Jake und Duncan, Ausdruck einer engen Verbundenheit sein konnten. Plötzlich war ich dankbar, dass die beiden einander hatten und auf diese Weise nie wirklich einsam waren.

»Er hat wirklich Glück, dich zum Freund zu haben«, erklärte ich.

»Das stimmt.« Erneut zielte er mit einer imaginären Waffe auf mich und meinte lächelnd: »Allerdings nicht so viel wie ich.«

Beckett hatte recht gehabt. Die Wiese war tatsächlich wunderschön. Viel schöner sogar, als seine hymnische Beschreibung hatte vermuten lassen, und viel schöner als in meiner Fantasie. Sie war einfach der perfekte Ort für einen freien Tag und für ein Fest zur Feier der Sommersonnenwende. Bei ihrem Anblick waren alle Strapazen des Drei-Tages-Marsches vergessen.

»Wir sind da, Leute«, hatte Beckett begeistert nach der letzten Wegbiegung geschrien.

Und dann sahen wir sie: In dem fast dreißig Zentimeter hohen Gras blühten jede Menge Wildblumen, die sich in einer sanften Brise wiegten. Scharen weißer Schmetterlinge umflatterten sie, und über allem wölbte sich ein leuchtend blauer Himmel, an dem weiße Wattewölkchen hingen, während sich im Hintergrund majestätisch die schneebedeckten weißen Berggipfel erhoben. Die Luft war kühl, die Sonne jedoch schien warm. Voller Ehrfurcht blieben wir stehen.

»Du hattest recht«, sagte ich zu Beckett. »Diese Wiese trägt ihren Namen wirklich zu Recht.«

»Ja«, gab er zurück. »Nur hat dieser Platz eine alles andere als idyllische Geschichte.«

Ich sah ihn fragend an.

»Hier fand einst ein schreckliches Massaker statt, an dessen Ende die Erde von Blut getränkt war und die Wiese rot leuchtete. Die Schoschonen nannten sie deshalb Painted Meadow, die gemalte oder angemalte Wiese.«

»Ich wusste gar nicht, dass die Schoschonen derart blutrünstig gewesen sind.«

»Das waren sie auch nicht. Die Schoschonen wurden hier massakriert, ihr Blut war es, das die Wiese rot färbte.«

»Oh.«

Beckett wandte sich der Gruppe zu. »Willkommen an meinem Lieblingsort in den Absarokas. Am östlichen Rand fließt ein Bach. Am besten schlagen wir das Lager dort auf. Im Übrigen heißt es, dass es hier spukt, also benehmt euch bitte.«

Er schaute sich mit einem breiten Lächeln um, und dieses Lächeln war so glücklich, dass er mir zum ersten Mal richtig sympathisch war.

Als Erstes holte ich die Flipflops aus meinem Rucksack und zog sie statt der Wanderschuhe an. Dadurch fühlte ich mich gleich fünfzig Kilo leichter und betrachtete optimistisch die zarte rosafarbene Haut, die über den verheilten Blasen nachgewachsen war.

Und mit der Aussicht auf einen bevorstehenden freien Tag ging mir sogar der Aufbau des Lagers leicht von der Hand. Ich lächelte die ganze Zeit, genoss die kühle Brise, die mich sanft umwehte, und sog das Purpurrot, das Himmelblau und Buttergelb der unzähligen Blumen in mich auf.

Dafür hatte sich die ganze Anstrengung gelohnt.

Und vor allem spürte ich eines: Diese Wiese war Grund und Ziel für meine Wanderung gewesen. Hier endlich erfüllte mich jene Bewunderung und Ehrfurcht, die ich hatte empfinden wollen – und das war es wert, Erniedrigungen, Blasen, Verletzungen und selbst die Einsamkeit, die mich so oft belastet hatte, zu ertragen.

Selig bereitete ich das Essen zu.

Selig schlief ich ein.

Selig wachte ich wieder auf.

Wie gewohnt kochten wir Kaffee, frühstückten und räumten unser Lager auf – der Rest des Tages stand zur freien Verfügung. Es war ein kalter Morgen, doch um zehn hatte die Sonne bereits so viel Kraft, dass ich meinen Pullover ausziehen konnte. Den ganzen Vormittag über tat ich nichts. Es war einfach herrlich.

Einige der Jungs gingen auf Entdeckungstour, Jake und Vegas übten sich am Bach im Fliegenfischen, während einige der Mädchen Wasser holten, um es auf der Wiese über ihre dreckstarrenden Strümpfe oder T-Shirts zu kippen. Dann rieben sie das Zeug ein bisschen, wrangen es fest aus und legten es zum Trocknen auf einen Stein.

Waschtag in der Wildnis.

Ich schaute ihnen träge zu, ohne selbst eine Veranlassung für eine derartige Aktion zu sehen. Inzwischen waren wir alle dermaßen verdreckt, dass selbst ein halbwegs sauberes T-Shirt nicht mehr half. Lieber legte ich mich auf einen Felsen und briet genüsslich in der Sonne.

Vielleicht würde ich später ein paar Blumen pflücken: Springkraut, Habichtskraut, Zweizahn und andere, um sie in meinem Tagebuch zu pressen, und mithilfe eines Bestimmungsbuchs, das Mason gehörte, unbekannte Gewächse zu identifizieren. Außerdem wollte ich mit Windy Löwenzahn und Tellerkraut für den Salat sammeln, den wir anlässlich unserer Sonnwendfeier zubereiten würden. Als Beilage zu dem Fisch, den die Jungs hoffentlich fingen. Drei hatte Beckett ihnen erlaubt, mehr nicht. Alles, was darüber hinausging, hielt er für unvereinbar mit dem Schutz der Natur.

Auf meinem sonnenwarmen Felsen dösend, dachte ich, dass der Himmel genau wie diese Wiese aussehen müsste. Sonne, Blumen, klare, kühle Luft. Und auf einmal fühlte ich mich meinem toten Bruder so nahe wie seit einer Ewigkeit nicht mehr. Ich meinte ihn zu sehen, wie er, immer noch ein achtjähriges Kind mit knubbeligen Knien und roten Turnschuhen, durch das hohe Gras in Richtung Bach lief, um den Großen beim Fischen zuzusehen. Er hätte diesen Ort geliebt. Es war mir, als wäre er ganz in der Nähe und als bräuchte ich mich bloß kurz aufzurichten, um ihn irgendwo herumtollen zu sehen.

Meine Augen füllten sich mit Tränen.

Gleichzeitig aber ging es mir gut. Weil die Umgebung viel zu schön und zu tröstlich war, um traurig zu sein. Und so lag ich einfach entspannt da und fühlte mich beinahe so wie das Hühnchen ohne Knochen aus dem Gedicht, das meine Schüler so liebten. Künftig würde ich jedes Mal, wenn ich es vorlas, an diesen warmen, hellen Vormittag auf der Himmelswiese denken. Und daran, wie glücklich ich in diesem Moment gewesen war.

Kurz darauf gesellten sich drei der Mädchen zu mir, um sich nach dem Wäschewaschen in der Sonne aufzuwärmen.

Dosie merkte sogleich, dass ich anders war als sonst.

»He, Hopphopp. Du wirkst total relaxed.«

»Yep«, gab ich zurück. »Kein Wunder nach einem so anstrengenden Parcours.«

Ich freute mich ehrlich, dass sie sich neben mich auf den Felsen setzten – ich war offenbar deutlich langmütiger und toleranter geworden, denn bis zu dem Unglück mit Hugh hatten mich insbesondere die beiden Schwestern und das Mädchen mit dem fragwürdigen Spitznamen Hintern immer genervt.

Sie zwitscherten vergnügt wie kleine Vögel, plauderten über allerlei nette Banalitäten wie die Plätzchen, die sie ohne Ofen für die Party am Abend machen wollten, oder über Tricks, verspannte Muskeln zu lockern. Es machte Spaß, den dreien zuzuhören.

Bis Uno plötzlich fragte: »Wollen wir nicht endlich die Hochzeit weiterplanen?«

»Wir finden, dass sie hier stattfinden sollte«, warf Hintern ein, die inzwischen offenbar von den Schwestern eingeweiht worden war.

War ich eben noch entspannt gewesen?

Fahrig setzte ich mich auf.

»Wir finden, diese Wiese wäre der perfekte Ort.«

»Zumal J-Dog ihr heute einen Antrag machen dürfte«, setzte Dosie geheimnisvoll hinzu.

Ich schüttelte den Kopf. »Was redet ihr da für ein dummes Zeug?«

»Ich weiß aus zuverlässiger Quelle, dass er das am Abend machen wird. Hier auf der Wiese. Während der Sonnenwendparty.«

Nein, dieser Ort gehörte mir, hätte ich am liebsten geschrien. *Mir und Nathan*. Ich war schließlich erst vor ein paar Minuten so glücklich hier gewesen – zumindest für kurze Zeit.

»Die Zeremonie muss unbedingt buddhistisch sein«, erklärte Uno. »Weil HB schließlich Buddhistin ist.«

HB, die Herzensbrecherin!

Hintern riss verblüfft die Augen auf. »Was ist denn das?«

Wie bitte? War es möglich, dass eine Collegestudentin nicht wusste, was Buddhismus war?

»Eine uralte Indianerreligion«, gab Uno zur Antwort.

O Gott. Offenbar war das hier Dummheit im Dreierpack. Ich verdrehte die Augen, enthielt mich jedoch eines Kommentars.

»Heute wird hier niemandem ein Heiratsantrag gemacht«, sagte ich stattdessen schroff. »Das ist vollkommener Schwachsinn.«

»Glaub mir, ich irre mich nie«, verteidigte sich Uno.

War sie davon wirklich überzeugt?

»In Bezug auf den Buddhismus hast du dich auf jeden Fall ganz gewaltig geirrt«, erwiderte ich spitz.

»Wirklich? Egal, in puncto Liebe kenne ich mich besser aus als mit Religionen.«

»Anscheinend kuscheln sie sich nachts beim Schlafen immer aneinander«, mischte sich Dosie wieder ein.

Wie das, dachte ich, wo sie nicht mal in derselben Campinggruppe waren.

Trotzdem wurmte mich die Geschichte.

»Woher habt ihr dieses ganze Zeug?«, erkundigte ich mich und sah die drei missbilligend an.

»Meine Quelle möchte nicht genannt werden«, antwortete Dosie gleichermaßen reserviert wie wichtigtuerisch.

Obwohl es völlig albern war, stieg Panik in mir auf.

»Jetzt mal im Ernst: Die beiden kennen sich gerade mal seit etwas über einer Woche.«

»Heute sind es zwei«, korrigierte Uno mich.

»Manchmal weiß man diese Dinge auf Anhieb«, gab Dosie ihren Senf dazu.

»Hast du noch nie etwas von Liebe auf den ersten Blick gehört?«, sekundierte Hintern.

Ich wollte das alles nicht hören.

»Denkt mal daran, wie verdreckt wir alle sind. Und wir stinken drei Meilen gegen den Wind. Das ist doch abtörnend, oder? Ich jedenfalls finde es eher zum Abgewöhnen als zum Verlieben«, versuchte ich die Mädchen zu überzeugen. »Denkt nur daran, dass wir alle noch in derselben Unterwäsche herumlaufen.«

»Wenn's passt, dann passt's«, meinte Uno fachmännisch wie eine Briefkastentante.

»So was nennt man Schicksal«, pflichtete Dosie ihr bei.

Ich atmete tief durch und hob abwehrend die Hände.

»Also gut. Wenn ihr so unbelehrbar seid, plant in Gottes Namen weiter. Ich höre mir euer blödes Gerede allerdings nicht an, sondern gehe spazieren.«

»Willst du denn nicht mit uns planen?«, fragte Dosie überrascht.

»Vielleicht könnte ich ja einen schlichten Brautstrauß binden«, schlug ich mit unverhohlenem Zynismus vor, den die drei naiven Gemüter allerdings nicht erkannten.

»Super«, antwortete Uno begeistert, während ich mich entfernte.

Ich lief über die Wiese, *meine Wiese,* und blieb kurz stehen. Waren mir mehr als ein paar Minuten Ruhe nicht vergönnt? Warum störten sie meinen inneren Frieden mit ihrem unerträglichen Gerede? Ein kurzer Blick ins Paradies und vorbei? Es war weiß Gott eine Ironie des Schicksals, dass ausgerechnet an diesem wunderbaren Ort, wo ich Ruhe zu finden hoffte, mein Leben erneut aus dem Gleis geriet. Und trotz aller guten Vorsätze, die Sache mit Jake und Windy zu akzeptieren, überkam mich bei dem Gedanken an die beiden erneut das heulende Elend.

Ziellos lief ich herum und stand plötzlich vor Herzensbrecherin und J-Dog, die Knie an Knie einander gegenübersaßen und mit geschlossenen Augen meditierten. Anscheinend wurde Jake gerade im indianischen Buddhismus unterwiesen. Für ihr bevorstehendes Hochzeitsfest?

Knie an Knie, so hatten Jake und ich ebenfalls gesessen.

Grundgütiger, so langsam, aber sicher drehte ich durch.

Plötzlich bemerkte ich Beckett in der Nähe.

»He, Boss! Gib mir etwas zu tun.«

Er sah verwundert auf. »Egal, was?«

Ich nickte. »Egal, was.«

Also ließ er mich die Erste-Hilfe-Sachen und die Essenspäckchen zählen und sortieren, eine gerissene Plane flicken und ihm dabei helfen, einen Splitter aus dem rechten Handballen ziehen.

»Du hast eine tolle Arbeitseinstellung, Hopphopp«, stellte er anerkennend fest. »Dafür hast du fast schon eine Urkunde verdient.«

Ich gebe es ungern zu, doch seine Worte beflügelten mich geradezu.

»Gibt's sonst noch was zu tun?«, erkundigte ich mich.

Beckett saugte an seiner Hand. »Wolltest du nicht sowieso Löwenzahn und andere Kräuter fürs Abendessen pflücken«, meinte er, warf einen kurzen Blick zum Wiesenrand und fügte hinzu: »Eigentlich wären Brombeeren auch was Feines, was meinst du? Bloß würdest du bei den Sträuchern die beiden Turteltauben stören.«

Volltreffer!

Während ich allerlei Salatkräuter und sogar Brombeeren pflückte – allerdings nicht in unmittelbarer Nähe von Jake und Windy –, versuchte ich zu rekapitulieren, welche positiven Dinge mir der Tag bisher beschert hatte. Trotz der Tiefschläge, die ich hinnehmen musste, waren es deutlich mehr als die in Windys Anleitung zum Glücklichsein geforderten drei.

Als ich heute Morgen unter unserer blauen Plane erwachte, hatte ich den Bach plätschern gehört, hatte einen super Kaffee hinbekommen und den ganzen Morgen gefaulenzt. Mich erst ausgeruht und dann auf einem heißen Fels reglos wie eine Eidechse gesonnt. Hundert kühle Brisen waren über mein Gesicht gestrichen. Ich hatte inmitten einer Wiese voller Wildblumen gestanden und am Himmel eine herzförmige weiße Wolke entdeckt und das Paradies erblickt – und mich der Person, die mir auf dieser Welt am meisten fehlte, näher als seit einer halben Ewigkeit gefühlt.

Es war also ein durchaus schöner Tag gewesen, auch wenn mir momentan eher elend zumute war.

Was aber konnte ich tun, um nicht mehr ganz so unglücklich zu sein?

Schließlich hatte die Tour mich tough und nicht sentimental machen sollen. Da war es ein Hohn, wenn ich mittlerweile fast nur noch aus Gefühl bestand. Dass das immerhin besser war als die Taubheit des vergangenen Jahres, war da lediglich ein kleiner Trost.

Genauso wie die Tatsache, dass ich lieber wegen Jake unter Liebeskummer litt als wegen Mike. Einigermaßen stimmig schien mir allein meine Einschätzung zu sein, dass man eigentlich besser über einen abgebrochenen One-Night-Stand hinwegkommen müsste als über das Scheitern einer sechsjährigen Ehe.

»Sei tapfer«, hatte Hugh mich ermahnt. Und von Windy wusste ich, dass man nicht automatisch glücklich wird, wenn man alles bekommt, was man sich wünscht. Vielleicht würde ich ja durch das, was mir versagt blieb, gezwungen, endlich das wertzuschätzen, was ich hatte. Ausgeschlossen war das nicht. Auf jeden Fall sollte ich es mit dieser Haltung mal versuchen und mir selbst beweisen, dass ich den Mut besaß, mein Leben umzukrempeln.

Heute noch. Sofort.

Wie oft hatte ich mir das auf dieser Wanderung bereits vorgenommen, und immer wieder war ich gescheitert. Würde ich diesmal in der Lage sein, meine guten Vorsätze nicht erneut über den Haufen zu werfen?

Um es gleich vorwegzunehmen: nicht wirklich. Dabei hatte es sich gar nicht schlecht angelassen.

Nachdem ich eine Runde geschlafen hatte, war ich wieder besser drauf und beschloss, das bevorstehende Fest zu genießen. Ich würde nicht zulassen, dass ich, weil irgendjemand einem Mädchen einen Heiratsantrag machte, abermals in einer Depression versank. Das Leben bestand schließlich aus mehr als Liebe und Ehe und den daraus resultierenden Problemen.

Also gesellte ich mich abends positiv gestimmt zu den anderen, die sich bereits um die Kochstellen versammelt hatten. Windy kippte Fruchtpunschpulver in die Wasserflaschen, bezeichnete das Gemisch als Mojito, und man prostete einander fröhlich zu. Vegas überraschte alle mit einer gelungenen Salatsoße, die er aus Senfgewürz und Milchpulver gemixt hatte und die mit den Brombeeren dem Wildkräutersalat eine besondere Note gab. Die Küchenchefin grillte dazu die drei Fische, die sie vorher ausgenommen und mit Oregano und Knoblauchpulver eingerieben hatte. Sie dufteten verführerisch, waren derart köstlich und butterzart, dass ich jeden einzelnen Bissen mit dem herrlich rauchigen Aroma so lange im Mund behielt, bis er von selbst zerfiel.

Demonstrativ hatte ich mich neben Beckett gesetzt, was Jake mit einem verständnislosen Stirnrunzeln quittierte, doch dann nahm seine Herzensbrecherin statt meiner neben ihm Platz, und er war es zufrieden.

Fest entschlossen, mir den Abend nicht verderben zu lassen, war ich sogar bereit, jeden Blödsinn mitzumachen. Ich würde singen, wenn die anderen sangen, tanzen, wenn die anderen tanzten, und mein Hirn derart mit Dankbarkeit für jede noch so kleine Freude überfluten, dass kein Raum für Elend, Einsamkeit und Neid auf andere Menschen blieb. Und falls J-Dog unserer Herzensbrecherin tatsächlich vierzehn Tage nach dem ersten Treffen – fünfzehn Tage, nachdem er mit mir im Bett gelegen hatte – einen Antrag machen sollte, würde ich mich dadurch nicht von meinem Vorsatz, ganz alleine für mich glücklich zu sein, abbringen lassen.

Zumindest hoffte ich das.

Wir saßen in einem großen Kreis um unsere Kocher, die zugleich als Lagerfeuer dienten, sangen derbe Lieder, und als Vegas, der Drummer einer Collegeband in Memphis war, den anderen Jungs zeigte, wie man mit Steinen und Stöcken coole Rhythmen trommelte, fingen ein paar andere zu tanzen an. Trunken vom Fruchtpunsch oder vor Erschöpfung oder einfach nur vor Glück.

Hintern, die eine verblüffend gute Stimme besaß, stimmte einen Song mit dem Titel *Cupid Shuffle* an, den jeder außer mir zu kennen schien. Sie alle sangen mit und sprangen auf, denn offenbar gehörte zu dem Lied ein ganz bestimmter, mir ebenfalls unbekannter Tanz. Trotzdem zog Beckett mich auf die Füße.

»Keine Angst, Hopphopp. Es ist ganz leicht.«

Und wirklich war es derart einfach, dass selbst eine Gruppe von Idioten ihn mitten in der Wildnis unter den Sternen ohne wirkliche Musikbeschallung hinbekam. Uno, Dosie, Hintern, Küchenchefin, Beckett und meine Wenigkeit hüpften gemeinsam durch das hohe Gras, als wären wir die besten Freunde, und ich amüsierte mich so gut, dass ich vorübergehend wirklich nicht mehr daran dachte, unglücklich zu sein.

Und so vergaß ich, dass ich unter keinen Umständen zu Jake und Windy schauen wollte.

Bloß waren sie nicht mehr dort, wo sie zuletzt gesessen hatten. Suchend sah ich mich um.

Sie tanzten nicht, sie wärmten sich nicht bei den Kochern auf – sie waren verschwunden, wie vom Erdboden verschluckt. Da es in der Wildnis keine Bar an der nächsten Ecke gab, blieb eigentlich nur das, was bereits die Steinzeitmenschen getan haben dürften, wenn sie allein sein wollten: Sie hatten sich heimlich in den Wald geschlichen.

Führ dich nicht wie eine Vollidiotin auf, ermahnte

ich mich, aber ich kam nicht gegen das Gefühl des Verlusts an, das mir die Brust einschnürte.

Und dann sah ich, wie zum Trost mit einem Mal kleine weiße Schneeflocken lautlos auf die zwischenzeitlich dunkle Wiese fielen.

13

»He!«, rief ich. »Es schneit.«

Die anderen starrten mich ungläubig mit großen Augen an.

»Wirklich, es schneit«, erklärte ich erneut und deutete zum Himmel, aus dem am Tag der Sommersonnenwende ätherisch weiße Schneeflocken durch die Luft wirbelten, magisch angestrahlt vom Schein der Kochfeuer.

»Hm, haben wir nicht eigentlich Sommer?«, wunderte sich Mason.

»Irgendwie fand ich es schon den ganzen Abend furchtbar kalt«, meinte die Küchenchefin und freute sich, dass ihr Gefühl sie nicht getrogen hatte.

Auch Beckett schaute gebannt nach oben.

»Was sollen wir jetzt machen, Boss?«, fragte der Höhlenmensch.

Auf winterliche Verhältnisse waren wir mit unserer Ausrüstung schließlich nicht eingerichtet.

Eine Weile wirkte unser Expeditionsführer überfordert, aber dann wies er uns an, das Lager aufzuräumen und heißen Kakao mit einem Esslöffel geschmolzener Butter zu trinken, um uns für die zu erwartende kalte Nacht wenigstens mit ausreichend Kalorien zu versorgen. Außerdem stopften wir uns mit dem restlichen Käse voll und hängten die Planen neu auf, sodass sie eine durchgehende große Abdeckung bildeten, unter der wir uns alle zusammenkuscheln konnten.

Bevor wir schließlich in die Schlafsäcke krochen, zogen wir sämtliche Klamotten an, die wir zur Verfügung hatten, einschließlich Windjacken, Mützen und Fausthandschuhen, und dann lagen wir da wie auf einer Pyjamaparty, die wir aus Highschoolzeiten kannten, und schmiegten uns so eng wie möglich aneinander.

In dem Bestreben, möglichst weit entfernt zu sein von den beiden Turteltauben, die wieder aufgetaucht waren, landete ich zwischen Vegas und dem Höhlenmenschen, die noch lauter als die anderen Jungs schnarchten. Na dann gute Nacht, dachte ich resigniert, als mich jemand antippte. Jake. Ich hatte völlig übersehen, dass ich, obschon nicht neben ihm, so doch Kopf an Kopf mit ihm lag.

»Träum schön«, flüsterte er und winkte mir kurz zu.

Genau wie Windy neben ihm.

»Ich kann verstehen, wenn du neidisch bist«, scherzte ich und zeigte auf die beiden großen Burschen links und rechts von mir. »Trotzdem tausche ich nicht.«

»Da hast du völlig recht, Hopphopp«, stimmte mir Vegas schlaftrunken zu. »Immerhin hat kein anderer zwei so tolle, lebensgroße Wärmflaschen wie du.«

Irgendwann schlief ich trotz der Schnarcherei ein.

Als ich am nächsten Morgen die Augen aufschlug, hing unsere blaue Plane direkt über meiner Nase. Sie war unter dem Gewicht des über Nacht gefallenen Schnees bestimmt gut einen Meter abgesackt, schwer wie eine Wasserbombe und steinhart gefroren. Ich schlug mit dem Handrücken dagegen und beobachtete, wie ein wenig Schnee über den Rand der Plane rutschte.

Zu wenig, um sie zu entlasten, und so blieb sie weiterhin dicht über meinem Gesicht.

Also versuchte ich es anders, hob meine Füße im Schlafsack und trat mehrmals nach Kräften dagegen, bis sich kleine Schneelawinen lösten und die verfluchte Plane etwas leichter wurde. Ich wiederholte das so oft, bis ich mich zumindest aufsetzen konnte, und blickte dann mit großen Augen hinaus in eine Winterwunderwelt.

Von der Blumenwiese war nichts mehr zu sehen, auch nicht von dem Felsen, auf dem ich mich gesonnt hatte. Alles weiß, wohin das Auge schaute. Es war ein unwirklicher Anblick.

Wie würde es jetzt weitergehen?

Niemand vermochte zu beurteilen, ob wir überhaupt unsere Wanderung heute fortsetzen konnten. Eine Verbindung zur Außenwelt existierte nicht. Wir hatten also keinerlei Informationen über die Wetterlage und keine Prognosen der Wetterfrösche. Uns blieb nur, in den Himmel zu schauen und zu raten, ob es weiter schneien würde oder nicht.

Mit anderen Worten: Bei weiteren Schneefällen blieben wir hier – wenn die Temperaturen stiegen, würden wir in eine etwas tiefere Region absteigen. Also lungerten wir erst einmal tatenlos herum und blickten immer wieder zum verhangenen Himmel hinauf.

Als es gegen Mittag aufklarte und wärmer wurde, gab Beckett das Signal zum Aufbruch. Wir würden ein kurzes Stück zu einem Elchkamm genannten Platz wandern, der tiefer und geschützter lag als die Painted Meadow.

Obwohl es lediglich drei Meilen waren, brauchten wir den ganzen Nachmittag. Da der Trampelpfad unter der weißen Decke so gut wie gar nicht zu erkennen war, mussten wir alle zehn Minuten stehen bleiben und unsere Position überprüfen.

Bevor wir aufgebrochen waren, hatte Beckett mich zu sich gerufen, damit wir uns den Weg auf der Karte gemeinsam ansahen, und mich zudem gebeten, mit ihm darauf zu achten, dass uns richtungstechnisch nicht der allerkleinste Fehler unterlief.

Wir marschierten noch nicht lange, als es wirklich spürbar wärmer wurde. Einerseits erfreulich, andererseits führte es dazu, dass sich der gefrorene Boden in eine Schlammwüste verwandelte, die unsere Schuhe bei jedem Schritt einzusaugen schien. Und so war es bereits dunkel, als wir unser Ziel erreichten.

Beim Frühstück am nächsten Morgen hielt Beckett eine kleine Ansprache.

»So langsam nähern wir uns dem Finale, Leute«, sagte er und meinte damit die Abschlusstouren.

Dabei würden wir, aufgeteilt in drei Gruppen, vierundzwanzig Stunden lang völlig auf uns allein gestellt sein. Und schon jetzt sollte jeder von uns aufschreiben, wen er sich in seiner Gruppe wünschte, sprich: drei Namen nennen.

»Nehmt die Sache ernst, Leute«, mahnte Beckett. »Und überlegt sorgfältig, mit wem ihr ins Team möchtet.«

Am liebsten würde ich mit Windy laufen, so meine spontane Reaktion, doch da sie und Jake zweifellos in eine Gruppe kamen, würde ich sie nicht nennen. Schließlich wollte ich mir den krönenden Abschluss der Wanderung nicht dadurch versauen, den beiden beständig beim Flirten zusehen zu müssen, und mir nicht eifersüchtig den Kopf zerbrechen, ob tatsächlich etwas zwischen ihnen lief. Davon abgesehen, war es mir egal, mit wem ich lief.

Echt.

Am Ende schrieb ich *Jeder außer Jake* auf meinen Zettel, faltete ihn sorgfältig zusammen und gab ihn Beckett, der sich zwei Tage bis zu seiner Entscheidung erbat. Bis dahin würden wir auch den Ausgangspunkt für diese Touren erreicht haben. Eine Stelle, an der drei verschiedene Routen mit vergleichbarem Schwierigkeitsgrad abzweigten.

Nachdem er sich mit jeder Gruppe die Strecke auf der Karte genau angesehen und Strategien für die Tour entwickelt habe, erläuterte Beckett uns, könne er uns bloß noch die Daumen drücken und hoffen, dass wir uns nach vierundzwanzig Stunden wohlbehalten wiedersähen.

Während dieser vierundzwanzig Stunden bestand unsere Aufgabe darin, einen guten Platz – mit »Wasseranschluss«, ganz wichtig – zum Übernachten zu suchen und am nächsten Morgen zum letzten Lagerplatz zurückzufinden. Und natürlich nie vom rechten Pfad abzukommen, sonst würden wir uns heillos verirren.

»Darauf habt ihr schließlich hingearbeitet, Leute. Jetzt müsst ihr euch beweisen, jetzt heißt es, schwimmen oder untergehen. Töten oder getötet werden. Fressen oder gefressen werden.«

Nach diesen martialischen Worten verzog er sein

Gesicht zu einem Grinsen und wackelte vergnügt mit seinen Augenbrauen.

»Und heute überwinden wir erst mal einen brutalen Pass mit dem Namen Teufelsschritt.«

Drei Tage später teilte Beckett nach dem Abendessen die Gruppen ein.

»Erinnert ihr euch, dass ihr mir sagen solltet, mit wem ihr am liebsten laufen würdet?«, fragte er, und als wir nickten, fügte er mit einem gleichmütigen Schulterzucken hinzu: »Eines habe ich zu erwähnen vergessen. Dass mich das nicht im Geringsten interessiert und meine Entscheidung nicht beeinflusst. Es ist mir vollkommen egal, wen ihr mögt oder nicht – für wen ihr vielleicht schwärmt oder von wem ihr nachts in eurem Schlafsack träumt. Das ist total belanglos. Denn hier geht's nicht darum, sich möglichst gut zu amüsieren – hier geht es allein ums Durchhalten, ums Überleben, Leute. Deshalb habe ich die Gruppen nicht nach Sympathien aufgeteilt, sondern danach, wen ihr jeweils braucht und inwieweit sich die Fähigkeiten der Einzelnen sinnvoll ergänzen. Ihr seid hierhergekommen, um zu lernen, wie man in der Wildnis besteht. Einige von euch haben sehr gut aufgepasst und sogar mitgeschrieben«, meinte er und wies auf mich, »während andere letztlich ihre und meine Zeit vergeudet haben, weil sie das, was ich euch beibringen wollte, nicht für wichtig befanden. Doch jetzt kommt die Stunde der Wahrheit: Ihr müsst zeigen, was tatsächlich in euch steckt.«

Nachdem er geendet hatte, zog er seine Liste aus der Tasche und entfaltete sie.

»Das hier sind die Gruppen, und diese Einteilung

ist nicht verhandelbar. Kommt also nicht und sagt, Vegas etwa sei euch schon immer unsympathisch gewesen oder Flash furze im Schlaf erbärmlich. Das interessiert mich nicht. Vielleicht macht Dosie sich ja hinter eurem Rücken über euch lustig, oder vielleicht war die Herzensbrecherin nie wirklich nett zu euch. Dann habt ihr Pech gehabt, aber für mich spielt das keine Rolle. Ich habe diese Listen wohlüberlegt zusammengestellt, und zwar einzig und allein im Interesse eurer Sicherheit. Also macht das Beste daraus und seid gefälligst dankbar für die Chance, die sich euch bietet.«

Mir schwante Böses, und stumm flehte ich: *Nicht Jake, lieber Gott, nicht Jake, bitte nicht Jake.*

»Jake«, rief Beckett in dem Augenblick. »Du bildest ein Team mit…« Er sah noch einmal auf seiner Liste nach. »Flash, Dosie und Calamity Jane.«

Suchend sah ich mich um.

Calamity Jane? Wer zum Teufel sollte das sein?

Und dann bemerkte ich zu meinem Entsetzen, dass Beckett mit Pistolenfingern auf mich deutete.

»Das bist du, Hopphopp«, erklärte er. »Das ist dein neuer Spitzname. Gewöhn dich besser dran. Peng, peng!«

Sollte ich mich geschmeichelt oder gekränkt fühlen? Calamity Jane, das wusste selbst ich, war eine fast schon legendäre Westernheldin, die als Kunstreiterin und Kunstschützin in Buffalo Bills Wildwestshow auftrat, um ihre Familie über Wasser zu halten. Gleichzeitig jedoch war sie – und das betrachtete ich als Anspielung – trotz ihres Ruhms eine einsame, depressive Frau, die immer wieder in Kalamitäten geriet, wie eben dieser Spitzname besagte.

Windy wurde mit Höhlenmensch, Bluthund und Hintern eingeteilt, und noch bevor die anderen Namen vorgelesen wurden, kam sie schon auf mich zu

»Du bist in Jakes Gruppe?«, fragte sie. »Du läufst mit Jake?«

»Ich habe nicht darum gebeten«, gab ich leicht angefressen zurück.

»Wollen wir tauschen?«

»Von mir aus«, stimmte ich achselzuckend zu.

Windy packte meine Hand und zerrte mich zu Beckett.

»Können wir vielleicht die Gruppen tauschen?«

Beckett legte den Kopf schräg. »Machst du Witze? Nein, natürlich könnt ihr nicht.«

»Ich dachte, dir ist es gleichgültig, wer mit wem läuft.«

»Hast du nicht zugehört? Mir geht es total am Arsch vorbei, wer mit wem laufen *will*, aber meine Einteilung, wer mit wem laufen *soll*, die ist mir sogar sehr wichtig und demzufolge unumstößlich. Ende der Diskussion.«

Windy schaute ihn flehend an, und als selbst das nicht funktionierte, warf sie ihre langen blonden Haare mit einer abrupten Kopfbewegung zurück und marschierte zornbebend davon. So kindisch hatte ich sie nie zuvor erlebt.

Jetzt wandte *ich* mich an Beckett. »Auf meiner Liste stand, dass ich mit jedem laufen möchte außer mit Jake.«

»Ich weiß«, gab er zurück. »Und trotzdem gehst du mit ihm in eine Gruppe.«

»Das ist nicht lustig.«

»Doch.«

»Du hast mich allein deshalb mit Jake eingeteilt, weil ich dich ums genaue Gegenteil gebeten hatte?«

»Nicht ganz.«

Ich beugte mich ein wenig vor und senkte meine Stimme zu einem Flüstern.

»He. Im Gegensatz zu dir bin ich nicht jeden Sommer in der Wildnis. Für mich ist das hier eine einmalige Angelegenheit. Ich habe so etwas nie zuvor gemacht und werde es wahrscheinlich nie wieder machen. Und obwohl ich hier ganz sicher nicht in meinem Element bin, gebe ich mir alle Mühe und nehme die Sache sehr ernst.«

Er nickte zustimmend. »Das merke ich.«

»Ich habe immer brav getan, was du mir aufgetragen hast. Habe alle Anweisungen befolgt. Wenn du wolltest, dass ich Wasser hole, bin ich runter zum Bach. Als du verlangt hast, dass ich mit den Jungs die Trage schleppe, habe ich es bis zur Erschöpfung getan. Nie habe ich Nein gesagt. Habe mich nie vor irgendwas gedrückt, sondern mich die ganze Zeit bemüht, es dir recht zu machen.«

»Das ist mir sehr wohl bewusst«, bestätigte er in ruhigem Ton.

»Und warum hast du mir dann ausgerechnet denjenigen aufgehalst, den ich als Einzigen aus der ganzen Gruppe nicht wollte?«

Beckett atmete geräuschvoll ein und wieder aus und trat einen Schritt vor.

»Ich habe Jake und dich zusammen eingeteilt, weil du entsetzlich stur bist und zu Unfällen neigst und er als Sanitäter dich am ehesten wieder zusammenflicken kann. Und weil du die beste Kartenleserin der ganzen Truppe bist, während er noch blinder als ein Maulwurf ist«, begründete er seine Entscheidung und fügte dann etwas Seltsames hinzu, das mir verriet, welch guter Beobachter er war. »Vor allem aber sollt ihr in einer Gruppe laufen, weil er, anders als du selbst und aus Gründen, die sich mir niemals erschließen werden, jeden Tag aufs Neue an dich glaubt.«

So war das also. Und für diese Entscheidung sollte ich auch noch dankbar sein.

Am Morgen von Tag X ging Beckett vor dem Aufbruch mit uns ein letztes Mal die Strecken auf der Karte durch, dann winkten wir uns kurz zum Abschied zu und stapften in verschiedene Richtungen davon.

Mit Glück würden wir uns in vierundzwanzig Stunden wiedersehen.

Sofern uns nicht ein umstürzender Witwenmacher oder eine Steinlawine unter sich begrub, uns kein Bär zum Abendessen verspeiste, uns nicht das Wasser ausging, wir nicht beim Überqueren irgendeines kalten Flusses ertranken, während des Abendessens an einem Käsestück erstickten, der Wald nicht zufällig durch einen Unfall mit dem Kochgerät in Brand geriet, wir uns nicht verliefen, resignierten und wir uns nicht einfach auf die Erde legten, um zu sterben.

Lauter Dinge, die in der Wildnis durchaus möglich waren.

Hinzu kamen natürlich Unstimmigkeiten in der Gruppe, zumal wenn sie so bunt zusammengesetzt war wie unsere.

Das größte Problem stellte Flash alias Hüne Mason alias der größte Blödian der Berge dar. Solange man

Abstand hielt, okay, aber wer ihm irgendwie in die Quere kam, der zahlte einen hohen Preis, den ließ er leiden. Etwa, besonders hinterhältig, wenn er – wie auf früheren Wanderungen geschehen – den Mädchen beim Pinkeln heimlich in die Büsche folgte und knurrte wie ein Bär, sobald ihnen die Hose um die Knie hing. Er hatte einfach ein Talent zur Grausamkeit, und ich verstand beim besten Willen nicht, wie Beckett auf die schreckliche Idee gekommen war, Flash, den Schnellsten der Truppe, zusammenzuspannen mit Dosie, der bei Weitem Langsamsten des ganzen Vereins. Meiner Meinung nach konnte das nur in einer Katastrophe enden.

Desgleichen war zwischen Mason und mir Ärger vorprogrammiert. Unser Trainer hatte nämlich vergessen, dem Hünen mitzuteilen, dass er mich und keinesfalls ihn als geeigneten Kartenleser betrachtete. Und so kam es, dass Flash mir kurz nach dem Start die Karte aus den Händen riss.

»Die nehme ich am besten an mich«, sagte er und setzte sich an die Spitze des Trupps.

Ich ließ es erst mal geschehen, und so sah die Marschordnung wie folgt aus: Flash stürmte voran, blieb alle Viertelstunde stehen und scharrte wie ein ruheloser Bulle mit den Hufen, bis Jake und ich aufgeschlossen hatten, während Dosie als Letzte im Fünf-Minuten-Takt mit jämmerlicher Stimme »Warte, Hopphopp!« rief, weil sie wieder mal zurückgefallen war.

Jake und ich gingen im selben Tempo neben- oder hintereinander. Je nachdem.

»Erzähl mal«, meinte er. »Wie gefällt es dir in der Wildnis?«

»Ich meinem ganzen Leben habe ich nicht so viele erschreckende Dinge getan wie seit Beginn dieser Wanderung.«

»Immerhin hast du sie bisher alle überlebt.«

»Sieht so aus«, gab ich zu. »Und meine Ängste sind lange nicht mehr so ausgeprägt wie früher.«

»Dann bist du jetzt also eine furchtlose Frau.«

»Nein, bestenfalls bin ich ein bisschen furchtloser geworden.«

»Wie Chuck Norris.«

»Was?«

»Wie in allen diesen Witzen, die es über diesen Typen gibt. Du weißt schon. Chuck Norris badet nie in Wasser, sondern immer nur in Blut.«

»Woher weißt du, dass es Chuck-Norris-Witze gibt?«

»Das weiß schließlich jeder.«

»Ich weiß das bloß, weil im Büro unseres Schulleiters ein Plakat mit diesen Witzen hängt.«

»Na ja, Chuck Norris ist mehr was für Männer, denke ich.«

»Mein gesamtes Tagebuch ist voll mit diesen Witzen«, klärte ich ihn auf »Er war mein großes Vorbild während dieses Trips. Immer, wenn es brenzlig wurde, habe ich mir überlegt: *Was würde wohl Chuck Norris tun?*«

»Ich frage mich dann eher, was wohl Bill Murray machen würde«, gab Jake zurück.

»Irgendwie lief es dann doch nicht so wie geplant«, spann ich meinen Gedanken weiter. »Eigentlich bin ich hergekommen, um möglichst tough und meinetwegen sogar ein bisschen gemein zu werden, und dann ist etwas völlig anderes passiert.«

»Jetzt bist du plötzlich weich und zuckersüß?«

»Nein. Ich meine nicht das Gegenteil, sondern einfach anders.«

»Und wer ist seit deiner Verwandlung dein großes Vorbild?«

»Keine Ahnung. Vielleicht Annie Oakley.«

Jake hob einen Finger und schoss in die Luft, und ich beschloss, Windy unbedingt noch dafür zu danken, dass mein Image derart nachhaltig durch sie verändert worden war.

Vorerst allerdings genoss ich es, dass sie nicht da war, dass ich Jake für mich hatte. Wir unterhielten uns ganz locker und ganz selbstverständlich, hatten eine Menge Spaß – und vergaßen darüber, auf den Weg zu achten. Erst mittags merkten wir, dass wir völlig falsch gelaufen waren.

Mason, der mal wieder auf uns gewartet hatte, sah uns bereits ratlos entgegen und rief: »Sieht aus, als ob der Weg hier verschwindet.«

»Er kann nicht einfach so verschwinden«, widersprach ich und nahm das Terrain genauer in Augenschein. Und dann fiel mir etwas auf.

»Warum in drei Teufels Namen gehen wir eigentlich *über* einen Hügel?«, fragte ich Flash vorwurfsvoll – immerhin hatte er das Kartenlesen für sich reklamiert. »Wir hätten uns *am Fuße* des Hügels halten müssen.«

»Fällt dir das erst jetzt auf?«, gab Mason feixend zurück. »Wir nehmen eine Abkürzung.«

»Das sollten wir aber nicht.«

»Niemand hat das gesagt.«

»Doch, Beckett«, mischte sich Jake ein.

Ich schaute den glücklosen Kartenleser mit zusammengekniffenen Augen an. »Wann haben wir den richtigen Weg verlassen?«

Mason dachte kurz nach. »Vielleicht vor zwei, drei Stunden.«

»Stunden?«, hakte ich nach, und in dem Augenblick kam Dosie angekeucht.

»Der Berg ist echt steil.«

Ich starrte Flash entgeistert an. »Du hast uns eigenmächtig über einen anderen Weg geführt, ohne einen Ton zu sagen?«

»Ich dachte, dass ihr euch melden würdet, wenn es euch nicht passt.«

»Wir haben nicht auf den Weg geachtet«, fauchte ich ihn an. »Du hattest schließlich die Karte.«

»Ist es nicht für jeden Regel Nummer eins, auf den Weg zu achten?«, gab er süffisant zurück.

Betreten sah ich ihn an und musste insgeheim zugeben, dass er damit recht hatte.

»Ich dachte, das sei kein Problem«, ging er vom Angriff zur Verteidigung über und zog die Karte aus der Tasche. »Seht hier, das ist der Weg, der im Halbkreis um den Hügel herumführt. »Warum sollen wir nicht stattdessen den Hügel einfach überqueren?«

»Weil's da keinen Weg gibt«, erklärte ich.

»Und wo bitte sind wir bisher gegangen? War das etwa kein Weg?«

»Nein, außer du zählst Trampelpfade von Rotwild oder Elchen dazu. Ein ausgewiesener Nationalparkwanderweg war es jedenfalls nicht.«

Eigentlich hätte er sich jetzt entschuldigen sollen, drehte aber stattdessen den Spieß um.

»Und warum habt ihr nicht aufgepasst?«

Ehrlicherweise hätte ich eingestehen müssen, dass

ich abgelenkt gewesen war von Jake – andererseits war in erster Linie der mit der Karte verantwortlich.

»Weil du ungefragt die Führung übernommen hast«, versetzte ich pampig und funkelte ihn zornig an. »Jetzt müssen wir das ganze Stück wieder zurück.«

Nur dass das mit dem Zurück nicht so einfach war, denn als wir den sandigen, kaum bewachsenen Boden genauer inspizierten, entdeckten wir zwar viele Spuren, von denen sich jedoch keine eindeutig als der Pfad ausmachen ließ, dem wir blind gefolgt waren.

»Da lang«, meinte Mason und wies nach Südosten.

»Nie im Leben«, hielt ich dagegen. »Schließlich sind wir aus Südwest gekommen.«

»Ich dachte, wir seien von dort gekommen«, meinte Dosie und deutete in westliche Richtung.

Ich stieß einen abgrundtiefen Seufzer aus.

»Gib mir die Karte«, sagte ich und nahm sie Flash aus der Hand. »Du weißt schon, dass du sie falsch herum gehalten hast?«

»Ach ja?«

»Mason, sag, dass das ein Witz ist.«

Er riss die Augen bloß auf und schüttelte den Kopf.

Ich zog meinen Kompass aus der Tasche und drehte die Karte, bis die Richtungsangaben mit dem Kompass übereinstimmten.

Als Mason anerkennend pfiff, hätte ich am liebsten sonst was mit ihm angestellt. Hatte er den Kurs im Kartenlesen völlig verpennt? Okay, mit dem Lesen von Höhenlinien war das so eine Sache, aber zwei Pfeile so zu drehen, dass sie in dieselbe Richtung wiesen, war beim besten Willen keine Zauberei.

»Du hast uns statt nach rechts nach links geführt«, warf ich ihm vor.

»Und dadurch sind wir auf dem falschen Weg gelandet«, ergänzte Dosie sichtlich alarmiert.

»Schon gut«, beruhigte ich sie. »Wir finden uns wieder zurecht. Unser eigentlicher Weg verläuft zwischen diesen beiden Hügeln.« Ich zog ihn mit dem Finger auf der Karte nach. »Wenn wir in diese Richtung nach unten gehen, treffen wir irgendwann auf unseren Weg.«

»Und was, wenn nicht?«, erkundigte sich Dosie ängstlich.

»Keine Bange, das klappt bestimmt«, gab ich zurück.

»Wenn …«

»Dosie«, brüllte Flash. »Das hilft uns jetzt ganz sicher nicht weiter.«

»Lasst uns unsere Wasserflaschen überprüfen«, schlug ich vor.

Alle waren höchstens zu einem Drittel gefüllt.

»Das dürfte unser größtes Problem werden«, meinte Jake.

Ich zeigte ihm die Karte. »Da unten müssten wir auf einen Bach stoßen«, erklärte ich. »Falls wir es im Hellen bis dorthin schaffen, übernachten wir am besten dort.«

»Falls?«, stieß Dosie mit zittriger Stimme hervor.

»Tut mir leid, ich wollte dir keine Angst machen.«

Also liefen wir den Hügel hinunter, den wir so mühsam hochgestiegen waren, und folgten mithilfe des Kompasses beständig einer geraden Linie, wobei wir uns jedoch irgendwann durch dichtes Unterholz schlagen mussten und uns die Beine aufrissen. Besonders schwer tat sich Jake, der deutlich öfter als wir anderen stolperte und entsprechend mehr Kratzer aufwies.

Obwohl die Versuchung, auf irgendeinen Pfad, eine

Spur auszuweichen, die mehr nach Weg aussah, groß war, schien es mir trotz allem sicherer, stur dem Kompass zu folgen. In dieser Situation, in der wir uns auch hätten zerfleischen können, schweißte die Angst uns erstaunlicherweise enger zusammen, und wir waren sehr bedacht darauf, niemanden aus den Augen zu verlieren.

»Und was ist, wenn wir heute Abend nirgends Wasser finden?«, fragte Dosie zum wiederholten Mal.

»Dann werden wir morgen welches finden.«

»Und wie lange kommt der Körper ohne Wasser aus?«

»Drei Tage«, antwortete Jake. »Manchmal sogar nur zwei. Dann setzen nämlich irgendwann Halluzinationen ein.«

»Jake, bitte …«

»Es gibt da die berühmte Dreierregel«, dozierte er ungerührt weiter. »Man hält drei Minuten ohne Luft, drei Tage ohne Wasser und drei Wochen ohne Nahrung aus.«

»Ein Wissen, das uns jetzt auch nicht hilft«, wandte Flash ein.

»Sind nicht schon Leute auf diesen Wanderungen umgekommen?«, fragte Dosie, die offenbar mit dem Schlimmsten rechnete.

»Nicht mehr, seitdem die Kursleiter ausgewechselt wurden«, erwiderten Jake und ich wie aus einem Mund.

Nach geschlagenen vier Stunden kamen wir dort an, wo wir in die Irre gegangen waren. Ein richtiger Weg tat sich wieder vor uns auf. Fürs Erste waren wir gerettet. Erleichtert fielen wir uns in die Arme.

Jetzt war es noch etwa eine Meile bis zu dem Bachlauf, wo wir campieren wollten. Als wir eine Stunde später, um achtzehn Uhr, dort ankamen, mussten wir allerdings feststellen, dass der kleine Fluss in einer tiefen Schlucht verlief. Gut dreißig Meter unter uns. Das war mir beim Kartenstudium entgangen. Eine wackelige Seilbrücke führte auf die andere Seite.

Wir traten an den Rand des Abgrunds und spähten nach unten, wo das Wasser sprudelte.

Jake klatschte mit mir ab. »Es wird bestimmt nicht ganz leicht, in die Schlucht zu steigen, aber verdursten müssen wir nicht.«

Schließlich entdeckten wir einen schmalen Fußweg nach unten, den bereits andere vor uns benutzt hatten. Perfekt. Jake erbot sich, den Abstieg auf sich zu nehmen und unten sämtliche Wasserflaschen und einen unserer Töpfe aufzufüllen, während Dosie kochte und ich mit Flash die Plane aufspannte. Rückblickend betrachtet, verstehe ich nicht mehr, warum ausgerechnet ein nachtblinder, kurzsichtiger Brillenträger die schwierigste Aufgabe übernehmen sollte, dazu bei Anbruch der Dunkelheit.

Als viel zu viel Zeit verging, ohne dass er auftauchte, wurde ich unruhig. Irgendetwas stimmte da nicht.

Da half es wenig, mir einzureden, dass es für eine Person ziemlich schwierig sei, das ganze Zeug nach oben zu schleppen.

»Vielleicht sollte ich losgehen und Jake helfen«, erklärte ich und verschwand.

Der Weg in die Schlucht war uneben und so steil, dass man ihn nur im Zickzack, in Serpentinen also, bewältigen konnte. Erschwerend kam hinzu, dass er mit viel Geröll bedeckt war, auf dem man immer wieder ausrutschte. Meine Angst, Jake könnte gestürzt und bewusstlos irgendwo liegen geblieben sein, wuchs von Minute zu Minute.

Ganz unten fand ich ihn verzweifelt auf Händen und Knien herumkriechen.

Als er mich kommen hörte, hob er den Kopf, und an seinen zusammengekniffenen Augen erkannte ich, dass er mich nicht sah. Mitleid erfasste mich.

»Bleib, wo du bist«, rief er mir zu. »Hier irgendwo muss meine Brille liegen.«

Ich machte ein paar Schritte auf ihn zu.

»Stopp. Sonst trittst du noch aus Versehen drauf.«

»Ich werde schon nicht drauftreten«, erwiderte ich. »Es sind schließlich keine Kontaktlinsen.«

»Ich meine es ernst. Bleib bitte stehen.«

»Okay.«

Er war vollkommen außer sich, und so versuchte ich, ihn erst einmal zu beruhigen.

»Keine Angst. Ich helfe dir. Wir werden die Brille schon finden.«

Er schüttelte heftig den Kopf. »Ich suche sie doch schon endlos lange.«

»Wir werden sie bestimmt finden«, wiederholte ich, bevor ich ebenfalls auf die Knie fiel und vorsichtig in seine Richtung kroch. »Ich mache ganz langsam und bin ganz vorsichtig.«

Er keuchte, als hätte er gerade einen Marathon hinter sich.

»Atme erst mal tief durch«, redete ich ihm gut zu, und zur Abwechslung schien er endlich auf mich zu hören.

»Falls du mich nicht richtig sehen kannst – ich bin's, Helen.«

»Meinst du, das weiß ich nicht? Außerdem würde ich dich sogar an deiner Stimme erkennen.«

»Bist du verletzt?«, erkundigte ich mich und kroch weiter auf ihn zu.

»Höchstens ganz leicht.«

»Warte, ich bin gleich da, um dir zu helfen.«

»Okay.«

Und dann war ich bei ihm.

Sofort streckte er die Arme nach mir aus wie ein Ertrinkender nach einem Rettungsring, drückte mich so fest an seine Brust, dass ich lediglich mit Mühe Luft bekam, presste sein Gesicht in die Vertiefung zwischen meinem Hals und meiner Schulter und atmete heftig.

Warum war er bloß so panisch?

Sanft strich ich mit den Händen über seinen Rücken.

»Jetzt ist alles gut«, sagte ich ein ums andere Mal. »Ich bin bei dir.«

So blieben wir eine Weile sitzen. Und während es immer dunkler und kälter wurde, merkte ich, wie sich seine Atmung langsam normalisierte.

»Hing deine Brille nicht an einem Band?«

»Ja, ursprünglich schon. Bis wir damit den Schuh von Höhlenmensch repariert haben.«

»Was anderes hättet ihr nicht nehmen können?«

»Es war eben nichts Passenderes zur Hand.«

»Du bist mir so ein Held.«

»Ich sollte gar nicht hier sein«, gab er zurück.

»Da hast du vermutlich recht«, antwortete ich und dachte an das gefälschte Attest.

Er lehnte sich zurück und sah auf seine Hände hinunter. »Nach der ersten Anmeldung zu der Tour habe ich mich zunächst ab- und dann wieder angemeldet.«

Das war mir neu.

»Weißt du, ich bekam nämlich plötzlich Schwierigkeiten mit dem Sehen, und nach einer Reihe von Untersuchungen und Tests stellte sich heraus, dass ich an einer ererbten Augenkrankheit leide, die nicht heilbar ist.«

»Du meinst die Nachtblindheit?«

Er schüttelte den Kopf. »Die ist bloß ein Teil davon.«

Ich schwieg beklommen.

»Im Laufe der nächsten Jahre«, fuhr er mit gesenktem Kopf fort, »werde ich mein Augenlicht vollständig verlieren.«

»Vollständig?«

»Man nennt das Retinitis Pigmentosa«, erklärte er. »Es ist eine Erkrankung der Photorezeptoren, der Zapfen und Stäbchen, die beginnend vom Augenrand her langsam, aber sicher absterben.«

Er machte eine Pause, weil er sichergehen wollte, dass ich ihn verstand.

»Und warum sterben sie ab?«

»Sie produzieren die falsche Art von Protein, so die wissenschaftliche Definition.« Er zuckte die Achseln. »Einfacher ausgedrückt, stellen sie nach und nach die Arbeit ein. Die meisten Menschen, die diese Krankheit haben, sehen erst im Dunkeln immer schlechter, können dann Farben und Kontraste nicht mehr unterscheiden, bekommen einen Tunnelblick, weil das Sehvermögen von der Peripherie her abnimmt, und sind mit vierzig Jahren etwa vollkommen blind.«

»Du doch nicht!«

Vollkommen blind? Mit *vierzig?*

»Nein«, stimmte er mir mit belegter Stimme zu. »Bei mir wird's deutlich schneller gehen.«

»Schneller?«, wiederholte ich wie ein Papagei.

»Meine Rezeptoren sterben offenbar im Eiltempo.«

Mein Herz fing an zu rasen, und ich hätte so gerne etwas Hilfreiches gesagt oder getan. Aber was, wenn anscheinend alles zu spät war?

»Mit der Nachtblindheit fing alles an. Schlagartig konnte ich im Dunkeln schlechter sehen. Vor ungefähr zwei Jahren. Zunächst habe ich es einfach ignoriert, doch nach einem Jahr, als ich nicht mehr richtig lesen konnte, bin ich zum Arzt gegangen.«

»Und der hat dir eine Brille verschrieben.«

Er nickte.

»Und was machst du jetzt? Wie wirst du behandelt?«

»Gar nicht. Weil man nichts machen kann.«

Nichts machen können? Heutzutage? Das schien mir unvorstellbar.

»Wir leben im einundzwanzigsten Jahrhundert«, widersprach ich. »Es gibt schließlich für alles irgendwelche Therapien. Selbst für Dinge, die man gar nicht therapieren muss.«

Er zuckte mit den Schultern. »Hierfür nun mal nicht.«

»Aber man wird nicht einfach blind«, wandte ich verzweifelt ein.

Es schien mir ganz und gar undenkbar, dass ausgerechnet Jake bald nicht mehr in der Lage sein sollte, irgendetwas zu sehen. Was würde aus seinem schiefen Grinsen, das ich so liebte, wenn er sein Gegenüber nicht mehr sah?

»Es heißt, Vitamin A könne den Prozess hinauszögern«, sagte er müde. »Also nehme ich Nahrungsergänzungsmittel. Auch Fischöl soll einigen Studien zufolge nicht übel sein.«

»Fischöl und Karotten? Was Besseres fällt ihnen nicht ein? Wer ist dein Arzt – Bugs Bunny?«

»Sie experimentieren mit Gentherapie«, erklärte er daraufhin. »Ein neunjähriger Junge hat bei dieser Studie mitgemacht und konnte danach wieder die Tafel in der Schule sehen. Und ein Mädchen hat zum ersten Mal in seinem Leben Glühwürmchen erkannt.«

»Und warum machst du das nicht?«

»Bisher ist es keine zugelassene Behandlungsform …«

»Wenn diese beiden Kinder daran teilgenommen haben, warum dann du nicht?«

Er zuckte die Achseln. »Nicht jeder Betroffene ist in gleicher Weise geeignet.«

»Hör auf, es muss einfach …«

»Nein!«

Betroffen verstummte ich.

»Ich habe das ganze letzte Jahr darauf verwandt, sämtliche Informationen, die es zu diesem Thema gibt, gründlich durchzuarbeiten. Selbst wenn du mir niemals wieder etwas glaubst – das eine kannst du mir glauben: Alles, was ich tun kann, ist darauf zu warten, dass das Licht ausgeht.«

Jake meinte es tatsächlich ernst. Voller Verzweiflung schlug ich die Hände vors Gesicht. Dieser unglaublich talentierte, unabhängige junge Mann würde in nicht zu ferner Zukunft erblinden. Wie schrecklich musste das für ihn sein. Und doch hatte er sich das während der gesamten Wanderung nicht anmerken lassen und sich vielmehr um jeden gekümmert, der über irgendwelche Peanuts jammerte. Wie ich über Blasen an den Füßen! Statt froh zu sein, dass man nichts Schlimmeres hatte, und sich an den schönen Dingen erfreute, die das Leben bot.

Er hingegen verlor sein Augenlicht.

Was stünde ihm dadurch alles bevor? Wie würde sein Leben aussehen, wenn er den letzten Rest seiner Sehfähigkeit einbüßte? Wie würde er am Morgen seine Kleidung heraussuchen? Wie im Supermarkt zurechtkommen? Wie sollte er von seiner Wohnung zu seiner Arbeitsstelle finden? Und wie lesen?

Eine solche Zukunft passte einfach nicht zu einem hochbegabten Menschen wie ihm. Wie in aller Welt würde er seine Talente, mit denen ihn die Natur so reich beschenkt hatte, im Dunkeln umsetzen?

Meine Gedanken überschlugen sich. Und ich dachte an all die wunderschönen Dinge, die für ihn eines Tages der Vergangenheit angehören würden: das Funkeln der Sterne, Lagerfeuer, Sonnenuntergänge, Schatten, Regenwolken, Herbstlaub und die lächelnden Gesichter all der Menschen, die ihn liebten. Seine eigenen Kinder würde er vielleicht anhand der Stimmen unterscheiden müssen. Der Gedanke schnürte mir die Kehle zu.

»Du machst mich fertig«, murmelte ich heiser.

»Sag das nicht«, bat er und zeigte mir dieses wunderbare, schiefe Grinsen.

»Deshalb also hast du dieses Attest gefälscht.«

Er nickte. »Was einfach grottendämlich war.«

»Und deswegen studierst du nicht Medizin.«

»Genau.«

»Warum hast du mir das nicht eher erzählt?«

»Ich wusste einfach nicht, wie.«

»Weiß dein Vater Bescheid?«

»Ja.«

»Und was hat er zu dieser Tour gesagt?«

»Er weiß gar nicht, dass ich hier bin.«

»Und was denkt er, wo du bist?«

»In einem buddhistischen Meditationszentrum in den Berkshires.«

»Da passte es ja gut, dass Windy dir gezeigt hat, wie man meditiert.«

»Das ist auf alle Fälle praktisch«, stimmte er mir zu.

»Und was hält er von der ganzen Geschichte?«

»Mein Dad? Nun, er tut einfach so, als wäre alles gut.«

»Dann verdrängt er die Sache also?«

Jake zögerte einen Moment. »Wenn du im Lexikon das Wort Verdrängung suchst, findest du ein Bild von meinem Vater.«

»Ich hätte nicht gedacht, dass es das wirklich gibt.«

»Sein Spitzname für mich ist seit jeher Doc gewesen. Und nach wie vor sieht er mich exakt so, wie ich hätte werden sollen.«

»Er wird sich daran gewöhnen, oder?«

Jake runzelte die Stirn. »Mein Vater wollte immer eine ganz bestimmte Art von Sohn. Fleißig, leistungsstark und stets der Jahrgangsbeste.«

»Warst du tatsächlich immer der Jahrgangsbeste?«

Verlegen zuckte er die Achseln. »Schon, allerdings dürfte sich das künftig ändern.«

Ich schüttelte den Kopf, begann langsam, eins und eins zusammenzuzählen.

»Deshalb also fährst du nicht im Dunkeln Auto?«

»Ja, und deshalb habe ich mich außerdem im Motel so blöd benommen.«

Ohne zu antworten, schlug ich die Augen nieder.

»In letzter Zeit war ich einfach nicht mehr ich selbst. Und vor allem hasse ich es, dass ich dich jetzt nicht wirklich sehen kann«, erklärte er.

In diesem Augenblick setzte ein leichter Nieselregen ein.

»Wenn du es versuchen würdest, könntest du es ganz bestimmt«, gab ich zurück.

Er hob den Kopf und war sich offenbar nicht sicher, was ich damit meinte. Also nahm ich eine seiner schwieligen, verdreckten, aufgerissenen Hände und führte sie an mein Gesicht. Zögernd hob er die andere Hand und zog die Konturen meines Kiefers, meiner Wangenknochen, meiner Augenbrauen und meiner Nase nach. Konzentriert und mit geschlossenen Augen.

Und während ich zitternd Luft holte, meinte er: »Da bist du ja.«

»Ja, da bin ich«, sagte ich und betrachtete liebevoll sein Gesicht. »Du hast übrigens den schönsten Bart der ganzen Gruppe.«

»Vererbung. Alle Männer meiner Familie zeichnen sich durch einen üppigen Bartwuchs aus. Was gleichermaßen ein Segen wie ein Fluch ist.«

»Kann ich mir gut vorstellen.«

»Im ersten Jahr am College habe ich mir einen Zwirbelbart stehen lassen, so richtig mit gewachsten Enden wie auf alten Fotos.«

»Beckett sieht mit seinem Bart wie eine Ratte aus.«

»Und Vegas, als hätten sich die Reste eines in Karamell gebackenen Apfels mit Nüssen darin verteilt.«

»Jedenfalls würdest du den Bartpreis kriegen, falls es einen gäbe.«

Er verzog den Mund zu einem kurzen Lächeln. »Wie auch immer, wichtiger ist die Frage, wo meine Brille abgeblieben ist.«

Genau, das hätte ich beinahe vergessen.

»Ich werde sie finden«, versprach ich. »Du bleibst hier.«

Erneut ging ich auf Hände und Knie, und im gleichen Moment hörten wir es schon knacken.

»Gefunden«, sagte ich und hob sie, in jeder Hand ein Stück, hoch.

»Ist sie in der Mitte durchgebrochen?«, fragte er blinzelnd.

»Nein«, gab ich zurück. »Ein Bügel ist ab, sonst nichts.«

»Die Gläser sind okay?«

Ich drückte ihm die Brille in die Hand, und er wischte sie mit seinem T-Shirt ab, hielt sie sich vor das Gesicht. »O Gott, ich sehe dich wieder.«

Dann zog er mich an seine Brust, strich mit seinem Bart über meine Wange und presste seine Lippen ohne Vorwarnung auf meinen Mund. Der Kuss im Motel kam mir im Vergleich zu dieser Attacke vor wie ein harmloser Zärtlichkeitsaustausch unter Freunden. Er küsste mich so gierig und so leidenschaftlich wie noch nie ein Mann zuvor und vergrub seine Hände tief in meinem Haar.

Die Welt um uns herum versank.

Da knieten wir beide im Regen auf der Erde, und seit der Steinzeit hatte es bestimmt kein derart verdrecktes Liebespaar mehr gegeben wie uns. Und dennoch legte Jake so viel Verlangen und Entschlossenheit in diesen Kuss, als wären wir die letzten Menschen auf der Welt.

Und ich – ich genoss es einfach, wollte und konnte mich nicht von ihm lösen. Und es war viel, viel schöner als unser erster Versuch. Weil ich ihn jetzt kannte, weil er kein Fremder mehr war. Und auch nicht bloß der Freund meines Bruders, sondern Jake.

Der Jake der hundert Spitznamen.

Der Jake, der alle Welt zum Lachen brachte und in jedem etwas Gutes sah.

Der Jake, der mit der Herzensbrecherin zusammen war.

Bei dem Gedanken machte ich mich von ihm los.

»Das ist wahrscheinlich keine so gute Idee«, meinte ich.

»Sorry.« Verlegen wandte er sich ab. »Tut mir leid.«

»Das braucht es nicht«, stieß ich immer noch ein wenig atemlos hervor.

»Das hätte ich nicht tun sollen.«

Nein, cool war das nicht gewesen. Sogar alles andere als cool. Trotzdem konnte ich ihm nicht böse sein. Schließlich taten selbst die gescheitesten Menschen manchmal blöde Dinge. Vor allem in Ausnahmesituationen. Es war nun mal geschehen, ohne dass ich es darauf angelegt hatte, doch ich wollte eine andere nicht hintergehen.

»Vergessen wir es«, sagte ich mit gepresster Stimme. »Okay?«

»In Ordnung«, stimmte er zu, fügte aber hinzu: »Wir machen ganz schön viele Dinge, die niemals passiert sind, findest du nicht auch?«

Ich dachte an Windy. Sie hatte es einfach nicht verdient, dass ausgerechnet ich sie mit Jake betrog. Falls wirklich was zwischen ihnen lief – ich wagte es nicht, Jake danach fragen, und er selbst sprach dieses Thema ebenfalls nicht an.

»Trotzdem«, antwortete ich. »Behalten wir es lieber für uns.«

»Okay«, gab er zögernd und mit einem unglücklichen Lächeln zurück.

»Dann ist es also abgemacht«, erklärte ich. »Vergessen wir es einfach, ja?«

Was selbstverständlich völlig ausgeschlossen war.

Wir rappelten uns auf, sammelten die Wasserflaschen ein und wandten uns zum Gehen.

»Tut mir leid, dass ich deine Brille zerbrochen habe«, wechselte ich das Thema.

»Nicht schlimm«, sagte er und schob den Bügel in die Tasche. »Das kriege ich mit Klebeband problemlos wieder hin.«

Nach einem wirklich grauenhaften Abendessen aus getrocknetem Gemüse, heißem Wasser, Mehl und Salz krochen wir schweigend unter unsere Plane und verfielen allesamt in einen komatösen Schlaf.

Bis das Geschrei eines brünstigen Elchs ein paar Stunden später an unsere Ohren drang. Eines wirklich lauten, wirklich nahen, wirklich scharfen Elchs. Und ich begriff, dass ein Elch alles andere als ein süßes Bambi ist, sondern ein Koloss, der bis zu vierhundert Kilo wiegen kann. Und jetzt war dieser Herr der Wälder weniger als zwei Meter von uns entfernt.

Bereits beim allerersten Laut schraken wir hoch. Ein tiefes, dumpfes und gespenstisches Röhren hallte durch das Tal und bohrte sich in mein Gehirn. Es klang wie das Heulen einer ruhelos herumirrenden

Geisterhorde. So etwas hatte ich noch nie gehört – vor allem nicht aus solcher Nähe. Und ich hatte auch noch nie im Leben eine solche Angst gehabt. Und so lag ich schreckensstarr in meinem Schlafsack, war unfähig, mich zu rühren, und wartete darauf, jeden Augenblick zertrampelt zu werden. Doch zum Glück stellte sich heraus, dass Elche nur an andere Elche denken, wenn sie derart schreien.

Erst nach zwanzig endlosen Minuten war wieder Ruhe. Entweder hatte der Elchbulle erreicht, was er wollte, oder aufgegeben.

»Ob die wohl fertig sind?«, fragte ich,

»Das kann die ganze Nacht so gehen«, meinte Jake. »Ich habe das schon öfter beim Campen erlebt.«

Angespannt lauschte ich in die dunkle Nacht und konnte nicht wieder einschlafen, während Dosies und Flashs ruhiger Atem verriet, dass sie diesbezüglich weniger Probleme hatten.

»Bist du noch wach?«, hörte ich plötzlich Jake flüstern.

»Yep.«

»Ich auch.«

»Dachte ich mir bereits.«

»Hast du Angst?«

»Ich bin völlig panisch.«

»Hilft es, wenn ich dich daran erinnere, dass Elche Vegetarier sind?«

»Nicht wirklich.«

Er verstummte, und gemeinsam starrten wir die Plane an, bevor er wieder zu sprechen begann.

»Wir schlafen in letzter Zeit sehr oft in nächster Nähe voneinander, findest du nicht?«

Ich wandte mich ihm zu. »Könnte man so sagen.«

»Irgendwie kommt es mir vor, als würde uns das Universum oder das Schicksal absichtlich zusammenführen.«

»Eher kommt mir das wie ein Bombardement vor«, versuchte ich zu scherzen.

Eine Weile herrschte Schweigen.

»Das heute tut mir übrigens leid«, sagte Jake.

»Was heißt, es tut dir leid?«

»Du arbeitest sehr hart an dir und an einer positiven Einstellung. Deshalb lag es mir fern, dich traurig zu stimmen.«

Obwohl er recht hatte, gab ich das nicht zu. Schließlich sollte er meinetwegen nicht auch noch ein schlechtes Gewissen bekommen.

»Ich glaube nicht, dass man nie mehr traurig sein darf, wenn man versucht, glücklich zu sein.«

Jake nickte zustimmend.

»Ist es nicht so, dass man Glück nur dann zu schätzen weiß, wenn man hin und wieder traurig ist?«

»Klingt ganz schön weise.«

»Nicht wahr? Allerdings ist es nicht auf meinem Mist gewachsen. Windy hat das mal gesagt, wenn ich mich richtig erinnere.«

»Nein. Ich glaube, das ist O-Ton Helen.«

»Wie dem auch sei«, fuhr ich leise fort. »Ich bin sehr froh, wenn ich dir helfen konnte. Selbst wenn deine Brille dabei kaputtgegangen ist.«

»Ein dreifaches Hurra auf die Erfindung des Klebebands.«

»Du sollst wissen, dass mir das mit deinen Augen wirklich unendlich leidtut.«

»Danke«, gab er zurück. »Ich glaube, vor allem will ich nicht alleine sein.«

»Das wirst du nie sein – selbst dann nicht, wenn du wolltest. Weil dir die Menschen scharenweise nachlaufen.«

»Ja, dem alten Jake. Das wird sich ändern.«

»Nein.«

Am liebsten hätte ich gesagt: *Vielleicht bist du dann auf irgendeine Art sogar viel mehr du selbst. Falls irgendjemand das Talent hat, etwas Gutes aus der Angelegenheit zu ziehen, dann du.*

Aber ich wusste nicht, wie ich das ausdrücken sollte, ohne dass es oberflächlich klang. Oder dämlich. Oder oberlehrerinnenhaft.

Deshalb wich ich einer weiteren Diskussion aus, fragte stattdessen: »Warum hast du eigentlich dein Attest gefälscht?«

»Zum Teil, weil ich so einen Trip schon immer mal machen wollte, und zum Teil, weil du dich angemeldet hattest.«

»Dann bist du also meinetwegen hier?«

»Nicht ausschließlich, doch teilweise schon.«

»Warum?«

»Weil ich es für ziemlich wahrscheinlich hielt, dass dir unterwegs was passiert.«

»Und du dachtest, dass du mich davor bewahren könntest?«

»Nein, das wahrscheinlich nicht. Ich wollte einfach nicht, dass du alleine in der Wildnis stirbst.«

Eine Erklärung, die ich erst mal verdauen musste.

»Duncan hat kurz überlegt, ob er sich ebenfalls anmelden soll. Um mich zu unterstützen.«

»Und?«

»Er ist einfach nicht in Form. Außerdem hatte er angeboten, deinen Hund zu hüten.«

»Dann wusste er also die ganze Zeit, dass du mitkommst?«

»Ja. Und er hatte wirklich vor, sich als bester Hundesitter aller Zeiten zu erweisen.«

»Nur dass dann die beste Party aller Zeiten dazwischenkam.«

»Das war meine Schuld«, erklärte Jake reumütig. »Ich hätte aufpassen sollen, dass er sein Ziel nicht aus den Augen verliert.«

»Also bitte«, widersprach ich. »Das war nicht deine Aufgabe. Er sollte in der Lage sein, seine Angelegenheiten selbst zu regeln, findest du nicht?«

»Durchaus, aber er hatte echt eine schwere Woche hinter sich.«

Ich hatte null Ahnung, worauf er anspielte, obwohl er zu glauben schien, ich wisse Bescheid.

»Was meint du damit?«

»Na, wegen Florida.«

Ich verstand immer weniger. War Duncan in Florida gewesen? Und was hatte er dort zu suchen?

Jake runzelte die Stirn. »Er war wegen Florida durch den Wind.«

Erst als ich ihn weiter verständnislos ansah, fiel bei ihm der Groschen.

»Du weißt nicht, wer das ist? Duncans Freundin. Seit zwei Jahren.«

»Duncan hat eine Freundin namens *Florida?*«

»Wie ist es möglich, dass du das nicht weißt?«

Ich zuckte mit den Schultern.

»Er war unsterblich in sie verliebt. Dachte tatsächlich, dass sie die Frau fürs Leben sei.« Er hielt inne und dachte nach. »Du hättest sie gemocht – sie hatte ein Fulbright-Stipendium.«

Wow, ich war beeindruckt. Wer im Rahmen des Fulbright-Programms zum Studium geschickt wurde, ob nach Amerika, Europa, Asien, der hatte den Fuß bereits drauf auf der Karriereleiter.

»Trotz des Namens Florida?«

»Ja, sogar trotz dieses albernen Namens. Leider hat sie sich von ihm getrennt. Drei Tage vor der Party. Nachdem er sie gebeten hatte, bei uns einzuziehen.«

»Und warum?«

»Aus den ganz normalen Duncan-Gründen. Zu kindisch, zu chaotisch, zu vergesslich. Mädchen hassen so etwas.«

»Es ist ja auch ätzend«, verteidigte ich meine Geschlechtsgenossinnen.

»Ich verstehe einfach nicht, warum sie sich nicht auf seine positiven Eigenschaften konzentrieren konnte«, meinte Jake. »Er ist loyal, total witzig und hat ein gutes Herz.«

»Gleichzeitig ist er vollkommen desorganisiert, schmutzig und riecht wie eine alte Socke«, fügte ich mitleidslos hinzu.

Jake sah mich ein wenig vorwurfsvoll an. »Irgendwann wirst du seine guten Seiten sehen, das weiß ich genau.«

»Ach ja?«

Er nickte nachdrücklich. »Sobald du gelernt hast, ihn mit meinen Augen zu betrachten, wirst du erkennen, was für ein netter Kerl er ist.« Er zog seinen Schlafsack bis zum Kinn. »Außerdem musst du später seine guten Seiten für uns beide sehen.«

Ich dachte kurz über seine Worte nach, und plötzlich fiel es mir wie Schuppen von den Augen.

»Du hast von Reisen gesprochen, die du jetzt unternehmen willst. Planst du das deshalb, weil du noch so viel wie möglich von der Welt mit deinen eigenen Augen sehen möchtest?«

»Ja, das ist der Punkt. Ich habe mir eine Liste gemacht, was ich alles bereisen will. Zum Teil sind es exotische Ziele, zum Teil nicht. Ich würde zum Beispiel auch das Haus, in dem ich aufgewachsen bin, gern noch einmal sehen. Und das Karussell in dem Park, in den meine Großmutter mich immer mitnahm. Und vielleicht sollte ich nach Texas fahren und mir all die alten Bilder anschauen, die sich im Besitz meines Vaters befinden. Großeltern, Urgroßeltern, Tanten und Onkel.«

Lautlos drehte ich mich auf die Seite, um ihm ins Gesicht zu schauen.

»Außerdem würde ich gerne tauchen, einen Rennwagen fahren und eine Runde auf der größten Achterbahn der Welt drehen.«

»Und Wale streicheln«, ergänzte ich lächelnd.

Er nickte und schien sich zu freuen, dass ich das noch wusste.

»Das war Glück. Ich habe mich einfach aus einer Laune heraus für diese Forschungsassistenz beworben, nachdem ich den Aushang am schwarzen Brett im Studentenzentrum gesehen hatte. Cool, dachte ich damals, rechnete aber nicht ernstlich damit, die Stelle tatsächlich zu bekommen. Heute denke ich, dass das womöglich …«

»Schicksal war.«

»Vielleicht kann es meinem Leben ja eine neue Richtung geben.«

»Du wärst bestimmt ein superguter Walforscher«, erwiderte ich.

»Ich habe eingehend darüber nachgedacht. Die Professorin, für dich ich arbeiten werde, nimmt die Geräusche der Wale mit Unterwassermikrofonen auf. Diese Tiere besitzen eine hochentwickelte Sprache und kommunizieren miteinander durch Echoortung. Zudem verfügen sie ähnlich wie Menschen über die Fähigkeit zur Eigenwahrnehmung und können Mitgefühl äußern. Nur dass Wale über diese Zellen, die das alles steuern, erheblich länger verfügen als wir, nämlich beeindruckende fünfzehn Millionen Jahre.« Nach einer kurzen Pause fügte er hinzu: »Manchmal überlege ich, mich berufsmäßig mit der Erforschung dieser interessanten Meeressäuger zu befassen.«

»Dann kommst du eventuell dahinter, dass Wale viel klüger sind als wir.«

»Durchaus vorstellbar.« Er kniff die Augen zusammen. »Ich werde abwarten, wie dieses Praktikum verläuft«, sagte er und sah mich mit seinem schiefen Grinsen an. »Während du auf dieser Bar Mitzwa für Furore sorgen wirst.«

O Gott. Das hatte ich total vergessen beziehungsweise verdrängt. Und nun nahte der Tag mit Riesenschritten.

»Warum hast du gleich zugesagt?«

»Weil diese alte Freundin mich eingeladen hat – und weil ich beweisen wollte, dass ich nicht mehr sauer auf sie bin.«

»Weshalb warst du eigentlich sauer?«

»Ich dachte, dass du die Geschichte bereits kennst.«

Er schüttelte den Kopf. »Höchstens in Teilen.«

»Also gut«, erklärte ich. »Mein Freund aus Highschoolzeiten hat damals was mit meiner besten Freundin angefangen und mitten auf dem Abschlussball

Schluss mit mir gemacht. Er wollte sogar den Blumenstrauß, den er mir überreicht hatte, zurückhaben. Und zu allem Überfluss musste ich dann mit so einer Elendsgestalt nach Hause fahren, mir während der gesamten Fahrt Freddie Mercurys *Bohemian Rhapsodie* anhören, und als der Typ mir plötzlich seine Zunge ins Ohr schob, hätte ich fast gekotzt.«

»Und was wurde mit dem Ex?«

»Ein Jahr später hat er meine nicht mehr beste Freundin geheiratet, weil sie schwanger wurde. Mit neunzehn. Ihm zuliebe hat sie den jüdischen Glauben angenommen, und obwohl wir alle dachten, sie werden sich ihr Leben ruinieren, sind sie nach wie vor zusammen. Er verdient als Buchhalter das Geld, und sie kümmert sich um die Kinder. Inzwischen sind es drei. Ich weiß nicht, ob es die große Liebe ist, doch unglücklicher als die meisten anderen sind sie wahrscheinlich nicht. Zumindest wirken sie auf Facebook durchaus glücklich.«

Jake hatte seine Augen geschlossen.

»Jeder sieht auf Facebook glücklich aus.«

»Er hat mich damals entjungfert und vorher eine Schachtel mit Kondomen besorgt. Seine Mutter war in der Schwangerschaftsberatung tätig. Um ein Gefühl für diese Dinger zu bekommen, haben wir Wasserbomben daraus gemacht.« Die Erinnerung an jenen Abend war nach all den Jahren immer noch gestochen scharf. »Dann haben wir uns ausgezogen, sind ins Bett geklettert und haben uns redlich abgemüht. Wir hatten beide keine Ahnung, was genau wir tun sollten. In seinem Zimmer klebte ein Beatles-Poster unter der Decke, und ich hatte ständig das Gefühl, die vier würden uns zusehen.«

Kurz vor dieser grässlichen Bar Mitzwa tat es gut, sich an den Abend zu erinnern. Ich hatte nämlich beinahe vergessen, dass mein erstes Mal ein recht fröhliches Ereignis gewesen war. Wir hatten jede Menge Spaß gehabt und als gute Freunde unsere Sexualität entdeckt. Bestimmt erinnerten sich nicht viele Frauen gerne an den Verlust ihrer Jungfräulichkeit.

»Welches Poster war es?«, wollte Jake wissen.

»Sergeant Pepper.«

Er lächelte. »Das hat bei dir dann bestimmt einen lebenslangen Marschkapellenfetischismus ausgelöst.«

»Klar, was sonst? Ich fahre total auf Marschkapellen und Walrossbärte ab.«

Jake streichelte grinsend seinen Bart.

»Obwohl seine Mutter Schwangerschaftsberatung machte, hat er deiner Freundin aus Versehen ein Kind gemacht?«

Ich nickte.

»Was für ein Idiot. Nicht weil er sie geschwängert, sondern weil er dich betrogen hat.«

»Danke.« Es fühlte sich überraschend gut an, das zu hören.

»Wenigstens hat er gekriegt, was er verdient.«

Ich rieb mir die Augen. »Hat er denn nicht bekommen, was er wollte?«

»Nein, hat er nicht.«

»Ach nein? Und warum nicht?«

»Weil du die Art von Mädchen bist, das man niemals vergisst.«

Verlegen schlug ich die Augen nieder, aber Jake blickte mich weiter reglos an.

»Und jetzt gehst du tatsächlich zu dieser Bar Mitzwa?«

»Leider habe ich spontan zugesagt. Wenngleich ich es postwendend bereut habe, ist es jetzt zu spät.«

»Wart's ab, du wirst dich bestimmt prächtig amüsieren«, tröstete er mich. »Vielleicht klaust du ja sogar einen Teil der Deko oder so.«

Ich schüttelte den Kopf. »Am liebsten würde ich zu Grandma fahren, dort irgendwelchen Quatsch im Fernsehen sehen, dreimal täglich duschen und Eis direkt aus der Verpackung in mich reinschaufeln«, gab ich zur Antwort. »Ich habe keine Lust, mich in hochhackige Schuhe und ein elegantes Kleid zu zwängen und blöd auf irgendeiner Feier zwischen lauter fremden Leuten rumzustehen.«

»Amen«, stimmte Jake zu und gähnte vernehmlich.

Sein Beispiel steckte an. Kein Wunder, dass wir nach diesem Tag völlig kaputt waren, und mit einem neuerlichen Gähnen kuschelte ich mich in meinen Schlafsack.

»Komm einfach mit nach Mexiko und lass dieses Fest sausen«, schlug Jake nach einer Weile vor. »Das wäre immerhin ein plausibler Grund für eine Absage.«

»Gute Idee«, erwiderte ich und ging in Gedanken schon einmal durch, was ich sagen könnte.

Tut mir leid. Ich kann leider nicht kommen, weil die Grauwale gerade ihre Jungen auf die Welt bringen.

So hart der vergangene Tag gewesen war, so einfach war der nächste.

Als wir morgens packten, sahen wir überdeutlich, dass wir unser Lager inmitten eines beliebten Treffpunkts der liebestollen Elche aufgeschlagen hatten. Rundum war alles zerdrückt und zertrampelt, doch zum Glück war keines der mächtigen Tiere mehr zu sehen.

»Sie sind anscheinend Frühaufsteher«, meinte Flash, bevor er sich an mich wandte. »Los, Hopphopp, führ uns zurück zum Stall.«

Was mir tatsächlich mühelos gelang.

Vor allem natürlich, weil ich im Gegensatz zu Mason am Tag zuvor die Karte richtigherum hielt. Und so blieben wir nicht nur auf dem vorgeschriebenen Pfad, sondern auch zusammen trotz der unterschiedlichen Gehgeschwindigkeit, und eigentlich stellte lediglich die wackelige Hängebrücke, die über die Schlucht führte, ein Problem dar. Insbesondere für Jack, der sich mit der notdürftig reparierten Brille schwertat. Die Brücke schwankte, und die Seile knirschten, und bis wir alle sicher auf der anderen Seite waren, rutschte mir mein Magen unzählige Male in die Knie. Dafür ging anschließend alles glatt, und wir kamen als erste Gruppe an.

Als Beckett hörte, was passiert war, schüttelte er ungläubig den Kopf.

»Ich fasse es nicht. Hat denn keiner von euch aufgepasst? Außer Calamity Jane?«

Unwillkürlich und fast schon gewohnheitsmäßig hob ich meine Fingerpistolen vors Gesicht und blies den imaginären Rauch, der den Mündungen entstieg, weg.

Die beiden anderen Gruppen hatten ebenfalls mit Problemen zu kämpfen gehabt, wie sich herausstellte. Die Küchenchefin und ihre Leute hatten einen Beinahezusammenstoß mit einem Braunbären gehabt und waren von Moskitos überfallen worden, während Windys Team bei der Überquerung eines Flusses beinahe von der Strömung mitgerissen worden wäre und dem lieben Gott im Himmel danken musste, dass sie nicht ertrunken oder an Unterkühlung draufgegangen waren.

Insofern erschien es mir ernstlich wie ein Wunder, dass wir alle noch am Leben waren.

Niemand hatte es bisher laut ausgesprochen, aber das Wissen, dass der letzte Abend gekommen war, rief widerstreitende Gefühle in uns allen wach. Einerseits strebten wir heim, andererseits wären wir gerne geblieben.

Wir unterhielten uns unablässig über die Dinge, die wir endlich wiederhaben würden (Pizza, Pommes, Fernsehen, eine heiße Dusche, Klopapier), und über jene, die wir nie wieder erleben wollten (Trockennahrung, Löcher in die Erde buddeln, um dort unsere Notdurft zu verrichten, einen ausgewachsenen Mann drei Meilen durchs Gebirge schleppen), doch mit unseren übertrieben lauten Gesprächen überspielten wir, dass uns irgendwie auch etwas fehlen würde.

Das Letzte, was wir vor dem Schlafengehen noch machen mussten, war darüber abzustimmen, wer es aus unserer Sicht verdiente, eine der begehrten Urkunden zu bekommen.

Es sei ein demokratisches Verfahren, erklärte Beckett. »Jeder hat lediglich eine Stimme. Das heißt, abgesehen von mir – ich als Kursleiter habe zwei.«

Wir sollten einander fair beurteilen und die Entwicklung, die jeder Einzelne durchlaufen habe, berücksichtigen.

»Ihr seid nicht mehr die Idioten, die ihr bei eurer Ankunft wart. Vergesst das nicht«, wies er uns an.

Folgende Kriterien seien wichtig, fuhr er fort: Führungsstärke, Mitgefühl, Engagement und Verlässlichkeit. Bloß wer diese Eigenschaften aufweise, dürfe sich Hoffnung auf eine Urkunde machen.

»Das ist kein Spaß, Leute«, warnte uns Beckett. »Es geht nicht darum, wer der Größte oder Schnellste ist. Wer hat vielmehr immer gut aufgepasst? Wer jeden Augenblick der Wanderung genossen? Wer die größte Hilfsbereitschaft an den Tag gelegt? Wer hat Wasser aus dem Bach geholt, wenn die anderen zu erledigt waren?«

»Dürfen wir für uns selbst stimmen?«, erkundigte sich Flash.

Beckett zog die Brauen bis zum Haaransatz hoch. »Ich kann mit ziemlicher Bestimmtheit sagen, dass ein Typ, der für sich selbst stimmt, keine zweite Stimme kriegen wird.«

»Und wenn wir uns nicht entscheiden können?«, wollte Dosie wissen.

»So schwer ist das ja wohl nicht«, antwortete unser Boss. »Ich zum Beispiel weiß bereits, wer meine beiden Stimmen kriegt. Schließlich gibt es einen offensichtlichen Gewinner in der Gruppe.«

Während sich die Kids über ihre Zettel beugten, wandte Beckett sich an mich und betätigte den Abzug der imaginären Waffe, die er in den Händen hielt.

14

Am nächsten Morgen standen wir genau wie an den anderen Vormittagen auf, kochten Kaffee, bauten das Lager ab – und sagten der Wildnis Lebewohl. Bei Sonnenaufgang hielten wir auf Becketts Anweisung zu Ehren von Mutter Natur eine Schweigeminute ab, nahmen uns bei den Händen, und er sprach zum Abschied ein Gebet.

»Allwissende Mutter«, begann er und neigte den Kopf. »Es tut mir leid, dass wir Menschen eine solche Plage sind, deine Erde so verschmutzen, die Fische in deinen Meeren mit Plastikmüll ersticken und die unglaubliche Schönheit, die es auf unserem Planeten gibt, nicht sehen. Wir laufen wütend, blind und undankbar herum. Ich wünschte, wir wären besser und klüger, aber ich habe keine große Hoffnung, dass es jemals dazu kommt. Das Beste, was ich heute sagen kann, ist: Danke für die Welt der Wunder, die du uns bescherst. Wir werden versuchen, dankbarer zu sein.«

Am ersten Tag und vielleicht während der gesamten ersten Woche hätte ich wahrscheinlich die Augen verdreht und überlegt, ob es diesen irren Typen wirklich gab. Jetzt begann ich am Ende des Gebets zu klatschen, und nach und nach fielen die anderen ein.

»Sprich weiter! Sag, wie es ist«, rief einer aus der Gruppe.

»Ruhe«, mahnte Beckett, doch zugleich huschte ein Lächeln über sein Gesicht.

Und das war's dann.

Zum allerletzten Mal hievten wir die Rucksäcke auf unsere Rücken, und zum allerletzten Mal stellten wir uns in unseren verschmutzten Klamotten ordentlich nebeneinander auf. Alles war genau wie immer, nur dass jeder Augenblick dieses Morgens bittersüß war.

Weil wir eben alles jetzt zum letzten Mal taten.

Es war Masons letzte Chance, Vegas sein nacktes Hinterteil zu zeigen. Becketts letzte Chance, »Los, Leute, Marschmarsch« zu schreien. Und die letzte Chance der Schwestern, weit hinter den anderen zurückzufallen, weil sie ganz vertieft in ihre Klatschgeschichten waren.

Und fast alle redeten vom nächsten Jahr, wenn sie wiederkommen würden.

Das zu hören, stimmte mich unendlich traurig.

Weil ich wusste, dass daraus nichts würde. Ein Jahr war sehr lang. Zu lang, als dass die Gruppe sich erneut in dieser Form zusammenfand. Vielleicht kämen ein oder zwei Mitglieder unseres Trupps, möglich. Mehr nicht. Und selbst dann würden die Umstände der Wanderung völlig andere sein. Diese Episode jedenfalls war vorbei und Erinnerung geworden.

Ich persönlich würde mit Sicherheit dieses Abenteuer nicht ein zweites Mal in Angriff nehmen. Nicht weil es mir zuwider wäre, sondern weil meiner Meinung nach keine Zeit für Wiederholungen ist. Das Leben vergeht einfach zu schnell – und mit zunehmendem Alter immer schneller.

Jake trödelte beim Aufsetzen der Rucksäcke besonders. Nach dem Gebet, als alle sich umarmten, Telefonnummern austauschten und vor lauter Rührung weinten, trat er an den Rand der Lichtung und sog das Licht des Sonnenaufgangs auf. Und selbst als wir uns zum Gehen wandten, drehte er sich noch einmal um und warf einen letzten Blick auf unseren Lagerplatz.

Dann waren wir im Wald, folgten einem schattigen Weg, und schon nach einer Stunde kamen wir an dem Parkplatz an, wo bereits der alte Schulbus auf uns wartete. Wir stiegen ein und kehrten in die reale Welt zurück.

Drei Wochen sind im Grunde keine wirklich lange Zeit, aber wenn man in der Wildnis gelebt hat, ausschließlich zu Fuß gegangen ist, dann muss man sich wieder an die Zivilisation gewöhnen. Als Erstes an den Bus, mit dem wir durch die Kurven schlingerten. Wir fühlten uns fast wie in einer Achterbahn, riefen laut »Oh« und »Ah«, und einige der Kids rissen sogar die Arme hoch.

Ich saß hinter den Schwestern, die während der einstündigen Fahrt zurück zur Jagdhütte darüber sprachen, wem sie ihre Stimmen für die Urkunde gegeben hatten und auf wen aus ihrer Sicht die Wahl der anderen gefallen war.

Neben mir saß Windy, und als Dosie sagte: »Meiner Meinung nach sollte man Hugh eine posthume Urkunde verleihen«, beugte sie sich augenrollend vor.

»Du weißt, was du da gerade sagst, oder? Posthum bedeutet, dass er tot ist.«

»Oh«, meinte Dosie. Doch da ihr niemals etwas peinlich war, fragte sie unbekümmert: »Und wie heißt es, wenn man einem Menschen eine Auszeichnung für etwas verleiht, das er gar nicht getan hat?«

»Ehrenhalber«, mischte ich mich ein.

»Okay.« Sie nickte zustimmend. »Dann sollte man ihm so eine Urkunde verleihen.«

Hinsichtlich der anderen beiden Auszeichnungen waren die beiden sich nicht einig. Jake stand natürlich zur Disposition, aber auch der Höhlenmensch, weil er Uno bei der Sonnwendfeier geküsst hatte.

Was wiederum Dosie ganz und gar nicht als Verdienst betrachtete.

»Zum einen«, stellte sie fest, »hat er dadurch seine Freundin hintergangen, und zum anderen gehört Küssen ganz bestimmt nicht zu den Fähigkeiten, die man in der Wildnis braucht.«

»Er hat wirklich gut geküsst«, verteidigte Uno sich.

»Nein«, erklärte Dosie resolut. »Ich finde, dass ein Mädchen eine Urkunde bekommen muss.« Sie sah sich suchend um, bevor ihr Blick auf mich und Windy fiel. »Und zwar entweder Hopphopp, weil sie sich besonders angestrengt hat, oder HB, weil sie die Hübscheste von allen ist. Oder beide.«

Uno drehte sich zu uns um. »Und für wen seid ihr?«

»Ich bin für Jake«, erklärte ich. »Weil er ein toller Sanitäter ist und zudem Mut hat, einen derart schwachsinnigen Hut aufzusetzen.« Ich machte eine Pause.

»Windy verdient ebenfalls eine Urkunde«, fuhr ich fort. »Weil sie hart arbeitet, weil sie an andere glaubt, weil sie am besten von uns allen zuhören kann, weil sie es schafft, toll auszusehen und trotzdem wirklich nett zu sein, und weil sie sogar in der Wildnis mit ihrem phänomenalen Nackenknoten eine ungeheure Eleganz ausgestrahlt hat.«

Kaum hatte ich geendet, schlang Windy mir die Arme um den Hals und küsste mich auf die Wange.

»Danke, du bist eine echte Freundin.«

Dosie nickte. »Und für Hugh. Posthum.«

»Nein«, wandte ich ein. »Hugh ist zu bedauern, doch er hat nichts Heldenhaftes getan. Vielmehr hat er sich und andere durch seine Unvorsichtigkeit in eine schwierige Situation gebracht.«

Die Schwestern sahen einander grinsend an, und Dosie bog ihre Finger zu Krallen und stieß ein bösartiges Maunzen aus.

»Ich mag ihn«, sagte ich, »und hoffe, dass er wieder völlig auf die Beine kommt – trotzdem finde ich nicht, dass man ihm bloß aus Mitleid eine Urkunde verleihen sollte.«

»Und wem dann als Drittem?«

Als ich zögerte und keine Antwort wusste, kam Windy mir zuvor. »Dir«, erklärte sie und pikste mich mit ihrem Pistolenfinger. »Für mich ist sie der Favorit. Weil sie nach Hughs Unfall so kompetent vorgegangen ist, weil sie am besten von uns Karten lesen kann und weil sie bei Becketts Vorträgen immer brav mitgeschrieben hat.«

»Danke«, stieß ich mit vor Rührung rauer Stimme aus.

»Du wirst schon sehen, Hopphopp«, beendete sie gut gelaunt die Diskussion.

Zurück in der Jagdhütte nahm ich die längste Dusche meines Lebens – und entsorgte die Klamotten, die ich wochenlang getragen hatte, in dem großen Mülleimer im Bad.

Schätzungsweise war man hier auf Busladungen

voller verdreckter Leute eingerichtet, denn die Zahl der Duschen war größer, als ich es in Erinnerung hatte, und das heiße Wasser ging nicht aus.

Komisch: Nachdem Beckett uns drei Wochen lang ständig einen verantwortungsvollen Umgang mit den Ressourcen gepredigt hatte, bekam ich fast ein schlechtes Gewissen wegen meines exzessiven Duschens.

Natürlich genoss ich es trotzdem, schrubbte jeden Zentimeter meines Körpers ab und kämmte mir nach viermaligem Shampoonieren sowie zweimaliger Spülung sorgfältig die Knoten aus den Haaren.

Für das abendliche Festmahl hatten sich die Mädchen alle möglichst hübsch gemacht. Es war, als wollten sie sich dafür rächen, dass ihnen auf unserer Wanderung sämtliche Cremes, Lotions, Sprays sowie Kosmetika vorenthalten worden waren. Im Frauenflügel herrschte eine Atmosphäre wie auf einer Schönheitsfarm: Da wurden Haare geglättet und geföhnt, Beine und Achseln rasiert und dramatische Make-ups aufgetragen, vor allem um die Augen herum, als würde ein Casting stattfinden.

Und bevor man in saubere Wäsche und Kleidungsstücke stieg, wurde gecremt und gesprüht. Am Schluss sahen viele wieder so aus wie am ersten Abend – als wären sie nie in der Wildnis gewesen. Schade, dachte ich, die anderen Gesichter waren mir lieber und vertrauter gewesen.

Ich selbst entschied mich für einen Mittelweg: dezentes Make-up, die Haare zu zwei tief sitzenden Zöpfen gebunden, dazu ein leichtes Flatterkleid und meine Flipflops. Während Dosie mir noch kleine Blümchen auf die frisch lackierten Nägel malte, nickte sie mir plötzlich zu.

»Dein Haar gefällt mir so, wie du es trägst. Du bist viel hübscher, als ich dachte.«

»Oh.« Ich war mir nicht ganz sicher, wie ich darauf reagieren sollte, gab das Kompliment dann aber kurzerhand in etwas anderer Form zurück.

»Und du bist viel netter, als ich dachte.«

Sie hob überrascht den Kopf und wandte sich lächelnd wieder ihrer Arbeit zu.

Windy tauchte zum Essen in Jeans und einem Neckholdertop auf und hatte das Haar zu ihrem ebenso simplen wie raffiniert wirkenden Nackenknoten geschlungen.

»Ich brauche dich mal kurz.« Sie winkte mich in den Korridor und dann zu ihrem Zimmer. »Ich habe was für dich.«

Sie zeigte auf das Bett, auf dem ein Gänseblümchenkranz lag. »Der ist für dein Haar«, erklärte sie. »Falls du die Urkunde bekommst.«

Ich lachte. »Hast du den selbst gebunden?«

»Ja, und wenn du ihn richtig trocknest, wird er ewig halten.«

»Und wie macht man das?«

»Oh, das habe ich leider vergessen.«

»Wir werden doch in Verbindung bleiben, oder?«

»Unbedingt. Damit ich dir weiterhin Tipps für deine Dackeldame geben kann.«

»Tatsächlich bist du die Einzige, mit der ich in Verbindung bleiben möchte.«

»Abgesehen von Jake.«

Ich sah sie fragend an.

»Er ist schließlich der beste Freund deines Bruders, wenn ich nicht irre.«

»Das hat er dir erzählt?«

Sie nickte, merkte dann plötzlich, dass sie ihn unter Umständen in Schwierigkeiten brachte.

»Ich habe niemandem etwas davon erzählt. Das schwöre ich«, fügte sie rasch hinzu.

»Schon gut. War sowieso ein dämliches Geheimnis«, gab ich zu und winkte müde ab.

Dann gingen wir beide nach unten in den Speisesaal.

Das »Bankett«, von dem wir alle seit dem ersten Tag gesprochen und geträumt hatten, bestand aus Pizza vom Pizza Hut im nächsten Ort. Nicht unbedingt ein echtes Festmahl, doch zumindest sah man, wenn man aus den Fenstern blickte, direkt über den See, und die Lichterketten, die unter der Decke hingen, verliehen dem Raum einen Hauch von festlicher Stimmung.

Nicht allein die Mädchen, auch die Jungs sahen verändert aus. Abgesehen von Beckett, waren sie alle frisch rasiert und wirkten geschniegelt und gestriegelt. Welch eine Verwandlung nach drei Wochen Schweiß und Schmutz, Sand und Schlamm, zumal wir, was unter dem ganzen Dreck nicht zu erkennen gewesen war, alle eine frische, gebräunte Haut hatten und rundum gesund aussahen. Zum ersten Mal in meinem Leben machte es mich richtiggehend glücklich, sauber zu sein.

Aus den Lautsprechern der Stereoanlage erklang die Steve-Miller-Band, Vegas und Höhlenmensch hatten unsere Limonade großzügig mit Wodka aufgepeppt, und die Party kam bereits nach kurzer Zeit in Schwung.

Jake erschien als Letzter. Er blieb einen knappen Meter vor uns stehen, und ich hätte schwören können, dass er erst in meine, danach in Windys Richtung sah. Und zudem kam es mir vor, als sei ihm bei meinem Anblick ein leises Wow entfahren.

Oder hatte einfach irgendjemand seinen Stuhl verrückt oder so? Schließlich war ich nicht die Art von Frau, bei der jungen Burschen vor Bewunderung die Kinnlade runterfiel. Und statt *Wow* entfuhr den Männern eher der Ruf *Vorsicht* oder der blöde Spruch *Du isst das tatsächlich alles auf*.

Dennoch war ich mir eigentlich ziemlich sicher, dass das überraschte Wow von Jake gekommen war. Weil ich ihn beeindruckt hatte.

Trotz aller Selbstzweifel, die unausrottbar in mir steckten, spürte ich, dass es sich so verhielt.

Wobei ich am liebsten ebenfalls Wow gesagt hätte. In seinem roten Papageienhemd, der ausgefransten Khakihose und mit Flipflops an den Füßen war er ein echter Hingucker. Sonnengebräunt und ordentlich rasiert, das Haar gestutzt, die Brille repariert, war er wieder der attraktive junge Mann, mit dem ich in Boston aufgebrochen war.

Leider gewann ich mit einem Mal den Eindruck, er würde jetzt doch nicht auf mich, sondern auf Windy achten.

Ich tat, was ich gerne in solchen Situationen zu tun pflegte, und räumte das Feld. Trat hinaus auf die Veranda, blickte über den See und atmete tief durch. Versuchte mir einmal mehr einzureden, dass es mir egal sein konnte, was zwischen Jake und Windy lief. Ich hatte allen Grund, stolz auf mich zu sein – darauf, dass ich mein Ziel erreicht und bis zum Ende durchgehalten hatte. Und das bravourös und nicht bloß mit Ach und Krach. War das etwa nichts?

Und ich hatte meine Haltung insgesamt verändert, quasi einen Paradigmenwechsel vollzogen, indem ich selbst bei Leuten, die mir eigentlich gegen den Strich gingen, irgendetwas Positives entdeckte. Außerdem war Windy für mich eine echte Freundin geworden, und insbesondere ihre Glückstheorie beeindruckte mich ungemein. Nachdem ich fast ein Jahr lang praktisch nur mit meinem Hund gesprochen und mich pausenlos nach Glück gesehnt hatte, als wäre es ein Preis, den man gewinnen kann, war mir endlich klar geworden, dass Glück oft gerade in der Nichterfüllung unserer Wünsche besteht. Weil wir dadurch gezwungen sind, die Dinge wertzuschätzen, die wir bereits haben und die alles andere als selbstverständlich sind.

Wieder dachte ich an Jake, und wieder wogte schmerzliches Verlangen in mir auf. Vielleicht brauchte ich ja diesen Schmerz, um zu erkennen, dass man niemals vollkommen zufrieden war, solange man sich pausenlos nach irgendetwas sehnte. Was allerdings leichter gesagt als getan war, und so legte ich, allein auf der Terrasse, eher unglücklich meinen Kopf auf das Geländer und wartete verzweifelt darauf, dass das Gefühl, einen Verlust erlitten zu haben, verging.

Ich durfte mich nicht unterkriegen lassen. Egal, wie oft das Leben mich noch in die Knie zwang. Wichtig war es, immer wieder aufzustehen. Morgen früh würde ich nach Hause fahren, vielleicht mit einer Urkunde als schriftlichem Beweis, dass ich mich gut geschlagen hatte. Was schon mal gar nicht so schlecht, im Grunde sogar richtig gut war.

Hinter mir verstummte die Musik, irgendwer klopfte aufs Mikrofon, und Beckett fragte viel zu laut: »Ist das Ding angestellt?«

Für mich ein Signal, ins Haus zurückzukehren.

Lautlos glitt ich durch die Tür und stellte mich neben den steinernen Kamin. Jake und Windy standen nach wie vor zusammen, aber ich konzentrierte mich auf das Geschehen auf der Bühne, das schließlich von erheblich größerem Interesse für mich war.

Beckett räusperte sich. »Ein dreifaches Hurra auf einen weiteren erfolgreich abgeschlossenen BCSC-Kurs, denn niemand ist ertrunken, erschlagen oder gefressen worden.«

Die Zuhörer jubelten.

»Ich hoffe außerdem, dass euch die Pizza schmeckt.«

Zustimmendes Grölen.

»Und jetzt werden wir die Urkunden verleihen, solange wir noch halbwegs nüchtern sind.«

Tosender Applaus.

»Und danach besauft euch meinetwegen hemmungslos.«

Die Jungs stimmten ein Pfeifkonzert an.

»Eine kurze Mitteilung zuvor. Es wird euch freuen zu hören, dass Hugh über das Gröbste hinweg ist.«

Ringsum wurden erleichterte Rufe laut.

»Seine Hüfte war gebrochen und ausgekugelt, doch nach dem derzeitigen Stand der Dinge wird er keine Schäden zurückbehalten. Martha vom Empfang hat seine Adresse, falls ihr mit ihm in Verbindung bleiben wollt.«

»Huey Lewis«, schrie der Höhlenmensch, und erneut klatschten wir uns regelrecht die Hände wund.

»So.« Beckett legte eine bedeutungsvolle Pause ein. »Und nun zum großen Finale.«

Er bat um einen Trommelwirbel, und Bluthund machte ihn für ihn.

»Wie ihr alle wisst, werden den drei besten Teilnehmern Urkunden verliehen. Wobei es wie gesagt nicht zwingend darum geht, wer der Stärkste oder Schnellste war. Wir suchen nach Leuten, die sich beständig bemühen, die aufpassen und von denen die ganze Gruppe am meisten profitiert hat. Ihr habt in geheimer Abstimmung euren jeweiligen Kandidaten vorgeschlagen, und ich bin mal gespannt, ob man auch von diesen drei Leuten später noch hören wird wie von früheren Empfängern einer BCSC-Urkunde. Einige sind in bedeutende Positionen aufgestiegen. Man lernt nämlich nicht allein für die Wildnis, sondern für das Leben allgemein. Martha hat die Stimmen ausgezählt und wird jetzt das Ergebnis verkünden. Kommst du bitte auf die Bühne, Martha?«

Eine strenge Frau um die sechzig trat neben ihn und beugte sich über das Mikrofon.

»Ich bin hier, um bekanntzugeben, wer die diesjährigen Urkunden des Absaroka-Überlebenstrainings verliehen bekommt.«

Sie zog ein Blatt Papier hervor und setzte ihre Lesebrille auf.

»Der erste Empfänger ist …«

Beckett trommelte mit seinen Fäusten auf den Tisch, und ich hielt gespannt den Atem an.

»Jacob Samuel Archer.«

Die Menge brach in Jubel aus, Windy umarmte ihn kurz unter lauten J-Dog-Rufen, bevor Jake auf die Bühne stieg und sich verbeugte.

Martha überreichte ihm die Urkunde und hängte ihm wie bei der Olympiade eine Medaille um den Hals, bevor wie wieder nach dem Mikro griff.

»Die nächste Urkunde geht an …«

Erneut wurde sie von einem Trommelwirbel unterbrochen, ehe sie den Namen nennen konnte.

»Windy Anne Sky.«

Ich applaudierte wie die anderen, war jedoch zugleich ziemlich verblüfft, als ich den Namen hörte. *Sky,* Himmel also. Grundgütiger, die Eltern mussten ein sonniges Gemüt haben. *Windy* und *Stormy Sky.* Windiger beziehungsweise Stürmischer Himmel. Armes Kalifornien.

Windy hüpfte auf die Bühne, fiel erst Martha um den Hals, nahm dann ihre Urkunde und die Medaille entgegen, umarmte Jake und küsste ihn mitten auf den Mund. Hastig wandte ich mich ab.

»Die letzte Urkunde«, fuhr Martha fort, »bekommt ein besonderer Liebling der ganzen Gruppe.«

Gleichzeitig mit Becketts neuerlichem Trommelwirbel vollführte Windy ihr Spiel mit den imaginären Pistolen, wies damit auf mich und sagte laut: »Peng! Peng!«

»Es ist Hugh Edmund Davenport!«

Die Menge flippte aus.

Ich zog die Brauen hoch, zwang mich zu einem Lächeln, hüpfte auf und ab und applaudierte wie alle anderen.

»Super, Hugh!«

»Mr. Davenport«, erklärte Martha, als der Lärm etwas verebbte, »bekommt seine Urkunde aus Gründen, die wir alle kennen, auf dem Postweg zugeschickt. Ich gratuliere allen Siegern! Ihr habt eure Sache wirklich toll gemacht.«

Ich allerdings hörte ihre Stimme, den Applaus, die Pfiffe und die Rufe lediglich gedämpft.

Was war passiert? Hatten sie tatsächlich Hugh eine

der Urkunden verliehen? Dass Jake als unser aller Favorit eine erhalten hatte, war nicht wirklich überraschend – genauso wenig wie Windys Wahl. Vielleicht war ich ja zu Beginn der Tour zu launisch, zu voreingenommen und zu abweisend gewesen, um das durch meinen späteren Einsatz ausgleichen zu können. Ich tröstete mich damit, dass die alte Helen den Denkzettel bekommen hatte. Nicht die neue und schon gar nicht Hopphopp mit den Fingerwaffen, die mit Abstand beste Kartenleserin der ganzen Gruppe, die Becketts Respekt gewonnen hatte und seine ganz private Favoritin gewesen war.

Auf die Bühne brachte mich das jedoch nicht.

Nach wie vor stand ich unten in der Menge, während Jake und Windy – unsere Olympiasieger in den Sparten Attraktivität und Nettigkeit – auf der Bühne von einer Woge der Begeisterung getragen wurden. Windy starrte mich verständnislos an und gab mir durch ein Schulterzucken zu verstehen, dass sie keine Ahnung hatte, wie zum Teufel das geschehen konnte.

Obwohl meine Brust wie eingeschnürt war, signalisierte ich ihr durch eine scheinbar gleichmütige Geste, dass das schon in Ordnung ging. Alles halb so schlimm. Hugh hatte eben die Mitleidsstimmen eingeheimst.

Windy aber schüttelte den Kopf, als wollte sie sagen: *Wie soll ich mich freuen, wenn man dich so über den Tisch gezogen hat?*

Mit einem *So-ist-nun-mal-das-Leben*-Schulterzucken winkte ich ihr kurz zum Abschied zu, bevor ich mich zum Gehen wandte.

Und während die Jungs »Eine Rede! Eine Rede! Eine Rede!« riefen und die Schwestern schwärmten: »Sind die beiden nicht einfach süß? Sie sehen aus wie die Kennedys der Trekkingszene«, schlich ich mich zur Hintertür, um unbemerkt die Feier zu verlassen.

Dort prallte ich gegen Beckett, der mit mitfühlender Stimme meinte: »Eigentlich solltest jetzt du dort oben stehen. Meine beiden Stimmen hattest du auf jeden Fall. Sie haben Windy lediglich wegen ihres Aussehens gewählt.«

Ich atmete tief durch und drehte mich um – dieser Abschnitt meines Lebens war endgültig vorbei.

Gerade als ich die Treppe nach oben erreichte, drang Jakes Stimme an mein Ohr.

»Helen! Warte!«

Als ich mich umdrehte, joggte er auf mich zu, und die Medaille wippte auf seiner Brust.

»Tolles Hemd«, meinte ich lächelnd.

»Ich kann es einfach nicht fassen, dass du leer ausgegangen bist.«

»Halb so schlimm.«

»Sie haben dich um eine Auszeichnung betrogen.«

»Ich freue mich für euch. Ihr seid jetzt der Elitetrupp der Wildnis. Du, Windy und sogar Hugh.«

»Er wusste ganz genau, dass er nicht auf den blöden Baumstamm hätte treten sollen.«

Ich verzog den Mund zu einem angedeuteten Lächeln.

Jake sah mich fragend an. »Willst du schon gehen?«

»Ja.« Ich bemühte mich so sehr um einen gleichmütigen Ton, dass meine Stimme sich unnatürlich anhörte. »Am besten haue ich mich jetzt aufs Ohr.«

»Verstehe. Schließlich hast du morgen einen weite Strecke vor dir.«

»Eine sehr weite sogar, denn ich fahre in einem Rutsch bis Evanston durch.«

»Du willst ohne Pause bis zu deiner Großmutter?«

»Wenn ich auf die Tube drücke, kann ich es in fünfzehn Stunden schaffen.«

»Aber du hältst doch immer sämtliche Geschwindigkeitsbegrenzungen ein.«

»Diesmal vielleicht nicht.«

»Und was, wenn du hinter dem Steuer einschläfst?«

»Es gibt diese echt tolle Erfindung namens Kaffee. Keine Angst, ich komme zurecht.«

»Warum hast du es denn so eilig?«

»Ich will einfach heim«, erklärte ich und merkte, dass es tatsächlich so war.

Er zögerte. »Du fandest es damals keine tolle Idee, dass ich nach Denver trampe. Und da dachte ich …«

Ich verharrte völlig reglos.

Jake hatte recht, ich hatte so was gesagt und mich deshalb unbedacht in die Situation manövriert, ihn in meinem Auto mitnehmen zu müssen. Warum kam er jetzt aufs Trampen zurück? Wollte er mich bitten, ihn lieber zu fahren?

Bei dem Gedanken machte mein Herz einen Freudensprung. Wir würden Schokolade essen und Musik hören und all die irren Kids von dieser Reise ausgiebig durchhecheln. Ich war gespannt zu hören, was er von Beckett hielt, und wollte ihn zum Lachen bringen, indem ich ihm von den tiefschürfenden Gesprächen der Schwestern berichtete.

Plötzlich tauchte aus der Tiefe meines Gedächtnisses mein nächtliches Gespräch mit Jake über die Wale auf. Er hatte mich bei dieser Gelegenheit quasi eingeladen, ihn nach Mexiko zu begleiten. Wahrscheinlich war es ein Scherz gewesen, und dennoch fachte die Erinnerung das Feuer in meinem Innern weiter an.

und beflügelte meine Fantasie. Der Gedanke, mit ihm irgendwohin zu fahren, war so reizvoll, dass ich, ohne seine Frage abzuwarten, bereits nickte.

»Ja.«

Er runzelte die Stirn. »Was meinst du mit Ja?«

»Ich werde dich nach Denver fahren, damit du zu deinen Walen fliegen kannst. Oder was auch immer.«

»Das würdest du tun?«

»Auf jeden Fall.«

Er schüttelte den Kopf. »Aber das wäre ja ein Riesenumweg, und du kämst nicht rechtzeitig zu der Bar Mitzwa.«

»Kein Problem.«

»Dann stündest du vor diesen Leuten wie ein Feigling da.«

»Das interessiert mich nicht.«

Mit einem Mal fühlte ich mich vollkommen entblößt. Als Nächstes würde Jake mich sicher nach dem Grund für meinen Sinneswandel fragen. Und was sollte ich darauf antworten? Ich entschied mich für die Flucht nach vorn.

»Wenn du trampst, wirst du womöglich ermordet, und das Leben meines Bruders wäre ruiniert. Und wenn sein Leben ruiniert ist, ruiniert er meins auf alle Fälle mit.«

Jake blinzelte verwirrt.

»Das ist der berühmte Dominoeffekt«, erklärte ich ihm.

»Aber ich wollte dir etwas ganz anderes sagen.« Jake hielt kurz inne. »Ich brauche nicht zu trampen, denn ich habe die ideale Mitfahrgelegenheit gefunden.«

Verwundert zog ich die Brauen hoch, als würde ich mich freuen.

»Oh, super!«

»Windys Eltern besitzen ein Ferienhaus in Crested Butte. Und sie mietet morgen einen Wagen und fährt von hier aus dorthin.«

»Mit anderen Worten – sie nimmt dich mit nach Denver?«

Während er nickte, blickte er mich forschend an.

»Toll. Dann bin ich ja vom Haken«, tat ich ganz cool, obwohl mir eine heiße Röte in die Wangen stieg.

Zugegeben: Bis jetzt hatte ich unverdrossen gehofft, dass es sich bei den Gerüchten über Jake und Windy um ein dummes Missverständnis handelte. Dass Jake nicht vergeben und ich nicht aus dem Rennen war. Dass die ganze Geschichte irgendwie noch umgeschrieben werden konnte.

Doch jetzt würde Jake mit Windy in die Rockies fahren und ich allein auf die Bar Mitzwa eines fremden Jungen gehen.

Ich brachte keinen Ton heraus und nickte bloß stumm.

Jake stopfte die Hände in die Taschen, und ich hatte das Gefühl, es gebe kaum noch Sauerstoff in der verfluchten Eingangshalle.

»Na, dann. Melde dich gelegentlich, wenn du nach Hause kommst. Ich würde wirklich gerne hören, wie es bei den Walen war.«

»Mach ich, versprochen«, gab er zurück, ohne sich zum Gehen anzuschicken. »Du bist bestimmt erleichtert, wenn du deinen Wagen wieder ganz für dich hast, stimmt's?«

Ich setzte ein falsches Lächeln auf. »Klar, dann kann ich endlich stundenlang Abba hören.«

Er nickte mit dem Kopf in Richtung Saal. »Beckett

spielt den DJ. Ich bin sicher, dass er ein paar Abba-Sachen hat.«

War das eine Einladung?

Ich schüttelte den Kopf, und er blickte zu Boden.

»Danke für die Fahrt von Boston hierher. Hat mir wirklich Spaß gemacht.«

»Mir auch.«

»Außerdem bin ich echt froh, dass du in der Wildnis nicht umgekommen bist.«

»Ich andersherum ebenfalls.«

»Und das ganze Rumgeknutsche tut mir leid.«

»Das braucht es nicht.« Mir wurde langsam schwindlig, und ich musste dringend an die frische Luft. Wir würden morgen in verschiedene Richtungen davonfahren, und ich wusste nicht, wann ich ihn wiedersah. Gab es denn nichts, um den Lauf der Dinge zu verändern. Irgendein Wort, eine Bemerkung, eine Bitte? Wenn ja, kannte ich die Zauberformel nicht.

Und dann wäre es beinahe geschehen.

Als ich einen letzten wehmütigen Blick auf diesen frisch rasierten, sonnenbraunen Jake in seinem faltenfreien Baumwollhemd warf, um mir das Bild für alle Zeiten einzuprägen, hob er den Kopf und sah mir ins Gesicht.

Und ich spürte wieder dieses Flirren in der Brust und fragte mich, ob er das genauso empfand. Immerhin hielt er ebenfalls den Atem an.

»Helen ...«

Er trat auf mich zu, aber plötzlich flog krachend eine Tür auf, und Mason und die anderen Jungs stürzten trunken von der Wodka-Limonade auf ihren Champion zu und schleppten ihn auf ihren Schultern zurück in den Saal.

Ich hörte, wie Flash rief: »Wir sind noch nicht mit dir fertig, Ballkönig«, und durch die offene Tür sah ich auf einem Tisch zwei Stühle stehen. Auf einem saß bereits Windy, der andere war wohl für Jake.

Er drehte sich zu mir um, als wollte er etwas sagen, doch dann fiel dir Tür hinter ihm zu, und ich war erneut allein.

Ein paar Minuten blieb ich wie gelähmt am Fuß der Treppe stehen und hoffte gegen jegliche Vernunft, dass er vielleicht zurückkommen würde.

Es war einfach erbärmlich.

Also schleppte ich mich in mein Zimmer und versuchte, mich mit dem Gedanken an drei schöne Dinge, die an diesem Tag geschehen waren, aufzubauen. Aber ich konnte so viel überlegen, wie ich wollte – diesmal fiel mir nichts Positives ein.

15

Entgegen meinen Planungen fuhr ich noch am Abend ab und übernachtete in demselben Motel wie auf der Hinfahrt, nur dass damals Jake bei mir gewesen war. Zufällig bekam ich dasselbe Zimmer wie drei Wochen zuvor, lag im selben Bett, jetzt allerdings allein, und fühlte mich derart einsam, dass ich kaum ein Auge zubekam.

Trostlos starrte ich in die Schwärze des Zimmers und musste unwillkürlich an die Dunkelheit denken, die Jake bald für immer umfangen würde. Da ich die schweren Vorhänge zugezogen hatte, drang von draußen kein Lichtstrahl herein, und die Finsternis war so undurchdringlich, als befände man sich in einem unterirdischen Verlies. Nicht einmal ein Schatten ließ sich erkennen. Irgendwie kam es mir vor, als wäre ich ihm dadurch näher. Dieses Gefühl wurde sogar so übermächtig, dass ich kurzerhand mein Handy aus der Tasche zog, seine Nummer wählte und auf Anruf drückte.

Um ihm alles zu gestehen.

Was spielte es schon für eine Rolle, wenn ich mich damit blamierte? Was interessierte es schon, wenn es für ihn inzwischen eine andere gab?

Es sollte für mich eine Art Befreiungsschlag sein, aber dann kniff ich und drückte bereits vor dem ersten Klingelton auf den roten Knopf. Weil es mir doch zu peinlich war, ihn anzurufen. Es war besser, wenn er mich weiterhin als Duncans große Schwester betrachtete, der er weiterhin gelegentlich bei irgendwelchen Fest- und Feiertagen begegnete.

Außerdem hatten mich leidvolle Erfahrungen auf der Highschool gelehrt, dass man einen Typen, für den man schwärmte, nie nach zehn Uhr abends anrief. Sondern erst eine Nacht darüber schlief. Falls ich morgen früh nach wie vor das dringende Bedürfnis verspürte, ihn zu sprechen, konnte ich das noch immer tun.

Also steckte ich das Handy wieder ein, lag einfach weiter in der Dunkelheit, dachte über seinen Mut nach und erlaubte mir sogar, ihn zu vermissen. Seine Wärme, die flüchtige Berührung seiner Hände, seine Blicke, die mir das Gefühl gaben, nicht alleine zu sein.

Schließlich fielen mir die Augen zu.

Als ich am folgenden Abend gerade rechtzeitig zum Abendessen bei meiner Großmutter aufkreuzte, war ich vollkommen erschöpft und dazu heiser vom vielen Mitschmettern diverser Songs von Abba bis Aretha Franklin.

»Du bist schon wieder da?«, fragte sie, als wäre ich erst vor einer halben Stunde zum Einkaufen gegangen, und rührte weiter in einem Topf.

»Nette Begrüßung«, antwortete ich, setzte mich an den Tisch und kramte in meiner Tasche.

Plötzlich fiel mir Jakes Gedicht in die Hände, das ich nach der Rückkehr aus der Wildnis aus dem schmutzigen BH genommen hatte. Unschlüssig betrachtete ich den zerknitterten Zettel und kam zu dem

Entschluss, ihn endlich zu lesen. Sicher galt mein Versprechen, es nicht zu tun, lediglich für die Zeit der Wanderung.

Ich weiß nicht, was ich erwartet hatte.

Es war ein Gedicht – richtiger gesagt, ein Stück von einem Gedicht – und rührte mich fast zu Tränen.

Doch vergiss nicht, falls beim Aufwachen ich weine,
denke ich an das verlorene Kind aus meinem Traum,
das im Laub der Nacht nach deinen Händen sucht.

Jetzt endlich ließ GiGi von ihrem Kochtopf ab und kam zu mir an den Tisch.

»Alles in Ordnung?«, fragte sie.

»Nicht wirklich«, erwiderte ich und steckte das Papier rasch wieder weg.

Als ich sie umarmen wollte, trat sie einen Schritt zurück, um mich genauer anzusehen.

»Du siehst großartig aus.«

»Wohl kaum.«

»O doch, glaub mir. Die Bergluft hat dir sichtlich gutgetan. Du bist richtiggehend aufgeblüht.«

»So fühle ich mich allerdings nicht.«

Meine Großmutter war kein Typ, der lange fackelte.

»Raus mit der Sprache«, forderte sie mich resolut auf und musterte mich eingehend. »Etwas ist mit dir passiert. Du hast eine Wandlung durchgemacht, das sehe ich.«

»Es ist sogar sehr viel passiert«, gab ich zurück. »Ich war mindestens zehnmal dem Tod nahe.«

»Ich meinte irgendwas Positives.«

»Ja, das gab es auch.«

»Dann erzähl mir zunächst von den schönen Dingen«, schlug sie vor und holte den Lachs aus dem Ofen.

Super, dachte ich erleichtert. Im Aufzählen positiver Dinge war ich inzwischen gut, da sollte es folglich keine Probleme geben.

»Ich hätte nie gedacht, dass man in der Wildnis so viel Schönheit entdeckt«, begann ich zu schwärmen. »Außerdem habe ich unglaubliche Herausforderungen gemeistert, einen Schneesturm überstanden und eine echte Freundin gefunden. Und ich habe den Rahmen meines Lebens neu gesteckt«, schloss ich ziemlich geschwollen.

Sie nickte zustimmend. »Das sind sehr viele positive Dinge.«

»Ja. Und noch etwas anderes«, fügte ich leise hinzu. »Ich habe Nathan dort draußen gesehen.«

Sie hatte gerade den Salat anmachen wollen, hielt jetzt jedoch inne und drehte sich fragend zu mir um.

»Na ja, es war, als wäre ich ihm physisch begegnet«, schränkte ich ein. »Auf jeden Fall wirkte alles sehr real – so als wäre ich in die Vergangenheit zurückgekehrt.«

Die Miene meiner Großmutter war glücklich und traurig zugleich.

»Nun, das ist nicht schlecht«, meinte sie, und ich merkte, dass sie mich verstand.

Daraufhin erzählte ich ihr ausführlich, wie ich meinen toten Bruder auf dieser wunderschönen Wiese gespürt und ihn zu sehen geglaubt hatte. Später, beim Abendessen, ging mir dann auf, dass vielleicht Nathan die Erklärung für die neue Aura war, die mich ihrer Meinung nach umgab. Durchaus möglich. Weil ich durch dieses gleichermaßen irreale wie reale Erlebnis die Lücke, die er in meinem Leben hinterlassen hatte, hatte füllen können. Und insofern konnte das sehr wohl der Grund für meine sichtbare Verwandlung sein.

GiGi schenkte uns von ihrem guten Rotwein ein.

»Eigentlich war ich ja überzeugt, dass diese Reise die mit Abstand schlechteste Idee sei, die du in deinem ganzen Leben hattest. Aber wie es aussieht, hast du wirklich etwas draus gemacht.«

»Ich habe es zumindest versucht«, erklärte ich und hoffte, das Thema damit abzuschließen.

Ich wollte nicht, dass meine Großmutter in meinem Herzen las wie in einer Wanderkarte. Zumal ich nicht einmal selbst wissen mochte, was dort geschrieben stand. Doch sie ließ nicht locker, kam mir zuvor mit einer Frage, die ich am allerwenigsten zu hören wünschte.

»Und wie lief es zwischen dir und Jake?«

Ich bemühte mich um eine ausdruckslose Miene und trank einen Schluck von meinem Wein.

»Gut«, antwortete ich äußerst sparsam.

»Hat er dich auf der Wanderung nicht fürchterlich genervt?«

»Nein.« Ich zuckte die Achseln. »Eigentlich gar nicht – er war im Gegenteil total hilfsbereit.«

»Und er ist dir nicht andauernd wie ein kleines Hündchen hinterhergelaufen?«

Mir war bisher nicht klar gewesen, dass sie sich über die Art von Jakes Beziehung zu mir keine Illusionen machte.

»Ich habe ihn gebeten, Abstand zu mir zu halten.«

»Und das hat er geschafft?«

»Sogar sehr gut.«

»Das freut mich.« Sie zögerte eine Weile, bevor sie

weiterredete: »Dann ist er mit etwas Glück endlich über dich hinweg.«

Schnell blickte ich auf meinen Teller und stocherte mit meiner Gabel im Salat herum, während ich aufhörte zu kauen.

Und in diesem Moment wusste ich, dass sie es wusste.

»Und?«, fragte sie nach einer Weile.

»Und was?«

»Hast du dich in ihn verliebt?«

Total verlegen flüchtete ich mich in ein Hüsteln und wich erst einmal aus.

»Hätte ich mich denn in ihn verlieben sollen?«

Sie zuckte mit den Achseln. »Warum nicht?«

»Er ist fast noch ein Kind.«

Sie blickte mich über den Rand ihrer Brille hinweg an. »Wohl kaum.«

Womit sie natürlich recht hatte.

»Immerhin ist er zehn Jahre jünger.«

»Na und? Ich war ebenfalls zehn Jahre jünger als dein Großvater«, belehrte sie mich. »Und trotzdem lief es zwischen uns echt gut.«

»So herum ist es etwas völlig anderes«, wandte ich ein.

Verwundert zog sie die Brauen hoch.

»Tu bitte nicht so spießig. Du weißt ganz genau, dass das nicht die geringste Rolle spielt.«

Als ich schwieg, sah sie mich forschend an.

»Wollen wir uns vernünftig unterhalten, oder kommst du weiterhin mit irgendwelchen lahmen Ausreden, warum daraus nichts werden kann? Dann gehe ich nämlich lieber rüber, um mir *Golden Girls* anzuschauen.«

»Okay«, sagte ich und gab mir einen Ruck. »Ich habe mich in ihn verliebt. Und zwar bis über beide Ohren.«

GiGi lehnte sich zufrieden auf ihrem Stuhl zurück.

»Langsam kommen wir der Sache näher.«

Vielleicht hätten wir's dabei belassen sollen. Aber nachdem ich wochenlang mit niemandem darüber hatte sprechen können, brach jetzt alles aus mir heraus.

»Ich habe mich in seinen Bart, in sein Haar, in seine Lachfältchen, seine Grübchen und sogar in seine albernen Hawaiihemden verliebt. In seine positive Einstellung und in die Art, wie er mir Pflaster auf die Blasen klebt. Zudem finde ich es toll, dass er fast jedes Buch gelesen zu haben scheint, dass er sich alles merkt und alles weiß. Egal was. Und ich mag, wie er zuhört, wenn man ihm etwas erzählt. Mir gefällt alles an ihm. Seine Arme und Hände, seine Muskulatur. Und dass die Schneidezähne ein bisschen länger sind, sieht bei ihm sogar hübsch aus. Mich fasziniert sein Grinsen und seine ganz eigene Art, mich anzusehen, die völlig anders ist als die anderer Männer. Als wüsste er Dinge über mich, die nicht einmal ich selber weiß.« Mit etwas atemloser Stimme fragte ich: »Bist du jetzt zufrieden?«

Grandma sah mich lächelnd an und nickte. »Das alles klingt in meinen Ohren einfach wunderbar. Doch wie in aller Welt hat er das angestellt?«

»Indem er mich geküsst hat.«

»Er hat was getan?«

»Geküsst, du hast richtig gehört. Es ging dabei um eine Art Wette. Weil ich verloren hatte, durfte er mich küssen.«

»Ich schätze, dass er ganz wunderbar küsst.«

»Ja, nur wurden wir leider gestört, und zwar von Mike«, erklärte ich und seufzte.

»Von welchem Mike?«

»Meinem Exmann.«

GiGi blinzelte, als hätte sie den total vergessen.

»Und wieso tauchte der plötzlich auf?«, hakte sie nach. »Ich wusste gar nicht, dass ihr noch Kontakt habt.«

»Hatten wir auch nicht«, erklärte ich. »Nicht bis zu jenem Abend, als er mich anrief. Und das wirkte wie die berühmte kalte Dusche. Anschließend meinte Jake, wir sollten besser aufhören. Deshalb war ich wütend und habe ihn auf der Wanderung nach Kräften ignoriert.«

»Und hast du es geschafft?«

»Ja. Das heißt zum Teil. Nicht wirklich. Und dann hat er mich erneut geküsst.«

»Ach ja?«

»Da war das Unglück bereits geschehen.«

»Für mich klingt die Geschichte eigentlich nicht nach einem Unglück.«

»In gewisser Weise war sie das schon. Er hat damit nämlich meinen Heilungsprozess unterminiert.«

»Das war bestimmt nicht seine Absicht.«

»Egal.«

»Ich finde sehr wohl, dass das einen Unterschied macht.«

»Er war egoistisch«, beharrte ich auf meiner Position. »Das hat er selber zugegeben. Und er hat außerdem alles kaputt gemacht. Sogar zweimal.«

»Nicht alles. Immerhin kennst du dich jetzt halbwegs in der Wildnis aus«, scherzte meine Großmutter.

Angesäuert verzog ich das Gesicht.

»Ich kriege Kopfweh, wenn ich an ihn denke.«

»Für mich hört sich das eher nach Herzschmerz an.«

»Das auch«, gab ich unwillig zu.

»Gut, dass das Herz so zäh ist«, meinte GiGi lächelnd.

»Mein Herz nicht«, widersprach ich entschieden und bedachte sie mit einem missbilligenden Blick

»O Schätzchen, nun tu bloß nicht so«, bekam ich daraufhin von meiner weisen Großmutter zur Antwort und kippte erst mal einen großen Schluck Wein hinunter.

»Vor allem kannst du ihm schwerlich einen Vorwurf machen«, fuhr sie fort und schüttelte den Kopf. »Schließlich ist er seit einer Ewigkeit hoffnungslos in dich verliebt.«

»Hat er dir das etwa brühwarm gestanden?«

»Das war gar nicht nötig, denn es ließ sich nicht übersehen. Bei jedem Festtagsessen hat er, wenn du in der Küche warst, um etwa die Kartoffeln fürs Püree zu stampfen, freiwillig zur selben Zeit Geschirr gespült. Oder dich begleitet, wenn du etwas aus dem Supermarkt besorgen wolltest – selbst wenn es nichts zu tragen gab außer einer einzigen Packung Cranberrys. Außerdem hat er es immer so eingerichtet, dass er beim Essen neben dir saß und ein paarmal sogar heimlich die Tischkarten vertauscht.«

»Und ich dachte, du hättest das arrangiert.«

»Nein, doch er tat mir wirklich leid. Ein so charmanter Bursche und so krank vor Liebeskummer …«

»Ich habe davon nie etwas bemerkt.«

»Weil du nicht darauf geachtet hast.«

Schweigend dachte ich über GiGis Worte nach.

»Und insofern war es natürlich eine tolle Chance für ihn, mit dir allein nach Wyoming zu fahren – zumal du wieder frei und ungebunden warst. Mich wundert, dass er nicht sofort über dich hergefallen ist wie der große, böse Wolf.«

»Grandma!«

»Wie es aussieht, war er offenbar der perfekte Gentleman«, erwiderte sie süffisant.

»Nicht ganz.«

»Der Ärmste«, meinte sie. »Jetzt hast du sein Leben ruiniert.«

»Er hat *mein* Leben ruiniert«, gab ich empört zurück. »Mit seiner Verliebtheit ist es nämlich vorbei – er hat in dem Camp eine andere gefunden.«

»Und deshalb bist du sauer auf ihn.«

»Nein! Ich bin sauer, weil alles anders gelaufen ist als geplant. Ich wollte mit diesem Trip den ganzen Ballast der Vergangenheit abwerfen, mich beweisen und Außergewöhnliches leisten. Wollte mich verwandeln, ganz in eine Sache eintauchen.«

»Für mich klingt es, als wärst du ziemlich tief in diese Sache eingetaucht.«

Erneut bedachte ich meine Großmutter mit einem tadelnden Blick.

»So habe ich das nicht gemeint, und das weißt du ganz genau.«

»Alles, was ich zu dieser Angelegenheit zu sagen habe, ist Folgendes: Du bist als Geist zu dieser Tour aufgebrochen und als Mensch aus Fleisch und Blut zurückgekommen.«

»Das liegt allein an der vielen Bewegung, an der frischen Bergluft und dem Sonnenschein.«

»Wenn du meinst …«

»Hast du meine Worte überhört, dass er sich dort in eine andere verliebt hat?«

»Das glaube ich nicht eine Sekunde.«

»Er ist mit ihr nach Colorado.« Ich seufzte. »Und sie ist ein wirklich tolles Mädchen.«

»Das bist du auch.«

»Ganz sicher nicht und schon gar kein Mädchen mehr.«

»Du traust dir selbst und Jake einfach zu wenig zu.« GiGi machte eine Pause und hielt ihre Gabel in die Luft. »Weißt du noch, wie er mit diesem blonden Mädchen an Thanksgiving bei uns aufkreuzte? Wie hießt sie gleich? Pippi? Piper?«

»Nein, ich erinnere mich nicht.«

»Vor zwei Jahren war das. Dieses Mädchen war eine Schönheit und nett dazu. Aber rate, was passiert ist?«

»Was?«

»Er hat trotzdem die Tischkarten vertauscht.«

Ich hielt den Atem an, bis meine Lunge zu platzen drohte.

»Wenn du recht hättest, wäre es eine Katastrophe«, gab ich unglücklich zurück.

GiGi hob ihr Weinglas und prostete mir zu.

»Liebe ist immer eine Katastrophe, Schätzchen, und genau darin besteht der Reiz.«

»Ich war total gemein zu ihm und bin am Ende einfach abgehauen.«

»Du warst von Anfang an gemein zu ihm«, antwortete meine Großmutter ungerührt. »Das dürfte also nichts Neues für ihn sein.«

»Vielleicht fährt er ja auf gemeine Frauen ab und

mag mich nur, wenn ich eklig zu ihm bin«, sagte ich, und obwohl es eher lustig klingen sollte, verspürte ich plötzlich eine leise Furcht, es könnte sich so verhalten.

GiGi lächelte. »Er mag dich nicht deshalb, *weil* du gemein bist«, klärte sie mich auf. »Sondern *obwohl* du gemein zu ihm bist.«

»Wie sollen wir das wissen. Er könnte ja in dieser Hinsicht pervers veranlagt sein.«

Jetzt war es an meiner Großmutter, mich vorwurfsvoll anzusehen.

»Das ist er sicher nicht.«

O nein, das glaubte ich ebenfalls nicht.

»Er hat dich einfach gern. Seit jeher. Jake hat diese besondere Gabe, immer und vor allem die guten Eigenschaften eines Menschen zu sehen – denk nur an diesen hinreißenden, liebevollen Blick.«

Bei ihren Worten schnürte es mir fast die Kehle zu.

»Grandma«, flüsterte ich, wenngleich ich damit womöglich sein Vertrauen missbrauchte. »Er wird sein Augenlicht verlieren.«

Als ich zu weiteren Erklärungen ansetzen wollte, hob sie bloß abwehrend die Hand.

»Ich weiß.«

»Woher?«

»Von Duncan. Dein Bruder erzählt mir alles.«

Alles?

»Jake wird trotzdem auf seine ganz eigene Art sehen können, davon bin ich überzeugt«, fügte sie hinzu. »Selbst wenn er de facto eines Tages nichts mehr sieht.«

Ich nickte und hoffte, dass sie recht behielt.

»Weil er mit dem Herzen sieht.«

In meinen Augen stiegen Tränen auf, die ich schnell

wegzuwischen versuchte, doch immer neue kamen und rannen mir die Wangen herunter.

War es Mitleid mit Jake? Oder schämte ich mich plötzlich fürchterlich? Verglichen mit ihm hatte ich im Grunde keine Probleme und badete dennoch ständig in Selbstmitleid. Wie tapfer stellte er sich hingegen seinem Schicksal. Kein Wunder, dass er der allzeit netten und positiv gestimmten Windy den Vorzug gab.

»Es tut mir leid.«

»Das braucht es nicht. Nicht bei jedem Menschen läuft immer alles wie am Schnürchen.« Sie nickte kurz und fügte sanft hinzu: »Du kommst schon wieder auf die Beine.«

»Leider habe ich keine Idee, wie ich das anstellen soll.«

Sie beugte sich über den Tisch und nahm meine Hände.

»Die Jungs, die dich mochten, hast du nie gemocht. Erinnerst du dich?«

»Ich weiß nicht, ob ich das selber so gesehen habe.«

»Du hast deine Verehrer immer ignoriert und bist lieber denen hinterhergelaufen, die nichts mit dir im Sinn hatten.«

»Das ist nicht wahr.«

»Und was war mit Dave? Er hat dich damals einfach gegen deine beste Freundin eingetauscht.«

»Trotzdem hatte er mich gern.«

»Nicht gern genug. Und bei diesem süßen kleinen Dichter, der fast täglich ein Sonett für dich geschrieben hat, war es genau umkehrt, oder?«

Es stimmte. »Ja, den habe ich nach Kräften ignoriert.«

»Und auf dem College hast du so weitergemacht.

Denk an den Jungen, der so einen komischen kleinen Flitzer besaß.«

»Du meinst den Dodge Dart?«

»Genau. Dieser nette Junge hat dich angebetet. Ihn hättest du nehmen sollen. Stattdessen …«

»Ich weiß, ich weiß. Lieber bin ich zu jedem blöden Rugbyspiel gerannt, weil ich in einen dieser Typen verschossen war.«

Meine Großmutter seufzte. »Ständig wolltest du Jungs, die kein Interesse an dir hatten, und bist letztlich immer sehenden Auges in dein Unglück gerannt … Als müsstest du dir oder anderen etwas beweisen.«

»Und geheiratet habe ich am Ende einen Mann mit Alkoholproblemen«, fügte ich sarkastisch hinzu.

»Aber Mike hat dich schon geliebt …«

»Leider nicht so sehr wie seinen Schnaps.«

GiGi nickte nachdenklich. »Warum hast du mich nicht schon eher auf diese Dinge angesprochen?«

»Man kann niemandem vorschreiben, wie er sein Leben gestalten soll.«

Ich kniff die Augen zusammen. »Du meinst, jeder muss selbst dahinterkommen.«

»Ja, genau das denke ich, und genau das hast du jetzt getan.«

»Leider ein wenig spät.«

»Wer weiß. Hauptsache, du bist endlich von deinem alten Muster abgewichen. Das ist gut, selbst wenn du möglicherweise Jake verloren hast. Vielleicht kommt er ja nie wieder zu dir zurück. Vielleicht heiratet er dieses andere Mädchen, bekommt mit ihr Kinder …«

»Vielen Dank, das reicht.«

»Selbst wenn, wäre das okay. Zumindest hast du etwas von ihm und durch ihn gelernt. Nämlich nicht mehr zurückzuschrecken, wenn du merkst, dass dich jemand liebt. Und das kann dein Leben nachhaltig verändern.«

Ich spürte, dass mir erneut Tränen in die Augen stiegen. Vielleicht hatte sie ja recht. Vielleicht würde sich mein Leben ja verändern, vielleicht würde ich ja künftig besser mit Liebe umgehen können und bekäme es beim nächsten Mann tatsächlich hin.

Bloß wollte ich nicht irgendwen – ich wollte Jake.

Entschlossen wischte ich mir die Augen mit dem Saum meines T-Shirts.

»Egal. Jetzt muss ich erst mal diese dämliche Bar Mitzwa überstehen, und dann fahre ich nach Hause, hole meinen Hund, reiße mich zusammen und fange ein neues Leben an.«

Was offenbar alles andere als spektakulär klang, denn GiGi schaute mich mit einem Anflug von Missbilligung an, als würde sie fragen, ob ich nicht mehr zu bieten hätte. Deswegen schob ich schnell etwas nach, das sich für meine Verhältnisse revolutionärer anhörte.

»Außerdem könnte ich einen Tanzkurs oder so machen.«

Schwer zu sagen, ob es meine Großmutter überzeugte – jedenfalls nickte sie zustimmend.

»Das ist eine ausgezeichnete Idee«, meinte sie und fügte hinzu, als wären all meine Probleme damit auf einen Schlag gelöst: »Du warst schon immer eine wunderbare Tänzerin.«

Dann versickerte unser Gespräch – ich musste all die Dinge, die wir angesprochen hatten, erst einmal verdauen, und meine Großmutter spürte das.

Nach einer langen Pause blickte ich sie fragend an. »Und Duncan erzählt dir wirklich alles?«

»Alles«, bestätigte sie und verdrehte die Augen. »Obwohl ich gar nicht alles wissen will.«

»Hilft dir das, mit ihm klarzukommen?«

»Auf jeden Fall.«

»Ich bin mir nicht sicher, ob das bei ihm und mir so funktionieren würde.«

»Irgendwann wird es auch dir gelingen, ihn einfach zu nehmen, wie er ist«, machte sie mir Mut. »Arbeite weiter daran, dann klappt es schon.« Sie sah mir ins Gesicht. »Sein Problem ist, dass er sich alles Mögliche vornimmt und kaum etwas durchzieht.«

»Das scheint in der Familie zu liegen.«

Sie lächelte. »Daran solltest du denken, wenn er dir die Kühlbox zeigt.«

Ich runzelte die Stirn. »Was für eine Kühlbox?«

»Das erzählt er dir am besten selbst«, wehrte GiGi ab und erhob sich, um das Geschirr in die Spüle zu stellen.

Am nächsten Morgen schlief ich erst mal aus, und als ich in die Küche kam, duftete es dort bereits verlockend nach Kaffee.

Heute würde ich zu dieser Bar Mitzwa gehen und gleichermaßen mit der Vergangenheit wie mit der Zukunft konfrontiert werden. Zu diesem Zweck wollte ich mich sorgfältig stylen, um alle, nicht zuletzt mich selbst, durch mein Auftreten davon zu überzeugen, dass mein Leben eine einzige Erfolgsgeschichte war.

Dennoch kam ich nicht in die Gänge und lungerte lieber weiter im Morgenrock herum.

Während wir gemeinsam am Tisch saßen und Kaffee tranken, sah meine Großmutter mich forschend an.

»Ich würde dich gerne malen.«

»O nein, bitte nicht«, wehrte ich ab.

GiGi ließ sich nicht beirren. »Doch, du setzt dich gemütlich auf meine grüne Couch, berichtest weiter von dem Treck durch die Wildnis, während ich das Konterfei meiner verliebten Enkelin auf die Leinwand banne.«

»Ich sehe wohl weniger verliebt als vielmehr leidend aus«, wandte ich ein.

»Was auf dasselbe hinausläuft.«

Wie hätte ich mich weigern können? Wenn einen die dreiundachtzigjährige Großmutter malen will, schlägt man ihr diesen Wunsch kaum ab.

Bevor Duncan und ich dauerhaft zu ihr kamen, hatte sie mich regelmäßig porträtiert. Später war sie zu sehr mit uns beschäftigt gewesen, um noch die nötige Muße zu finden. Lediglich in meinem Hochzeitskleid hatte sie mich für die Ewigkeit festgehalten. Das Bild hing über dem Kamin und gefiel mir wirklich gut.

Vielleicht weil ich darauf hübscher aussah, als ich es meiner Meinung nach war.

Also setzte ich mich jetzt auf die grüne Couch im Wintergarten, trank meinen Kaffee und erzählte von der Wildnis und den Dingen, die ich dort gelernt hatte, von dem unerwarteten Schneesturm, von Hughs Evakuierung und dem Desaster auf unserer Abschlusstour. Natürlich vergaß ich nicht, all die kleinen und großen Einschränkungen zu erwähnen: kein regelmäßiges Waschen, kein Toilettenpapier und andere Hygieneartikel, keine saubere Kleidung, und wie schwer uns dieser Verzicht anfangs gefallen war und wie sehr wir unter unserem eigenen Gestank gelitten hatten. Ich berichtete, dass ich zunächst ängstlich und entsetzlich scheu gewesen war, im Laufe der Zeit jedoch Freundschaften geschlossen hatte und zu meiner eigenen Überraschung immer mutiger geworden war.

»Du warst seit jeher mutig«, erinnerte sie mich.

»Echt?«

Sie nickte nachdrücklich. »Duncan hingegen war mein kleiner Angsthase. Genau wie eure Mutter.«

»Mom war ängstlich?«

»Sie hatte Angst vor allem. Und die hat sie immer noch.«

»Aber sie ist Yogalehrerin!«

»Ich nehme an, das hilft ihr. Vermutlich hat sie sich bloß aus diesem Grund damit beschäftigt.«

»Mir ist nie aufgefallen, dass sie Angst vor irgendetwas hatte.«

»Als Kind sieht man seine Eltern meist nicht so, wie sie wirklich sind.«

»Und wovor hatte sie Angst?«

»Vor so ziemlich allem. Vor Hunden, Menschen und dem Leben.«

Ich atmete tief durch. »Hat sie uns deshalb weggegeben?«

Meine Großmutter stand völlig reglos vor der Staffelei und dachte über eine Antwort nach.

»Wahrscheinlich spielte es zumindest eine Rolle.«

»Auf der Wanderung hat Jake mich irgendwann gefragt, was genau passiert ist, und ich habe gesagt, dass unsere Mutter sich vermutlich durch das Unglück mit Nathan überfordert fühlte und uns deshalb bei dir abgeladen hat. Er hingegen war der Meinung, das könne nicht die ganze Wahrheit sein.«

»Er ist wirklich ein kluger Kopf.«

»Dann steckt also mehr dahinter?«

»Gibt es eine Geschichte auf der Welt, die sich mit zwei Sätzen zusammenfassen lässt?«

»Erzähl mir, wie es war. In allen Einzelheiten.«

»Nun«, fing GiGi an, ohne ihre Arbeit zu unterbrechen. »Eure Mutter hat euch an dem Tag zum Schlafen hergebracht. Ich weiß nicht, ob sie ursprünglich die Absicht hatte, euch am nächsten Morgen wieder abzuholen oder nicht. Jedenfalls habe ich mich seitdem immer wieder gefragt, was ihr wohl beim Abschied durch den Kopf gegangen sein mag.«

»Sie hat gesagt, wir würden uns am nächsten Morgen wiedersehen«, warf ich ein.

»Ja, das hat sie. Vermutlich war das eine Lüge, denn sie hielt euch eine Spur zu lange im Arm.«

»Wusstest du, dass sie nicht wiederkommen würde?«

»Nein, das habe ich mir im Nachhinein zusammengereimt. Geplant war, dass ich euch morgens Pfannkuchen machen und euch anschließend nach Hause bringen sollte.«

»Und was ist an dem Abend passiert?«

»Eure Mutter fuhr ab, ihr habt Spaghetti gegessen, und dann war es Zeit fürs Bett. Erst da stellte sich heraus, dass dein Bruder seine Schmusedecke nicht dabeihatte. Wie hat er dieses Ding gleich genannt?«

»Softie.«

»Richtig. Softie also fehlte, und Duncan heulte.«

»Das weiß ich noch«, sagte ich. »Er war damals drei und trug einen gestreiften Schlafanzug mit Füßen.«

»Ich dachte, irgendwann würde er aufgeben und

einschlafen«, setzte GiGi ihren Bericht fort, »doch irgendwann kamst du zu mir und hast vorgeschlagen, ich solle das blöde Ding schnell holen, damit er nicht die ganze Zeit jammert. Du wusstest, wie er war, und hast dich sehr um ihn gekümmert.«

»Ich fand mich nie besonders fürsorglich.«

»Für Duncan warst du immer da – schon allein, weil eure Mutter nichts mehr auf die Reihe kriegte. Du hast ihn gefüttert und gewaschen, ihn ins Bett gebracht und ihn, wenn er nicht schlafen konnte, stundenlang im Arm gewiegt.«

»Davon weiß ich überhaupt nichts mehr. Ich erinnere mich lediglich, dass er mir entsetzlich auf den Keks gegangen ist.«

»Mit Recht, denn eigentlich warst du viel zu jung, die Verantwortung für ihn zu übernehmen. Trotzdem hast du dein Möglichstes getan.«

»Was hat Mom sich eigentlich dabei gedacht, noch ein Kind in die Welt zu setzen?«

»Das habe ich mich ebenfalls sicher tausendmal gefragt. Zumal dein Vater bereits vorher auf dem Absprung war, seine Familie zu verlassen.«

GiGis Gesicht hatte einen hochkonzentrierten Ausdruck angenommen wie häufig beim Malen, wenn sie mit den Gedanken mehr bei ihrem Gemälde als in der realen Welt war. Jetzt aber warf sie ihren Pinsel ins Wasserglas, zog ihren Malerkittel aus, setzte sich zu mir aufs Sofa und nahm meine Hand.

Wir waren beim Knackpunkt der Geschichte angelangt.

»Es muss sehr wichtig sein, wenn du deine Arbeit unterbrichst.«

Grandma seufzte. »An jenem Abend, als Duncan

mir mit seinem Gebrüll den letzten Nerv raubte, fuhr ich also los, um diese Decke zu holen. Da ich einen Schlüssel für euer Haus hatte, ging ich rein, ohne zu klingeln – und fand meine Tochter.«

»Was willst du damit sagen?«

GiGi drückte meine Hand. »Sie hatte eine Packung Tabletten geschluckt und sich dann mit Nathans Teddybär ins Bett gelegt.«

Ich presste eine Hand vor den Mund.

»Es war gerade noch rechtzeitig, und das ist alles, was du über diese Sache wissen musst. Als ich um vier Uhr morgens endlich aus der Klinik kam, warst du in deinen Kleidern auf dem Sofa eingeschlafen, und dein Bruder lag in seinem Bett und sah wie ein kleiner Engel aus. Ich weiß nicht, wie es dir gelungen ist, ihn ohne seine Schmusedecke zu beruhigen, aber irgendwie hast du es offenbar fertiggebracht.«

»Sie hat versucht, sich umzubringen«, brachte ich mit belegter Stimme hervor.

»Ja«, bestätigte Gigi schlicht. »Danach suchte ich für sie einen Therapieplatz, an dem sie eigentlich wieder auf die Beine kommen sollte. Obwohl sie dort sechs Monate blieb, schaffte sie es nicht. Also habe ich sie überredet, euer Haus zu verkaufen und sich irgendwie ein neues Leben aufzubauen. Sie fand eine nette kleine Wohnung, gerade groß genug für sie. Um euch konnte sie sich ohnehin nicht mehr kümmern. Trotzdem hat sie pausenlos davon geredet, dich und Duncan eines Tages wieder zu sich zu nehmen. Und ich habe mitgespielt und ihr diese Hoffnung gelassen. Geglaubt habe ich daran nie – und zudem wart ihr bei mir besser aufgehoben.«

Unmerklich begann ich zu zittern.

»Das hast du nie mit einer Silbe erwähnt.«

»Weil es mir nicht zustand.«

»Warum nicht? Schließlich betraf es nicht zuletzt uns und die Geschichte unserer Familie.«

»Hättest du wirklich gewollt, dass ich nach Hause komme und es dir erzähle? Du hattest bereits genug mitgemacht. Nathans Tod. Der Weggang deines Vaters. Die zunehmende Depression deiner Mutter. Ich sehe noch heute das kleine Mädchen, das mit Turnschuhen an den Füßen schlafend auf dem Sofa lag. Hätte ich dich wirklich wecken und dir ehrlich sagen sollen, was geschehen war?«

Ich schüttelte den Kopf. »Da nicht, aber später, als wir älter waren.«

»Nein, das konnte ich nicht. Ich hatte es eurer Mutter versprochen – sie wollte nicht, dass ihr von dem Suizidversuch erfahrt.«

»Und warum nicht? Immerhin hätte das manches in ein anderes Licht gerückt.«

»Wahrscheinlich hat sie sich geschämt.«

»Und ich habe die ganze Zeit geglaubt, dass sie uns einfach nicht mehr wollte«, erwiderte ich bitter.

GiGi nahm mich in den Arm. »Sie schien zu denken, dass das leichter für euch sei, als die Wahrheit zu erfahren.«

Eine Einschätzung, die ich nicht zu teilen vermochte.

»Ich hatte immer das Gefühl«, ergriff meine Großmutter wieder das Wort, »als wäre alles an jenem Abend eine schicksalhafte Fügung gewesen. Dass Duncan weinte und du mich losschicktest, die Decke zu holen… Ob ihr nun einen siebten Sinn hattet oder nicht – jedenfalls ist es euch zu verdanken, dass ich zu eurem Haus gefahren bin. Andernfalls wäre sie gestorben. Letztlich habt ihr sie also gerettet. Anders kann ich es nicht sehen.«

Mittags gab es ein Schnittlauch-Champignon-Omelette. Ich saß auf meinem Lieblingsstuhl am Küchentisch und dachte über alles nach, was meine Großmutter mir berichtet hatte. Mit einem Mal sah ich mein ganzes bisheriges Leben aus einer vollkommen anderen Perspektive. Schließlich waren es zwei Paar Schuhe, Tochter einer Frau zu sein, die einen nicht mehr wollte, oder eine Mutter zu haben, die in einer schweren Lebenskrise keinen Ausweg mehr sah.

»Vielleicht werde ich Mom anrufen, bevor ich nach Boston zurückkehre«, überlegte ich laut.

GiGi nickte. »Gute Idee, darüber würde sie sich sicher freuen.«

»Darf ich erwähnen, dass du mir alles erzählt hast?«

»Ja. Sie ist vorgewarnt. Ich habe bereits vor Jahren angekündigt, dass ich dir zu gegebener Zeit die Wahrheit sagen werde.«

»Du glaubst nicht, dass sie es dir übel nimmt?«

»Nein, vermutlich wird sie sogar erleichtert sein.«

»Was mich betrifft, so bin ich froh, endlich Bescheid zu wissen«, erklärte ich. »Mich hat der Gedanke, einfach abgeschoben worden zu sein, immer belastet.«

»Und das ist leider nicht ohne Konsequenzen geblieben«, spann meine Großmutter den Faden weiter. »Nimm zum Beispiel deine Beziehungsprobleme. Dass du etwa Schwierigkeiten hast, Liebe zuzulassen …«

Jetzt hörte ich wirklich aufmerksam zu.

»Vielleicht hast du ja damals als Kind unter dem

Eindruck all der schrecklichen Ereignisse beschlossen, dass es besser ist, allein zu sein.«

»Aber ich hasse es, allein zu sein.«

»Womit du sicher recht hast«, sagte sie und strich mir sanft übers Haar, bevor sie sich für ein Schläfchen zurückzog.

Ich dagegen begann mit der Grundsanierung für meinen Auftritt bei der Bar Mitzwa.

Duschte, wusch die Haare, rubbelte die Ellbogen ab, bevor ich mich an die Feinarbeiten wie Fönen und Nägel lackieren machte. Mehr als einmal haderte ich erneut mit mir, diese Einladung überhaupt angenommen zu haben.

Half nichts, weiter im Text.

Was zunächst bedeutete, eine Entscheidung hinsichtlich des Outfits zu treffen. Grundsätzlich sollte eine Frau – ausnahmslose jede – beim ersten Wiedersehen mit ihrem Ex, der sie vor vierzehn Jahren mit der besten Freundin hintergangen hatte, möglichst heiß aussehen. Nur wie stellte das jemand an, der kein Hingucker per se war? Mochte ja sein, dass man auf längere Sicht mit anderen Dingen punktete, doch als Entree sollte es schon ein Knaller sein.

Aus diesem Grund hatte ich alles, wirklich alles eingepackt, was entfernt für diesen Abend infrage kam. Nachdem ich sämtliche Klamotten zweimal durchprobiert hatte, entschied ich mich für ein kurzes pinkfarbenes Trägerkleid im Stil der Fifties und weiße, hochhackige Riemchensandalen. Beides partymäßig. Dazu passend, kreierte ich meine Frisur. Zwei Pferdeschwänze am Hinterkopf, die ich kunstvoll zusammendrehte und mit zwei von GiGis Stäbchen verzierte. Das Make-up: dicker Eyeliner, viel Mascara und dunkelroter Lippenstift komplettierten den Retrolook.

Kritisch betrachtete ich mich im Spiegel.

Würde es mir gelingen, sämtliche Blicke auf mich zu ziehen? Ein Aha-Erlebnis zu provozieren, weil von dem langweiligen Highschoolgirl, das seinen Freund an die angeblich beste Freundin verloren hatte, nichts übrig geblieben war? Gleichzeitig durfte es nicht gewollt wirken, sonst würde man die Nase über mich rümpfen. Ganz cool musste ich wirken, aber eben auch ganz anders. Die Hippie- und Sandalenzeit sowie das wirre Haar gehörten ebenfalls der Vergangenheit an. Inzwischen war ich eine tolle, rundherum begehrenswerte Frau, verdammt noch mal, die man so einfach nicht vergaß.

Während ich gerade überlegte, ob ich mir die Wimpern ein weiteres Mal tuschen sollte, klingelte es plötzlich an der Tür.

Sicher niemand anders als Jake, schoss es mir durch den Kopf. Der zu mir zurückgekommen war – der sich in aller Freundschaft von der Herzensbrecherin getrennt und sich per Anhalter so schnell wie möglich auf den Weg zu mir gemacht hatte und der jetzt mein sensationelles Outfit bewundern würde.

Meine Träume zerplatzten, sobald ich die Tür öffnete.

Nicht Jake wartete draußen, sondern mein Bruder Duncan.

Und neben ihm stand eine riesige blaue Kühlbox.

Bevor ich etwas sagen konnte, fing Duncan von sich aus zu sprechen an.

»Du siehst echt heiß aus«, meinte er anerkennend nach einer kurzen Musterung.

»Danke«, erwiderte ich und setzte ein breites Lächeln auf. »Was machst du hier?«

»Euch besuchen.«

»Und was hast du in der Kühlbox?«

»Einfach irgendwelches Zeug.«

»Und warum hast du geklingelt?«

»Weil mein Schüssel weg ist.«

Eigentlich hätte ich jetzt die Augen verdrehen und »Natürlich« sagen sollen. Doch dieses Mal tat ich es nicht. Nahm seine Erklärung einfach gelassen nickend zur Kenntnis und ließ ihn herein. Schnaufend wuchtete er die Kühlbox in den Flur, lief wieder hinaus, um seine Reisetasche reinzuholen, und blickte mich mit einem fröhlichen Lächeln an.

»Hi, Schwester«, sagte er und zog mich in seine Arme. »Wie war es in der Wildnis?«

»Alles okay.«

»Hast du Bären gesehen?«

»Nicht wirklich.«

»Warst du je in Lebensgefahr?«

»Mindestens zehnmal.«

»Hat Jake es geschafft, dass du dich in ihn verliebst?«

»Meine Güte, nein.«

Verstohlen musterte ich seine Cargohose und sein schlabbriges T-Shirt und fragte mich wie immer unwillkürlich, wann er das Zeug zuletzt gewaschen hatte, hielt aber den Mund. Schließlich hatte ich mir vorgenommen, mich nicht mehr über Duncan aufzuregen.

Alles, was ich sagte, war: »Schön, dich zu sehen.«

»Ist das dein Ernst?«

»Ja, ich habe während dieser Wanderung oft an dich gedacht.«

»Echt?«

Duncan kam aus dem Staunen nicht mehr raus.

»Und wie stehen die Aktien mit Florida?«

Er runzelte die Stirn, bis ihm aufging, von wem ich das wusste.

»Okay«, erklärte er. »Ich habe sie ein bisschen gestalkt. Nicht auf eine unheimliche Art, wirklich nicht – eher auf die unglückliche Tour, um Mitleid zu erregen.«

Ich hätte fragen können, wo da der Unterschied liege, doch das wäre bei Duncan sinnlos gewesen.

»Sie war sowieso ein paar Nummern zu groß für mich.«

»Das meinte Jake auch.«

»Wie geht es ihm?«, erkundigte sich Duncan sichtlich erleichtert über den Themenwechsel.

»Ich glaube, gut«, erwiderte ich vage, als wäre mir das vollkommen egal. »Er ist mit einem wirklich süßen Mädchen auf dem Weg nach Colorado.«

»Seltsam.«

»Warum?«

»Er hat nichts für süße Mädchen übrig. Er mag dich.«

»Vielen Dank, falls das ein Kompliment sein sollte.«

»Immer schon, weißt du. Irgendwie ist das bei ihm wie eine Krankheit.«

»Nun, falls dem so war, dürfte er jetzt davon kuriert sein.«

»Vielleicht hätte ich euch zwei bereits vor Jahren in die Wildnis schicken sollen«, versuchte er zu scherzen.

Statt zu lachen, stieß ich einen abgrundtiefen Seufzer aus.

Nachdem er eine Weile verlegen geschwiegen hatte, begann er wieder zu reden.

»Also hat Jake den Trip unbeschadet überstanden Hat sich nichts gebrochen oder so?«

»Du meinst wegen seiner Augen?«

»Dann weißt du also Bescheid?«

Ich nickte. »Du anscheinend ebenfalls.«

»Ja, natürlich. Schließlich sind wir Freunde.«

»Mir hast du es nicht erzählt.«

»Weshalb hätte ich das tun sollen?«, fragte er irritiert.

Irgendwie verständlich, denn was hatte ich bislang mit Jake zu tun gehabt oder auch nur zu tun haben wollen?

»Dann ist er also klargekommen?«, hakte Duncan nach. »Wurde nicht verstümmelt oder so?«

»Nein. Einmal hat er seine Brille verloren, und der Bügel ist abgebrochen – er hat's einfach mit Klebeband gerichtet.«

»Er versucht fast alles auf diese Weise zu reparieren. Klebeband ist für ihn das Mittel der Wahl.«

Irgendwie war es ein seltsames Gefühl, mit Duncan zu sprechen und ihn nicht mehr dauernd als den blöden kleinen Bruder zu betrachten. Das Gespräch mit Jake über unsere Familie wirkte ebenso nach wie das gestrige mit GiGi. Wenngleich sich dadurch nicht alles grundstürzend verändert hatte, sah ich doch manches anders und vor allem mit mehr Verständnis.

Außerdem war ich nach längerem Überlegen zu dem Entschluss gelangt, ihm die Wahrheit über unsere Mutter zu sagen. Allerdings hatte ich ihn keinesfalls damit quasi zwischen Tür und Angel überfallen wollen – aber genau das tat ich jetzt, als wir uns im

Flur des einzigen Zuhauses, das er je gekannt hatte, gegenüberstanden.

»Mom hat versucht, sich umzubringen«, brach es aus mir heraus.

»Was?«, stieß er kreidebleich hervor.

»Nicht heute! Damals, nachdem sie uns bei Grandma abgeliefert hatte.«

Völlig entgeistert starrte er mich an.

»An dem Tag, als sie uns hier zurückließ und nie mehr wiederkam. Inzwischen weiß ich, warum. Sie unternahm am selben Abend einen Selbstmordversuch und überlebte nur, weil GiGi losfuhr, um deine Schmusedecke zu holen.«

»Ich kann mich daran null erinnern.«

»Klar, du warst ja viel zu klein.«

»Hat Grandma dir das erzählt?«

Ich nickte. »Ja, heute Morgen.«

»Und warum ausgerechnet heute?«

»Weil ich sie danach gefragt habe.«

Duncan raufte sich die Haare.

»Und ich dachte immer, dass sie uns verlassen hat, weil ich ein so nerviger kleiner Hosenscheißer war.«

»Und ausgerechnet damit hast du sie gerettet. Du hast so ausdauernd nach deiner Schmusedecke gebrüllt, dass unsere arme Großmutter sich notgedrungen auf den Weg machte, sie bei Mom abzuholen. Und da hat sie sie gefunden. Vollgepumpt mit Tabletten, lag sie mit Nathans Teddy im Arm auf ihrem Bett. GiGi traf gerade in letzter Minute ein und alarmierte den Rettungswagen.«

»Und deshalb ist sie nie zurückgekommen«, stellte Duncan fest und versank ins Grübeln. »Irgendwie fand ich die Erklärung besser, dass es meine Schuld war.«

»Das war es nie«, erwiderte ich, und zum ersten Mal meinte ich es wirklich ehrlich.

Außerdem war es tröstlich zu wissen, dass ich nicht allein mit dieser Lebenslüge aufgewachsen war. Und noch etwas anderes kam mir zu Bewusstsein: Obwohl ich mich die ganze Zeit einsam gefühlt hatte, war da immer Duncan gewesen, der diese Einsamkeit geteilt hatte. Nur eben jeder für sich.

Wir unterhielten uns eine Weile, und am Ende fragte er mich, ob er mitkommen könne, wenn ich unsere Mutter träfe.

»Ja«, antwortete ich, »darüber würde ich mich freuen. Und entschuldige, dass ich dich mit alldem so unvermittelt überfallen habe.«

Er stopfte seine Hände in die Taschen. »War vielleicht ganz gut so, denn irgendwie geht's mir jetzt besser.«

Was ich gut verstand.

»Wenngleich es andererseits irgendwie schlimmer ist.«

Duncan nickte und ließ seinen Blick zu der Kühlbox wandern.

»Was ist darin?«, erkundigte ich mich. »GiGi erwähnte sie, meinte aber, du würdest mir selbst sagen, was es damit auf sich hat.«

»Werde ich, sobald ich auf dem Klo war und mir was zu trinken geholt habe.«

»Meinetwegen«, stimmte ich zu.

»Es ist wirklich seltsam, dass man Durst hat und die Blase randvoll ist«, meinte er im Gehen. »Man sollte denken, diese beiden Dinge schlössen sich aus.«

»Wahrscheinlich«, sagte ich ziemlich uninteressiert.

Duncan blieb noch einmal stehen und sah mich an.

»Versprich mir, dass du nicht vorher in die Kühlbox schaust.«

»Ist da drinnen etwas für mich?«

»Könnte man so sagen.«

»Okay«, versprach ich, »dann mach mal zu.«

Was hatte Duncan mir wohl mitgebracht? Ein Sixpack Bier? Meeresfrüchte aus meinem Lieblingsrestaurant im North End oder irgendwelche Eiscremekreationen, die inzwischen längst geschmolzen waren? Doch weder das eine noch das andere erklärte, warum meine Großmutter so komisch reagiert hatte, als von der Kühlbox die Rede war. Irgendwo gab es bestimmt einen Haken.

Eine Cola-Dose in der Hand, kam Duncan endlich zurück.

»Hör zu.« Er baute sich neben der Kühlbox auf. »Du weißt ja, wie es ist, wenn man eine gute und eine schlechte Nachricht hat. Nur …«

Ich sah die Kühlbox an. »Nur was?«

»Dass es in diesem Fall leider keine gute Nachricht gibt.«

»Oh.«

»Ich hätte es dir sofort sagen wollen. Aber du bist mir mit der Neuigkeit über Mom zuvorgekommen.«

»Spuck es einfach aus. Dadurch, dass du mich weiter auf die Folter spannst, wird's bestimmt nicht besser.«

»Also gut«, war alles, was er rausbrachte, bevor er verstummte.

Ich sah auf meine Uhr. »Duncan, ich muss zu einer Einladung, also bitte …«

»Es geht um Pickle«, platzte er heraus.

Ich riss die Augen auf, und eine dunkle Ahnung überkam mich.

»Um meinen Hund?«

Wieder holte er tief Luft. »Sie ist tot!«

Vor lauter Schreck bekam ich keinen Ton heraus.

»Sie war sehr krank«, fuhr er fort, als hätte er die Rede stundenlang geprobt. »Und dann ist sie gestorben.«

Meine Gedanken überschlugen sich. Wie war es möglich, dass ein Hund beim Tierarzt krank wurde und starb?

»Sie hatte etwas, was man Magendrehung nennt«, erklärte Duncan eilig. »Der Fachbegriff lautet Magenvolvulus. Dabei dreht sich der Magen plötzlich um, füllt sich mit Gas und implodiert. Das kommt relativ oft bei großen, breitbrüstigen Hunden vor …«

»Und wieso bei einem so kleinen, schmalen Hund?«, unterbrach ich ihn.

Duncan sah mich betrübt an.

»Es gibt eine Ausnahme von der Regel, und das sind Dackel.«

»Konnten sie nichts mehr für sie tun?«

»Leider nicht. Es ist tödlich, wenn man nicht innerhalb der ersten Stunden etwas unternimmt.«

Meine Stimme wurde schrill. »Und warum haben sie es nicht gleich gemerkt?«

Jetzt schaute mein Bruder ziemlich ängstlich drein.

»Das ist der Teil, für den du mich wahrscheinlich hassen wirst.« Er brach in Tränen aus. »Sie war nämlich nicht mehr beim Tierarzt.«

»Wieso das? Ich habe sie schließlich selber hingebracht.«

»Ja.« Er nickte kurz. »Bloß habe ich sie dort wieder abgeholt.«

Am liebsten wäre ich auf ihn losgegangen.

»Du hast was getan?«

»Ich wollte nicht, dass sie drei Wochen in einem Käfig sitzen muss! Wollte sie zu mir nach Hause holen und mich lieb um sie kümmern – und dich überraschen und endlich mal ein Versprechen halten. Und wir hatten jede Menge Spaß. Ich habe für ihr Halsband einen Anhänger gekauft, auf dem in Strass ihr Name steht! Sie hat meinen *Fänger im Roggen* aufgefressen, und ich habe ihr beigebracht, sich auf Kommando zu schütteln.«

»Das konnte sie vorher schon.«

Das brachte ihn ein wenig aus dem Gleichgewicht.

»Ich sage dir, wir waren echte Kumpel. Sie hat sich bei mir sauwohl gefühlt. Dann eines Tages kam ich heim, und da hat sie fürchterlich gehechelt.«

»Und wo kamst du her?«

»Von der Arbeit! Ich habe nämlich einen Job.«

»Als was?«

Er kratzte sich verlegen im Genick.

»Auch wenn das vielleicht eine Ironie des Schicksals ist, arbeite ich jetzt beim Tierarzt.«

»Und bei was für einem Tierarzt?«

»Bei dem von Pickle. Als ich sie dort abgeholt habe, suchten sie gerade eine Aushilfe. Da bewarb ich mich kurzerhand, wurde engagiert und mache meine Sache wirklich gut.«

»Du warst also bei ihrem Tierarzt, während sie in deiner Wohnung mit dem Tod gerungen hat?«

Duncan schloss die Augen, und ein neuer Tränenstrom quoll unter seinen Lidern hervor.

»Als ich sie gefunden habe, konnte ich sie leider nicht mit meinem Auto in die Praxis bringen, weil die Polizei mir eine Parkkralle verpasst hatte. Deshalb habe ich mich mit ihr auf dem Arm aufs Rad geschwungen und bin mehr als zwanzig Blocks geradelt. Die ganze Zeit habe ich mit ihr geredet und gesagt: Wir müssen bloß zu Doktor Sampson, der kriegt dich wieder hin. Doch bis ich dort war, war es schon zu spät. Sie war bereits in meinem Arm gestorben.«

Jetzt brach ich ebenfalls in Tränen aus.

»Sie hat jede Nacht bei mir geschlafen«, schluchzte er, »und sich unter meiner Decke eingebuddelt.«

»Ja, das hat sie geliebt.«

»Es tut mir wirklich leid«, versicherte er und sah mich flehend an.

»Du hast meinen Hund getötet.«

»Ich habe versucht, sie zu retten. Alles hätte ich dafür gegeben.«

»Trotzdem ist sie tot.«

»Sie war ein toller Hund.«

»Nein, sie war ein kleines Mistvieh – aber eben mein Mistvieh.«

»Für mich war sie das nicht«, murmelte er so leise, dass ich ihn kaum verstand. »Obwohl sie hässlich wie die Nacht war, habe ich sie geliebt.«

»Ich auch«, flüsterte ich.

Er sagte die Wahrheit, erkannte ich in diesem Augenblick und nahm ihn in den Arm. Zum allerersten Mal verband uns etwas: die Liebe zu meinem armen Hund.

Wir durchforsteten die Speisekammer unserer Großmutter, die noch ihr Nachmittagsschläfchen hielt, bis wir ein paar Kekse fanden, und als wir uns in der Küche gegenübersaßen, schaute ich ihn plötzlich fragend an.

»Was hat überhaupt die Kühlbox mit dem Tod von Pickle zu tun?«

»Kannst du dir das nicht denken? Sie liegt darin – wegen der Kälte.«

Fast wäre mir mein Glas aus der Hand gefallen.

»Was???«

Er nickte ernst. »Ich habe sie dir mitgebracht.«

»Pickle befindet sich in der Kühlbox?«

Als Duncan nickte, ging ich in den Flur und starrte die Box an.

»Und wie lange liegt sie schon da drin?«

»Seit fünf Tagen.«

Mir wurde ganz anders.

»Keine Angst«, versuchte er mich zu beruhigen. »Ich habe jede Menge Eis reingepackt.«

Ich blickte zwischen ihm und der verdammten Kühlbox hin und her.

»Außerdem steckt sie in einem Plastikbeutel, den ich gut verklebt habe.«

Ich starrte ihn entgeistert an.

»Wenn sie keine Luft bekommt, muss sie ersticken!«

»Helen, Pickle kann nicht mehr ersticken«, sagte Duncan mit sanfter Stimme. »Sie ist bereits tot.«

Natürlich. Trotzdem war mir plötzlich eine Geschichte eingefallen, die ich als Kind gehört hatte. Dass man bei einer Toten, die nach Jahren exhumiert worden war, Kratzspuren an der Innenseite des Sarges entdeckt hatte.

»Vielleicht war sie ja gar nicht richtig tot – dann hättest du sie zweimal umgebracht.«

Duncan schüttelte den Kopf. »Sie war auf alle Fälle tot.«

»Und wenn sie einfach bewusstlos war und ihr

Herz hat so langsam geschlagen, dass ihr es nicht wahrgenommen habt.«

»Glaub mir. Als ich sie in die Box gelegt habe, war sie so steif und hart wie ein Baseballschläger.«

Ich gab auf. Pickle, das mit Abstand schlimmste Haustier der Welt – und zugleich mein absoluter Liebling – war tot.

Ich stapfte zur Hintertür.

»Wo willst du hin?«, rief mir mein Bruder nach.

Ich blieb kurz stehen und sah ihn an.

»Ich werde sie begraben«, erklärte ich. »Komm und bring die Kühlbox mit.«

Und so hob ich in einem pinkfarbenen Partykleid und mit hochhackigen Schuhen ein Grab im Garten meiner Großmutter aus.

Die Plastiktüte mit Pickle auf dem Arm stand Duncan mit tränenfeuchten Augen neben mir. Hemd und Hose waren nass vom Eiswasser, seine Schuhe wie gewöhnlich hoffnungslos verdreckt, und sicher wäre es vernünftiger gewesen, ihm das Buddeln zu überlassen. Aber vor lauter Trauer hatten wir vorübergehend das Denken eingestellt.

Wir wählten eine Stelle, wo bereits die Bulldogge aus unserer Kinderzeit begraben war. Wenn sie möglichst nahe beieinanderlagen, konnten sie vielleicht im Himmel Freunde sein, tröstete ich mich.

Ich hatte das Grab zur Hälfte ausgehoben und schon einen großen Haufen schwarzer Erde aufgetürmt, als Duncan plötzlich mit einem Einwand kam.

»Pass bloß auf, dass du nicht Porkchop erwischst.«

»Du meinst Lambchop.«

»Sag ich doch.«

»Nein, du hast Porkchop gesagt.«

»Habe ich nicht.«

»Kannst du dich überhaupt an Lambchop erinnern?«

»Sicher, klar. Er war eine Bulldogge.«

»Es war ein Mädchen.«

»Und sie ist gestorben, weil sie einen Ast verschlungen hat, der so lang wie ihr gesamter Körper war.«

Diesmal brauchte ich ihn nicht zu korrigieren, denn es stimmte – so unwahrscheinlich es sich anhören mochte. Woher die Bulldogge allerdings diesen blöden Namen hatte, wusste ich nicht mehr. Vielleicht weil sie gerne Lammkoteletts fraß?

Als ich mein Werk beendet hatte, war mein einst spektakulärer Aufzug völlig derangiert. Die Frisur aufgelöst, die Absätze meiner High Heels abgebrochen, die weißen Riemchen dreckverschmiert. Aber ich hatte bloß Augen für meine kleine Freundin, die Duncan jetzt in ihrer kalten Hülle in das dunkle Grab legte und sie mit Erde bedeckte, während ich ohne Schuhe ins Haus rannte und Windys Gänseblümchenkette holte, um sie auf Pickles letzte Ruhestätte zu legen. Dann sprachen wir ein paar Abschiedsworte, Duncan schlang den Arm um meine Schultern, und gemeinsam kehrten wir zurück ins Haus.

Erst in der Küche fiel mir auf, dass er in der anderen Hand ein Sixpack Bier hielt.

Ein schrecklicher Gedanke drängte sich mir auf.

»Sag mir bitte, dass das Bier nicht in der Kühlbox war.«

Er schickte sich gerade an, seine Dose zu öffnen.

»Na und?«

»Nein.« Ich deutete auf die Tür. »Sofort raus damit.«

»Darf ich an einem solchen Tag nicht mal ein Bier trinken?«

»Keins, das tagelang in den Körpersäften eines toten Hundes geschwommen ist.«

Ich trat an die Spüle und wusch mir die Erde von den Händen.

»Sie steckte in einer Plastiktüte ...«

»Raus«, befahl ich mit meiner Große-Schwester-Stimme. »Und zwar dalli!«

Er gehorchte und verschwand.

»Du kannst nachher ein Bier auf der Bar Mitzwa trinken«, rief ich ihm anzüglich nach.

»Wo?«

Ich erklärte ihm, was Sache war.

»Nachdem du hier so einfach mit meinem toten Hund hereingeschneit bist, ist es ja wohl das Mindeste, dass du mich zu dieser blöden Bar Mitzwa begleitest. Als Wiedergutmachung gewissermaßen.«

»Nein.«

»Keine Widerrede, such dir was Gescheites zum Anziehen.«

Duncan wandte sich zum Gehen. »Und was zieht man als Bar- Mitzwa-Crasher an?«

»Etwas Hübsches«, grinste ich maliziös. »Mit einer Krawatte.«

Mit diesen Worten ließ ich ihn stehen, um an meinem eigenen Outfit zu arbeiten.

Zum Glück hatte das Kleid so gut wie nichts abbekommen, sodass ich es anbehalten konnte. Die hochhackigen Riemchensandaletten taugten hingegen nur noch für den Müll, und ich musste, nachdem ich den Dreck von Füßen und Beinen gespült hatte, mit dunkelroten Ballerinas vorliebnehmen, was auch nicht schlecht aussah. Und nachdem ich Frisur und Make-up erneuert hatte, war ich durchaus zufrieden.

Ja, so konnte ich mich sehen lassen.

In diesem Moment betrat Duncan mein Zimmer. Er trug eine Kombi, die für ihn zu meiner Hochzeit angeschafft worden war: schwarze Hose, kurze weiße Jacke, schmaler schwarzer Schlips.

»Du siehst klasse aus«, sagte ich, wenngleich er ein bisschen wie ein Kellner wirkte.

Überrascht blinzelte er. »Danke. Du bist ebenfalls nicht zu verachten. Ein richtiges Sahneschnittchen.«

Ich trat vor den Spiegel und musterte mich kritisch, ob ich die Spuren der Tränen, die ich um meinen Hund vergossen hatte, und der Anstrengung beim Ausheben seines Grabes wirklich beseitigt hatte. Zweifel befielen mich.

»Ich sehe grässlich aus, am besten gehe ich erst gar nicht auf das Fest.«

»Erstens stimmt das nicht«, belehrte mich Duncan, »und zweitens kannst du keinen Rückzieher mehr machen. Sonst sieht es aus, als ob du kneifen würdest.«

Hatte Jake nicht Ähnliches gesagt, schoss es mir durch den Kopf.

»Und was noch schlimmer ist«, fuhr Duncan fort. »Alle werden denken, dass du über die alte Geschichte nach wie vor nicht weg bist.«

»Willst du damit sagen, dass ich keine Wahl habe?«

Duncan zuckte mit den Achseln. »Vielleicht fühlst du dich ja mies – ansehen tut man dir das nicht. Ich werde nie verstehen, wie du es schaffst, ein Grab zu schaufeln und kurze Zeit später so großartig auszusehen.«

Damit hatte er genau den richtigen Ton getroffen, um meine Bedenken zu zerstreuen. Bereit zu gehen, stand ich auf.

»Komm her«, sagte ich und schlang ihm zum zweiten Mal an diesem Tag die Arme um den Hals. »Vielen Dank für deine aufmunternden Worte.«

Etwas steif umarmte er mich ebenfalls.

»Ich dachte, dass du mich ewig hassen würdest wegen der Sache mit Pickle.«

Ich hasste ihn ganz sicher nicht. Im Grunde war genau das Gegenteil der Fall, wenngleich sich das seltsam anhört. Und natürlich hätte ich ihm die Geschichte mit der armen Pickle noch vor nicht ganz einem Monat nie verziehen. Hätte sie vielmehr als endgültigen Beweis gewertet, dass Duncan ein hoffnungsloser Fall war, und als weitere Entschuldigung, warum ich meinen Bruder nicht mochte.

Manchmal ist ein Monat eben eine lange Zeit.

Bisher hatte ich mich ausschließlich auf sein *Versagen* konzentriert. Inzwischen jedoch wusste ich zu viele Dinge über ihn – und über mich selbst –, um weiter derart verbohrt zu sein. Ich war in der Lage, zumindest sein Bemühen anzuerkennen, wenngleich es leider nicht immer zielführend war.

»Du hast dein Möglichstes getan«, tröstete ich ihn. »Ich weiß, dass du das getan hast. Und jetzt gehen wir los und zeigen diesem Blödian, dass er vor vierzehn Jahren die falsche Wahl getroffen hat.«

16

Das Fest fand im Ballsaal von Chicagos ehrwürdigem Mercer-Hotel statt. Und der erste Mensch, den ich dort sah, musste natürlich David »Dave-O« Hoffman sein. Mein erster Freund und mein erster Sexpartner und seinetwegen hätte ich mich erst-, jedoch nicht letztmals beinahe aus grenzenlosem Liebeskummer umgebracht.

Es bereitete mir eine riesige Genugtuung zu sehen, dass er in den vergangenen vierzehn Jahren völlig kahl geworden war. Kein Wunder, dass auf Facebook nicht sein eigenes Konterfei, sondern das von Scooby-Doo abgebildet war.

Zudem sah es aus, als würde er einen geliehenen, weil viel zu großen Anzug tragen, und überhaupt wirkte er viel älter, als ein ehemaliger Exfreund meines Jahrgangs aussehen durfte. Mein Gott, er war Anfang dreißig!

Winkend ging ich direkt auf ihn zu. »Hi, Dave.«

Er drehte sich zu mir um, reichte mir die Hand und sagte so laut und übertrieben fröhlich »Hallo«, dass ich eines sofort erkannte: Der Typ hatte keinen Schimmer, wer ich war.

»Ich bin's, Helen«, sagte ich und tastete kokett nach meinen aufgesteckten Haaren. »Carpenter. Aus der Highschool.«

Endlich dämmerte es ihm.

»Helen«, rief er verblüfft. »Mann, du siehst toll aus, viel besser als früher.«

»Und du bist ziemlich kahl geworden«, gab ich gemeinerweise zurück. »Tut mir leid, war nicht böse gemeint«, fügte ich mit anzüglichem Lächeln hinzu.

Prompt richtete er sich zu seiner ganzen Größe auf.

»In manchen Kulturen ist eine Glatze ein Zeichen von besonderer Manneskraft.«

Ich nickte. »Ja, das habe ich schon mal gehört. Guter Hinweis, danke.«

Jetzt wäre er dran gewesen mit einer weiteren Retourkutsche, aber es kam nichts mehr.

Stattdessen sagte er beiläufig: »Wie geht's so?«

»Super«, antwortete ich. »Ganz super. Mehr als super.« Ich sah Duncan fragend an. »Was ist die Steigerung von super?«

Mein Bruder senkte seine Stimme um eine Oktave und erklärte mit spanischem Akzent: »Exzellent.«

»Es geht mir *exzellent*«, wandte ich mich erneut an Dave, dem mittlerweile das eine und andere wieder eingefallen zu sein schien.

»Ich habe gehört, dass du geschieden bist«, meinte er ziemlich von oben herab.

»Ach ja, hast du?«

Das war offenbar die Rache für die Glatze.

»Nun«, hörte ich mich sagen. »Darüber bin ich längst hinweg. Tatsächlich hat mein Ex erst letzte Woche angerufen und mich angefleht, zu ihm zurückzukommen. Natürlich habe ich Nein gesagt – schließlich habe ich keine Lust, alte Beziehungen aufzuwärmen. Bringt einfach nichts.«

Duncan sah mich fragend an. »Hat er das tatsächlich getan? Dich angefleht, zu ihm zurückzukommen?«

Ich nickte.

»Dir ist schon klar, dass Jake und ich dich in Ketten legen werden, falls du wirklich zurück zu diesem Arschloch willst.«

»Und wer ist das?«, erkundigte sich Dave.

»Mein Bruder Duncan.«

Dave fing prustend zu lachen an.

»Ach so, ich dachte, er sei dein neuer Freund. Wie in *Harold und Maude.*«

Am liebsten hätte ich ihm eine Ohrfeige verpasst und ihn gefragt, ob ich etwa wie neunzig aussehe, aber ich zwang mich, cool zu bleiben.

»Nein, keine Sorge. Er ist mein kleiner Bruder«

David runzelte die Stirn. »Ich kann mich nicht daran erinnern, dass du einen jüngeren Bruder hattest.«

»Er war damals praktisch noch ein Kleinkind.«

»Nicht ganz. Ich war immerhin acht.«

Dave wandte sich von Duncan weg und mir zu.

»Übrigens wollte ich dich seit Jahren um Verzeihung bitten, weil ich so ein Arschloch gewesen bin.«

»Wolltest du?«

»Ehrlich.« Er nickte. »Ich kann es heute nicht mehr glauben, dass ich dich ganz im Ernst gebeten habe, mir den Blumenstrauß zurückzugeben.«

»Du entschuldigst dich für den verdammten Blumenstrauß?«

»Okay«, räumte er lächelnd ein. »Ich fasse es inzwischen ebenfalls nicht mehr, dass ich mich insgesamt wie ein Schwein benommen habe.«

Großmütig winkte ich ab. »Du warst damals praktisch kaum den Kinderschuhen entwachsen. Und Kinder sind nun mal Idioten.«

»Nicht allein Kinder«, stellte Duncan fest, »Erwachsene können gleichfalls ziemliche Idioten sein.«

»Das stimmt. Im Grunde gibt's kaum Menschen auf der Welt, die nicht idiotisch sind«, erklärte ich, bevor ich erneut Dave ansah. »Wie dem auch sei. Entschuldigung angenommen.«

»Wunderbar.«

Er hob die Hand, um mit mir abzuklatschen, und ich hatte keine andere Wahl, als darauf einzugehen.

Daraufhin ergriff Duncan abermals das Wort.

»Großer Abend, was? Aus dem Jungen wird ein Mann? Übrigens *Masel tov.*«

Dave nickte kurz. »Im Augenblick läuft's noch nicht ganz nach Plan. Unsere Animateurin hat heute Morgen abgesagt. Magen-Darm-Virus.«

»Wozu braucht man einen Animateur?«, wollte ich verwundert wissen.

»Auf Bar Mitzwas ist das ausgesprochen nützlich. Bei den Kids handelt es sich zumeist um stoffelige Teenies. Und mit Alkohol darf man sie noch nicht in Fahrt bringen.«

Duncan rammte mir den Ellenbogen in die Rippen.

»Apropos Alkohol. Du schuldest mir ein Bier.«

Dave wies auf die unzähligen Kinder, die lustlos herumlungerten.

»Wir haben auf eine Animateurin gesetzt, die für Stimmung sorgt«, erklärte er. »Andere mieten ein Schiff oder eine Cheerleadergruppe.«

Dave wirkte ziemlich ratlos.

»Und die Lady hängt jetzt mit dem Kopf über der Toilettenschüssel«, resümierte Duncan genüsslich.

»Darcy ist völlig fertig«, klagte Dave. »Sie telefoniert seit einer halben Ewigkeit herum und sucht einen Ersatz.«

Während er dies sagte, trat seine Frau, das Handy am Ohr, in einem lavendelfarbenen Kostüm auf uns zu.

»Da ist sie ja«, rief Dave, doch sie legte zum Zeichen, dass sie nicht gestört werden wollte, den Finger an den Mund.

Erst als sie ihr Gespräch beendet hatte, wandte sie sich unglücklich an ihren Mann.

»Sie sind alle ausgebucht. Es gibt nicht einen einzigen freien Animateur in der ganzen Stadt. Ich ahnte, dass so etwas passieren würde.«

»Sieh mal, wer da ist, Darce«, unterbrach Dave ihr Gejammer.

Sie warf einen Blick auf Duncan, hatte keine Ahnung, wer er war, und wandte sich an mich.

»Helen«, rief sie nach kurzem Stutzen aus und umarmte mich. »Ich bin wirklich froh, dass du gekommen bist.«

»Ja, ich freue mich ebenfalls«, gab ich zurück und löste mich vorsichtig aus ihrer Umklammerung.

»Es tut mir so leid, dass Dave dich auf der Highschool derart schlecht behandelt hat.«

Warum brachte sie, genau wie Dave, gleich die alte Geschichte aufs Tapet? Und warum schob sie ihrem Mann den Schwarzen Peter in die Schuhe? Eigentlich hatte ich mich damals mehr von ihr als von ihm hintergangen gefühlt, und so konnte ich mir einen spitzen Kommentar nicht verkneifen.

»Nun, was das betrifft, war er nicht der Einzige.«

Das saß.

»Wir haben immer noch ein fürchterlich schlechtes Gewissen«, entschuldigte sie sich, »und würden dich gerne mal zum Mittagessen einladen, um die Geschichte aus der Welt zu schaffen.«

Ich hob abwehrend die Hände. Nicht auch noch das: ein Essen mit Dave und Darcy, diesen falschen Schlangen mit ihren falschen Entschuldigungen.

»Nicht nötig, lass es gut sein.«

Tat sie aber nicht, sondern beugte sich vertraulich zu mir hinüber.

»Ich kann immer noch nicht glauben, dass er damals seinen Strauß zurückverlangt hat – das habe ich erst Jahre später erfahren.«

»Anderes war deutlich schlimmer«, erwiderte ich, und sie verstand die Anspielung.

»Natürlich habe ich selbst keine gute Rolle bei der ganzen Angelegenheit gespielt«, gab Darcy leicht verlegen zu, und plötzlich mischte sich Duncan wieder in die Unterhaltung ein.

»Sogar eine nicht ganz jugendfreie, wenn stimmt, was man sich erzählt.« Er wandte sich an Dave und zog bedeutsam die Brauen hoch. »Stimmt's, Kumpel?«

In diesem Moment erkannte ich definitiv, dass ich meinen chaotischen Bruder liebte.

Darcy straffte ihre Schultern. »Darf ich fragen, wer das ist?«

»Das ist mein Bruder Duncan.«

Ich sah es meiner Exfreundin an, dass sie ihre grauen Gehirnzellen zu Höchstleistungen antrieb, und mit einem Mal erhellte sich ihre Miene.

»Ist das etwa der Satansbraten, der so gerne deine Tampons angezündet hat?«

»O Gott.« Bei der Erinnerung warf Duncan amüsiert seinen Kopf zurück. »Das war echt der Wahnsinn.«

»Ja«, bestätigte ich, »inzwischen hat er sich gottlob zu einem …«

»… exzellenten jungen Mann entwickelt«, beendete Duncan den Satz.

»Genau das wollte ich sagen«, bestätigte ich.

Anschließend brach das Gespräch ab, und alle vier schauten wir uns scheinbar interessiert im Ballsaal um, den neben Siebtklässlern hauptsächlich Vertreter der Großelterngeneration bevölkerten. Modisch unterschieden sie sich nicht sonderlich. Die Alten trugen Festtagsgarderobe, die sie vermutlich seit Jahrzehnten besaßen, und die Jungen hatten sich diesem Stil irgendwie angeglichen, weil sie die Bar Mitzwa mit einer Retroparty verwechselten. Ich entdeckte Jungs mit Clipkrawatten und Mädchen mit Spangenschuhen, wie sie in den Twenties modern gewesen waren.

Irgendwie ganz witzig, nur dass null Stimmung herrschte. Die von Glitzerketten illuminierte Tanzfläche, über der sich zudem eine Discokugel drehte, war gähnend leer. Trübsinnig saßen die Gäste herum und warteten. Vermutlich auf einen Animateur, der sie aus ihrer Lethargie reißen würde. Dumm gelaufen.

Plötzlich kam mir ein Gedanke.

»Darcy«, sagte ich. »Du warst immer eine tolle Tänzerin. Warum motivierst du die Leute nicht selbst und reißt sie von ihren Stühlen?«

Sie schüttelte den Kopf. »O nein. Ich bin die Gastgeberin. Und die Mutter – du weißt sicher noch, wie peinlich man als Teenager Mütter findet. Wenn ich so etwas täte, würde mein Sohn sich vermutlich umbringen.«

Ein Argument, dem ich mich nicht verschließen konnte, wenngleich ich das Problem zwangsläufig nicht aus eigener Erfahrung kannte.

Ich sah, wie Darcy mich musterte.

»Was ist?«

»Du könntest das machen. Schließlich tanzt du genauso gut wie ich«, schlug sie vor, und auf ihrem kummervollen Gesicht leuchtete ein Hoffnungsstrahl auf.

»Um Himmels willen, nein!«

»Bitte, Helen. Niemand kennt dich hier«, drängte sie.

»Nein, nein …«

»Du siehst so flott aus – und so jugendlich …«

»Ich bin drei Monate älter als du.«

»Trotzdem. Du wirkst viel jünger – bist nicht vorzeitig gealtert, weil du jahrelang gestillt hast und sich dein ganzes Leben lediglich um Kinder dreht. Wenn ich allein dein Outfit ansehe – einfach cool. Dir nimmt man das ab, wenn du den Leuten einheizt.«

Duncan beugte sich ein wenig vor.

»Was daran liegt, dass sie wirklich cool ist!«

»Danke, Kumpel«, sagte ich.

»Wir würden dich genau wie die ausgefallene Animateurin bezahlen«, versuchte Darcy mich zu ködern.

»Ich will nicht, dass ihr mich bezahlt.«

»Dreihundert Dollar«, warf Dave ein.

»Meinetwegen das Doppelte, bloß mach es bitte.« Darcy hüpfte auf und ab, und plötzlich erkannte ich in der etwas biederen Mutter die Freundin wieder, die mir einst so vertraut gewesen war. »Wenn du uns nicht rettest, landen wir bestimmt mit der schrecklichsten Bar Mitzwa aller Zeiten im *Guinnessbuch der Rekorde.* Du bist die Einzige, die uns noch helfen kann.«

Ich schüttelte den Kopf. Sicher, ich tanzte gut, aber bitte nicht in einem Ballsaal voller fremder Menschen. Und als Animateur sah ich mich schon gar nicht – das kam für mich gleich nach einem Pausenclown.

Darcy ließ nicht locker. »Weißt du nicht mehr die Feten, als wir in der zehnten Klasse waren? Wir haben die Musik in meinem alten Spielzimmer unterm Dach voll aufgedreht und sind abgerockt. Versuch dich daran zu erinnern, was für ein Gefühl das war. Stell dir einfach vor, wir wären wieder in den Neunzigern und könnten alles um uns herum vergessen. So wie wir damals meinen Vater ignoriert haben, wenn er mit seinem Golfschläger gegen die Decke bumperte, und wir uns ungerührt weiter die Seele aus dem Leib tanzten.«

Ja, ich erinnerte mich. Diese Abende schienen in einem völlig anderen Leben stattgefunden zu haben – und dennoch waren sie prägend gewesen. Was ich jetzt allerdings bestritt.

»Inzwischen bin ich eine andere geworden«, behauptete ich. »Und im Übrigen kenne ich keine angesagten Tänze, mit denen man für Stimmung sorgen kann.«

Abgesehen vom Cupid Shuffle vielleicht, der bei der Sonnwendfeier auf der Blumenwiese getanzt worden war.

»Dann denk dir einfach welche aus!« Darcy war unerbittlich. »Die Kinder merken das nicht, und die älteren Semester halten es für modern.«

Erneut schüttelte ich den Kopf. »Tut mir leid, das bringe ich einfach nicht.«

Darcy schluckte resigniert und verzog unglücklich das Gesicht.

»Natürlich. Ich hätte dich nicht darum bitten sollen.«

Das hätte sie tatsächlich besser nicht getan.

»Jedenfalls nett von dir, dass du gekommen bist«, beendete Dave die fruchtlose Diskussion, während Darcy bereits wieder das Handy am Ohr hatte.

»Wenn du das nächste Mal in der Stadt bist, müssen wir uns auf einen Kaffee treffen.«

»Gute Idee«, gab ich zurück, obwohl wir beide wussten, dass das leere Worte waren.

Dann umarmten sie mich beide, und mir kam es vor, als würden sie mich verabschieden. Zumindest schienen sie irgendwie damit zu rechnen, dass ich mich verzog. Schon merkwürdig. Doch mir sollte es recht sein. Ich hatte immerhin kurz vorbeigeschaut, mich meiner Vergangenheit gestellt, Daves schimmernde Glatze und Darcys lilafarbenes Matronenkostüm bewundert – und jetzt konnte ich nach Hause fahren und schlafen gehen.

Ich blickte Duncan an. »Wollen wir uns verziehen?«

Er nickte zustimmend. »Ich kann einfach nicht glauben, dass sie wirklich erwartet hat, du würdest auf dieser miesen Party die Animateurin spielen. Was zum Teufel hat sie sich dabei gedacht?«

»Keine Ahnung. Wahrscheinlich war es ein Akt der Verzweiflung – als Mutter wünscht sie für ihren Sohn ein schönes Fest.«

Duncan starrte eine Weile schweigend zur Decke.

»Falls du – einfach, weil du Lust dazu hast – noch

ein bisschen tanzen möchtest, stehe ich dir selbstverständlich zur Verfügung. Ich bin nämlich ein super Tänzer.«

Wollte ich, oder wollte ich nicht?

In diesem Moment erklang der Cupid Shuffle und nahm mir die Entscheidung ab.

»Helen, was ist?«, fragte Duncan.

»Ich kenne diesen Tanz«, erklärte ich mit leuchtenden Augen, während Duncan mich mit einem breiten Grinsen ansah.

»Darf ich bitten, Lady H?«

Warum eigentlich nicht?

Jahrelang hatte ich davon geträumt, irgendwann eine Gelegenheit zu bekommen, über Exfreund und Exfreundin, die mir so übel mitgespielt hatten, zu triumphieren. Die verrücktesten Szenenarien waren mir dabei durch den Kopf gegangen. Würde ich sie beispielsweise retten, wenn wir uns zufällig auf einer Kreuzfahrt träfen und das Schiff ginge unter? Da ich nach wie vor zwischen Rachsucht und Großmut schwankte, stand die endgültige Entscheidung darüber noch aus.

Das heute aber war viel besser.

Ich konnte mich in Szene setzen und sie blass aussehen lassen, ohne dass ich Mordgedanken wälzte. Wenn ich den Cupid Shuffle zum Rhythmus von Stöcken und Steinen mit dem Höhlenmenschen hinbekommen hatte, sollte es hier ein Kinderspiel sein. Oder etwa nicht?

Und so tat ich, was ich zuvor kategorisch abgelehnt hatte, betrat kurzentschlossen die leere Tanzfläche, begann mich zu der Musik zu bewegen, die ich bislang nie gehört hatte, und bedeutete den Kids und den

Oldies zu mir zu kommen, bis Duncan mir ein kabelloses Mikrofon reichte.

»Hallo, Leute«, rief ich ihnen so laut zu, dass alle sich zu mir umdrehten und Darcy vor Schreck ihr Handy fallen ließ.

»Ich bin, äh, Big Sister, und der junge Mann hier ist mein Partner …«

»Bilbo Beutlin«, schlug Duncan vor.

Hastig legte ich die Hand über das Mikro und bedachte ihn mit einem tadelnden Blick.

»Nein, du kannst unmöglich ein Hobbit sein«, sagte ich und wiederholte die Vorstellung. »Und das ist hier mein Partner D-Dog. Wir sind hier, um euch ein paar Tänze beizubringen, also kommt am besten alle auf die Tanzfläche. Wo steckt übrigens Sean Hoffman?«

Eine behaarte Ausgabe meiner inzwischen kahlen Highschoolflamme hob die Hand.

»Dieser Apfel ist auf jeden Fall nicht weit vom Stamm gefallen«, erklärte ich launig. *»Masel Tov,* Sean! Los, komm her. Und bring ein paar von deinen Freunden und ruhig ebenfalls ein paar jung gebliebene Grandmas und Grandpas mit.«

Der Junge beeilte sich, meiner Aufforderung nachzukommen.

»Und wo bleiben die Damen?«, fragte ich. »Mädchen, rauf auf die Tanzfläche.«

Eine ältere Dame stand auf und reckte anerkennend ihre Daumen in die Luft.

»Okay, Leute. Der Tanz ist wirklich superleicht. Wenn's in dem Lied heißt ›rechts‹, geht einen Schritt nach rechts, bei ›links‹ macht einen Schritt nach links. Und was sollt ihr wohl tun, wenn es ›Kick‹ heißt?«

Die Kids starrten mich mit großen Augen an.

»Den Fuß auf die Ferse stellen?«, schlug Sean mit leiser Stimme vor.

»Genau! Der Kandidat kriegt hundert Punkte für die richtige Antwort«, rief ich fröhlich ins Mikrofon, und dies war der Moment, in dem ich meinen Rhythmus fand, selbst wenn ich von modernen Tänzen herzlich wenig verstand. Doch als Lehrerin lernte man schließlich zu improvisieren. Vor allem wusste ich Kinder zu nehmen – wusste, wie man es schaffte, dass sie aus sich rausgingen.

Und wirklich strömten immer mehr auf die Tanzfläche, aber das lag vermutlich in erster Linie an der mitreißenden Musik. Erst machte ich es zusammen mit Duncan vor, und wir ließen den Shuffle so lange wiederholen, bis alle den Bogen raushatten. Es war ein Riesenspaß für alle, und die Hemmschwelle war überwunden.

Die der Kids ebenso wie unsere eigene.

»Und jetzt kommt etwas anderes«, erklärte ich und gab dem DJ das vereinbarte Zeichen. »D-Dog wird euch die Schritte zeigen, schaut also genau auf seine Füße. Beim Step-Clap macht ihr einen Schritt nach rechts, klatscht, wenn ihr den zweiten Fuß ranzieht, macht einen Schritt nach links, und klatscht abermals beim Ranziehen des zweiten Fußes. Kapiert? Viel mehr braucht ihr nicht zu tun.«

Nach dem Step-Clap folgten diverse Tanzfiguren oder Schrittsequenzen, die mir irgendwie geläufig waren oder die ich mir einfach ausdachte: American Spin, Wiggle, Booty-Shake, ein beliebter Powackler, dann eine John-Travolta-Adaption, Figure Eight und der spaßige Ooch. Ich improvisierte auf Teufel komm raus, muss allerdings zugeben, dass mein Bruder mich dabei um Längen übertraf.

Besonders seine Parodien hatten es in sich. Egal ob er einen imaginären Regenschirm aufspannte, die Geräusche eines Schnellzugs nachmachte, eine Honky-Tonk-Nummer zum Besten gab oder diverse Sketche, in denen neben Marilyn Monroe unter anderem eine Wasserrutsche und eine Bananenschale eine Rolle spielten.

Die Kids machten begeistert mit.

Glaubten offenbar allen Ernstes, dass wir professionelle Animateure seien. Verdammt, wir hätten es fast selbst geglaubt. Und bald schon schoben sich auch immer mehr Erwachsene auf die Tanzfläche. Darunter zu unserer nicht geringen Verwunderung Grandma GiGi in einem umwerfenden roten Hosenanzug.

»Was machst du denn hier?«, rief ich ihr zu, als ich in ihre Nähe kam.

»Ich bin eingeladen«, erklärte sie ladipar und bewegte sich weiter zum Rhythmus der Musik.

Meine Verblüffung wuchs, zumal sie kein Wort darüber verloren hatte.

»Wieso das?«

»Weil die zwei mich mögen«, antwortete sie. »Außerdem war ich schon auf ihrer Hochzeit.«

So eine Verräterin – das haute mich jetzt wirklich um.

Abrupt hielt ich beim Tanzen inne.

»Du bist tatsächlich zur Hochzeit dieser beiden Leute gegangen, die mich dermaßen hintergangen und bloßgestellt haben?«

»Okay, das war nicht nett von ihnen. Aber es kann ja wohl nicht sein, dass du noch immer sauer auf die beiden bist«, wies meine Großmutter mich streng in die Schranken.

Ich tat so, als hätte ich es nicht gehört.

»Was mich betrifft, so finde ich es ziemlich schändlich«, konterte ich, »ganz zufällig zu erfahren, wie vertraut du mit diesen Leuten bist und dass sie dich zu Familienfeiern einladen.«

»Ich dachte mir schon, dass dir das nicht gefällt, und habe es dir lieber verschwiegen.« Sie warf mir eine Kusshand zu. »Im Leben läuft's nun mal nicht immer, wie man will, mein Schatz.«

»War dir eigentlich nicht klar, dass du mich hier treffen würdest?«

»Ich war mir sicher, dass du kneifen würdest.«

»Habe ich nicht, wie du siehst.«

GiGi lächelte mich an, als wäre sie entsetzlich stolz auf mich, und nickte nachdrücklich. »Und das ist gut so, weil Feigheit einen niemals weiterbringt.«

Sie vollführte eine rasante Drehung, wobei sie gegen einen alten Herrn mit gelber Fliege stieß, der sie in den Arm nahm und mit ihr davontänzelte.

Inzwischen tanzten alle, und ich kam mir wie in einer Disco vor. Meine Aufgabe war beendet, mein Job getan. Ich wurde nicht länger gebraucht und konnte gehen. Verstohlen winkte ich Duncan zu, der wie ein Verrückter auf der Tanzfläche herumsprang, und deutete auf meine Uhr. Er signalisierte mir mit einer Handbewegung, ich solle noch kurz warten, doch ich schüttelte den Kopf.

»Ich haue ab«, rief ich ihm zu. »Fahr mit Grandma zurück.«

»Okay!« Er streckte die Daumen in die Luft. »Und versprich mir eins!«

»Was?«

»Dass du mich in Zukunft immer D-Dog nennst.«

Ich zog meine Pistolenfinger. »Abgemacht!«

Er wollte also tatsächlich bleiben. Amüsierte sich nach Kräften auf einer Bar Mitzwa, zu der er nicht einmal eingeladen war. Vor einem Monat hätte ich ihm einen Strick daraus gedreht. Allerdings wäre ich da auch nie auf die Idee gekommen, ihn mit auf das Fest zu schleifen.

Ich erwog, an Daves und Darcys Tisch vorbeizugehen, ließ es aber bleiben. Was wollte ich damit bezwecken? Etwa ihren Dank entgegennehmen und mir versichern lassen, was für eine tolle Frau ich sei? Nein, denn im Grunde hatte ich das alles ja nicht für sie getan. Außerdem gefiel mir der Gedanke, heimlich zu verschwinden und den Gästen als Superheldin in Erinnerung zu bleiben, ohne deren Einsatz man die Party hätte vergessen können.

Mein Hochgefühl verschwand, noch bevor ich den Saal verlassen hatte.

Erneut stieg wieder dieses schmerzliche Gefühl der Einsamkeit in mir auf, das mir allzu vertraut war. Wo sollte ich jetzt hin? Wie sollte es jetzt für mich weitergehen? Die Musik, an der ich mich bis vor ein paar Minuten erfreut hatte, verlor ihren Reiz, und die fröhlichen Stimmen ringsum klangen hohl. Ich gehörte nicht hierher – nur wusste ich nicht, wo überhaupt mein Platz war.

Plötzlich dehnte sich der Rest des Abends endlos und einsam vor mir aus. Ich würde allein zum Fahrstuhl gehen, allein hinunter ins Foyer fahren, allein zur Tiefgarage laufen, allein zum Haus meiner Großmutter zurückkehren und mich allein in meinem alten Mädchenzimmer schlafen legen.

Um nicht in aller Öffentlichkeit in Tränen auszubrechen, stapfte ich mit gesenktem Kopf eilig auf den Ausgang des Saales zu. Ich wappnete mich gegen meine Zukunft wie gegen den kalten Wind, der einem in den dunklen Wintermonaten entgegenblies. Vor allem musste ich verschwinden, ehe Darcy oder Dave mich womöglich erspähten und merkten, dass ich nicht mehr die Superheldin war.

Noch immer sehe ich in der Erinnerung den hellen, warmen Ballsaal und die auf der Tanzfläche unter der Discokugel übermütig herumhüpfende Gästeschar, die mein Fehlen nicht einmal zur Kenntnis nehmen würde. Warum flüchtete ich von jedem Ort, der Trost, Freude und ein Gefühl der Zugehörigkeit verhieß.

Trotz meines Partykleids kam ich mir vor wie ein armes Kind, das heimatlos und frierend und mit einem schäbigen Mäntelchen durch die Kälte irrt und neidisch zu den warm erleuchteten Fenstern heraufschaut. In diesem Augenblick dachte ich voller Selbstmitleid, dass ich mich mein Leben lang bereits durch einen Schneesturm kämpfen musste und zu durchfroren und zu erschöpft war, um weiterzugehen.

Jeder Fetzen meines mühsam erworbenen Selbstgefühls schien dahin.

Endlich erreichte ich, die Augen nach wie vor starr zu Boden gerichtet, den Ausgang – und prallte gegen jemanden. Ich blickte auf und glaubte zu halluzinieren.

Vor mir stand Jake.

Mein Jake, den ich eigentlich mit seiner Herzensbrecherin in Colorado wähnte.

Ich war wie gelähmt, schaute ihn einmal, zweimal, dreimal an und blinzelte. Doch er war kein Trugbild, das verschwand. Ungläubig starrte ich ihn an. Er sah umwerfend aus mit seiner coolen Brille, dem Oxfordhemd und einem schmalen, hippen Schlips.

Als er meine Schultern packte, endete urplötzlich der alles verschlingende Schneesturm, der grau verhangene Himmel wurde anheimelnd samtig mit einer Vielfalt tröstlicher Sterne, und es wehte eine angenehm laue Brise. Aus düsteren Träumen kehrte ich zurück in eine freundliche Wirklichkeit mit fröhlichem Gelächter und mitreißender Discomusik.

Aber wieso war er da?

»Hallo, Hopphopp«, sagte er mit seinem verführerischen schiefen Lächeln.

»Hallo, Honigdachs«, erwiderte ich, weil es der erste Spitzname war, der mir einfiel.

Er ließ meine Schultern los und schob mich ein Stück von sich fort.

»Du siehst umwerfend aus.«

»Danke, aber was machst du hier?«

»GiGi hat mich mitgebracht.«

»Du bist mit meiner Großmutter hergekommen?«

Jake nickte. »Übrigens habt ihr, du und Duncan, echt toll getanzt.«

»Du hast uns gesehen?«

»Am besten fand ich den Beverly Hillbilly.«

Ich schüttelte den Kopf, als könnte ich so meine anhaltende Verwunderung abschütteln.

»Warum bist du nicht in Colorado?«

»Nun«, erwiderte Jake gedehnt. »Erstens hat mich Duncans panische Nachricht über das Debakel mit dem Dackel alarmiert …«

»Das haben wir einvernehmlich geklärt.«

»Sehr gut. Er hatte nämlich schreckliche Angst, dass du ihm den Kopf abreißt.«

Ich zeigte auf die Tanzfläche, auf der mein Bruder wie ein wild gewordener Schimpanse herumsprang.

»Wie du siehst, habe ich ihn verschont.«

»Egal, deshalb bin ich jedenfalls bei euch vorbeigefahren und habe GiGi angetroffen, die sich gerade für die Party stylte. Natürlich habe ich nicht gezögert, als sie mich einlud, sie zu begleiten. Offensichtlich hat sich der Galan, der eigentlich diese Aufgabe übernehmen sollte, mit einem leichten Infarkt ins Krankenhaus gelegt. Und zweitens wohne ich rein zufällig in diesem Hotel.«

»Im Mercer?«

»Ja, genau.«

»Kannst du dir das denn leisten?«

»Natürlich kann ich das.«

»Ich dachte, du bist pleite?«

»Wie kommst du darauf?«

»Warum hätte ich dich wohl sonst damals so ohne Weiteres mit nach Wyoming genommen?«

Er grinste. »Ach so, das war eine Notlüge.«

»Du bist gar nicht blank?«

Er schüttelte den Kopf und sah mich reumütig an.

»Ich habe sogar ein kleines Vermögen von meiner Mutter geerbt.«

Mir wurde schwindlig, und so langsam begann ich zu begreifen.

»Okay, lassen wir das«, erklärte ich resolut. »Du bist also gekommen, um Duncan vor meinem heiligen Zorn zu retten, hast dich im Mercer eingemietet und beschlossen, meine Großmutter zu dieser Bar

Mitzwa zu begleiten. Habe ich das richtig zusammengefasst?«

»Ja, wenngleich nicht ganz in der korrekten Reihenfolge.«

»Okay«, sagte ich und verstummte. Wartete auf ein Zeichen, dass es Jake irgendwie auch um mich gegangen war. Als nichts kam, war ich es plötzlich leid.

Traurig trat ich einen Schritt zurück.

Weil alle Hoffnungen und alle Sehnsucht sich als völlig vergeblich erwiesen und sich in Schall und Rauch auflösten.

Weil mir davon nichts blieb außer Enttäuschung und Schmerzen.

Weil ich inzwischen genug gelitten hatte und meinem armen Herzen nicht weiteren Kummer zumuten mochte.

»Ich muss gehen.«

»He!« Er packte mich am Ellenbogen. »Wo willst du hin?«

Ich blickte ihn aus tränenfeuchten Augen an. »Jedenfalls weg von hier.«

Er runzelte die Stirn. »Was ist denn los?«

Warum ich ihm die Wahrheit sagte? Im Nachhinein vermag ich das nicht mehr zu rekonstruieren. Ich weiß noch, dass ich meine Schultern straffte, tief durchatmete und allen Mut zusammennahm.

»Als ich dich eben sah, dachte ich für einen Augenblick, du seist meinetwegen gekommen«, brachte ich gepresst hervor.

»Das bin ich doch«, erwiderte er sanft.

Wieder sah ich ihn an und brach, wie nicht anders zu erwarten, in Tränen aus.

»Echt?«, fragte ich schluchzend.

Er nickte stumm.

»Und warum hast du das nicht gleich gesagt?«

»Du hast mich ja nicht ausreden lassen«, erklärte er noch sanfter als zuvor.

Dann trat er auf mich zu, zog mich an seine Brust, legte sein Kinn auf meinen Kopf, und ich schmiegte mein Gesicht an den Kragen seines Hemdes.

Eine Weile standen wir schweigend da, bis Jake erneut zu sprechen begann.

»Am Abend des Banketts, nachdem du verschwunden warst, hat Windy es bei mir versucht.«

Ich trat einen Schritt zurück, um ihm ins Gesicht sehen zu können.

»Sie mag dich, sie ist in dich verliebt. Alle haben gedacht, ihr seid ein Paar.«

»Waren wir nicht.«

»Natürlich wart ihr das.«

»Das würde ich wohl wissen, oder?«

»Ihr wart sogar das perfekte Paar. Ihr habt beide Ferienhäuser, mögt beide Erdnussbutter und was weiß ich. Auf der Wiese hättest du ihr beinahe einen Heiratsantrag gemacht, und bei Hughs Evakuierung habt ihr auf dem Parkplatz rumgemacht.«

Jake zuckte zusammen. »Das hast du gesehen?«

»Ja, habe ich. Und es war ein langer Kuss.«

»Aber er war nicht echt.«

»Auf mich hat er ziemlich echt gewirkt.«

»Es war kein Kuss auf Gegenseitigkeit.«

»Das spielt keine Rolle.«

»Für mich schon.«

Verlegen wandte ich mich ab.

»Wir hatten doch am ersten Abend Wahrheit oder Pflicht gespielt«, erklärte er. »Und sie hat mich gezwungen, um drei Küsse zu wetten. Und dann schob sie nach, dass sie die Küsse nicht sofort, sondern lieber später haben wolle.«

»Das geht bei Wetten eigentlich nicht.«

»Trotzdem hat sie es gemacht. Und während der Wanderung verlangte sie eine weitere Abänderung. Sie würde lieber einen einzigen langen Kuss bekommen anstelle von drei kleinen schnellen. So war das.«

»Und den hast du ihr dann gegeben.«

»Nun ja, ich hatte es versprochen.«

»Und warum erzählst du mir das alles?«

»Weil du wissen sollst, wie es wirklich war.« Er raufte sich die Haare. »Übrigens werde ich mich nie wieder auf dieses blöde Spiel einlassen.«

Ich zog skeptisch meine Brauen hoch.

»Du hast an dem Abend auch die anderen Mädchen geküsst.«

»Kann sein. Irgendwann ging der Überblick verloren.«

Geräuschvoll atmete ich durch die Nase ein.

»Dabei waren deine Lippen von meinen Küssen nicht mal richtig kalt«, sagte ich ziemlich pathetisch.

»Das waren Küsse, die es angeblich nie gegeben hat. Falls ich dich daran erinnern darf, hast du darauf bestanden.«

»Na und? Bin ich deshalb vielleicht herumgerannt und habe mit jedem geknutscht?«

»Keine Ahnung. Könnte durchaus sein.«

»Ganz sicher nicht. Ich habe mich einsam gefühlt und war todunglücklich, wie sich das in einem solchen Fall gehört.«

Ich sah, wie er leicht amüsiert das Gesicht verzog, bevor er wieder ernst wurde.

»Anfangs haben wir ganz normal gespielt. Bis sich die Mädchen mit einem Mal gegenseitig anstachelten, mich zu küssen. Keinen von den anderen Jungs, immer nur mich. Weshalb am Ende eine richtiggehende Kusslawine über mich hereinbrach.«

»Dann hast du also gegen deinen Willen mitgemacht, du Ärmster?«, sagte ich und merkte, dass ich trotz allem irgendwie spöttisch klang.

»Mehr oder weniger, ja. Schließlich konnte ich schlecht eins der Mädchen küssen und die anderen nicht.«

»Das hättest du sehr wohl!«

Er zuckte mit den Achseln. »Außerdem merkte ich plötzlich, dass es eine ziemlich gute Ablenkung war.«

»Ablenkung wovon?«, hakte ich ahnungsvoll nach.

Er sah mir in die Augen. »Von dir.«

Da ich keinen Plan hatte, wie ich darauf reagieren sollte, ging ich ein paar Schritte zum Lift und drückte auf den Knopf nach unten. Denn im Ballsaal befand man sich im Mercer nicht etwa unten, sondern ziemlich weit oben mit Blick über Chicago.

»Dachtest du im Ernst, dass etwas zwischen mir und Windy gelaufen ist?«, erkundigte sich Jake.

Zornig drehte ich mich zu ihm um.

»Alle dachten das. Um Himmels willen, die anderen haben bereits eine hippe Hochzeit für euch mitten im Wald geplant.«

»Warst du deshalb eifersüchtig?«

Die Fahrstuhltür ging auf, entschlossen stieg ich ein, und Jake folgte mir. Doch keiner von uns beiden drückte einen Knopf.

»Alle waren eifersüchtig«, antwortete ich. »Weil du damit unzählige Herzensbrecherpunkte auf einmal gesammelt hast. Wie kann es also sein, dass du nicht mitbekommen hast, wie verliebt sie in dich war?«

»Ich nehme an, ich wusste es. Aber irgendwie dachte ich zugleich, es sei lediglich ein Zeitvertreib für sie. Gegen die Langeweile oder so.«

»Nein«, stellte ich klar. »Sie hat in dir tatsächlich den Mann fürs Leben gesehen.«

Jake sah sich um und registrierte offenbar erst jetzt, dass wir im Lift gelandet waren und uns gegen unseren Willen aufwärts zu bewegen begannen. Offenbar war der Fahrstuhl nach oben geholt worden.

»Wolltest du nach oben?«

»Nein, runter, ins Foyer«, antwortete ich. »Mein Wagen steht in der Tiefgarage.«

»Pech, jetzt müssen wir bis zum nächsten Halt warten«, meinte Jake. »Dann hör dir in Gottes Namen weiter an, wie das mit Windy war. Sobald mir dämmerte, dass sie wirklich etwas von mir wollte, habe ich ihr rundheraus erklärt, ich würde sie nicht auf diese Weise mögen.«

»Was gibt's bei Windy bitte nicht zu mögen? Sie ist supernett, sie sieht supergut aus, und sie ist superintelligent! Alle Jungs haben total für sie geschwärmt. Und ausgerechnet der, den sie will, der will sie nicht! Irgendwie gemein und ungerecht.«

»Ich habe sie nicht darum gebeten, mich zu wählen«, gab er spröde zurück.

Der Lift, der ein Stück geräuschlos nach oben geglitten war, ruckelte plötzlich und blieb stehen, ohne dass sich die Tür öffnete. Ich drückte alle möglichen Knöpfe, nichts.

»Sieht aus, als säßen wir hier fest.«

»Gut«, meinte Jake.

Ich runzelte verständnislos die Stirn. »Das ist bestimmt nicht gut.«

»O doch. Schließlich sitzt du hier mit mir fest.«

»Es wäre nicht das erste Mal, dass wir gemeinsam irgendwo festsäßen«, beschied ich ihn schnippisch, und es klang fast ein bisschen böse.

»Ach ja?«

»Noch mal zurück zu Windy«, wechselte ich das Thema. »Ich verstehe dich ganz einfach nicht.«

»Warum reden wir eigentlich ständig über Windy?«

Statt zu antworten, stellte ich eine Gegenfrage.

»Gehörst du vielleicht zu den Typen, die bloß das wollen, was sie nicht haben können?«

»Ganz sicher nicht. Mir ist es sehr viel lieber, wenn jemand mich will – sofern ich diesen Jemand ebenfalls will.«

»Weißt du, mein Ex war so einer, den die Jagd mehr als die Beute interessierte, um es salopp auszudrücken. So kann man aber nicht durchs Leben gehen – es ist besser, mit dem zufrieden zu sein, was das Leben einem gibt!«

»Nichts anderes möchte ich.«

Er schlug mit der flachen Hand gegen die Fahrstuhlwand, und als der Lift ein Stück nach unten sackte, kauerten wir uns erschrocken auf den Boden und warteten reglos auf den nächsten Ruck, der nicht kam. Ob das erfreulich war oder nicht, vermochten wir nicht zu sagen.

»Seltsam«, flüsterte ich ängstlich.

Erstmals konzentrierte Jake sich jetzt auf den Lift. Drückte den Kopf für die Tür: nichts. Drückte nacheinander sämtliche Knöpfe für oben und unten: nichts. Der Fahrstuhl rührte sich nicht vom Fleck.

Also blieb uns nichts anderes übrig, als den Alarmknopf zu betätigen, und als eine Stimme fragte, ob wir Hilfe brauchten, meinte er: »Wir stecken offenbar fest.«

»Oha.«

Ich wandte mich an Jake. »Hat da gerade jemand Oha gesagt?«

»Klang zumindest so.«

Kurz darauf meldete die Stimme sich erneut.

»Tut uns furchtbar leid, Sir. Wir dachten, das Problem sei behoben worden. Gleich wird jemand kommen, um die Tür gewaltsam aufzuhebeln.«

»Was heißt gleich?«, erkundigte sich Jake, doch die Verbindung war bereits unterbrochen worden.

Schweigend lehnte Jake sich an die Wand hinter ihm, und ich lehnte mich an die gegenüberliegende.

»Was hat das zu bedeuten?«, fragte ich. »*Wir dachten, das Problem sei behoben?*«

Schlagartig erstand vor meinem inneren Auge das Bild eines zerfransten, fadendünnen Halteseils.

Jake schüttelte den Kopf. »Keine Ahnung.«

»Was sollen wir jetzt machen?«

»Abwarten und uns möglichst wenig bewegen.«

»Und nicht gegen die Wand schlagen.«

Eine gefühlte Ewigkeit schwiegen wir uns an, bis ich es schließlich wagte, nochmals auf das alte, leidige Thema zurückzukommen.

»Dann ist Windy also ohne dich nach Colorado gefahren?«

»Sie war ziemlich sauer.«

»Und was hast du gemacht?«

»Beckett wohnt in Riverton, also bin ich erst mal mit zu ihm. Er spielt übrigens in einer Reggae-Band.«

»Was keine Antwort auf meine Frage ist.«

»Ich komme gleich darauf: Einer aus der Band restauriert und repariert Land Rover und hat eine ganze Scheune voll davon. Also habe ich ihm einen abgekauft.«

»Du hast einen alten Land Rover *gekauft?«*

»Einen knallorangefarbenen.«

»Du scheinst ganz schön viel geerbt zu haben, wenn du dir, statt dich kostenlos von Windy mitnehmen zu lassen, ganz nebenbei einen Land Rover zulegst.«

Jake zuckte mit den Achseln.

»Und warum bist du nicht nach Denver gefahren?«

»Das versuche ihr dir die ganze Zeit zu erklären.«

Endlich hob ich meinen Kopf.

»Okay. Dann schieß mal los.«

»Also«, begann er. »Ich war schon auf dem Weg nach Denver, da kam plötzlich ein Anruf.«

»Von wem?«

»Von dir.«

Ich schüttelte den Kopf. »Ich habe dich nicht angerufen.«

»Aber ja.«

»Nein, wirklich nicht.«

»Deine Nummer wurde angezeigt.«

»Ich …«

Mit einem Mal begriff ich die Zusammenhänge.

»Genau. Dein Handy war nicht gesperrt und hat eine Nummer gewählt. Meine.«

»Dieses verfluchte Mistding. Bitte sag mir, dass es bloß gerauscht hat.«

»Nein, hat es nicht.«

»Dann verrate mir auf der Stelle, was du gehört hast? Los, sag es mir!«

»Du hast gesungen.«

Das konnte lediglich am ersten Abend bei GiGi gewesen sein, als ich beim Geschirrspülen lauthals irgendwelche Lieder geschmettert hatte. Wie peinlich.

»Und wie lange hast du mich belauscht?«

»Ziemlich lange.«

Ich hielt mir die Augen zu.

»Klang es sehr schief?«

»Ziemlich. Allerdings auf eine irgendwie total süße Art.«

Ich lugte zwischen meinen Fingern hindurch.

»Du hast mit *Proud Mary* angefangen, und weil das viel zu hoch war, hast du nach ein paar Takten zu irgendetwas von Dean Martin, von den Beatles, von Earth, Wind & Fire gewechselt, und an einer Stelle klangst du fast wie Weird Al Yankovic bei einer seiner Parodien.«

Ich straffte meine Schultern und erklärte ihm, um wenigstens einen Rest meiner Würde zu bewahren: »Weil Michael Jacksons *Beat It* lange nicht so gut ist wie Yankowics *Eat It*.«

Er legte seinen Kopf ein wenig schräg und sah mich skeptisch an.

»Also bitte, seine Texte sind einfach genial.« Als er mit den Schultern zuckte, runzelte ich die Stirn. »Egal, du hättest auf jeden Fall die Verbindung unterbrechen sollen.«

»Ich konnte einfach nicht aufhören, dir beim Singen zuzuhören.«

Ich verzog das Gesicht, als hätte ich auf eine Zitrone gebissen.

»Ehrlich. Außerdem wollte ich nicht auflegen. Mir wurde mit einem Mal bewusst, dass es das Größte für mich ist, dir zuzuhören. Deshalb musste ich kommen, selbst auf die Gefahr hin, dass du mich komplett dicke haben könntest und der Anstand es geböte, dich in Ruhe zu lassen. Und da bin ich, obwohl du zweifellos jemand Besseren und Gesünderen verdienen würdest.«

Meine Kehle war wie zugeschnürt, und ich musste mich erst mal räuspern, bis ich wieder ein Wort herausbrachte.

»Und was ist mit den Walen?«

»Dort werde ich trotzdem pünktlich eintreffen – der Job beginnt erst in drei Tagen.«

»Fliegst du wie geplant von Denver aus?«

»Ja, dabei bleibt es, weil ich das Ticket bereits habe. Aber vorher wollte ich mit dir reden.«

Über unseren Köpfen ertönte ein leises, knirschendes Geräusch. Wir schauten beide nach oben, und ich drückte mich ein wenig fester gegen die Fahrstuhlwand.

Erst als es wieder ruhig war, redete Jake weiter.

»Ich hatte mir alles ganz genau zurechtgelegt, doch als du dann vor mir standst, verließ mich der Mut.«

»Das wäre allerdings das erste Mal«, versuchte ich zu scherzen.

»Hin und wieder kommt es eben vor.«

»Und was wolltest du mir sagen?«

»Muss ich das noch aussprechen? Ich denke, du weißt es längst.«

»Sag es bitte trotzdem«, bat ich flüsternd, und er atmete tief durch.

»Ich hatte sagen wollen, dass mir Windy niemals wichtig war. Dass es niemanden auf dieser Tour gab, an den ich so oft gedacht habe wie an dich, um den ich so viele Ängste ausgestanden wie um dich und nach dessen Nähe ich mich so sehr gesehnt habe wie nach deiner.«

Nach wie vor rührte ich mich nicht vom Fleck.

»Ich habe generell kein Problem damit, wenn ich etwas nicht bekomme, was ich mir gewünscht habe. Du allerdings bildest die Ausnahme. Ich bin nach nichts sonst süchtig, bloß nach dir. Und dagegen komme ich einfach nicht an.« Nach einer kurzen Pause fügte er hinzu: »Das geht jetzt immerhin seit sechs Jahren so. Obwohl du verheiratet warst und mich nicht mal wahrgenommen hast. Ich hätte nie im Leben gewagt, dich auf einen Kaffee einzuladen oder so. Es war nicht immer leicht, damit klarzukommen und zu akzeptieren, dass es eine hoffnungslose Sache war.«

»Das hast du aber gut versteckt.«

»Musste ich ja. Erst nach deiner Scheidung änderte sich das. Weißt du noch, wie ich dir geholfen habe, die Couch in deine neue Wohnung zu bugsieren? In den zweiten Stock?«

Ich dachte an den Tag zurück. Natürlich. Damals hatte Jake mit angepackt.

»Wo war Duncan damals eigentlich?«

»Auf dem College. Ich hatte ihm erst gar nicht erzählt, dass ich dir helfen wollte.«

»Ach nein?«

Er schüttelte den Kopf. »Ich wollte dir alles beichten – angefangen mit dem Tag, als ich dir zum ersten Mal begegnet bin. Hast du eine Vorstellung, was ich auf diesem Sofa mit dir hätte machen wollen?«

»Irgendwie sind die Tage und Wochen nach meiner Scheidung völlig schemenhaft für mich. Als hätte ich in einer Art Trance gelebt.«

»Ich weiß, du hast die ganze Zeit geheult.«

»Also nicht unbedingt der beste Augenblick, um mir deine Liebe zu gestehen.«

»Nein, nicht wirklich und deshalb ließ ich es auch. Und bevor ich einen neuen Anlauf nehmen konnte, passierte das mit meinen Augen. Dadurch wurde alles anders.«

»Dabei wusstest du anfangs ja nicht einmal sicher, wie die Erkrankung verlaufen würde.«

»Nein, das eröffneten mir die Ärzte erst kurz vor der Wanderung. Trotzdem habe ich schon vorher ein paar schlimme Phasen durchgemacht. Erst leugnete ich alles, dann haderte ich mit dem Schicksal und hoffte, in der Tradition der früheren Teufelspakte einen Deal aushandeln zu können – *Lässt du mir mein Augenlicht, dann darfst du dir das und das nehmen.* Dazwischen musste ich immer wieder zu irgendwelchen Untersuchungen, bis am Ende die Diagnose feststand. Danach habe ich jeden Gedanken, mich dir in irgendeiner Weise zu nähern, aufgegeben. Schließlich konntest du mich nicht mal leiden, als ich noch völlig gesund war.«

»Du weißt schon, dass so etwas keine Rolle für mich spielt, nicht wahr?«

»Damals nicht. Und dir von meiner Krankheit zu erzählen, dazu hätte ich mich ohnehin nicht in der Lage gesehen. Mein Hals war wie zugeschnürt. Ich konnte nicht mehr atmen und nichts mehr essen. Mit einem Schlag hatte meine ganze Zukunft sich in Wohlgefallen aufgelöst. Das erfuhr ich an dem Tag, bevor du mit Pickle auf die Party kamst.«

Er verstummte, und ich sah ihn fragend an.

»Was?«

Er starrte zur Decke hoch.

»Ich hatte bereits ein Ticket, als du an dem Abend in die Wohnung kamst. Ich hätte zwei Tage später nach Wyoming fliegen wollen. Doch als du plötzlich vor mir standest, kam mir eine andere Idee.«

»Du wolltest nach Wyoming fliegen?«

Er verzog das Gesicht und nickte knapp.

»Davon hast du keinen Ton gesagt, hast lediglich erwähnt, Duncan habe dir vorgeschlagen, bei mir mitzufahren.«

»So war es auch, aber irgendwie hatte ich das idiotische Gefühl, dass du mich retten könntest.«

Ich atmete vernehmlich aus. »Ich kann nicht einmal mich selber retten.«

»Für mich war die Aussicht, mit dir dorthin zu fahren, so eine Art Anker. Und außerdem war es etwas, worauf ich mich freuen konnte. Wenngleich es natürlich im Grunde hoffnungslos war.«

»Nicht unbedingt«, warf ich ein.

»Hättest du dich etwa mit einem faulen Trick dazu bewegen lassen, mit mir zu schlafen?«

Ich zuckte die Schultern. »Besser wäre es gewesen, mir gleich zu erzählen, was Sache ist.«

Nachdrücklich schüttelte er den Kopf.

»In ein paar Jahren werde ich in Dunkelheit versinken. Dann wird alles Licht für mich verlöschen. Das ist eine Tatsache, die nicht zu ändern ist. Als anständiger Mensch hätte ich dich deshalb in Ruhe lassen sollen – das jedoch konnte ich damals nicht und kann es heute nicht. Tut mir leid. Und um dir das zu sagen, bin ich hergekommen. Dazu musste ich meinen ganzen verdammten Mut zusammennehmen.«

Es war grundverkehrt, dass er in diesem Augenblick an einer und ich an der anderen Wand des Fahrstuhls lehnte. Wenn man so etwas gesagt bekommt, sollte man in Reichweite des anderen sein.

Zur Hölle mit dem Fahrstuhl, dachte ich.

Als hätte ich es mit meiner Verwünschung heraufbeschworen, sackten wir abermals ein Stückchen in die Tiefe. Dreißig, vielleicht sogar sechzig Zentimeter oder mehr. Was dazu führte, dass wir das Gleichgewicht verloren und bäuchlings auf dem Teppichboden landeten.

Vorsichtig robbte sich Jake an mich heran. »Bist du okay?«

Ich nickte. »Müssen wir in diesem blöden Ding sterben?«

»Nein«, beruhigte er mich. »Wir werden einfach eine Weile gefangen sein.«

»Wenn die Anzeige stimmt, hängen wir zwischen der zwölften und vierzehnten Etage?« Ich stutzte. »Wo ist die dreizehnte?«

»Weißt du das nicht? Vielfach spart man die Dreizehn aus, weil es angeblich eine Unglückszahl ist.«

Wir blieben auf dem Boden liegen und hofften verzweifelt auf die Stimme aus dem Lautsprecher oder auf Geräusche, die auf die Ankunft der Feuerwehr hinwiesen, die uns aus diesem Käfig befreien sollte. Oder auf sonst ein Zeichen, dass wir von der Welt nicht vollkommen vergessen worden waren.

Tatsächlich drang plötzlich das Klingeln meines Handys an mein Ohr.

Ich angelte vorsichtig nach meiner Tasche, die ein Stückchen von mir entfernt lag.

»Vielleicht ist es das Hotel, und sie sagen uns, wie es mit dem Fahrstuhl weitergeht.«

»Woher sollten sie deine Handynummer haben?«

Richtig.

Und natürlich war es niemand vom Hotel, sondern mein verfluchter Ex.

Ich schaltete das Handy aus, und Jake beobachtete, wie Mikes Bild vom Display verschwand.

»Interessiert dich nicht, was er von dir will?«

»Das weiß ich schon. Er hat mich gebeten, dass ich zu ihm zurückkomme.«

»Und du möchtest nicht gebeten werden?«

»Nein, zumindest nicht von ihm.«

»Und von wem dann?«, fragte er mich mit verführerischer Stimme.

Ich sagte nichts, lächelte ihn bloß an.

»Also«, meinte er und sah mir fest in die Augen. »Ich habe dir gerade gestanden, dass ich dich liebe, dass ich süchtig nach dir bin.« Er hielt eine Weile inne. »Und was hältst du von alledem?«

Wir saßen gemeinsam hoch oben in einem Lift fest, vierzehn Stock oder so über dem Boden. Angesichts der unausweichlichen Tatsache, wie das enden würde, falls die Bremsen versagten oder die Seile rissen, schien übermäßige Scheu nicht angeraten.

»Das trifft sich gut. Weil's mir mit dir genauso geht«, erklärte ich also und bemühte mich, meine Worte optimistisch klingen zu lassen.

Es schien, als könnte er es nicht wirklich fassen.

»Und wie und wann ist diese Wandlung bei dir vorgegangen?«

Ich dachte kurz darüber nach und lachte.

»Fast glaube ich, es fing alles damit an, dass du im Auto in die Wasserflasche pinkeln wolltest, um Zeit herauszuschinden.«

»Das hat bisher noch immer funktioniert«, unterbrach er mich grinsend.

»Oder es war«, fuhr ich fort, »als du beim Scrabble das Wort lasziv gelegt hast. Oder als du aus der Dusche kamst und noch voller Wassertropfen warst. Oder als du beim Aufhängen des Bärenbeutels vom Baum gefallen bist.« Ich machte eine kleine Pause, um nachzudenken. »Vielleicht liegt es auch daran, dass du mich Beckett gegenüber immer unterstützt und verteidigt hast, oder an der sanften Art, mein Knie zu verbinden. Oder weil du immer mutig, freundlich und entschlossen das Richtige tust. Und weil ich glücklich bin, sobald du nur in meiner Nähe bist.«

»Ich dachte, du würdest mich hassen.«

»Oh, das habe ich, und nicht zu knapp. Aber ist es nicht so, dass man manchmal Menschen zu hassen glaubt, die man im Grunde seines Herzens liebt?«

»Meinst du damit dein widersprüchliches Verhalten auf der Wanderung?«

Ich nickte. »Hinzu kam, dass ich überzeugt war, du seist mit Windy zusammen.«.

»Selbst als ich unten am Bach über dich hergefallen bin?«

»Da hatte ich Riesenschuldgefühle, weil ich Windy nicht hintergehen wollte.«

»Und ich dachte, dass du mich aus purem Mitleid küsst. Wenn ich geahnt hätte, dass du mich gar nicht hasst, hätte ich mich deutlich mehr bemüht.«

»So schlecht war dein Einsatz nun gerade nicht.«

»Du hast also nichts dagegen, wenn ich dich noch einmal küsse?«

»Nein«, erklärte ich. »Allerdings solltest du damit anfangen, bevor wir in die Tiefe stürzen.«

Sofort kam er der Bitte nach. Ohne Tricks und ohne Spielchen. Plötzlich gab es nur noch ihn und mich auf dem Teppichboden des defekten Lifts, der in einem Stockwerk hing, das es offiziell gar nicht gab.

Epilog

Jede Geschichte braucht einen Anfang und ein Ende. Wobei durchaus verschiedene Anfänge und Enden möglich sind. Beispielsweise hätte ich damit beginnen können, wie ich Mike zum ersten Mal begegnete, um am Ende der Geschichte auszuziehen. Ebenso hätte sich angeboten, sie mit Nathans Tod anfangen und mit dem Suizidversuch meiner Mutter enden zu lassen. Oder ich hätte mich ganz auf die traurigen Aspekte meines Lebens konzentrieren können, auf meine fehlgeschlagene Ehe oder auf die Trauer, in der unsere Familie versunken ist, denn all diese Dinge hat es ja gegeben.

Bloß sind das nicht die Geschichten, die ich erzählen möchte, und nicht die Momente meines Lebens, mit denen ich mich dauerhaft beschäftigen will. Sie sind passiert, sie waren wichtig, und sie haben mich geprägt. Aber da sich die Geschichte unseres Lebens hauptsächlich aus dem zusammensetzt, woran wir uns erinnern, lege ich den Fokus lieber auf die positiven Dinge.

Natürlich hält das Leben stets einen gewissen Anteil an Verzweiflung, an Verlust und Leid für jeden Einzelnen von uns parat. Doch genauso sicher schenkt es uns Schokoladenkuchen, warme Sonnentage und kühle Brisen, die sanft durch die Bäume streichen, wenn wir im Wald spazieren gehen.

Obwohl man das Schöne so leicht übersieht, ist es da. Ein lang vergessenes Lied, das plötzlich im Radio gespielt wird. Ein Fremder, der einem bei einer Reifenpanne hilft. Eine Dame auf der Straße, die ein hübsches Kleidungsstück bewundert und unseren Geschmack lobt. Ein Fehler, der sich irgendwann als Glück erweist. Ein alter Freund, der einem eine Schuld verzeiht. Ein neuer Freund, der einen mühelos zum Lachen bringt.

Also lasse ich meine Geschichte in dem Fahrstuhl enden. Mit einem Bild, das mich immer wieder daran erinnert, wie sich wahres Glück anfühlt, und das ein ums andere Mal in meinen Tagträumen erscheint. Oder auf das ich zurückgreife, wenn ich nicht schlafen kann. Ich trage es mit mir herum wie das Gedicht, das nach wie vor in meinem BH steckt. Ich habe es schon so oft gelesen, dass es im Grunde nicht mehr nötig ist, mir diesen Zettel überhaupt noch anzusehen. Trotzdem ziehe ich ihn ab und an hervor und sauge die Zeilen Wort für Wort aufs Neue in mich auf.

Es ist schwer, lediglich an einen bestimmten Augenblick zurückzudenken und alles, was erst dazu führte, auszublenden. Trotzdem versuche ich es ab und zu, schließe meine Augen und sehe uns beide atemlos in diesem Fahrstuhl hocken. Es war im Grunde der Anfang unserer Beziehung.

Natürlich weiß ich inzwischen, dass nicht alles eitel Freude und Sonnenschein war, dass es auch Schweres und Trauriges und jede Menge Herzschmerz für uns geben sollte. Aber egal, was geschah, wir standen es durch, solange wir zusammenhielten.

An jenem Tag im Fahrstuhl war das alles noch graue Theorie.

Unverhofft hörten wir nach scheinbar endlosem Warten über uns lautes Klirren und leises Kratzen, und dann ging mit einem Mal die Tür des Fahrstuhls auf. Als wir die Köpfe hoben, sahen wir drei Männer von der Feuerwehr und einen Flur voller Dreizehnjähriger, die neugierig in unseren Käfig herunterschauten, der exakt zwischen zwei Stockwerken feststeckte.

Die Männer von der Feuerwehr drängten die Kids zurück und ließen eine Leiter zu uns herunter.

»Alles in Ordnung?«, fragte einer.

»Alles bestens«, rief ich hinauf.

»Uns geht's super«, bestätigte Jake.

»Wir haben den Fahrstuhl arretiert. Es ist also völlig ungefährlich, zu uns hochzuklettern«, versicherte der Mann.

Ich stieg auf die Leiter, schob mich in den Flur und sah sie alle dort stehen: Dave und Darcy, GiGi samt Verehrer mit der gelben Fliege und Duncan, der die Ärmel hochgekrempelt und den Hemdkragen geöffnet hatte.

Bei meinem Anblick stieß er einen lauten Triumphschrei aus und brüllte: »Gut gemacht, J-Dog!«

Unter dem Applaus der Menge zog Jake, der unmittelbar hinter mir die Kabine verlassen hatte, mich auf die Füße, und gemeinsam verbeugten wir uns.

Duncan legte die Hände an den Mund und schrie über den Lärm hinweg: »Nun küss sie endlich, Kumpel. Das hast du dir verdient.«

Und bevor ich Zeit hatte, in die peinlich berührten Mienen der anderen zu sehen, salutierte Jake kurz, zog mich an sich und küsste mich so leidenschaftlich, dass die Schar der Gaffer schockiert verstummte.

Ich nahm das kaum wahr. Genauso wenig scherte

es mich, was Duncan, GiGi, Dave und Darcy dachten. Ich hatte nämlich das Denken eingestellt und spürte nichts mehr außer Jakes warmen Mund und seiner Hand in meinem Nacken. Vielleicht stimmte die Theorie vom Wollen und Haben und vom Glücklichsein doch nicht ganz. Zumindest in diesem Moment fand ich, dass es nichts Schöneres gab als die Erfüllung. Und selbst wenn man vielleicht nicht immer glücklich wurde, wenn man bekam, was man sich gewünscht hatte – in diesem wunderbaren Augenblick war ich es.

Als Jake sich von mir löste, mir in die Augen sah und sagte: »Das war in Ordnung, oder nicht?«, konnte ich bloß überwältigt nicken.

Die nächste halbe Stunde zog wie in Trance an mir vorüber. Die neugierigen Bar-Mitzwa-Gäste kehrten in den Ballsaal zurück, der herbeigeeilte Sanitäter untersuchte uns kurz, und die Hoteldirektion bot Jake als Entschädigung für den erlittenen Schreck fünfzig Prozent Rabatt an.

Sein Zimmer befand sich übrigens im siebten Stock, und da die Sieben im Gegensatz zur Dreizehn eine Glückszahl ist, begaben wir uns erst mal sechs Etagen nach unten, wobei wir diesmal allerdings dem Weg durchs Treppenhaus den Vorzug gaben.

Dank

Da die Widmung diesmal meinem schnuckeligen Ehemann gilt, geht mein erster Dank an meine wunderbare Mutter Deborah Detering, die eine Quelle der Geduld, der Unterstützung, eine wunderbare Babysitterin sowie Chauffeurin ist. Vor allem ist sie meine ganz private Heldin, und wenn ich im wahren Leben oder auch beim Schreiben Schwierigkeiten habe, wende ich mich stets an sie. Danke, Mom! Ich werde mich allzeit bemühen, dir deine Freundlichkeit zurückzuzahlen.

Ein genauso großer Dank gilt Gordon, meinem wundervollen Mann, mit dem einfach alles viel mehr Freude macht. Danke, dass du so unglaublich lustig bist, stets in allen nur das Beste siehst und mich, die Kinder und den kleinen Hund so gut versorgst!

Ich danke ebenfalls meiner fantastischen Agentin Helen Breitwieser, von deren Namen ich total begeistert bin, meinen beiden Lektorinnen – erst Kate Ottaviano und jetzt Brenda Copeland –, Jen Enderlin, Laura Chasen sowie all den anderen netten Leuten bei St. Martin's Press für ihre Hilfe und ihre Begeisterungsfähigkeit.

Herzlichen Dank auch meiner guten Freundin aus der Kindheit und Beinaheschwester Katherine Webber. Danke, Kath, fürs Brainstorming und dafür, dass du immer so enthusiastisch warst und mich ermutigt hast.

Eine Reihe Sachbücher, die ich im Grunde bloß zum Spaß gelesen habe, haben ihren Weg in dieses Buch gefunden und ihm seine endgültige Form verliehen. Ein Großteil von Windys Gedanken über Hunde – vor allem die Frage, wie sich einer der schlimmsten tierischen Feinde des Menschen irgendwann zu unserem »besten Freund« entwickelt hat, und der Gedanke vom »Überleben des Freundlichsten« – stammen aus dem faszinierenden und äußerst lesenswerten Buch *The Genuis of Dogs: How Dogs Are Smarter Than You Think* von Brian Hare und Vanessa Woods.

Einen Großteil ihrer Weisheiten zum Thema Glück, was es ist und wie man es erlangt, hat Windy aus Richard O'Connors nachdenklichem Buch *Glück ist einfacher als du denkst.* Ebenso ihre Theorie, dass man sich jeden Tag über drei Dinge freuen soll, ist diesem Werk entlehnt.

Dank nicht zuletzt meiner Familie. Meinem Dad Bill Pannill, meinen Schwestern Shelley Stein und Lizzie Fletcher sowie meinen allzeit süßen, liebenswerten, rundum phänomenalen Kindern Anna und Thomas. Ihr seid einfach toll!